U0606569

高原时间

敏奇才 著

作家出版社

敏奇才（1973 年 11 月—），回族，生于临潭县长川乡敏家咀村一社。1995 年毕业于西北民族大学汉语系，现任临潭县文联主席。系甘肃省作家协会会员。鲁迅文学院学员。小说、散文、剧本散见《民族文学》《中国作家》《光明日报》《文艺报》等一百三十多家报刊，入选《新时期中国少数民族文学作品选集》《2008 年中国散文精选》等。主编散文诗歌集《洮州记忆》，主编《洮州温度》等。出版散文集《从农村的冬天走到冬天》等。名录列入《中国回族文学通史（当代卷）》。

目录

上　部

下 部

上部

在生活中深刻体验亲情、友情与爱情，感悟乡村与生命，把心灵的感受、生活的领悟和人生的思考谱成乡野牧歌、田园散曲，在如诗如画的意境中，沉醉和向往。

我的母亲

那天，母亲从乡下家里带了点杂七杂八的东西，背了一大包，在楼下喊曼茹叶。母亲是来看她亲手拉扯大的孙女的。妻子下楼去接母亲。在她们说说笑笑地上楼梯时，我发现母亲掩在黑盖头下面的脸庞有些许苍白，但仍洋溢着喜悦的笑容，她的步子迈得很缓慢也很吃力，似乎是在攀登一座大山。我的心里咯噔一下，母亲的腿是有病的，是走不快的，也走不稳。我的心里就隐隐作痛起来。这十几年里，我凭着手中的笔，写家乡，写乡亲，曾一度写得手酸，但就是没有系统地写过母亲。这几天，我思谋了许多，决定系列性地写写母亲的一生。

1. 一把弯镰

家里檐柱的镰夹上牢牢地挂着一把明晃晃的镰刀，像清真寺脊顶上闪耀的那弯新月。那是母亲用了好几年的一把镰刀。以前母亲用过好多把镰刀：有铁匠铺里打的，也有街市上买的，还有自己掏钱用钢板打磨的。母亲手里用过的镰刀多，也对镰刀有很深的见解。

她说，铁匠铺打的镰刀，割庄稼能揽田，茬口低；塄坎上割草不撒，能收得拢草，但有一样就是刀口老得快，费时费力。街市上买的现成镰刀，只能随便用用，凑凑紧可以，初学割田的人用着顺手，轻巧，不拉力，但就是上不了大场合大排场。而自己用薄钢板打磨的镰刀既能用着顺手，也能揽田，而且割田茬口低，刀刃也老得慢，省力省时也省心。母亲挂在镰夹上的那把弯钩似的镰刀就是父亲亲手给母亲打磨的。那年，有人曾想用四把铁匠铺里打的镰刀换那把镰刀。父亲笑着说，就是五把也不换，那把镰刀用着既省老伴的劲儿，也省我的力。来人笑着摇摇头走了。他也许是笑父亲怕母亲吧。但不管怎么说，那把镰刀用了好几年，母亲就是不肯撒手，就是家里人用一下，她也不允许，说怕把她镰刀的刀刃打豁了。

那把镰刀就是母亲的宝贝。就是用成了一把弯月也不让别人用一下。父亲有时候开玩笑说，等把这把镰刀用坏用烂了，再给你打磨一把更好的镰刀。母亲狠狠地说，这把镰刀谁也不能用，它不能用了就让它挂在镰夹上放着，就是不能往坏里用往烂里用。

家里谁都知道母亲珍爱这把镰刀，于是常常拿这把镰刀跟母亲开玩笑。有时候和母亲一起说笑的时候，父亲就猛地转过头，朝院子里大声喊道："曼茹叶，把你阿婆的镰刀放下，甭到石头上砍，砍坏了！"母亲就急匆匆地奔出屋子，朝檐柱上望去。看到镰刀好好地挂着，就嘿嘿地一笑，笑得甜甜的。于是我们就从她那甜甜的笑容中看出了母亲对生活的一种惬意。

母亲再也未用过新镰刀，她挥不动新镰刀了。她只用她那把用勚的镰刀，闲的时候给牲口割点青草。她虽然多不用镰刀了，但她还是要把那把镰刀磨得锋利无比。她常说，镰刃就像人的牙口，要常磨着才硬棒。人有时候，也要像这把镰刀一样磨一磨，磨利锈钝的心智。母亲很哲理地说一些话，这些话我们是说不上的，只有母亲才能说得上这农民式的哲理。

母亲常拿那把镰刀磨一磨，其实，她磨镰刀的时候，也在不断磨新自己的记忆，回味过去的岁月。磨好了镰，然后沉浸在一种美好的回忆中。

2. 一根老担子

家里没有了猫，老鼠就在灶房里肆无忌惮地窜来窜去，犹入无人之境。你在下面做你的饭，我在椽条缝里闻我的香，有时候，还故意丢下几粒黑乎乎的东西来，不是掉在碗里就是落在锅里，真是一只老鼠祸害了一锅汤。老鼠如此肆意地祸害，使人简直受不了，让人吃着生了病。于是三弟就不时地守在灶房里一心想把那几只祸害人的老鼠给捣下来。有一日，又有老鼠在椽条缝里窜来窜去，三弟悄悄地下地拿上一根竹竿狠狠向老鼠戳去。但这一戳却没有戳到老鼠，而把母亲担放在椽条缝里的担子捣了下来。担子翻了一个跟头，平平地落下来啪地摔成了两截，差点把母亲的心摔碎。

母亲心疼地把这根担子念道了好几天。这根担子在奶奶的肩上磨了好多年，直到把奶奶从一个年轻媳妇磨成了老奶奶。后来，母亲进了门，这根担子就磨在了母亲的肩上，每天鸡还没有叫的时候，母亲就挑着担子沿着羊肠小路到山湾里的泉上去给奶奶挑洗小净的泉水。这一挑就是好多年，风雨无阻。现在担子摔断了，让母亲很是痛心，这根担子是奶奶留给母亲的念想。过了一段时日，父亲偷偷地把两截断开的担子当烧火柴扔在了柴房里。母亲找着又用绳子缠好后放在了厢房里，不让人碰它。

这根担子摔断了，不但母亲的心里难受，大家的心里也很难受。这根担子毕竟在母亲的肩膀上颤悠了几十年，颤悠着磨走了母亲的青春，磨大了几个儿女。直至磨得明光光的，没有了棱角。其实，一根担子磨成了这个模样的时候，也磨走了人的棱角和性子。母亲就这几样顺手的东西：一把用弯的镰刀，一根磨光的担子，一个残边的背篓。现在担子摔断了，母亲说，担子的筋骨用酥了，像人一样，几十年下来，说老就老了，再也挑不起生活的担子了。母亲说这话的时候，眼里有了一丝泪光。这个时候，大家只有默默地看着母亲的眼睛，不敢再说什么，怕是说到母亲的伤痛处。

母亲靠一双肩膀挑起这根担子，把我们兄弟几个养育成人。我们小的时候，村里没有自来水，家里吃的水全靠人用一双肩膀到很远的泉上去挑。泉离家很远，流量也很小。天不亮的时候，勤谨人家的媳妇和姑娘就已经从泉上挑回了满当当的一担水，那些懒惰人家的媳妇和姑娘只有等到大天亮再去挑水，天亮时分，泉里已让人挑干了。母亲常常是半晚上就去挑水，等别人家的媳妇和姑娘开门挑水的时候，母亲已经是第二次出门去挑水了。所以那时候，我家碗里的水常常是清澈明亮的，没有别人家碗里的那些黄汤和泥沙。因此，至今我们的牙齿白生生的，没有那像镶了金牙的黄牙。让人看着挺奇怪的。

后来，村里拉了自来水，但由于水库小，水的储量不大，家家给牲口饮水还得用人到泉里去挑。母亲还是像以往一样，等天不亮就挑回了泉里的水，然后放在檐台上，等待太阳的到来，等太阳晒热了泉水，母亲再端给那些牛啊羊啊鸡啊的。尤其是冬天，母亲挑了水来，便要放在灶房里暖一暖，不让牲口喝冰水。她说，牲口喝冷水或是凉水可以，但千万不能喝冰水，冰水拔牲口的胃气呢。别人家的牲口不上膘，就是冬天喝了冰水的缘故。不知母亲说的是不是有道理，反正我家的牲口就是上膘快。有人认为我家给牲口喂了什么大料呢。但看了我家的牲口料之后，就想不通了。

前几年，村里扩建了蓄水池，自来水不但够人用，也够牲口用的了。母亲的担子彻底地歇了下来。母亲就把它用布缠了放在了灶房里的椽条缝里。

担子断了，母亲的心里像丢了一段记忆，空落落的。

母亲老了，记忆像摔断的担子，接续得吃力而又困难。

3. 一只残边的背篼

南面柴房里的横梁上挂着一只背篼，沿边儿的竹骨乱参着，周身的竹骨变得黑黄斑斓，只有靠背的一面被人的衣物磨得光滑而油亮，像打了蜡似的。其实那是母亲背上的汗水浸洗摩擦的原因。母亲常背着这个背篓拿上镰刀到山湾里的田埂上去割青草。母亲出去的时候是顶着烈日背了一背希望，而回来的时候则是背回来了一背青青的生命。母亲就用这个背篓喂养着十几只羊儿和两头牛。羊儿是一切家务花销的来源，牛儿是全家那二十几亩地的劳动力。没有羊儿，几个孩子就穿不上新衣服，盐罐子里就没有盐可盛，油缸里就没有油可放。没有牛儿，家中那二十几亩田就耕不了，一家大小就会吃不饱肚子，所以母亲就格外爱护疼肠那些羊儿和那两头牛。很多时候，母亲是把羊和牛当成了家中的成员。我记得，有一年，村里来了一个买羊的人，父亲忍痛割爱地卖掉了一只羊给我们缝衣服，结果母亲哭着心疼了好几天，像挖掉了她心上的油一样疼肠。

每天都要割回大大一背篓青草，母亲是空着背篓出去，然后背回满满的一背青草。黄昏的时候，母亲蹒跚在山道上，身后扯下了一条长长的身影。

后来，人们都用上了拖拉机，耕地不用牛了，村里的牛就开始一头一头地减少，最后我家的那两头牛也被人买走了，但养惯了牲口，母亲一下子闲了下来却有点不适应，于是父亲就买来了一头奶牛。母亲又在青草青青的时候成天忙着给牛割青草。这时候，家家的羊儿都卖光了，只有我家的羊儿母亲舍不得卖，还是那样养着，但已经没有谁关心那几只羊儿了。父亲天天喊在嘴上，却也没有把羊儿卖掉，照着母亲的吩咐喂养着羊儿。有时候还能帮着母亲割回一背篓嫩翠的青草。

背篓用的时日一久，那柔软的竹骨就变得坚脆起来，不是这儿裂就是那儿断的，母亲想方设法延长它的寿命。母亲先是用废布料把背篓的沿子包起来，再用针线缝上，这样背篓就在用的过程中减少了摩擦和碰撞的机会，自然地延长了寿命。再后来在用的过程中背篓的筋骨断了，周身的竹骨没有了主心骨，随之也就破烂得不成个样子了。母亲就再次用布包着裹好，拚在了南面柴房的横梁上，成了母亲用之教训儿女的有力证物。母亲常指着那只破旧的背篓叹口气说，人老了，就像那只没用的背篓一样，没有一点作用了，只能丢在柴房里当一个弃用的东西保存起来。母亲在闲着的时候翻看一下那只破背篓，心中就会增添几分豪气和莫名的激动。

看来，那只背篼母亲说不定还要挂很长时日呢。

4. 一把老镢头

这把老镢头一直立在柴房墙角里，没有谁动它，也没有人愿意用它，多么像一位让农活苦败的老人啊。让农活苦败的老人，苦不动了，就整日坐在墙角旮旯晒着太阳，不说一句话，闭眼思谋上一阵自己年轻时风光的日子，或是洗了小净跪坐在炕上，小声入神地诵念上一会儿《古兰经》。坐得时日久了，再逗一逗身旁玩耍的孩子们，自己再哈哈大笑上一阵，笑得孩子们莫名其妙。

老镢头静悄悄地立在柴房的墙角里，从来都是一个样子。它的刃口虽然钝钝的，但仍发着寒森森的一点光气，木把子的手握处深深地凹进去了，那是母亲常年手握它劳作的缘故，浅浅地发着木漆的光。大家知道，这是母亲又在哪天乘人不注意用碎布擦了它。

我小的时候，母亲还很年轻，用那把宽刃长把的镢头开荒，种田，打胡基，挖地，掏壕，干着各样的农活，但干完农活后，不管有多忙，母亲总要从田边扯一把杂草拣一块石块把镢头打磨得闪闪亮亮的，不让它生锈。母亲的这把镢头由于管护得好，所以用起来也就顺手，于是村里那些年轻媳妇时常来借这把镢头，有时这家刚放下，那家又借走了。有时候母亲自己要用，却找不到镢头，这让母亲很生气，但生气归生气，东西还是要借的，在农村从来就没有不借东西的人。母亲也不例外，但母亲是勤借勤还，再借不难。借来用了的东西用罢后要仔细地打磨和擦洗干净了才肯还人。但有人借了母亲的镢头用过后却连泥带水地还来，母亲也不生气，悄悄拿到柴房里打磨干净后晾着，从来不给家里人说那些清汤寡水的事。

母亲干起农活从不鞠力，她的力量仿佛是一眼汩汩流淌的泉水，从来就不会干涸。从早到晚，从春到冬，一年四季她好像从来就没有闲过。有时候，和母亲坐着扯闲话，问母亲那时候为什么总是那么忙。母亲笑着说，那时候不忙，几个儿子的鞋都做不过来，一双新鞋有时候穿不了一个月。现在好了，当娘老子的一看儿子女子的鞋破了，到街上转上一圈，把什么鞋买不来。那个时候，手头紧，几个钱都是四个蹄子拼来的，你看到柴房里那把镢头了吗？你们那时候身上穿的戴的，吃的喝的，没有一样不是那把镢头挖出来的。那把镢头打地里的胡基，锄草，开荒，砸干灰，也在春天的时候，挖草药换钱。不说了，这些都是过去的事了。母亲一笑就摆摆手不说了。

我想起来了，大概是我才上小学的时候。有年开春，村里来了一群收草药的药贩子。主要收黄芪和柴胡。母亲起早贪黑地背着背篓提着那把镢头到山野里去挖草药。每天背回一背篓。有时候，在油灯下，母亲就悠长地叹息着、自言自语着，数着那命似的小钱，算着该给谁添双鞋子了，该给谁买身衣服了。那时候，语文老师天天给我们讲《一千零一夜》中的故事，那些故事一直在我的心头萦绕，我就想要一本《一千零一夜》的故事书。我把我小小的愿望说给了母亲，母亲笑着说，给你买一本。我把母亲买书的事始终放在心上，母亲也始终把答应给我买书的事记在心里。后来，母亲挖草药攒了钱，给小弟扯了一身新衣服，给我买了双新鞋，又托人到县城里的新华书店给买了《一千零一夜》。我拿到书后，上课时偷着看，晚上在被窝里看，硬是把它看了个透。也从那个时候起，我爱上了故事书，也喜欢上读书，并成了班上的故事大王，天天给同学们讲故事。记得上初中一年级的时候，我还拿过校园课余讲故事一等奖呢。

这些都是母亲用镢头流血淌汗挖来的。

春天到了，母亲会拿上那把钝刃的镢头到地里打打胡基，挖挖杂草。有时，我们劝她把那把镢头扔了，换把新的。她笑着说，用惯了顺手。好在地里的活儿现在不是很多，母亲也没有多少活儿可干，让她用那把镢头她的心里舒坦。

我常常在心里想，母亲的这把老镢头今后也许会成为我家的一件老古董而存放着，也许会成为乡村人工劳作的最后见证。

5. 一根背绳

母亲是背着青山生活的。山洼里地沟墚坎上瘸连跛摆的人是母亲；背着一捆青草踽踽独行的人是母亲。我不止一次地说过，我的母亲患有腿疾，走路不大利索。我的母亲是农民，作为农民，就得养一些牲畜，养了牲畜就得喂草料。当年，我们弟兄三人都在上学，父亲做点小生意常不在家，喂养牲畜的任务也就自然而然地落在了母亲的身上，这可不是一般的任务。一般的事情都有个轻重缓急，可牲畜是活物，是活物就得吃东西，而牲畜吃的全是草料，喂牲畜这样的事是没有商量的余地的，只能源源不断地供给。我家人口少，土地更少，因此草料总是不够牲畜吃的，不够吃就得上山去割。春夏秋冬，满山遍野的沟沟洼洼都留下了母亲挎着背绳提着镰刀踽踽独行的身影。在夕阳和晚霞里母亲总是负着一座草的山在移动，遮住了一大段夕阳和晚霞的光亮。曾经有多少人赞美过也歌颂过夕阳和晚霞，可我一看见在夕阳或是晚霞中独行的身影时，心似剪刀乱铰一样疼痛，眼前便蓦地浮现出我的母亲来，也就实在找不出赞美的词句来。她纷乱的发丝上汗迹斑驳地沾着一些草梗之类的东西，不堪回首啊，我不知道我的母亲那时的劳动强度有多大，遇到现在我是干不了的。但母亲知道，三个正长身体的儿子像饿狼一样，每天要吃一锅铁锅巴，乡里常说儿多的母瘦，的确不错，母亲生养了我们兄弟三人，却也给自己挑起了一副重担——一副永恒的不可推卸的重担。母亲虽然大字不识，但却十分看重文化，在她的心目中，文化是高于一切的。她常教育我们要好好念书，不要像她大字不识地窝在乡里，而是要走出去。当然，这就需要她付出百倍的努力和辛劳。家中的牲畜需要她喂养，田里的农活需要她干，她情愿把一生的青春搭上供儿子们读书，幸福地生活。然而，我们念书却念得不怎么样，不是那么成功，她的教育在我们幼小的心灵上也起不到任何震撼，她彻夜的诉说有时还不及老师的一句表扬，老师在我们的心里是那么地可畏、可亲，父母的话可以不听，但老师的话不能不听。现在回想起来，大概是由于那时母亲常年忙于家务，父亲忙于小生意不回家与我们交流太少的缘故。

　　真该陪陪母亲，与母亲说说话儿，可我却时常推说工作太忙抽不了身不回家，就是连看一回小女儿也懒得动身，虽然思女心切。不知为什么，到了这个时候，却生就了一身的惰性。有时却也害怕回家，害怕直面母亲那双忧怨的眼睛。母亲生养了我，顾盼了我，也拉扯了我，却又要为了我的女儿重新拿起她的背绳。女儿才八个月，不会说话，更不会走路，却咿咿啊啊地叫着要母亲背她去玩去浪，一个不会说话的婴儿，谁还有那么大的耐心哄她玩呢，只有我的母亲才像宝贝一样地疼爱她。其实，母亲也是希望她能为我们抱抱孩子尽尽奶奶的责任。然而，我知道，母亲是要把她多年来对儿子的爱表达出来，诉说给还是婴儿的女儿。每当女儿哭泣时，她就用背绳背起女儿，在这时候，我的眼前就不由自主地浮现出母亲背负一大捆青草孤寂地行走在田野上的身影。

　　今天，母亲手边的背绳是用几条长长的布条拧成的，是一条花花绿绿的五彩绳。这是她用过的背绳中最华丽也最柔软的一条。在前几年，她拧此绳我们嫌淡它时，她说日后自有用处，显然，她在那时就想到要替我们拉扯顾盼儿女。母爱无价啊。

　　母亲到底背断了多少条背绳，谁也说不清楚。可母亲的双肩磨起的老茧至今馒头似的耸立着，到了节气就疼得呻吟不已，可谁又能为她轻柔地揉一揉搓一搓减轻她的疼痛呢？我们都不在身边，不能为她做点什么。有时，我想，母亲能向我们要求点什么有多好，可她从不向我们张口要求什么。她说她是从贫寒和难辛中一天天走过来的，现在知足得很，还能有什么要求呢？但她还是有点奢望，就是要我们在工作之余抽空能来看她，哪怕是双肩撑张空嘴，在她看来也是欣慰的，可我们却往往满足不了她的要求。但我还是要虚情假意地打着看望她的旗号去看女儿的，去了便给她说一大堆让她高兴的谎话。不管你说什么，她总是满意的，高兴的。说话间，她熟练地拿起背绳又背起了哭泣的女儿。她是用孙女把儿子的心牵住，牢牢地拴在身边的。

母亲的手里握着背绳的一头，女儿扯着背绳的另一头。母亲看着女儿笑憨了自己。背绳拴住了母亲和女儿，而我呢？究竟要拴在背绳的哪一头呢？我很想知道。

6. 在深巷中等待

昨晚，我又做梦了，梦见母亲在深巷中等我。梦中，母亲离我忽远忽近，忽模糊忽清晰，总是，我近不了母亲跟前，扯不住母亲的衣襟。十几年前读书的时候，每当放学回家，母亲总是双手抱在胸前斜靠在大门墩上等我，满脸笑容灿烂绚丽，往往是等我扯住了她的衣襟时才拉着我反身回屋。可梦中，母亲始终一脸的忧愁。我的心咚咚地跳着，从梦中惊醒过来。我知道，母亲又想着她在外工作的儿子了。

我要回趟家，我即刻就决定好了。

母亲一定又在深巷中等我了。

想着回家就忆起了过去：清晨，我肩负着母亲的希望和嘱托从深巷中一步稳似一步地走出；傍晚，母亲便满载着疲惫和辛劳从田野里一步快似一步地奔回，日子跟着太阳周而复始，生活日复一日循环不止。那时候，我家的生活在那样的环境下似乎永远是一个样，上顿青稞面疙瘩饭，下顿洋芋搅团，至今在我的记忆中留下的永远只有贫寒和清苦。今天，当对一日三餐挑三拣四或难以下咽时，我知道我已经在忘记过去。忘记过去，就意味着背叛母亲和自己，这是母亲坚决不会答应的。年前，带领亲戚家一群孩子回家探亲。母亲又特意做了一顿洋芋搅团，当时，把一群孩子吃得头顶冒汗，差点撑破了肚皮，还争相要吃。母亲看着孩子们的馋相，站在锅台边上盛了一碗又一碗，连脸上的皱纹都乐展了。我想，母亲一定想到了我儿时的馋相。我问了母亲，她笑着没有否认。从那种清贫的日子里走过来的母亲就那样给我上了一堂清贫课。

今天早上，我给母亲打了电话说我已动身回家。母亲在电话那头高兴得语无伦次。

班车摇摇晃晃地颠簸着，一车人昏昏欲睡，只有邻座的一位老奶奶目不转睛地盯着窗外，满脸的思索。看着她的神态，我的心蓦地紧缩了几下。她多像我的母亲。我终于忍不住试探着和她交流了起来。得知她是去县城看她工作的小儿子去的。她天天捎话让她的小儿子回家来看看她，可儿子单位工作太忙回趟家很困难。最后她决定自己去看看儿子。但到了县城见了儿子，却又想回家。原来，她只是想见见儿子。作为娘，就剩下这么点愿望了。她问我去哪儿，我说是去看我娘。我说日子一久，我娘会想我，娘想我时会站在深巷中望我、等我。她说，娘的心都拴在了儿女的身上，有几个儿女，就是把心掰开也要拴上。儿女一走就带走了娘的心。娘的心最容易满足，但那不是什么吃的东西穿的衣物所能代替的，而是在有机会时把娘的心带回去看看，哪怕是你空着双手，娘的心也是满足的。听了老奶奶的一番感慨，我的心灵雷击般震撼着，一阵酸楚涌溢而出，再也抑制不住自己，热泪潸然而下。

在巷口，我的脚步迈得很沉重，我怕母亲又在深巷中等我。渐渐地，离家门近了，我发现母亲依然像十几年前那样双手抱在胸前倚在门墩上向巷口张望。

娘，你的儿子看你来了。我飞奔向前。

7．进城

母亲又一次从乡下进城来看她工作的长子。

星期六下午，从朋友处归来，看到门锁上挂着一个包，我知道母亲又来过了。这已经是母亲第三次来看儿子而未遇着。我看着包里装着东西，禁不住潸然泪下。一种歉疚和无限的思忆涌上心头。

那一夜，我彻夜未眠，在一盏孤灯的陪伴下，我的思绪又回到了童年，回到了母亲的怀抱。母亲啊，我希望永远亲近你，陪伴你，孝敬你，我想扶住你瘦弱的身躯，可这些我都没有做到。

母亲，你是我人生旅途上的一盏明灯，你是端正我心灵基石的线锤，你是给我拓宽真理之路的钢铲。

母亲，你还记得吗？那是我童年春后的某个黄昏，我放下当天念诵的功课，偷偷地溜出了家门，到野地里去玩。那时斜阳西坠，晚霞洗空，田野里山花烂漫，馨香盈溢。我趴在草丛中谛听风儿的歌唱，聆听虫儿窸窸窣窣的碎语，任凭思绪天马行空。在天籁之音里我陶醉了，睡着了。不知过了多久，凉意浸透了身心，我从梦乡返回到了繁星满缀的暗夜里。空旷的山野里隐隐约约地传来你一声声欲哭无泪的呼儿声。我偷偷地、心神不安地溜回家，趴在被窝里装睡。你从外面回来后，跟往常一样安排我吃饭、喝水，像什么也没发生一样。我知道，你肯定找遍了草房、院子里面的每一个角落。我吃完饭之后，你严厉地让我跪在了炕上。我很惊讶，你究竟要我干什么呢？跪了十来分钟，你威严地让我背诵当日的功课———一段《古兰经》，当我背不下去时，你一句一句地教，直至我如行云流水般地背诵时，你脸上才露出了一丝欢欣的笑容。此后的岁月，我完全收敛住了自己放纵的性格，直至今日。

母亲，多少年来，我记忆中抹不掉的就是你陪读的身影。

母亲，今日，当我接近污秽、邪恶或步入迷途时，你严厉的目光总是在告诫我——远离，远离。使我却步，使我醒悟。

母亲，我怎样感激你呢？你把我无邪的幼小心灵放在大地宽厚的胸膛里，用辛勤的汗水浇灌，而没有放在溺爱的温室里。母亲，我在你的臂弯里读着风雨成长。

母亲，你蹒跚在那乡间的小道上时，我就是你脚下匍匐的一棵小草。

母亲，当我仰首读你额头那饱经风霜的"沟壑"时，信仰的光亮中我看到了一片纯洁和灿烂，使儿感到多么自豪呵……

8. 像阳光一样微笑

母亲的前门牙掉光了，很多时候在人前是不敢笑的，怕别人笑话。只有与儿子媳妇和孙子们在一起的时候她才放松了身心，笑容像一只熟透的柿子突然长破了身子。

女儿有时候看着奶奶的笑容就说像太阳的笑。奶奶就问太阳的笑是怎样的一个笑。女儿说，太阳的笑是甜甜的笑，暖暖的笑，艳艳的笑，可爱的笑。女儿说着就拿来了一张图画，图画上的太阳笑得灿烂无比。奶奶看着孙女的太阳就笑了，笑得比灿烂的太阳还灿烂。

有了自己的家，也因工作太忙，就很少去乡下母亲家里。过一段时间，母亲总要打个电话来，问女儿生病了没有，女儿的学习好不好。这时候，我知道，母亲其实最想问的还是我，虽然她只是在问女儿的时候捎带着问我几句。然后叹息着说上几句听不懂的话儿，像是自言自语。

我决定带上女儿回家看趟母亲。到了周末，我没有给母亲打电话，带上女儿买了点东西搭上班车回乡下老家了。

在村外下了车，村街上偶尔有人影晃动，偶尔也有鸡啊羊啊地跑过。晚风轻轻地拂着，家家烟囱里的炊烟浓浓地冒出了屋顶。家家户户都在做晚饭。

进了家门，弟媳开力曼在院子里看了一会儿才笑着跑过来接过了我手中的包，朝屋里大声地说给母亲听，说城里的孙女看您来了。

母亲闭着眼坐在炕上一动不动，显然她不相信城里的孙女会来看她。

我拉着女儿悄悄地走到炕边，道了色俩目问好，女儿大声地喊道——阿婆！我来了。母亲才睁开眼回道了色俩目，笑着说，我正打盹儿呢，听开力曼说，我还没相信呢。母亲迅疾地下炕要给我们倒茶水端馍馍。

女儿拉住奶奶的手说，我要好好看看阿婆，看看阿婆没牙的笑容。

母亲就笑给女儿看。女儿说阿婆笑得像不像长破的柿子。

女儿说，阿婆的笑像秋天的阳光，灿烂极了，可好看了。

母亲经女儿这么一说，就一直笑个不停，像深秋艳艳的阳光一样，笑得再也合不拢嘴。

我明白，母亲不是为了女儿的那句话才笑得像深秋的阳光似的，而是见到了久久没有回家的儿子，心里高兴着呢。

作为娘老子，是最容易满足的了，只要儿女时常来看看他们，和他们说说话儿，哪怕是生活过得清苦一点，日子过得紧巴一点，他们也没有过高的要求，只是希望儿女们的生活过得好一点，日子过得红火一点，她们的心里就没有了过多的牵挂和愁肠。他们的脸上就会时常挂一副阳光似的微笑。

只要我们娘老子的脸上天天挂着一副阳光似的微笑，我们也就心满意足了。

9. 明亮的月光轻柔的手

母亲推门进来的时候，裤边和鞋面上落了一层厚厚的尘土。飘逸的黑盖头上沾了一层尘埃，像落了层霜似的，雾尘尘白煞煞的。显然，母亲是走了几里土路再搭上班车来的。从咱家搭车到县城来是要走几里土路的。有时候，有进村的面包车或是出村的三轮车，凑巧碰上了，去县城的人就少走那几里坎坷不平的土路，要是不凑巧，就不得不磕磕绊绊地走那几里土路。母亲就是不凑巧才白白地走了那条土路的。

母亲的肩上挎了一个大大的绿帆布包，沉沉的。女儿听到了奶奶的声音，从她的卧室里跑了出来，扑在了奶奶的身上。女儿是母亲一手拉扯大的，对奶奶的那种感情往往胜似我和她妈妈。在这个时候，母亲往往会春风吹拂般地把自己喜成一朵红朗朗的山丹花，笑得艳艳的。然后随手丢下挎在肩上的帆布包，用她粗粗的大手抚摸女儿的脸蛋。女儿则像一只温驯的羊羔偎依在奶奶的怀里，显得那么娇憨和可爱。她幸福地看着我和妻子，挤眉弄眼地笑着，笑容坏兮兮的。

女儿对奶奶的感情叫妻子不得不忌妒，不得不羡慕。女儿对奶奶的感情是真实的，有时候，当她调皮了，妻子训斥上几句时，她就受不了，便悲恸欲绝地号啕大哭，谁也劝不住谁也哄不好，只有一个劲地喊着阿婆，哭够了时，才会理你，也才肯听你的劝听你的哄。

女儿说，阿婆就是她的月亮，没有阿婆就是一片黑暗。妻子受不了女儿这样的形容，就笑着对女儿说，我生了你，是阿婆拉扯了你，但你对阿婆太偏心眼儿了。女儿回敬说，谁让你生下我不拉扯我，我又不是从石头缝里蹦出来的，要不是阿婆拉扯，我怎么能够长大呢。女儿几句话就把妻子顶撞得无话可说。可女儿还是那一句话，我是月亮护善下的一棵小草。只要奶奶一来，我的心里就亮敞了。女儿说得没错。女儿刚生下时，妻子的胃病就犯了，疼得整日整夜地睡不好觉，无暇顾及女儿，更顾不上拉扯女儿了。母亲看着妻子被胃病折磨着，心焦得没有任何办法。一面心疼着照顾妻子，一面又心疼着照看女儿，把母亲累得够呛。可母亲从来就没有叫过苦喊过累。她知道拉扯女儿的任务已经归她了。母亲既要照顾妻子又要照看女儿，常常累得坐在床上挣弹不起来。她被女儿的那双幼小无助的眼神常常弄得手足无措，虽然她一生亲自拉扯大了我们兄弟几个，但她从未费过这样大的神。照母亲的话说，我们几个是老的拉大的，大的拉小的，她还没明白过来，我们几个就长大成人了，成了雄壮壮的男子汉。可拉扯女儿让她费尽了心思。尤其是女儿从生下不到一月就整日整夜地啼哭，母亲也就整日整夜地抱着女儿在屋子里抖着拍着转来转去，硬是把那光滑瓷实的砖地用脚磨出了一道深槽。女儿从不到一个月，哭到了一岁多。现在女儿已经七岁了，但只要她一哭，母亲的身子就不由自主地抖个不停，这是七年前女儿整日整夜地哭泣让母亲落下的病。母亲说，她最听不得的就是娃娃的哭，只要一听到娃娃的哭，她的心就抖得不行，心脏也就不那么好受。

女儿跟着母亲一起生活了四年，当母亲把女儿生拉硬扯地领到县城里引给我们时，女儿已经跟她分不开了，女儿倒成了她身上的肉，而我们却不再那么让她牵挂了。每次打电话来，母亲总是说：叫曼茹叶来接电话。此后时间久了，只要是乡下家里来电话，妻子总是让女儿去接。女儿接了电话，婆孙两人在电话里东拉西扯地聊开了天，再也罢休不了。有时候通话时间久了，小弟在电话那头大声地笑着说，又挣电话费了。母亲就嘿嘿地笑上几声，安慰着鼓励上女儿几句才极不情愿地挂上电话。后来，母亲每隔一个月，就要带上一些东西风尘仆仆地前来看她的孙女，时间掌握控制得像十五的月亮，不差时日地轮回。

女儿也习惯了奶奶的到来，也时常计算着日子等奶奶。有一回母亲病了，提前打电话给女儿说她暂时来不了。女儿就失神地像霜煞了的花骨朵，蔫唧唧的提不起一点精神来。奶奶想着女儿，女儿思谋着奶奶，最终母亲弹挣着来看女儿，女儿哭了整整一下午，连学都不肯去上了。母亲说，拉大的娃娃养大的羊，人亲门亲。再长大一点，她就不黏人了。但女儿好像从来就长不大似的，只要母亲一来，她还是往奶奶身上贴，贴得紧紧的。妻子笑着说，女儿现在就认准了一个阿婆，不认我们了。但女儿不管我们的内心感受，还是往奶奶身上贴，只要受到委屈或是受到我和妻子的责备，她准一个劲地喊着阿婆哭个不停。有时候在睡梦里都喊着阿婆，还笑得格格的。可女儿从梦中醒来起身一看我和妻子，惊奇地思谋上一会儿，就悻悻地埋在被子里，谁也不理会了，显然她是知道了是在梦中和阿婆说笑。

我们知道，女儿从小就受了母亲的指教，不在人前调皮，不接任何人给的钱，从小就知道尊重人，怜悯人。要是走在大街上，见着讨要的人，她总是嚷着要我们给些小钱。女儿的这些举动曾让我和妻子汗颜。有一次周末，我们上街，见烈日下一位老奶奶盘腿跪坐在街头伸手讨要，女儿便停住脚步不走，妻子知道女儿想要给钱了，但我和妻子都没有小钱。妻子小声对女儿说，没有小钱，回来时再给吧！女儿白了一眼妻子说，刚才出门的时候你手里不是有十元钱吗？妻子心疼地看了我一眼，极不情愿地从包里像掏命似的掏出钱塞给了女儿。女儿接过钱，往展里抖了抖，然后像一个大人似的对妻子说，这还差不多。其实妻子不是一个惜钱如命的人，以前她看见那些讨要的人总是心软地给些钱，但这两年来，买了房拉了债，妻子在用钱上分分厘厘划算。女儿的举动让她心疼，但为了女儿那颗未泯的童心和爱心，她只有苦笑。然后夸着女儿说，好女儿有疼心。女儿却不高兴了，努着嘴说，明明有钱，就是不掏出来。妻子说，我试你呢，看你是不是对穷人有疼心。女儿说，那个讨要的人比阿婆还要老，上次阿婆来领我上街，也给了十元钱。我和妻子明白，这几年我们拉债买房，成了房奴，没有给过母亲一分钱。但母亲却大手地给女儿做着榜样，让女儿幼小的心灵从小就感受到怜悯、同情和尊重人。母亲虽然惯着女儿，但也用自己的行动无声地教育着女儿。我们小时候，来庄子里讨要的人很多，母亲从不让一个讨要的人空手而归或是失望着离去。有时候，讨要的人往来复去地来上两三次，但母亲仍微笑着给人送去一碗温暖。那时候，家里没有钱，讨要的人要是赶上吃饭，不管是男是女是老是小，母亲都要叫进家来，倒上一杯热茶，再盛上一碗热饭，让讨要的人热热乎乎地吃上一顿。今天，她用她的行为又教给了女儿疼爱的心肠，这让我们感到欣慰。我们还要教给女儿什么呢，有这些就够了。这会让女儿的一生受益无穷。

在女儿未来的生活中，母亲的指教像明亮的月光永远普照着，造就着女儿永远善良和温暖。

城里的女儿和乡下的麻雀

　　女儿曼茹叶出生在城里，生长在城里，是名副其实的城里人，从小就没有在田野的风光里熏陶过，也没在有露水的早晨放过牛羊，在土洼里打过滚。她看见山坡上一丛开蓝花的草，路边一棵直挺挺生长的白杨树，蔚蓝天宇里凌空飞翔的一只鸟儿……她都是那么地好奇，那么地惊讶。甚至连野地里飞翔的一只野鸡也不知道，惊奇地大喊大叫着说是大鸟，把那些在乡间长大的孩子惹得笑弯了腰。我知道该让女儿透透乡村的空气，沾沾乡村的腥气，在骨子里渗一点乡村的土脉，让她知道她的父辈就出生在乡村，她的根就在乡村里。

　　夏天到了，我把女儿引到田野里，让她和乡村里那些疯玩的"野"孩子玩耍，让她牵着牛羊跟着那些孩子去放牧，同时也是让她去放牧自己的童年和心灵。大自然的一切对女儿来说是那么地活泛、新鲜和诱人。看着孩子们在田野里玩耍，我就从他们的身上看到了当年我的身影。我知道我的童心又复活了，我又回到了我梦中的乡村世界，又回到了我的童年。我躺在山坡上看着蔚蓝的天空中祥云的飘逸，鸟儿的飞翔，也侧耳谛听草丛里昆虫的歌唱，把思绪定格在了二十年前的一个午后或是我也说不准的一个春天的中午。

　　一只鸟儿在草丛里滑翔，我知道那是一只刚出窝试飞的小鸟，也看清了它是一只黄嘴的麻雀，女儿不认识我们儿时最早就认识的麻雀，兴奋地在山坡上追来逐去。女儿最终没有追上麻雀，悻悻地回到了我的身边，悄悄地问我是什么鸟儿，我郑重其事地告诉她，是当年农村家家屋檐下掏窝的麻雀。女儿想了一会儿告诉我说，她刚才追过的鸟儿是一只城里的麻雀。我惊奇地问女儿怎么就知道是一只城里的麻雀呢。女儿说，它在草丛里飞的样子很可笑，就像我一样，站也站不稳，飞也飞不准。肯定是城里的麻雀。我笑着说，那是才出窝试飞的一只小麻雀，女儿摇着头不相信，说爸爸你哄我呢。城里人到了乡村里就慊慊愣愣的，同样城里的鸟儿它到了乡村里也就没有了城里的那种娇气。我听着女儿的评价笑得肚子有点疼。确实，城里人到了乡村里就成了一只蒙眼的牛犊子，而乡村里的人到了城里也同样被城里的那种氛围搞得晕头转向呢，何况是一只鸟儿呢。但我看着它不像城里的鸟儿，而是地地道道的一只乡下麻雀。我就告诉女儿，城里的鸟儿首先是羽毛没有那样光滑和油亮，羽毛时常黑乎乎的，脏不啦叽的也不齐整，就是那叫声也没乡下鸟儿那么清脆和亮晶。女儿说，噢，我知道了，城里的麻雀都在烟囱里做窝，让烟熏得黑不溜秋的。乡下的麻雀都在屋檐下做窝，干干净净的，像山坡上的牛羊一样，毛色很光滑，也很漂亮。我听着女儿对城里和乡下麻雀的评价，感到女儿已经让乡风熏陶得有点像乡村里的孩子了。

女儿让我带到乡村里这一走，就和田野结下了感情，一到周末，就闹着要到乡下阿婆家里去，这样的时候我就把她领到汽车站，给上几块钱，让她自己坐车去阿婆家。这一来二去的，女儿就和乡下阿婆家周围的孩子们成了好朋友，互相送些小礼物，二年级孩子的作业上有看图写话，我让女儿把她玩耍的田野的花草树木，天空中飞翔的麻雀，阿婆家的小猫小狗，还有小朋友们都想着写出来。她写了田野里的花草树木，阿婆家的小猫小狗，但写得最多的还是阿婆家门前大白杨树上叽叽喳喳闹腾的麻雀。有老麻雀，也有小麻雀，都点点滴滴地写出了麻雀的神韵，让人有点吃惊，结果语文老师还说女儿是抄了哪儿的，狠狠地批评了女儿。女儿哭了，哭得很伤心。我哄着女儿说，那是老师看你写得太好了。女儿才止住了哭，笑着给我做了一个鬼脸，去做她的作业去了。

我感到由衷的欣慰，城里的女儿认识了乡村的麻雀，就由此知道了她的根，于是我不再忧愁女儿的学习，也不再担心女儿的成长。我相信她会像一只乡村的麻雀一样选择广阔的田地而自由飞翔。

村庄的一个夜晚

在外工作的这些年里，虽然到乡下村子里去的次数多，但我是个不爱串门子的人，去了就和父母、兄弟们坐着拉些家常，说些农事。也不爱到别处去转悠，心急了逗一逗侄儿，惹着说些笑话，日子也打发得快。偶尔去看望父母亲，总也是来也匆匆，去也匆匆，留给村子里的印象始终是忙得连说话的工夫也没有。

女儿放了暑假，我决定抽出时间，到乡下住几天，顺便转一转亲戚，也领着女儿到田野、河滩和树林里转一转，重温一下我的童年，也让女儿体验一下农村的田园生活。

我在田野、村道、河滩和树林里那么一晃悠，人们就知道我是要小住几日的了。村里的那些亲戚长辈的就让孙子来叫我去吃早饭晚饭，我不能一一拒绝，只好挨着吃过去，硬着头皮和亲戚长辈们说话，东一句西一句地闲扯，扯远了也扯近了。但扯得最多的还是村子的未来。从闲扯中我知道这个村子里念书的孩子是越来越少了。都是念到小学毕业就走出了学校的大门，要么是跟上家里人给别人看守铺面挣钱去了，要么是到外地打工去了。说到痛心处，老人们有点哽咽。

一天下午，村子里年纪最长的赛里木阿爷说娃娃们不念书这是村子的悲哀，也是村子败落的象征，人们都不念书了，还能做些什么呢。人不念书，说话做事就没有个章程，说起话来满嘴的粗话、脏话，做事也不考虑任何后果，村子里的风气是江河日下，一日不如一日了。大人小孩都被耀眼的眼前耀花了眼，没有人像刚改革开放那阵尊师重教了。他说我是近年来读书读出成绩了的，不但有了工作还能写文章挣稿费。挣稿费毕竟比打工挣钱来得容易。他说和村里书记、主任的商量好了，今晚把村子里念书的孩子们都叫来由你给他们上一堂课，给他们讲一讲念书的好处。我对赛里木阿爷说，要讲课我的确讲不好，我可以看看他们写的作文。吃过晚饭，赛里木阿爷把村子里能叫来的孩子们都叫来了，坐满了村委会的会议室。我坐在会议室后面和赛里木阿爷、村支书和主任扯些家常。我女儿也坐在我的身边，看着那些大大小小的孩子们，悄声问这些大哥哥大姐姐都几年级了。我笑着对女儿说，小学、初中和高中的都有。我不能信口开河地给那些孩子们讲大道理，我只能讲些我上学时的学习情况和现在的工作及写作方面的一些事，当然我也要给他们讲一讲写作挣稿费的事。我想这也是对学生们学习的一种动力吧。

和孩子们交流完后我看了他们带来的作文，发现有些孩子写得很好，有些孩子写得还行。有人要学写文章，我只有劝阻他们不要忙于学写作，当下最要紧的是把学习成绩赶上去，学写作的路还长着呢。我说我上大学的时候才开始学写作的，学生时代的任务就是把学习学好，不管对家人或是对自己都是一个交代。我除鼓励他们努力学习之外，没有其他办法让他们放弃别的念想。鼓励他们把高中读完，上不上大学那是以后再想的事。现在的事情是摒弃一切干扰，不受那些出外打工的人的影响，一心一意地学习，给自己、给家庭、给这个村子挣个好名誉。

孩子们都走了，女儿瞌睡了，我领上女儿回家了。到家里时，母亲还没有睡，斜靠在炕上做针线活。我却没有睡意，上炕靠在被子上和母亲拉扯些村子里孩子们的事。时间不大，院子里的狗发疯般狂叫，母亲说门外有人，我去看看。母亲随手拉开檐灯，边问边去开门。门开了，赛里木阿爷的孙子阿里直直地站在大门外，问我是不是睡了。我喊他进来，问他是不是有啥事。他说没有事，就是阿爷让他拿了以前写的几篇作文过来让我看一下。

我打开阿里的作文，字写得方方正正，也不像学校里的那种命题作文的开头和结尾，还是有点意思的。通过那些文字可以看得出他是读了些书的。我问他怎么就喜欢上写作了呢。他说他阿爷时常在他跟前提到我，说我文章写得好，都写到了书上和报刊上。他也想学写文章，将来像我一样将文章写到书上和报刊上，给家里挣些油盐钱。我笑着对他说，写文章是一门苦差事，我写得连头发都掉光了。他笑着说他不怕，就想学写文章。我说让他先把学习抓上去，将来考上大学之后再学写作也不迟。那时候想写的话我们再交流。他很听话地点着头说，那我先多多地看点书。然后夹上他的作文本走了，信心十足的样子。

乡亲们都知道了我的"分量"，天天赔着笑脸过来叫我给他们的孩子上上课，教育教育，可我实在是没有教人的那个本事。再说我连自己的女儿都教不了，常常读错字，让女儿笑话，让妻子笑话。我真不知道村子里的乡亲们是把我当成了李白还是鲁迅。我只有逃离，尽快地离开村子，再也不敢去正视乡亲们那渴盼的眼神了。

给父母一颗顺心丸

一个朋友的父亲殁了，朋友们都来送别、抬埋。由于这件事，多年不见的朋友们都聚在了一起，见这么多的朋友都来了，失去父亲的那个朋友哭得死去活来。父亲走了，他才知道父亲在世时的那种实在的牵挂。以前，他常嫌父亲嘴碎，絮絮叨叨地对他说这说那，有时对他横竖都看不惯，动辄还骂他。他受不了父亲的嘴碎，在外面租了房子领了妻子和女儿单过。这一过就六七年。在外单过的这些年里，他有时候也想回去跟父母亲过，父母亲也叫过他，但他就是拉不下面子，硬撑着不回去。也很少回家去看看父母亲，倒是父母亲时常买上些东西过来看他们一家，拉拉家常，抱抱孙子，帮着他们平整院子里的那片菜地，帮他们种上一些青葱、蒜苗、白菜、萝卜什么的，够他们春天里吃的。父母亲还在城外的乡下租了地种了洋芋，到了庄稼丰收的时候，又雇人挖来帮他窖上，够他们一家子吃上一个冬天的，然而父母亲的日子却过得清清淡淡。这期间，朋友们也劝过他，让他回去住，他嘴上答应着，却不见行动，一晃六七年就过来了，一晃父亲却也逝去了。朋友们都毫不客气地对他说，现在只剩下母亲了，你还是回家去吧。这次他再没有推辞，送走父亲的第三天，在朋友们的帮助下他就回家了。他回家了，母亲却哭了，哭得悲恸欲绝，说这六七年，也没指望他能回来住着尽孝，只是希望他能回来说说话儿，给他们孤寂的生活增添一点儿人气，给上一颗顺心丸，但是他没有做到，六七年了，像是跟这个家有仇似的。母亲说着哭着，很是悲痛。他悔恨地撕扯自己的头发，用头撞墙。可这世上是没有后悔药的，失去了的东西不会再来，去世了的人也不会再活。好在他母亲还健康地活着，不会给他留下终身遗憾的。

　　我的一个近邻，家里老人身后有很多穷亲戚，穷亲戚们来他们家的时候，老人出手很是大方，千方百计地赔着笑脸，做好吃的饭菜，怕稍有不慎，给那些穷亲戚造成心灵上的伤害和痛苦。但他们的儿子和媳妇就不一样了，那些穷亲戚来了的时候，就找借口有事走了，没有一个好脸色。儿子和媳妇这样，做父母的心里很是难受，弯着把儿子和媳妇批评一下，儿子和媳妇一脸的不屑，就很长时间不给老人好脸色，让老人心里难受得很，老人觉得自己不能给那些穷亲戚帮些忙啥的，来了家里，家人还不能给一个好脸色，心里就一直有一种愧疚感，久而久之成了他们的心理负担。后来他们家里起了矛盾，儿子和媳妇搬出去过自己的日子去了。老人的心里才算是有了些许的安慰。当人们问起他们的儿子和媳妇的时候，老人常说，倒不如不生儿子的好，生了，小的时候捧在手心里怕长不大，长大了又是盖房子娶媳妇的，把心上的油都榨干了。心上的油榨干就榨干了，这是当娘老子的责任和义务，但却不让你省心，娶了媳妇忘了娘，长大之后就不给娘老子一时半会儿的顺心。后来我的这个近邻夫妻相隔不久都去世了，去世时他的儿子没在身边，是他们的那些个穷亲戚帮着把他们送走的。他们的儿子和媳妇老了的时候不知是怎样的生活呢，这不是三十年的远话，也许就在眼前。农村里有一句话是这么说的，"前檐里水不到后檐里淌"。意思是说你愧欠着没有孝顺父母，那就像房檐上的水前檐里的不会淌到后檐里，后檐里的也不会淌到前檐里，你对你的父母如何待承的，那将来你的子女也会像你待承你的父母那样待承你的。这是人世间最基本的道理。

　　其实，父母亲对我们的要求没有我们对父母亲那样高，是心灵上最朴素的一种渴望和满足而已，能给父母亲一颗顺心丸，是他们最大的满足，也是做儿女的最容易做到的，一个忙中偷闲的电话，一次时隔不久的看望，一句温馨的问候，一张欢喜的笑脸……哪怕是两手空空，但只要你看望了，问候到了……都会让父母心满意足，身心爽快，幸福终身。

天使之心

妻子生病住了半个月医院。

半个月医院住下来，妻子算是大彻大悟了。

只要是经历了生与死那道门槛的人，都会生有和妻子一样的想法。会特别地看重亲情和友情，也特别地同情和怜悯一切弱势的人。

妻子出了医院，坐在家里养病。有日中午，妻子念叨着说，这几日咋就不见有讨饭的来呢，我心里举意着散几个钱呢。正做作业的女儿抬头看了看妻子说，楼下不是有一位看大门的老阿爷吗？没儿没女，孙子也没有，给他也一样。

楼下的阿爷女儿是知道的，妻子时常让她端一些吃的送去，但这位老阿爷也想着法子报答，就时常给女儿买小东西吃。妻子觉得欠了他的人情，不敢给他送东西了。要是给他送点钱他肯定不受的。我便回应妻子说，你不要指望着来讨饭的，就是要饭的人，也指望自己能有一个好日子过，寒天冷月的，谁愿意去看人的白眼。

女儿听着我和妻子说话，做作业不再那么认真了，但她很快就做完了作业，背上书包就走了。

妻子看了一眼挂在墙上的钟，对女儿说，时间还早呢。

女儿头也不回地说，今天下午老师让我们早点上学，要发月考卷子。说完头也不回地走了。

女儿走了，我离上班还早，就陪着妻子说话解闷儿。

房门轻轻地敲了几下，妻子下意识地停了停，往门上看了看。敲门声轻得似乎听不到。

过了一会儿，敲门声又轻轻地响了起来，听那动静像似敲未敲，妻子看着我用下巴指了指房门，我起身拉开了门。发现门外站着三个孩子，虽然穿着破旧，但也干净整洁，我吃惊地问是不是有事，那几个孩子怯生生地说："给点钱。"我回头看了一眼妻子说，你的举意到了，快点。妻子从身上摸出三张十元的钱，每人给了十元。三个孩子顺手接过就咚咚地跑下了楼。

妻子笑着说，看来人要心诚，你看，今天一早我一举意，人就来了。妻子说着，脸上笑容灿灿的，欢喜得不得了。

吃晚饭的时候，女儿突然问妻子，今天你散钱了吗？

妻子高兴地说，散了。

女儿便又埋头吃饭了。

女儿这一问，我突然觉得那几个孩子我好像在哪儿见过，但就是想不起来。

吃过晚饭，我悄悄地问妻子，妻子也觉得在哪儿见过。

妻子想了一会儿，突然惊奇地说，那不是女儿学校门口时常讨钱的那几个孩子吗？我听妻子一说，心里就明白是怎么一回事了。那几个孩子就是女儿学校门口时常讨钱的那几个孩子，一点也没有错。

我恍然大悟地笑着对妻子说，那几个孩子是天使告诉他们要到我家来的。

妻子听了我的话后一怔，随即也就笑了，笑得很开心。

有一种爱叫心疼

女儿刚生下不到三个月的时候，就彻夜彻夜地哭泣，哭得人心焦神乱，睡不好觉，整日里无精打采的。虽然女儿哭的时候我心中有那么一种莫名的疼痛，但对女儿的哭还是有一种无以言说的怨恨。

母亲来了，我把这种难言的痛苦说给她听，母亲立马就瞪圆了眼睛："你是怎么长大的？你也不扪心自问一下，难道你小时候就是哑巴？"母亲这一问，就把我噎在了地上。我不知道我的孩童时候是怎样的调皮哭闹。

母亲笑着说，谁都一样，你刚生下不久就整整哭了四十多天，至今我的耳朵里听到婴儿的哭声，就条件反射似的要心疼。你感受不到啥叫心疼。你不做母亲你不知道。只有做了母亲的人才知道啥叫心疼，也才知道心疼是一种什么样的滋味。儿女是母亲身上掉下的肉，一个儿女一个坑，没有不心疼的。

有一次，我得了一种病，哪也不疼不痛，就是浑身冷得发抖，一度连舌根都抖得僵硬了。那次母亲恰好就在身边，一会儿给我捂被子，一会儿又给我灌水袋，忙得团团乱转。有一会儿抖得不是太厉害，母亲就坐在床沿上歇着，但却一刻也不消停地盯着我。这次我注意到了，她用拳头不时地击打着自己的胸部，说她心疼。我知道这是母亲对儿子内心的一种无以表达的深切的爱。

从女儿身上我才真正领略了啥叫心疼。有一次，女儿莫名其妙地哭着，哭得背过了气，脸和嘴唇都变成了紫色。我一看就知道女儿是哭断了气。手忙脚乱地给女儿做人工呼吸，折腾了几下，女儿才缓过气来。女儿缓过来了，本来有贫血的妻子却说她心疼呢，她不说也就罢了，她一说，我的心也跟着疼起来了，是一种说不出名堂的疼。我知道这是做父母的对儿女的一种揪心的爱。

小时候，母亲常拉着我的手说，我心疼死了。现在不管是妻子还是我抚着女儿的头时，都会情不自禁地说心疼死了。有时候，女儿睁大眼睛好奇地问，说心还能疼死。妻子和我互相望着，看着女儿的傻样笑了。笑声轻轻地荡漾在女儿的身边，女儿也笑了。那甜甜的笑容里似乎包含了对父母心疼的理解。

女儿上三年级了，有一次，我问她，爸爸妈妈对自己的女儿很疼爱，表达在语言上说"我心疼死了"好还是"我爱死了"好。女儿歪着头想了一会儿，又嘴里念叨了一会儿，说还是"我心疼死了"中听，顺耳。女儿又说，爱是表现在动作上，而心疼是表现在心灵上，都是爱，深度不一样。

看来，女儿也是理解了父母的一种爱叫心疼。

女儿的夜

窗外，雪夜的灯光橘黄曳长。屋内烛光点点。

夜色清冽。空气清冽。人心清冽。我拥被抱着女儿，妻子酣声如注。

女儿在我的臂弯里熟睡，呼吸如此的均匀。

女儿出世的第一声啼哭嘹亮而粗犷，把熟睡的院落从梦中惊醒。其实，不用接生婆告知，我已明白一个新的生命就此诞生了。女儿，我期待你已久了。

妻子怀孕的时候，就不止一次地梦见在野地里摘花。妻子说梦的时候，脸上带有一丝兴奋和愉悦。她不明白梦的预兆，只有我知道，这是女儿将要来到这个世界的梦兆。

第一眼看见你的时候，你竟啼哭着要奶吃，你哭的样子很丑陋。这时距你呱呱坠地才有一小时。你的鼻子塌得像用锛子砍去了似的，只是一头的黑发浓浓地直立着，这就让人惊奇。接生婆说，她接生接了大半辈子也接了好多孩子，就没见过这样浓发的。可是你的小眼睛始终闭着，怕光似的闭着，让人心焦也让人心悸。但是，我深信你的鼻子不会是塌得一塌糊涂的，因为你的父母的鼻子也不是太难看的。当我把妻子称作你母亲时，妻子竟羞涩地转过了头，她在心里窃喜更渴望那个称呼，却又羞于那样的称呼。初为人母的羞涩让她难以启齿和没有勇气承认。

妻子没有奶水，你哭得嘹亮、粗犷，放肆。你的哭声再次惊醒了夜的沉寂和静默，也哭疼了一位母亲的心，还有一位父亲的心。

此后的夜晚便是我与你呢喃交流的夜晚。夜深了，月光再次亮起来的时候，我从医院给你买来了惊风丸。一个眼睛有动感的布娃娃放在你的怀里惊着了你，那是你第一次受惊。受了惊的你便整日整夜地啼哭不已，你的哭疼碎了你母亲的心。我的妻子你的母亲陪着你哭，把自己哭成了泪人儿。我和妻子轮换着抱你，抖你，哄你，希望你能安静下来。可你依旧嘹亮、粗犷、放肆地大号，号得声带都嘶哑了。要不是那惊风丸，不知你还要哭多久。

大夫说，让孩子晒晒太阳。可未出产月的婴儿能晒太阳吗？不敢让你晒。好不容易熬到了满月，我把你裹在斗篷里抱出去，在院子里作长时间的散步，让阳光的纤手拂动你的神经，抚摸你的肌肤。那时候，我开始注意田野、天空、柔和的长风。田野上绿意盎然野花如缀；蓝天上晴空如洗，偶尔飘来一两朵白云，白得像你的脸蛋。我说给你听，田野上的什么花开了，什么草长了，蓝天上飞过了一只什么鸟，白云像什么的时候，你却一脸的茫然，你只注视着花园里的那些红艳艳的花儿，显然你对红色还是敏感的。你读着花儿，在我的臂弯里沉沉地睡去了。这样的时候，我再仔细地瞧你，你的鼻子似乎不再那么塌了，小嘴也有点像鱼儿的嘴，脸盘儿也像月儿一样粉白细腻。其实，你还是喜欢夜的到来。暗夜里你一直很乖巧，不哭不闹，让人省心，也让人心甜。你醒来的时候，双腿一蹬，一声啼哭，妻子就知道你该吃奶了。就在那晚，在昏黄的灯光下你望着你母亲轻轻地笑了一下，这一笑，就把你母亲喜坏了，大呼小叫地把我从睡梦中一把搡了起来，愣让我看你的笑，可你却始终再也没有笑，害得我等了半晚上。我知道从我的身上你是闻不出亲情的那种味道，只有你母亲身上才有那种亲情的味道。但是，这我不怪你，等你再长上几个月不认生的时候，就会对我笑了。我期待着那个时候，我渴盼着。

在白天的工作中，我的精力来自女儿给我的力量，有了女儿，我才明白这世界充满了真情、亲情和思念，每天我都在不经意间等候下班，为的是能够见到女儿，见到女儿的笑。

夜深了，女儿还没有睡意，可我却疲惫了，接连几天，连我的身心都疲惫了。我有了一丝怒意，可一看你粉嘟嘟的脸和那种稚嫩的企盼眼神，我的心又疼了，我怎么能生气发怒呢，你是我的女儿啊。女儿，作为父母是辛苦的，可作为母亲又是疼痛的，她不但身疼也心疼，你是你母亲身上的一块肉啊。然而你的哭泪哗地掉在我的手心里，凉丝丝的。你母亲的泪水也随之流了下来，这是一个母亲对女儿的疼肠和疼爱。我静静地捧着你的清泪在昏黄的灯光下看着，直至最后蒸发掉。我捧着的时候，仿佛捧着的是一泓清水或是搏动的心儿。女儿，你的清泪让我心动也让我心疼。

女儿啊，你就在我的臂弯里睡吧，我的臂弯永远是你得以依靠的港湾。

女儿在我的臂弯里睡熟了，睡梦中忍不住笑了，笑出了声，格格地。女儿，你梦见了什么呢，是梦见了父亲的笑和母亲的笑吧。也许你是在凄美的夜晚梦见了月亮，还有那眨眼的星辰；也许你是把我的臂弯当成了你入梦的摇篮。

女儿啊，你笑了，对我和你母亲是一种安慰，对我们疲惫的身心是一种解脱。

女儿，让我们大家一起笑吧。

女儿惯坏了我

女儿自从上了二年级，就开始变得丢三落四起来，时常上学时不是把书忘了就是把铅笔盒忘了，很多时候女儿前脚刚出门，我就破门而出步其后尘紧追不舍。当我把东西送到女儿手里时，她竟嘿嘿地笑着，偷偷地乐着，活像一个傻妞，叫人哭笑不得。有时候真想给女儿两巴掌，可一看她嫩面面的笑脸就没有了气，让她的淘气劲儿一下子惹得人心里乐乎乎的。可这时候又不到上班的时间，但离家又有点远，弄得上班也不行，回家也不是，于是干脆就到人多的地方一站，傻乎乎地听人们闲谝，听古今，听民间轶事，听农村的风流韵事，还听一些身边发生的小事情小故事，后来听着听着竟也听出了门道，有很多听来的故事还变成了小说。何乐而不为呢！于是不管女儿上学带没带她时常忘带的东西，到了女儿上学的时候，我都要心急如焚地夺门而去，找寻着听取那些熟人们讲的故事。

女儿这丢三落四的毛病到了二年级第二学期一下子改掉了，这就让我很被动，女儿不怎么丢东西了，我却在家里坐不住了，一到这时候，我就心急如焚，一刻也在家里坐不住。这时候，女儿却看着我偷偷地乐着，满脸幸灾乐祸的神色，让人捉摸不着女儿的心思。

妻子说，我彻底让女儿给惯坏了。听妻子这么一说，我差点笑得接不上气来，女儿长这么大，我就没有惯过她，她也不知道什么叫惯，只知道我有时候会对她黑脸，让她害怕。却从来不知道她在惯着我，这一点我自己也没有察觉，但妻子却从很早就看出来了，真是所谓的旁观者清吧。

我在家里坐不住了，而女儿却在家里越坐越稳，不到上学的时间绝不会提早去上学，而是去看几本带拼音的故事书，看得很入迷。

有一次，女儿拉着我讲了一个故事。她说，从前有两只老绵羊和一只小绵羊共同生活着，但一只老绵羊除了在圈周围吃喝之外，从来就不肯去有草的地方吃，还要另一只老绵羊给它送草。而那只小绵羊却天天向往着有草的地方，但却得不到那只老绵羊的护送，每天都是胆战心惊地过着日子，后来小绵羊想出了一个办法，决定把那只老绵羊骗出去。有一天，小绵羊对老绵羊说，我出去吃草的时候碰见了一只狼，是只非常凶残的狼，但它又不得不去，因为那里有茂盛的牧草。老绵羊也嘴馋得不行，于是天天护着小绵羊去那里吃草，那里毕竟是一片没有经过牛羊践踏的地方，老绵羊就吃上瘾了，一天不去那里心里还真不是滋味，腿也不听它的使唤了，只要一出门，老绵羊就不由自主地往那儿走，这就养成了一种习惯。老绵羊由小绵羊惯着了。我听着女儿的故事，好像在哪儿听过，又好像在哪儿见过那几只绵羊。静下心来一想，这个故事讲的不就是我自己吗？小绵羊把老绵羊给惯坏了，女儿把我给惯坏了。

接下来，我该惯一惯女儿了，我狠下决心，一定要把女儿也惯坏，让她养成一个爱读书、好读书、喜读书的好习惯，这是我的愿望，也是妻子的愿望，就不知女儿爱不爱读书了，但现在起码她还是爱读书的。

女儿把我惯坏了。同时我也要把女儿惯坏。

外爷的皮箱

外爷的一生充满了坎坷和传奇，也经历了各种磨难和痛苦，但他始终没有被任何困难所吓倒，整日乐呵呵的，而他的各种磨难和痛苦似乎都与一只破旧的皮箱有关。

他始终把那只破旧的皮箱藏在家中别人找不见的地方，不让人看，不让人摸，甚至也不让人问。谁要是想打皮箱的主意，或是求着想看一看他的皮箱，那他就会发脾气。小时候，我们只能在外爷翻看皮箱的时候远远地望一望，谁也不敢到跟前去看一看皮箱，更不要说摸一摸皮箱。我们只能遐想。外爷不在的时候，我们淘气地硬缠着外婆问皮箱里装着什么。外婆说那是一件珍贵的瓷器，她也没有仔细地看过，只是模模糊糊地看过一回。有一年的冬夜里，外爷睡不着觉，一个人悄悄地爬起来，打开皮箱小心翼翼地取出了一只蓝幽幽的大碗，翻来覆去地看了几遍，然后又小心翼翼地装进皮箱里，再轻轻地放进柜子里。是一只碗，一看就知道不是什么值钱货，但外爷就是不让任何人看。有几次，几个舅舅缠着要看一看那个蓝碗，被外爷臭骂了一顿。自那以后，就再也没有人敢在外爷面前提起看那只蓝碗的话题了。就是别人提起来，外爷也会把话题岔开。

外爷的那只皮箱逐渐也被大家忘了，连同忘了的还有皮箱里的那只蓝碗。

十几年前，外爷老了，感觉自己行动不便时，才把小舅叫到跟前，给小舅第一次打开了那只让人思慕已久的皮箱。皮箱打开的同时，也打开了外爷的记忆。

30年代初，外爷跟着本家的一位老哥哥在江西一带跑小生意，生意不是太好，只能挣点小钱养家糊口。后来，在一次渡船过江时遇到了土匪，抢光了外爷们的本钱，生意做不成了。外爷们一下子成了两个肩膀支撑一张嘴的穷光蛋，连家也回不了了，只有沿途乞讨着过日子。他们在江西沿途乞讨的时候，又被那里的当地民团当成红军抓了起来，后来在当地一位老相识的帮助下才算是保住了一条命。也是那位老相识送了一只家中最珍贵的瓷碗。老相识送碗的时候，说送一点钱倒不如送一只碗，有了碗就有了饭，希望外爷一路上能有个饱肚子，并能平安地回到家乡。

后来，外爷在一个村庄里讨着一碗饭吃的时候，有人出大价钱买那只大碗，外爷没有答应。那人就让外爷保存好那只大碗，说是很早年代的钧瓷大碗，到紧要关头能给外爷带来好运呢！到那时，外公才知道老相识把他珍藏的一只钧瓷碗送给了他。以前，老相识常给他说他家里最值钱的东西就是一只钧瓷大碗。外爷非常感激老相识。他明白了老相识不送钱而送那只钧瓷大碗的真正原因，是怕他不肯接受钱也不肯接受那么珍贵的礼物。

外爷因感激友人，从江西把那只碗带回了洮州的家中，并买了只皮箱装上它。自从把那只大碗装进了皮箱，外爷就不让任何人摆弄他的皮箱。这是有一定原因的。

后来那只钧瓷大碗就一直由小舅珍藏。外爷对小舅说，那只钧瓷大碗就是穷到卖房的地步也不能出手。要永远地放在家里，看着它，人就会有些念想，也能想起过去。人有了念想就不会忘本、忘记过去、忘记那些曾经帮助过自己的人。

我们几个小辈眼馋了，就求小舅拿出来瞧一瞧。小舅像外爷一样小心翼翼地打开了皮箱，捧出了那只钧瓷大碗。只见那只碗上釉水肥厚滋润、均匀细腻；大碗内壁莹润如玉，润滑似水；外壁苍蓝如天，紫中藏青，青中寓白，凝脂流荡，似玉非玉胜似玉。大家在惊叹它的同时，又惊叹外爷是如何把这只玲珑剔透的大碗一路风餐露宿地带回了洮州的家中。

那只大碗一直存放在小舅家中。一些收古董的人千方百计地打问着上小舅家探求那只大碗的去向。小舅笑着说，卖掉了。那些人不置可否地摇摇头，悻悻地退回去，不再打问那只大碗的去向。

　　那只大碗现在成了小舅的压箱之宝，谁也不能碰它。小舅说得比外爷还要神气，说那只大碗已经有了灵气。

　　现在你要是再眼馋地想看一回那只钧瓷大碗，怕是要费些口舌了。

再忆我的阿婆

我阿婆去世已经两年有余了，这两年多，我还时不时地在梦中梦见她，大概是思念她太切的缘故。梦中醒来，我的心里便感到深深的不安，因为我知道我为阿婆做得实在是太少了，这两年来我为阿婆舍散钱物很少，在真主上为她祈祷得也少。这也许是我梦见她的原因。世上拉拢人的事情太多，往往是记了活着的忘了去世了的。这是我忘记阿婆的原因吧。去世的已经去世了，活着的还得活着，可活着的却没有尽到活着的义务。这是忘义。

我没有理由不纪念我的阿婆，更没有理由忘记我的阿婆。往往是梦中醒来，她的音容笑貌、举手投足清晰地浮现在我的眼前，这就不能不由我想起她的以往来。

我的阿婆年岁大，但精神矍铄，从我记事起，她的精神好像一直很好，整天进进出出地操持家务，管护孙子，喂养牲口，把家里打理得干干净净的，这时候的我就是在阿婆的背上长大的，在孙子们当中，因为我是长孙的缘故，阿婆特别地疼爱我，整天让我趴在她的背上，不管自己有多累。我在阿婆的背上一天天长大，而阿婆却一天天在萎缩，直到有一天弯了腰背不动我。我是在阿婆的背上长大的，这话一点也不夸大。那时候，家家的生活都不是太好，偶尔家里有了一顿好吃食的时候，阿婆就把它偷偷地分给我们兄弟几人。当我工作拿了工资买了好吃食给她时，她高兴得竟然像儿童一样存着吃，还说她没有白心疼我这个孙子，其实，我给阿婆的回报能有几回呢，寥寥无

039

儿，可她却是那样地高兴，认为我是多么孝顺的一个孙子啊。今天想来，我并不是那么孝顺，也没有她想象的那么孝顺。人人都是自私的，我也不例外，我是一个忘记过去的人，忘记自我的人，忘记恩惠的人，忘记回报的人，这一点没有人知道，只有阿婆知道，但她并没有说出来，她是最容易满足的。老人的心是最容易得到满足的。这是普遍的老人的心态，人一旦老了也就没有什么渴求了，只是希望儿孙能够孝顺一点罢了。老人的渴求就只有这么一点，可我给阿婆的究竟有多少呢？想起来多么地愧疚啊。阿婆的背负养育之恩我再也还不上了，我只有祈求真主能饶恕我的阿婆，让她归在真主的厥前。阿婆，今天我又舍散了一些钱，我祈求真主将我舍散的回赐归于你上。阿婆，这是我对你去世后最好的回报。阿婆，在梦中你怎么就不说一句话呢，我多么想听到你能给我讲几句话，哪怕是一句半句也行，但你在我的梦中从来都是不说一句话。阿婆，今天我又想起你那时引领村里的孩子们聚在我家里，帮助那些无人带孩子的家庭看管孩子，那些个孩子们整天闹哄哄的，你看了这个顾不上那个，让你整天忙得心都憔悴了，可你却依然帮着带孩子，没有任何怨言。但当父母亲埋怨你的时候，你却宽宏大量地笑了，说谁家没有个难处呢，以后我家有了难处求人家也好张口。这个时候你不维人，用着人的时候人家就不会理你。

日子过得真快，一晃就又到了夏季，瓜果都熟了，街道都飘着一股清香。这就让我又想起了孩子岁半的时候，我从街上买了瓜果回到乡下家里看望阿婆和父母。我到家里的时候，阿婆正和我女儿曼茹叶坐在院中的杏树下，嘴里哼着谁也听不懂的曲子，抑扬顿挫的。寰寰手里握着两个气球，格格地笑着。阿婆闭着眼睛哼着曲子，也春风荡漾地笑着，满脸的幸福。我悄悄地蹲在院中看着她们祖孙两人，心想这就是天伦之乐，没有愁肠，没有难辛，没有干扰，没有一丝杂音，只有树上的鸟儿在枝叶间偶尔鸣叫上那么几声，显得清幽无比、心境坦然。一只麻雀哗地飞过女儿的头顶，女儿转身看着麻雀飞走的踪迹伸手要抓，幼稚得可爱。她回身的当儿看见了我，望着我笑了，嘴里含混不清地喊着"爸——爸！"阿婆这时才从她那幸福的思忆或是冥想中回过神来，扳过女儿的头，说曼茹叶喊爸爸，你爸爸来看你了，噢，还抱了个大西瓜。曼茹叶吃西瓜了，曼茹叶吃西瓜了。她高兴得简直像个儿童似的大呼小叫。我笑着给阿婆问安，说我是看您来了！阿婆的眼睛里立刻就放出了荡漾不定的光芒。

我说，阿婆我们吃西瓜吧。

阿婆说，等全家人齐了再吃。

我说，阿婆，多着呢，有一塑料袋呢，够他们吃的。

阿婆说，那我们吃了。

在杏树底下，我端来木盘，切了一只西瓜。曼茹叶还不会吃西瓜，阿婆用小刀切成小块让女儿嗫，见女儿嗫得又香又甜时，她竟然比自己吃了西瓜还高兴。我劝她也快吃几块时，她说不忙，等孩子吃够了我再吃。她就那样一块一块地喂着曼茹叶，吃得曼茹叶满脸满嘴的西瓜汁。阿婆哈哈地大笑着，女儿也被这笑声惹得格格地笑了。

女儿吃够了，当太太再送过来一块西瓜时闭嘴不张口了。阿婆说这才叫吃够了。

阿婆的前门牙掉光了，啃不动瓜，只有嗫了。她笑着说，我像曼茹叶一样没牙，吃不动东西了。我的心里就悲戚戚的，眼睛里涩乎乎的。

今日想起阿婆喂曼茹叶的情景，历历在目。不由我不思忆那个难忘的夏日。我是在阿婆的背上长大的，我的女儿又在太太的背上长了两年。时至今日，我思忆着阿婆那时候是怎么把一个淘气的不肯听话的孩子放到自己的背上的，是怎样在背上颤簸着哄睡着的。常言说，宁可背一天石头，也不背一天娃娃。但阿婆从来就没有诉过一天苦，喊过一天累，她是忍耐着宁可自己受累，也不让儿孙受累。今日思来不由得泪如雨下，我再没有机会回报阿婆了，这是我一生的遗憾。女儿曼茹叶她更没有机会回报她的太太。

这是我和女儿的遗憾。

阿婆等待在杏树的树影里

我家住在村口。

门前有一棵杏树，杏树下有一块很大的青青的面子石，不知是何年何月何人丢放在那儿的，我问过阿婆，阿婆说不知道，可见这块面子石在我家门前是有些年限的了。小时候，我们几个半大孩童就爬在面子石上玩耍，时不时地被面子石磕破了胳膊和腿。有时候，阿婆也坐在上面一边捻线一边和村里的其他老太婆说些家常往事。

后来，我上学了。我上学是父亲硬拉着去的，那个时候的我，不但调皮而且野，早饭一吃，就到田野里、山坡上疯玩去了。父亲把我送进了学校，我的心仍然在田野和山坡上。阿婆也经常哄劝着把我送进学校里。可我人在教室里，心却在田野里飞翔，不是鸟儿在心里飞过，就是兔儿在心里蹦过，心总是收不到教室里来。下课的铃声刚一响，我就撒腿往家里跑，可刚跑出校门，就发现阿婆静静地坐在门口杏树下的面子石上望着通往学校的路口，我便缩身跑回学校里，连着跑了几次，都被阿婆的目光给挡回了学校。放学的时候，不管是刮风下雨，阿婆总是坐在或是站在杏树下，望着校门，看着我飞奔着向她跑去。

有一天，在上语文课的时候，我想起了园子里那红艳欲滴的樱桃，口里就甜津津的，再也坐不住了。课还没有上完，我就站起来对老师说我肚子疼，请了假飞似的朝家里跑去。跑到家门口时，发现阿婆坐在杏树下的面子石上睡着了，睡得很沉，竟然没有发现我的到来。我钻进园子里，摘了樱桃吃了个饱。然后在树下捉了几只虫子用细细的草棍儿串起来玩耍，玩着玩着竟然睡着了。一觉醒来，院子里静悄悄的，父母还没有从地里回来。我一看太阳，早过了放学的时候，阿婆的人影也不见。我轻轻地出门去看阿婆，发现她端坐在面子石上傻等着。我赶紧背了书包从墙上溜出去，绕了一大圈，哼着乱调跑到她跟前，她笑着问我是不是作业没做完，让老师扣下了。我看着阿婆笑了一下，跑进了大门。

在我的记忆里，阿婆一年四季就是这样等我的。我上完了小学，到十几里之外的乡中学去上学，每到周末放学回家，阿婆仍然等待在杏树下的树影里，要么是坐着，要么是站着。

后来，我上了高中，每当回家，阿婆还是像儿时那样等我。再后来，我上了大学，不知她是不是等我了，我没有问她。

我参加工作后，每到周末还是要回趟家的，但只要我一回来，就发现阿婆坐在面子石上等我，不管春夏秋冬。我曾经劝过她几回，天气凉了的时候就不要等我了，但阿婆说她等惯了，不等会心焦得慌。可我由于工作太忙，有时候真是抽不出时间回家，每到周末，阿婆还是一如既往地等我。母亲也曾劝过阿婆，她说，从小在我的背上长大的，几天不见，我的心里憋得慌。再说，我也闲着，坐在家里等着也是等，不如到门口去等，顺便打打卖眼，解解闷儿。

那年，阿婆去世了，我再也看不到她等我的身影了。每次回家，我总觉得阿婆就坐在门前杏树下的面子石上，朗朗地笑着，喊着我的小名，拍打着落了满满一身的粉红杏花，起身朝家里走去……

岁月深处的一点记忆

我上高中的时候，住了一年校。一个宿舍里五个人既要做饭又要学习，把仅有的一点空间都占完了，晚上跑到教室里去也不行，校警查看着提心吊胆也不安心。上高二的时候，我领着两个弟弟试着在学校周围的农户家借房，竟也借到了一间空房。房子虽小，但也干燥、亮敞和安静，很适合我们学生住。那天房东大娘说，房子不要钱，但要一点电费，你们学生写作业、复习功课那是要费电的。听房东大娘这么一说，我信誓旦旦地对她说，电费您说多少就多少。房东大娘说，我儿子在电力局工作，每月享受五十度电，但也用不完，超过五十度是要缴电费的，超过的部分你缴上就行了。我答应了她的要求。但我想她们家不至于用那么点电费吧？心里还是有那么一点疑虑。

我和两个弟弟搬进去以后，尽量节省着用电。第一个月房东大娘没有要电费，第二个月还是没有要。到了第三个月我心里就有点不自在，是不是人家不好意思要。我从家里要了二十块钱给大娘送了过去，她竟然笑着说，没超过五十度，我要啥？

我只好把那二十块钱又揣进了怀里。之后的两年里，电费从来就没有超过五十度。我也从来没有给过房东大娘一分钱。工作了之后，和房东大娘的儿子谈起当年的事时，他哈哈大笑着说，那个时候我家的电费是全免费的，你没见没装电表吗？我说我还真没发现。他说，我母亲那样做是为了防止你们浪费。我心里的那种感激和敬佩油然而生。

那时候，房东大娘家里安了两盘太阳灶，夏天的时候烧一壶水只要十多分钟。早上去学校的时候，房东大娘就把我们房里的热水壶拿出去放在太阳灶旁，然后操着心灌上开水，这样我们放学回来做饭时就会节省很多时间。冬天的时候，太阳灶烧不了那么多的开水，她就拿上我们的热水壶在她家的炉火上烧水灌满。她那样做的时候，真像我母亲，也像我母亲的秉性。

有一次，我患了重感冒上不了学，悄无声息地在房子里躺了一天。第二天早上大弟和小弟上学的时候，她没有看到我，就问我上哪儿去了。小弟说我病了在床上躺着呢。她闻声进来摸了摸我的额头，自言自语着说烧得不轻，然后脚步沉重地出门去。过了一会儿，她又进来了，一手拿着一个铁盒，一手端着一个大碗。进来后先化了三大碗红糖水让我喝下去，然后用热毛巾擦我的肚脐眼儿。她一边擦着一边说，等会儿我再用熟鸡蛋给你滚一滚。她擦完后给我盖上被子说你等一等，我就来。经她那么一擦，我的头好像也清爽了许多，闭上眼思谋着上课的事。不一会儿她又来了，手里拿着一个热腾腾的熟鸡蛋，剥掉一点蛋皮后从自己耳朵上摘下银耳环放进去，用一条薄毛巾包了，在我的额头、眉心、鬓角、手心、肚脐眼儿和脚心里热敷，这样翻来覆去几回，一股股的暖流在我浑身流淌，我的热泪潸然而下，也逐渐来了瞌睡，很快就进入了梦乡。再也不知道房东大娘做些什么了。

我醒来时已是下午四五点钟了。门口的箱子上放着一个留言条，落款是房东。留言条上写着要我醒来后多喝点开水，然后再吃点馍馍。我转身看了一眼，床边的桌子上放着一盘馍馍，显然是房东大娘放的。留言条上还说，醒来后先不要到外面去，出了汗的人虚着经不住凉风吹。我看着留言条，心里暖暖的，感觉母亲就在身边。

这几年，我不时地去看她，她很热情，还是像当年一样说说笑笑的，有时也说一些我们兄弟们的事，说你们兄弟三人，老二懒惰不好学，老三用功但用不到点子上，只是你太用功了，那时候把自己瘦成了一把干柴，看着都让人心焦和心疼。每回我都要说些感激的话。说起时她都摆着手说，都是从乡下熬出来的，也都不容易。

有几回我领着女儿去她家里玩，她就给女儿说我的事。女儿回来后说那个奶奶知道得真多，比奶奶知道得还要多。我对女儿说，是旁观者清啊。

现在我跟房东大娘跟亲戚似的走着，亲着。

房东大娘是我人生岁月里的一点记忆，她那种慈母般的疼爱，永远刻在我的心灵深处，成为了我人生道路上终身指引迷途蹊径的一盏明灯。

小 弟

周末，小弟在电话那头懒洋洋地问，今日有空回家吗？冬日的阳光暖洋洋的，小弟的问话也暖洋洋的。我知道小弟又出猎打了兔子啥的。我笑着问，是不是又打兔子了。小弟像往常一样暖洋洋地笑着说，还真让你猜着了，兔子现在就煮在锅里，你来了我们就开锅。这时，我听母亲在电话那头笑着说，就知道心牵你大哥。小弟笑着大声说，大哥就一个哟。

小弟时常心里牵着我，有什么好吃的东西，他就会打一个电话过来，要是我回不去，他就会坐车送来，好在老家离县城不是太远，坐车只是一会儿的工夫。

我和小弟相差三岁多，但小弟负担家务的担子却比我早好几年。那时候家贫，我、大弟和小弟都在上学，家里的农活由父母亲来做，我们的任务就是一心一意读我们的书。有时农活苦累了的时候，父亲就对母亲说，让一个娃娃歇下来帮我们吧！母亲思谋着说，让谁歇下来呢，都不成，除非哪一个不想念书了，可现在都狠着劲念书呢，将来怕是背亏欠呢。父亲愁眉苦脸地说，我说也是，然后背起手走了。他们说话的时候正是周末，我们就在炕上写着作业，他们说的话我们是听到了，但谁也没有言语，那时候，谁也不愿意放下手中心爱的书本，但家中繁忙的家务活总得有人帮着父母吧。然而小弟却把父亲的话深深地印在了心底里。那时，小弟正读初二，我读高二，大弟上初三。我弟兄三人是村里唯一由父母全部供着读书的一家，我们有时候走在村道上的时候，村里那些长舌男女们就说不消停，带着嘲笑的口气说老敏家累天苦日地供大学生呢。小弟就吃不消那些风言风语，说我不念了。父亲的脸就气青了，顺手给了小弟一个耳刮子，我和大弟吓得不敢言声。自那以后谁也不敢再提罢学的事。

一年多之后，我考上了大学，大弟也上了高二，小弟却没有考上高中，这让父亲很伤心。这时候父亲一方面为我考上大学而感到由衷的高兴，另一方面为小弟未考上高中而感到格外地羞辱。好几天没给小弟好脸色。小弟受不了父亲的冷脸出走了。确切地说是跟上村里一些人打工去了。小弟走的那天，瘦小的身躯背着一个大大的包袱，那是他出外打工的全部家当。母亲流着泪拦挡小弟，但父亲却一句话也没有说。小弟走了以后，父亲流着泪对母亲说，让他去吧！这样对他有好处，出外吃点苦受点委屈他就会知道读书的好处了，他回来后就让他插班复读。

小弟走了一个多月也没有回来，我上学报到的时候到了。父亲陪我去上学，临走，父亲对母亲说，老三回来后就让他复读去，复读报名的钱我给你留着。我和父亲去了省城。

父亲回家后我写信问小弟回来了没有，父亲回信说没有。此后我写了好几封信问小弟回来了没有，父亲均回信说没有回来，我的心里很是惆怅和不安。

寒假里，我回到家里时，小弟依然没有回来，我到家里一周后，小弟突然回来了。小弟的回来让全家人很是兴奋，母亲流着泪拉着小弟的手转前转后地看。小弟这一走半年多长得敦实了许多，但也黑了许多，说起话来嗓音也有点粗。父亲试探着问小弟，说上学的时候去初三复读吧？小弟笑着说，还复读个啥，要是想复读早就回来复读了，何必等到现在呢。父亲再也没有说什么，默认了小弟的话，从此再也没有谁提过小弟复读的事。

寒假里那次上学我拿的费用就是小弟用他的双手和汗水辛苦换来的钱。接下来的几年里，我再也没有从父亲手里拿过一分钱，全部由小弟来提供。后来大弟上大学还是由小弟自始至终供着。

我上大三的那年冬天，大概是周末，全宿舍的人都到市场上买衣服去了。我拿着一本书，好像是大仲马的《基督山伯爵》津津有味地读着。有人轻轻地敲门，那敲门声轻得不能再轻了，我走过去轻轻地拉开门，看到小弟笑着立在门外，背着一个大大的包袱。进了门，还没等我给他倒茶水，他就打开包，掏出了一大堆东西：一双红皮鞋，一双白旅游鞋，一套灰色的羽绒服，还有一些日常用品。小弟说，他刚从西宁过来，要回趟家，顺便过来看看。我看着小弟买回的那些东西，眼睛湿润了，我哽咽着说不出一句话。说真的，我这个当大哥的还从来没有给大弟和小弟买过一回东西。

我毕业后在县委办公室当上了秘书，由于工作忙，回家的次数就很少。倒是小弟时常带些自家院里和田里的东西来看我，来了也多不说话，坐坐就走了。我知道，小弟的心里苦着呢。

现在家里都装了电话，我回老家的次数就更少了。几天打个电话过去，问问父母的身体状况，顺便也问问小弟，小弟依然懒洋洋地接着电话，暖洋洋地问我回不回来。依然心牵着我，挂念着我。

有时候，我就想电话就像恍然隔世的一道门，隔开了我和父母的见面，也拉开了我和小弟的距离。我放下电话，匆匆地下楼拦车去看我的父母和小弟去了。

兄弟之间

　　兄弟之间那种微妙的关系，在农村常用一句很朴实的话来比喻——鸭子的蹄子一连连，伤其一，疼其二。兄弟之间的关系的确是这样的。小弟是庄稼汉，常常忙于家务和农事，很少来城里，时日久了，打个电话来，絮絮叨叨地说上半天，问上半天，然后问我能不能回趟家，说他最近打了只野兔，存放在冰柜里专门等我一家来吃。我就笑着说，一只野兔一家老小也不够塞个牙缝的，你们趁早吃了，不然会放出味道来的。弟弟就叹口气说，那我们吃了，然后慢慢地放下电话。这时候，我心里就有点难过，这是兄弟对哥哥的牵挂啊，可我一味地在拒绝他。也许他喊我并不是为了吃，只是想和我坐一坐，说会儿话。其实，我们兄弟坐在一起时会说一些儿时的趣事，常把父母听得哈哈大笑。我们说的一些"坏"事，父母从来就不知道，现在我们兄弟坐在一起的时候，再当着大家的面说出来，常常惹得父母笑得接不上气来。小弟小时候很调皮，常常不是摔破家里的碗就是打烂家里的贵重东西。我记得那时我们都还上小学，在一个寒假里的雪天，父母都不在，我们几个玩捉迷藏，小弟不小心把穿衣镜给打烂了，几个人吓得不轻，怕父亲回来打骂，就一起想摆脱打骂的办法。小弟眼睛一转说，赖在羊身上，然后兄弟三人就一起编羊碰烂穿衣镜的经过。三个臭皮匠顶个诸葛亮，兄弟三人竟把故事编得惟妙惟肖。父亲回来后瞪着眼睛问是谁把穿衣镜打烂了。我们兄弟三人异口同声地说是羊打烂了，并说了羊打烂穿衣镜的过程。父亲听说是羊打烂了穿衣镜，并没有骂我们，只是狠狠地剜了我们兄弟三人一眼，然后做他的事去了。当我们说起这件事的时候，父亲笑着说，我说当时三个人的脸色不是太正，眼神也是躲躲闪闪的。

昨天是周末，小弟又打来了电话，说要我带着女儿回家里来浪，我答应了小弟，虽然我手头还有一些事情要办，但我还是放下手头的活儿，领上女儿回到了乡下家里，回到家里时，父亲和母亲抱着手站在大门外的村道上，望着远处的车道。小弟拿着铁锨铲村道上的积雪，显然他是在驱赶着等人的那份寂寞和寒冷。

见了面，小弟笑着说，昨天在雪地里他追了一只野兔，现在正在锅里煮着呢。父亲则抱起他的孙女一溜烟跑进了家门，轮不上母亲抱，她就有点怨气。坐在炕上，小弟望着我说，这一阵子脸色还好。他这是在说我住院的事，前不久，得了场重感冒，住了十几天医院，小弟陪着我没白没夜地住了十几天，我病是好了，但把小弟熬鹰似的熬坏了。我出院后养得白白胖胖的，而他像是病了一场似的，脸色寡白寡白的像他住了院似的。这就是兄弟之间的一种疼肠和扯心。

其实，小弟的心里很苦，父母亲由他养着。而我和二弟近两年又买了房拉了债，一点忙也给他帮不上，不但帮不上忙，而且还要时不时地从他手里拿些钱还债，他的一点积蓄全让我和二弟拿光了。他没有了积蓄就动不了身做不了生意，只有出门给人打工挣钱。他没有丝毫的怨言。有时候，父亲悄悄要我们给小弟攒些钱做些小生意，小弟知道后说，不用攒，攒钱就要拉债。我没账没债，一身轻松，出门凭一身力气能挣钱的。账债拉得多了，人心不安啊。我们拉了债务小弟内心不安，可我们对小弟出门打工哪能安心呢。

兄弟三人一起的时候，小弟总说他今年打工挣得很好，手里宽裕得很。父亲一听小弟谝他打工挣钱的事就悄悄挪下炕走了。父亲是知道小弟心里的那些难辛的。

小弟笑着的时候，脸上显出了几道苍老的纹路和岁月的磨痕。

同龄人之间，小弟是那样地苍老和成熟。我知道，小弟是把一切的痛苦和忧愁埋在了心底里，让父母和他的两个哥哥过舒心的日子。

　　看着小弟苍老的面容，我的心里总是放心不下他孤寂单薄的身子。

　　小弟真的有时候让我很难过，有时候也让我很牵心。

清亮亮的溪水

童年的一切美好和伤痛的记记在那担搁置于灶房旮旯里的木桶里摇荡着溢洒了出来，鲜活地跳跃着浮现在了眼前。一个浑身黝黑、裸着肚皮，光头赤脚的少年挑着一担沉重的木桶摇摇晃晃、停停歇歇地走在日落前的村道上，似等待着谁又像是招呼着谁，硬是把一担水连同黄昏的朦胧挑进了家门。娘问，怎么这么长时候？少年答，桶里水满，要往外溢，走得慢。那个时候，少年还小。小得天真、活泼、可爱，黑乎乎的像一匹马驹子，活蹦乱跳的。但小小的他却存有那么一点心思，一点朦朦胧胧的不可名状的兴奋和欢欣的心思。如今想来，那点心思犹如一丛盛开在原野上的马莲花，在心底里蓝幽幽、水汪汪、亮晶晶地透明起来，又犹如一泓溪水清亮地流淌起来。

那个少年就是我。

我从上二年级开始，就有一种很强烈的在日落前挑水的愿望。泉很远，要走一段很长的路。我挑水不是为了替换、孝顺娘，但我说不清楚，我就是很想挑水。在我未挑水前，我常发现同学曼叶在那个时候挑着一担木桶甩着她那粗长而且油黑发亮的长辫子摇摇晃晃地走在村道上。我很想看她的辫子。每天晚上她的辫子犹如一条长虫晃悠在我的眼前，令我不安，也驱赶着我的瞌睡，让我不能入眠。有时候我也很想摸一摸它，但我却没有那个胆量，曼叶的脾气不好，她曾扬手扇过摸她辫子的豁牙曼吉都的耳刮子。豁牙曼吉都有一次打扫卫生，乘曼叶不备，顺手摸了曼叶的辫子，也就重重地挨了曼叶扇过来带风的一记耳刮子。至今，豁牙曼吉都的耳朵还有点背，我估计就是被曼叶的一记耳刮子所致。豁牙挨了打，一点也不懊悔，还是那个嬉皮笑脸的样子，像个十足的滚刀肉。我虽然未挨过曼叶的耳刮子，可我害怕她扬手的那个动作。我只有在挑水时才能看着那条辫子在她的后背上水蛇样晃来晃去，我爱看。

我的各门功课都学得很好，尤其是语文学得好。那个时候，我很喜欢写日记，但别人对写日记却有一种切肤的害怕，曼叶也一样，她的日记写得一塌糊涂，这样我的日记就成了她的范本，我很愿意她拿我的日记当范本。她是一日也不能没有我的日记。因此上，我就有更多的时候看她的辫子，但我却有了一种少年特有的羞耻，认为自己很"坏"，想起自己的"坏"，脸上就火辣辣地烧了起来。有时，曼叶看着我的脸笑得莫名其妙，我知道那是她看到了我的"坏"。

夏天，小河成了我们一群半大少年的乐园，我和豁牙他们几个凫水捉鱼，把河水搅成了一条浑水河，让那些洗衣服的婆娘们气得甩石顿足。"黑子，我打死你。"可黑子像一条泥鳅依然我行我素，和豁牙他们在河里跑上跑下，溅起了片片水花，搅起一团团淤泥。洗衣服的婆娘们没有办法，只好抱走我们的衣服。抱走衣服，那可是一件大事，赤身裸体的怎么回家，心中一急就猛追抱衣服的婆娘们，在河道里上上下下地跑，河水就越发搅得混浊不清。曼叶她们几个女生站在河道边上，掩着眼睛猛喊："羞死了，羞死了，黑子羞死了。"她们这一喊，可就把我们喊羞了，蹲在混浊的河水里不肯出来了，任河水轻爽地从腿上擦过。还有被惊诧的小鱼也随流淌的浊水从腿上痒酥酥滑叽叽地擦过。见我们蹲在水里，她们就喊得更加起劲了。她们的脸红润润的，好像是专为羞我们而红的。我们虽羞，可我们是不怕那些甩石的婆娘们的，我知道，她们对我们嬉水还羡慕不已呢，她们的童年没有我们过得瓷实。当我们脱下衣服像一群放野的马驹子一样在河里嬉耍时，她们的童年就有可能不留一丝痕迹了。她们不还我们衣服，我们就蹲在水里不出来，用脚不停地搅动身边的淤泥，让河水再一次浑浊起来，让她们洗不成衣服，逼她们骂，让她们骂出叫自己脸红的脏话来，有时，我们抓住了话柄，接住她们的话茬，转而在日后抛向她们的子女，让她们的子女羞得不敢来上学。但曼叶她们在河岸上喊羞的时候，我们才有了令自己不安的羞，捂住牛牛，眼巴巴地望着盼着那些甩石顿足的婆娘们奉还我们的衣服，达不到目的时，我们就一齐朝曼叶她们挤眉弄眼，那帮婆娘们的笑声在河水上哗哗地流淌起来的时候，她们才会抱还我们的衣服，当我们伸手接过衣服的时候，她们的笑声就在河面上再一次荡漾起来，所有的目光就再一次齐茬茬地像扫帚一样扫过来，扫到我们的心尖上，于是我们抱起自己的衣服再一次在河道里奔跑起来，激起团团浪花，搅起淤泥，把羞丢在了她们的眼里。

在河里凫水捉鱼是一件既欢乐又羞涩的事。那次在一帮婆娘的笑声中曼叶抱回了我的衣服，我就觉得曼叶对我好，就决定让她当我的媳妇，这个愿望很强烈。以后，我果真把她当成了我的媳妇，这在我心里成了一个秘密。她不知道，她哥哥也不知道。我和她哥哥的关系不知何时好了起来，一起做作业的次数也明显多了起来，这样的时候，我就心神不安，但她时刻都在笑，笑得天真烂漫，可爱至极。与她哥哥亲近起来还不是因为她和她的长辫子。

我摸一摸她的长辫子的愿望很强烈。

终于，我们有了一次打平伙的机会。打平伙是由我阿婆和曼叶的阿婆商定的，我们都很高兴。那个年月，打平伙很简单，就是各自拿出点清油白面，拾上几只鸡蛋，再从园子里拔上一把不值钱的葱和蒜苗，背上一捆柴，拿上锅碗壶盆，选定一片平整而且茂盛的草地，然后找几块石头架起锅生起火，说说笑笑，开开姑娘们的玩笑。而后在说笑当中拌一盆凉面或是揪上一锅面片子，吃吃喝喝就算把平伙打了。现在回想起那个时候的打平伙，其实是邻里间相互联络感情的一种方式。可惜，现在乡间这种邻里之间的联络方式已不复存在，各忙各的务忙，各奔各的前程，有谁还有那样的心思召集邻里去山里打一次平伙呢，已经没有了。

我记得，那是在一个暑假里，两位老阿婆收齐了清油、面粉、鸡蛋，拔好葱和蒜苗，准备好锅碗壶盆和烧柴，招呼我们一群半大不小的孩子们上山，我们像群搬家的蚂蚁一样前呼后拥地扛着东西。我跟在曼叶的后面，盯着她粗长的黑辫子在后背上甩来晃去，宛如她阿爷赶羊的鞭梢，甩动自如。她阿哥不时地用脚尖碰碰我的腿，显然，他是发现了我的走神，可他哪里知道我心里的秘密呢？在那天高气爽的夏日，我们的心早就随着鸟叫蝉鸣飞翔在田野上，展开了无限的遐思和联想。阿婆们忙着埋锅生火，让一缕蓝幽幽的炊烟摇摇晃晃地升上了天，像曼叶的长辫子一样，晃悠着不肯散去。我的心里就存下了炊烟和辫子的影子。直到今天，当我看到农村上空缕缕飘升的炊烟时心里就有了那么一丝茫然的惆怅和失落，记忆里那粗长的黑辫子便不由自主地浮现在了眼前。

在花草烂漫的山上，我们个个像轻盈的鸟儿，这儿啾啾，那儿吁吁，曼叶的哥哥招呼我弟弟和一帮男孩捉蚂蚱去了。我坐在奶奶的身边。曼叶睁着一对圆溜溜的大眼出神地看着天上的飞鸟。奶奶们天南海北地闲扯着往事，沉浸在愉悦的回忆当中。我望着曼叶，突然又冒出了想摸一摸她辫子的想法。奶奶们的闲扯结束了。我奶奶喊我和曼叶去河沟里挑一桶水来。对这个差事我很高兴，我挽起担钩，挂上一只木桶，把担子的一头放在曼叶的肩上，让她在前面引路掌舵，我在后面亦步亦趋，眼睛盯着曼叶后背上晃动跳跃的辫子。我想以后要是她当了我的媳妇，我就天天和她挑水。我的手里托着她的辫子，手里滑滑的，光光的，绵绵的，一直绵到了心里。

我终于摸到了我梦寐以求的长辫子，我很满足。

又一个新的学期开始了。我怀着激动的心情早早地去报名，我要见到我心仪的长辫子。可我没有见到曼叶。听同学说，她父母不让她读书了，要她练习着操持家务。我知道，在我们村子里，小学毕业的女孩子不是很多，我们村里的女孩子到了十一二岁就被她们的父母拉在家里学着做饭，缝衣，种地，然后等待媒人说媒，在父母以为年龄适当的时候嫁出去，然后重复父母们的生活。

曼叶辍学在家，我觉得我充满幻想和激情的心灵顿然空缺了半片，有一丝淡淡的忧愁和失落涌上了我心头。我明白了，我从此将与我心仪的姑娘很少见面了，再也不能日日里目睹我心仪的长辫子了。有一段时间，我觉得我空荡荡的心灵无处搁置：上课的时候，我的思绪在老师的讲解声中飞翔到了村庄的上空，俯视着村庄或是田野；下课的时候，我从那花花绿绿奔奔跳跳的人群里找寻我心仪的长辫子；放学了，我归心似箭，疯了般往家里跑，期望能在放学回家的路上见到曼叶，可我终归是失望的。有天，我发现了个规律，在放学回家的时候，曼叶总要挑着她家的那担笨重的木桶颤颤悠悠地去泉上挑水。于是，在我的心里产生了随曼叶去挑水的一种强烈的愿望。母亲笑着对父亲说，我们的儿子懂事了，会帮娘挑水了。母亲说这话的时候，眼睛眯成了一条缝，那种喜悦溢于言表。母亲看着我挽短担绳挑上木桶摇摇晃晃地去挑水，就知道她在农忙或是有个头疼脑热的时候再也不用操心水的事了。母亲自从嫁到这个家里的第三天起就一天不差地挑了十几年水，不论是她生病还是春夏秋冬天上下油下刀子，她从未差下每天的那两担水。十多年了，她终于有歇口气的机会了，这机会不是她找来的，而是她的儿子我自觉主动地给与她的。但她不知道这担木桶里清亮亮地盛着我的心仪的向往和无奈的诉说。

在那固定的时间里，在那满溢的清亮的水桶的倒影里我又看到了我心仪的姑娘的笑脸和长辫子。

我度过了又一个充满诗意和梦幻的夏天。秋天一到，我考上了县城里最好的中学，当上了住校生，一个月里回不了几趟家。但我回了家，还是要从母亲的手里抢下担子去泉上挑水。那个时候，曼叶见了我总是怯生生地望着我不说话，好像被什么心事封住了嘴。我的心里有一种异样的痛苦，我知道她是自卑，自我作践，而另外也有那么一点羡慕，毕竟读书是一件快乐的事情，书读好了还可以当干部。后来我听母亲说，曼叶有了人家，翻过年要当媳妇。我不知道曼叶将怎样当一个媳妇，我在心里替她担忧，因为我见过她那样的小媳妇，跟在小丈夫的屁股后面，一张稚嫩不谙世事的脸上透露着一丝婚后的喜悦和羞涩。我的心里酸了好一阵，她本应是我的媳妇啊，为什么偏偏就许了别人呢？有一天晚上，我想着就哭了，哭得好不悲痛。

曼叶许了人家，再也不能大大咧咧地去泉上挑水了，而是捂在被窝里专司绣花织毛衣，为自己准备嫁妆和为未来的男人准备一两身崭新的毛衣。

我见不到她的人影，我渴望听到她扭着腰肢挑着木桶的咯吱声。可这一切都成了妄想，再任你的思绪如何荡漾，我已记不清她的辫子是在哪个傍晚在我的眼前晃悠荡动，勾起了我无尽的思恋和忧伤。我心仪的姑娘怎么会是别人的媳妇呢？我真想不明白。我很恼怒，我积了一腔怨气，我想跟人打一架。那一段时间，我看什么都不顺眼，家中的牛羊鸡狗都成了我的出气筒，当我上了气追打它们的时候，父亲就指着我的额头瞪圆了眼骂我发神经，耍二杆子劲道。父亲这样一骂，我的心里就更加来气，终于一只母鸡被我踢得在地上转圈，打滚，最后死去，母亲拿着扫帚打我，说我打碎了她的盐罐子。我的心里稍微好受了些，可到了夜晚，我的心里就安静不了，觉也睡不踏实，觉得夜晚很长。在学校里，我神思恍惚，精神不集中，学习成绩下降很快，我从一名老师心目中的好学生变成了一个令老师捉摸不透的坏学生了。学习成绩下降了，我自己的心里也焦躁，可有什么办法呢，我就是安不下心来。我只有等待。

　　我很少见曼叶的面了。

　　到了第二年的冬天，曼叶出嫁了，她是被一辆小四轮拖拉机接走的，听说她的婆家很远。接她的那天，她的哭声悲恸欲绝，呼天抢地。我流了心酸无比的泪水。我知道我心仪的姑娘走了，我心仪的长辫子将永远消失了。那长辫子再也不属于我了。

　　那一年，我考上了高中。我变得沉默寡言。我发誓要用我的努力争口气，让人们瞧一瞧，我不是个懦夫。我开始写日记，记下了我伤感的那部分东西。

　　家中的那担笨重的木桶早已换成了瓷实耐用的铁桶，静静地被母亲搁置在灶房旮旯里，完成了它的历史使命，成了被人偶尔瞟着突然记起往事的一对静物。

　　十年后，我跟随县长下乡调研农区畜牧业发展问题，来到了新城镇，在南门河村的养殖大户丁二浪家听取汇报时，丁二浪的妇人看着我笑得很开心，我看着有点面熟，可就是记不起她是谁。忽然她眉心的那颗痣告诉了我她是谁，她就是我曾心仪的姑娘曼叶啊。她的长辫子呢？我在心里问自己。

我们的见面竟是这样的巧合，又是这样的平静。我奇怪自己的心境竟是如此的平静，不露声色。

　　她的脸上自始至终挂着红润的笑容，那是甜蜜的笑，开心的笑，幸福的笑。

　　时过境迁，我只能从她的笑脸上思忆少女时的曼叶。好了，我心中的那段记忆仍鲜活地萦绕在我的心头。

　　我很欣慰。

敏家咀村的记忆

1

省城里的秋天怪怪的，那种天气叫人有一种说不出的难受，难熬极了。一到周末我就领上女儿到黄河边十里长廊的树荫下看来来往往的人群，看天，看水，看野鸭浮水……来打发无聊的日子。

又一个周末，弟弟打来电话说，豆角子、新洋芋都长饱长满了，由于今年雨水充沛的原因，豆角子特别甜，新洋芋也特别散，吃起来香甜可口。再说家里人也非常想念你，好几个月没有回家了。说真的，也真该回趟家了。

坐班车回家也就七个多钟头的时辰，但每次回家都会使我的心隐隐作疼，这是一个多么难忘的情景啊。十年，整整十年了，就是抹不去她的影子，每每想起那一幕幕的情景，我就会情不自禁地流下痛苦的泪水。去年我带女儿回家碰到了儿时的一帮好朋友，他们开玩笑说起她的时候，我的心里就莫名地难受起来，好在他们说过就说过了，没有过深地探究当年她离我而去或是我离开她的真正原因。因怕我作难，家里人从来不提我以往的事，我也从来没有对人诉说过。我知道，我只有把可忘记的烂在自己的心里，把可留恋的留存在自己的记忆里。只有这样，我才会面对困难勇敢地生活下去。

接到弟弟的电话我想了很久，也想了很多。不知是怎么了，往年我都没有这么多的想头，想回家就回家了。也许是弟弟有一回在电话里说她回娘家住来了的缘故吧。

我接了弟弟电话的那个下午，又踱步到黄河边上去看天、看水、看人，想自己的心事。

黄河的水充沛了许多，浩浩荡荡的，有几个穿救生服的游人坐着汽艇在那宽广的水域上旋来转去，在水面上搅了层层涟漪，像人烦躁的心浪，没有片刻的消停。几只在水面上静憩的野鸭也被惊扰得没有片刻的消停。

天灰蒙蒙的，看不清是云是雾。人们的脸上也没有乡村里人的那种喜悦。此时我想着回家，心里也灰蒙蒙的，雾腾腾的。

也许我该回趟家了。

父母亲知道我爱吃大铁锅里蒸煮的洋芋和豆角子，也知道我最爱吃温火上烧烤的青稞穗子。

身心这样疲惫，心境也这样坏。也许回家能调理好的。

第二天，我给单位负责人打了声招呼就坐上班车急匆匆地回家了。

2

敏家咀村的秋天，固然可爱，枯黄的田野上到处是成熟的气息。午后的阳光温柔可亲地对着大地微笑，也对着我微笑，笑得艳艳的。许多不知名的鸟儿在田野上尽情地歌唱飞翔。长寿的野菊花迎着秋阳也笑得艳艳的，笑迎秋风的抚爱。

蔚蓝的天空，金黄的田野，微笑的秋阳，温柔的风，成熟的秋，梦一般美丽的爱情。

我在敏家咀的春季里陶醉过，在夏日里欢笑过，在秋天里哭泣过，在田野里徘徊过，在梦里疼过爱过。

秋阳艳艳地照耀着丰硕的大地。朦胧的秋风来来回回地轻拂着微烫的面颊，辨不清来去的方向，像那不可捉摸的人间爱情，懵懵懂懂的。

记忆之门哗地打开了。那长满蘑菇的幽静山林，牛羊满坡的绿色山坡，微波荡漾的涓涓河流……都在眼前了。

烛光摇曳人影晃动的昏黄灯光在记忆中也燃烧起来了。

我回到了生我养我也曾令我心怀忧伤的故乡。

回到家里已经是下午时分了。其实坐班车到县城以后，我又等了半个小时的车，才坐上了一辆路过家门口到乡政府去的小客车。

进门时，父亲正沉睡在院中间那棵高大的杏树底下的椅子上，酣声如雷。两个侄儿在院子里滚着一个自行车的车轮笑嘎嘎的，把杏树上那些孵卵的或是栖息的鸟儿惊得落不到树上。母亲则娴静地坐在杏树下背靠着父亲低着头专心致志地纳着鞋底，不时地拿针在额头上擦摸着润一润，然后又专心致志地纳上几针。弟弟坐在房檐下的沙发上昏昏欲睡。

侄儿发现了我，扔了车轮大声地喊起来：达达来了，达达来了（洮州一带把伯父称为达达）。侄儿急躁躁地这么一喊，唤醒了沉睡在梦中的父亲。我道了色俩目（祝安），父亲笑嘻嘻地接过了我手中的包，母亲兴高采烈地丢开了手中的活儿，弟弟也笑嘻嘻地从房檐下走了出来，他永远是那么一副皮笑肉不笑的样子，有时让人有点忍俊不禁。

一股青豆子的清馨味弥漫在院子里，我知道是母亲煮了豆角子。久久不曾吃过豆角子了，我的口水就浸浸的像渗渗泉似的一股股地咽下肚去。弟弟看着我的窘相就又哧哧地笑了起来，说你闻着纯天然绿色食品的味道了。的确，在城市里谁能闻到这样溢香喷鼻的气味呢。只有在田野里，在田野怀抱的乡村里，你才能闻到秋的味道，直香到脑子里。

盘子里豆角子冒着热气，一家人围在方桌前尽情地吃着说着，说着村子里的人情物事，甚至是那些古老的故事。在说说笑笑的当儿，弟弟坏兮兮地挤着眼睛，悄悄地说，她回娘家了。我知道他说的是谁。她回娘家了能怎么样，不回娘家又能怎么样。毕竟事情过去了十年，这十年应该是一个光阴。我还是当年的我吗？这十年里头我在省城里像一只蚂蚁整日不停地忙来忙去，把自己的青春都忙走了，你看，原来一头乌黑的头发到了省城就一根一根地脱掉了，到现在脱得不剩几根了。皱纹也悄悄地堆挤在了额头上。走在村街上人们都说我有了老相。的确如此，我已进入到了农村里认为的中年人的行列。

吃过豆角子，弟弟说，哥，学校里盖了新瓦房，你应该去看一看。学校的土院墙拆了，修成了红砖墙，挡住了她家的大门。你应该去看一看，自从你赌气地踏出这个学校门以后你就再也没有去看过，它毕竟是你留恋过也伤心过，奉献过也放弃过的地方，今非昔比，过去这么多年了，你早就应该忘了过去的一切，不必把过去时时放在心上了。现在它拆除了过去旧的一切，也把你的爱恋和痛苦一起埋掉了。

我手里携着侄儿，走向那曾经让我留恋也让我痛苦过的地方。

3

我家离学校有一里多路，离担水泉有两里多路。那个时候我正上初中，每到周末，不管刮风下雨我的心儿就像一只出笼的鸟儿再也收不住忽地一下飞到了家里，在那长长的村道上徘徊不已。我回家不是为了帮家里干农活，也不是替换父母干家务活，而是想实实在在地看上她一眼。那个时候在我的心里没有想过要娶她当媳妇，但是看不到她我就心慌。现在回想起那时的情景，一切都是那么地历历在目……

秋日的黄昏，羊群收圈了，牛儿拴到了槽上，那些三三两两的庄稼汉人背负着一捆捆的杂草从田里回来了。这时候村庄上空就飘荡起一股股晚炊的浓烈草火烟，把黄昏的天空渲染得五麻六道的，让人沉浸在一种莫名的丰收的喜悦里。村道上一担木桶和一担铁桶时停时歇地摇荡着漾溢出一幕农村最原始的爱情故事。爱情就从泉水里流荡着洒落在村道上，用那轻盈的脚步量来量去。爱情故事也就从一担木桶或是一担铁桶开始诉说。奶奶站在学校门口等望着家中那十八只羊儿回家，同时也等望着田里忙碌的人儿回家。终于有一天奶奶发现了一个秘密。她发现当那一担铁桶悠然地摇荡起来的时候，那挑着一担木桶的姑娘会准时出现在学校门口，总是那么一前一后出现在村道上，也总是那么一前一后不紧不慢地相随着。多么像两只相依相伴同时出现在村道上的羊儿或是牛儿。奶奶看着就嘿嘿地笑了，那笑声里带着一丝无以言表的舒畅。黑夜里，奶奶用手抚摸着孙儿的头说，我的娃娃长大了。我听着像罩了一头雾水，听不明白奶奶在说什么，在嘀咕什么。

　　庄稼收割完了，家家都在盘场。我帮父亲牵着牛拉着碌碡一遍又一遍地盘碾着场，场在碌碡的滚碾下亮敞敞地瓷实起来。她背着背篓站在场墙外的一块大石头上昂首痴痴地望着我。父亲看在眼里乐在心上。她看着我拉着牛滚碾着场，竟然看得忘了她要做的活儿。去田里的那些个老老少少男男女女都看着她笑了，那是一种善意的笑，羡慕的笑，鼓励的笑，羞涩的笑，心跳的笑，莫名的笑。她父亲来了，远远地瞭到了她那痴痴忘情的看和浓浓的笑意。她父亲就远远地含笑站立着，等待女儿从那迷茫的梦境中清醒过来。可是她始终没有清醒过来的意思，痴痴的目光随着我和牛儿的身影在场上转来转去，也始终把山丹花似的笑容挂在脸上。平场的父亲看了一眼远处急得转来转去的那个人就低下头自个儿嘿嘿地笑了，笑声里带着一种秋天的丰硕和丰收的无比满意。牵着牛儿转了不知有多少圈子，父亲接过了我手里的牛缰绳，我乏乏困困地骑坐在场墙上边歇息，边看路上那忙忙碌碌的人们。就那么一眼，我的心就像擂鼓般跳动了起来。看到了一双望穿秋水的眼睛正盯着我笑，那浓浓的笑意里透露着一种令我心颤也令我眩晕的意思，让我心颤腿抖得差点从场墙上跌落下来。父亲重重地咳嗽了一声，显然是给我一个暗示：不要脸的别看了，有人来了。我扭转头从场墙下滑下来，透过墙缝我看到她也扭头向后看了一眼，看到了她父亲的笑。她的脸色红彤彤的像血浇灌了似的，勾头急匆匆地走了。我重新坐到场墙上，就开始思谋她，思谋她的动作，她的笑语，她的用意，从那刻开始我还真就爱上她了。那种爱是一种朦胧的爱，纯真的爱，天性的爱，相思相恋的爱。

于是我就开始注意她的行踪，她也开始注意我的行踪。两人这样一注意，就不约而同心照不宣地找到了相见的办法。在下午日落前去泉上担水。虽然见面不说一句话，但眼睛却彼此在诉说着两个人一天的相思和相恋。泉边那些穿得花花绿绿的媳妇和姑娘们互相打闹着嬉笑着，而她却在一旁静静地站着，目不转睛地望着我笑，笑里总是带着一股温馨和暖流笼罩在我的周围，让我窃喜也让我心跳，偶尔哪个媳妇或是姑娘的目光落在我身上抑或是落在她身上，我或是她的脸上就涌上了双朵红晕。那些媳妇或是姑娘就心照不宣地大声笑起来，笑声里带着一股子放肆和嫉妒。只要彼此这么望上一会儿或是默默地看上那么几眼，我就心满意足了。

村里人都夸我很乖，是个乖娃娃，长大了一定是个孝子。我的心里乐滋滋的，其实只有奶奶知道我是不是乖娃娃或是不是一个孝子了。她的心里亮晶得很。

这是我小学毕业那年秋天的事。

4

第二天吃过早饭，弟弟笑着说，曼叶男人去世后就带着两个娃娃回娘家住来了，一个人拉扯着两个娃娃，与哥哥嫂子合不来，日子过得怪艰难的。只是她弟弟还疼肠着没有让她作难，要是弟弟再不疼肠的话，她的日子可真就没法过了。我听弟弟这么一说，心里就隐隐地作痛起来。要不是我，她也许嫁不到那么僻远那么苦焦的地方去，也许现在生活得滋滋润润的。母亲说，麻麻利利好好看看的一个姑娘，命咋就那么苦呢。弟弟说，也许是红颜薄命吧。父亲说，是命运不济啊，我们家对她也有对不住的地方。大家正说着曼叶。她弟弟曼苏挑起门帘探头迈进了屋内，怔怔地看着在炕上说她姐的一家人，轻轻地咳嗽了一声。母亲忙让曼苏上炕。曼苏摆了摆头说我知道穆沙哥爱吃豆角子，早夕星雾散后我去地里摘了一背篓豆角子煮上了，现在差不多快煮熟了。再一迟大家都要到地里去，没有时间陪穆沙哥呢，我娘等着呢，其实我姐也想见穆沙哥一面。穆沙哥放心，没有别的意思，这么多年没有见面了，就是想和你说说话儿。母亲翻箱倒柜地拿出了一些存放的吃食让我捎给曼苏娘。曼苏走在前面，我跟在后面，说着天气，说着今年的收成，说着村里一些很远的事儿。就绕过学校门，到了曼苏家的巷子口。曼苏门口站着一个戴着紫色头巾、穿着得体草绿色上衣的女人，一条天蓝色板裤展展板板的像刚浆洗过一样，脚上一双蓝面白底的毛布底布鞋干干净净的能看得清鞋面的纹路。打扮如此清秀但也朴实的女人也只有当年的曼叶了。她脸上虽然有了一些岁月的纹痕，但她清秀的面容依然保持着当年的原样。身旁的两个小女孩，活脱脱当年的曼叶，只是大一点的女孩看上去比当年的曼叶更加清秀更加活泼，两只眼睛更水灵一些。小女孩畏缩在母亲的身后，说是小女孩其实也有六七岁的样子，见了生人还害羞呢。曼叶远远地望见我就笑着，一如当年的笑。我从她那舒畅的笑容里又看到了当年她的影子。一根粗粗的长辫子总是黑蛇一样在她的背上甩来甩去。当年我曾不止一次地观察过她的辫子。别的姑娘虽然也有她那样粗的辫子，但却甩不起来，原因是她们走路没有曼叶快，干活也没有曼叶利索，做活干散走路利索的姑娘背上的辫子也就随了她的性子，永远是那么地好动。两个小姑娘也都梳着一根独辫，长长地垂在后背上，一如当年她们的母亲。

曼苏紧走了几步，就到了曼叶的面前说，姐，我穆沙哥来了。曼叶说，我看着呢。曼叶向前推着两个孩子说，快叫穆沙阿舅。叫干部阿舅也成。干部阿舅是我的几个外甥的叫法，现在全村打发出去的姑娘的孩子都叫我干部阿舅。显然曼叶是知道村里那些打发出去的姑娘们的孩子的叫法的。两个女孩子害羞地躲在了曼叶的身后。曼叶就笑着说，我把两个孩子拉扯着惯坏了，都快变成木头人了，不管见了谁也不知道问候一声。我笑着说，孩子们都还小，不懂事，再过一半年她们也就省事了。唉，哪一天省事呢？娘家门上拉扯娃娃们难，惯得狠了娃娃们学一身的坏毛病；教育着了娃娃们心上作难。要是全娘全老子也好办，就是这缺爹缺娘的娃娃最难伺候也最难管教了。曼苏听了一会儿说，姐，你说啥呢。叫穆沙哥进屋。曼叶才恍然大悟似的说，我一说到娃娃心里就悲戚戚的，把叫人的给忘了。曼苏说穆沙哥来了我们应该高兴才对，这么多年没有舒畅地说过话了。曼叶看着我点了点头。

曼苏家的院落依然是老样子，只是门窗翻修成了不锈钢，檐台子还是石台子。院中的那棵杏树也粗大了一些，那些硕大的杏果掩藏在绿叶中间，在微风的吹拂下忽隐忽现的，像一个个耍热的孩子的笑脸，红彤彤的。当年就是在这棵杏树下，我和曼苏趴在磨盘上头顶着头写作业。在没有人的时候由我搭架把曼苏扶上杏树去摘那青涩涩的杏果。最有趣的是一个冬日的中午，我、曼苏、曼叶，还有我弟弟，曼叶哥哥尔利有没有就忘了。反正那天天上落了一场厚雪，曼苏家里大人去县城磨面去了。家里没有了大人，我就成了他们的头。我们用筛子罩了十八只麻雀，然后由我主刀宰了投在茶壶里煮着吃了。吃了煮熟的麻雀，几个人就扯开被子捂着，玩着娶媳妇的游戏，其实在那天曼叶就只给我当过一回媳妇，捂在被子底下用小手抠着我的脚心，告诉我一个儿童的心声。到了下午，她家里人磨面回来了，看到厢房炕上撒满了细碎的骨头，就知道是我们的罪过，她母亲就抢起一把扫帚狠狠把我们抢了一顿。她一边抢一边说，造孽，太造孽了，你们的心也太狠了，那么多活蹦乱跳的麻雀让你们给祸害了，你们真不是个东西。她母亲那一抢，我就很少到她家去写作业。因为那时候尔利给家里放羊没有读书。我和曼苏是复式班，我四年级曼苏二年级，两个人是同桌，他作业不会做的时候我就教他。因为我恨他娘，就不再到他家里去，让他一趟一趟往我家里跑。当时我就是那样想的，你打我，我就让曼苏一趟一趟地跑我家里，我教曼苏作业的时候，也是含里含糊的，第二天叫他挨老师的竹板子，让她娘心疼死。只是曼叶还是找我来玩，亲亲地叫我穆沙哥哥。曼叶的小姑娘甜甜地把尔利的孩子叫着哥哥，那叫声多么像当年曼叶叫我的声音。直到有一天我和她默默地相望相恋的时候，她再也没有叫过我一声穆沙哥哥，她突然变得稳重了许多，也变得矜持了许多，更变得可爱了许多。姐妹俩多么像站在院中间观看那几只在杏树上跳来跃去的鸟儿的姐妹俩。我看着小姐妹俩，再过几年就又会出脱成当年活泼可爱的曼叶。

我坐在炕上望着窗外，不知对她们母子说些什么。她母亲说，你考上大学的那年，曼叶的父亲就去世了。曼叶丈夫那年遇车祸去世后，家里就没有亲人了，就干脆回娘家来住了。刚来的时候跟她大哥大嫂的合不来，就把她大哥和大嫂另开了。我曼叶的命苦啊，其实说过来也怪我。我从小就看不惯念书人，认为念书人体质弱，身子骨脆，经不起大风大浪。也怪当年我嘴无遮拦把这些不中用的话说给了你娘，虽知你娘是个内心十分要强的人，容不得别人说她的坏话。你娘一口气就和我们背下了。这些曲曲道道你不知道，曼叶也不知道。那时候我们两家虽然口头上互相说过你们的事，也承诺过你们的事，同时也看到你们很要好。但因这么几句话我和你娘背了脸，从此也就把你们放背了。其实，你毕业回家的那年，我多么希望你娘能主动地和我和好，你娘也多么希望我和她主动地和好。可是我们都像冬天的粪柱子又臭又硬，都没有开口的勇气。那个时候曼叶已经十七岁了，再不打发出去就会养成老女。你是知道的，农村的姑娘一般到十六岁左右就不再到家门上放着了，要想方设法打发出去。由于我和你娘时常在嘴上说着你和曼叶的事，村里人都知道我们是儿女亲家，就没有人给曼叶上门提亲。眼看着村里的姑娘一个个地都打发了出去，我们一家人急得整日吃饭不香睡觉没瞌睡。过了半年多，曼叶的一个远房亲戚给曼叶提亲说媒来了。我和她父亲一商量，虽然觉得不是十分满意，但由于曼叶的年龄，就不敢推辞很爽快地答应了。那个时候也没有细细地去打听过曼叶婆婆家的事。稀里糊涂地把曼叶给打发了。直到离打发只有几日了，我们才放出曼叶要打发的风来。那时候，你母亲听说了，就央人来给你提亲说媒，可是一切都迟了，落地的唾沫说出口的话是不能更改的。曼叶就因为我这张破嘴给害了。其实也把你害了。你一气之下就又到省城上学去了。你到省城上了学就再也没有回来。曼叶回到娘家后我才跟你母亲面对面地说话了，也才把当年的事说开了。我俩都为当年的争强好胜后悔不已。

曼叶看她母亲没有说罢的意思，就嘿嘿地笑着说，我娘说古今呢。曼苏也笑着说，我姐的事也真能当古今讲呢。他们还能笑出来，可我已经笑不出来了。

他们那么一句无关要紧的话就埋葬了我和曼叶那两小无猜的爱情，同时也葬送了我俩的幸福。

5

在中学里我发愤地用功学习，奋力追赶着县城里那些学习成绩好的同学。我这样学习的目的只有一个，就是不让他们瞧不起我，我要用学习成绩来证明我的能力和实力。初一头一个学期，我差不多就没有回过家，我的思绪我的记忆完全沉浸在了学习当中。那年放寒假我也没有回家，而是借住在学校附近的一户老人家里，在四面透风滴水成冰的屋子里刻苦用功。终于功夫不负有心人，我的学习成绩从倒数翻到了前三名。于是我就有了放松的机会。当开始放松的时候，我就不由自主地想起了曼叶，想起了曼叶那含情脉脉的目光。我的心就开始颤抖。我就一刻也忘不了曼叶了。她的身影，她的笑语，她的记忆就时刻地伴随着我了。

我开始想家了。

每个周末的最后一节课我就如坐针毡，再也安不下心认真地听下去了。有时候我恨自己控制不了自己，气得用拳头捶自己的脑袋。可那有什么办法呢。气过之后我还是想曼叶，晚上那么迟了我还闭目思谋着她。周末刚一放学，我就背上书包马不停蹄地向家里跑去。十多里路，我半个多小时就跑到了。跑回家后我就又从母亲手里夺下那担木桶挑起来飞快地向泉上跑去。一路上木桶悠扬地荡漾着急促而又和谐的旋律。这时候，曼叶的那担铁桶也就有规律地荡漾着出现在村道上，而后紧追着木桶悠然地向泉上走去。就是擦肩而过，我俩也都不说一句话，只是深情地望上那么一眼，彼此觉得心满意足就行了。这种很自然的挑水活动谁也没有注意到。就这样曼叶也一天天地计算着日子，盼着我在周末的到来。

在夏日天气晴朗的中午，在家里闲得无聊的时候，那些媳妇和大姑娘就三三两两地蹲在河边上洗衣服。假如不是周末的这种时候，曼叶是绝对不会出现在河边的。她在洗衣服上也计算着周末的日子。星期日假如艳阳高照，母亲就会背一背篓我们兄弟三人的衣服到河边去洗。这时候曼叶也就会拎上那么一两件衣服到河边去洗。曼叶洗完衣服后就把衣服搭晒在草滩上，然后悄悄地溜到我母亲身边，帮我母亲洗衣服，其实说是帮母亲洗衣服，还不如说是给我洗衣服。我的衬衣往往被洗得很干净。起先我还不知道是曼叶洗的，就问母亲我的衬衣咋洗得这么干净。母亲就嘿嘿地笑着说，不是我洗的，是你媳妇洗的。听母亲这么一说，我就知道是曼叶洗的了。知道了是曼叶洗的以后我就舍不得穿那白白净净的衬衣了。有时候在宿舍里我捧着衬衣偷偷地闻它。想从它那清淡的味道上闻出曼叶的思念来。她那样心甘情愿地洗着我的发着汗臭的衬衣，做着我梦想中的媳妇，也尽着她梦想中当媳妇的责任。

其实这一切都被奶奶看在眼里。

奶奶时常在父亲和母亲跟前念叨曼叶的勤快、懂事和攒劲。

奶奶也时常在曼叶家里念叨我的勤奋、孝顺、尖窜和攒劲。

父亲和母亲佯装不知道我和曼叶有那么一回事。

她父亲和母亲也装作不明白奶奶说话的意思。

奶奶是这个世界上知道事情最多的一个人，也是看问题看得比较准的一人。她活了九十多岁，活了整整一个世纪，心中装满了世事的沧桑和酸甜苦辣。他们把奶奶的话一点儿也不放到心上，最后让奶奶失望极了。奶奶去世的时候，唯一放心不下的就是我和曼叶的婚姻。

奶奶以前给我说过，说孩子啊，当一个城里人不容易，在城市里生活更不容易。现在我想着奶奶的话就觉得奶奶是一个涉世的哲人，给我说出了那么朴素但非常有哲理的话。

在曼叶的事情上两家人都隐瞒了事情的真相，没有让奶奶知道。当我离开家乡这片伤心的土地时，奶奶给我说了以上的话。

奶奶是农民的哲人。

但曼叶出嫁了，就没有我的事了，也没有奶奶的事了。

6

我坐在曼苏家的土炕上，听他母亲诉说过去。在听她说话的同时也一幕幕地思谋十多年前的事。

事情过去了十多年，他们早就没有了怨恨，我们也没有了怨恨，只有一丝隐隐的痛楚在心头上滚动。他们没有了欲望，我们没有了激情，没有了向往，没有了渴求，没有了以往的那种朝思暮想，只有恬淡和平静。

失去的永远补不回来。从今往后我只能把曼叶当成我的亲妹妹一样看待。我也会给她的两个女儿当好干部舅舅的。

我会是一个好舅舅。

我也会是一个好哥哥。

黎明的月光

黎明走了，轻轻地走了，正如他轻轻地来，带来了一阵和煦的风。

黎明就是马守明。

黎明是我的挚友，确切地说是我的师长。黎明是学贯中阿的学者，是引领瞎汉的智者，而我则是睁眼的瞎汉。学者与瞎汉结为挚友，源于一次深刻的交谈，更源于临潭民间刊物《探索》上文字的交流。瞎汉尊学者为师长，是为对《探索》上瞎汉的文章思想性的一次认真的指正。

黎明去世归真快半年了，我曾好多次执笔为其写点想说的话和还未来得及叙说的话，然而难缚四两的力终究握不起沉重的笔。每每思谋起他，我就有一种无以自抑的悲恸和难言的伤痛，更无法用笔来叙写我内心沉重的言语和深切的怀念之情。瞬间仿佛他就坐在我的对面侃侃而谈，谈理想、谈人生，谈回回民族的发展和对国家的贡献，谈一个民族提升文化素养的重要……而后话锋一转，恳切而又不失礼貌地指正我的文章在思想上、艺术上、人物塑造上存在的缺欠，抑或是站在清真寺大殿上言辞犀利、神情激昂地讲"卧尔兹"（演讲），听者无不动容，无不思谋；无不受启发，无不受教育。

去年农历七月初，黎明、丁士仁、马廷义、敏文杰诸君应鹿儿台电站各位企业家相邀考察电站建设。我陪他们一行前往，去的那天，下着蒙蒙细雨，我与马廷义君站在细雨中等待电站接人的车辆。街上行人稀少，步履匆匆。电站的负责人敏师在细雨中购置伙食。在等车当中我细细思谋着一行去的人除我是一个只会拼凑点文字的瞎汉之外，其他几位则是学贯中阿抑或是中西的大学者，他们的人品、学识、文章不仅誉盖陇原而且誉享全国，而黎明因他是清真寺的教长，更因他伏案翻译了《斋戒论》而声名远扬。我在他们中间渺小得如同大海里的一滴水、一粒粟，沙滩上的一颗碎沙，论学识自己是瞎汉，不能与之比拟；论谈吐自己口拙词不达意，而黎明他们却把我这个会写字的瞎汉称为"作家""文化人"，这些称谓受之有愧；自己连个文字匠都不敢称，哪敢那样毫不知耻地接受这样的称谓。我知道，他们的称谓出自他们的真心，我只有默默地接受，而后便不敢有任何的懈怠，用我的笔叙写我所知道的和顿悟的一切。

那年暑假，临潭清真南大寺举办暑期学习班，邀请临潭籍的学者前来授课。而黎明恳切地要我也讲讲课，我知道我在众多的学者面前学识如此浅薄，怎敢与他们并肩齐驱在同一个讲坛信口开河，我不敢答应黎明，我明白自己不论学识、授课的艺术都远不及那些大学者，我只是一个瞎汉而已。可黎明非要我讲讲临潭的历史，这让我更不敢答应，讲历史我没有清真寺里那些长髯老者讲得好，更没有这些生于斯长于斯的学者讲得有逻辑，有思辨性。可黎明就是不答应，只要求我讲一节课，我再不答应就辜负了他的一片心意，因为他知道我是一个略有名气的"乡土作家"，我只好硬着头皮备课，备了整整三天的课，记了一大本子的文字符号，以"我的文学之路"开讲了那一节课。

我讲罢了课，黎明满意地笑了。我知道我讲的课并没有那么精彩，也没有多少诱人的地方，倒有几分切肤的疼痛。我讲述了我的创作经历和临潭回族的发展历程。他的笑是对我满嘴雌黄的一次鼓励罢了。

他就那样关心上了我的文学创作，时而给我提一些中肯的意见。他常希望我到清真寺里去，和他多谈谈，可我被一些世事所纷扰，错过了和他一次又一次的长谈机会，有那么几次，他将我从主麻礼毕后去单位时留住，要我闲时多找他谈谈心，可我一次又一次地因工作忙而推脱，与他没有真正几次掏心窝子的交流。总想以后有时间找他来一次长谈。可时光是不等人的，人也是等不住时光的。黎明突然去世了，去得那么迅速，让人猝不及防，机会就那样溜走了，永远地跟着黎明走了，走得毫无声息，剩下的只有我无限的悔恨和悲怆。

黎明走了，我失去了一位挚友，一位师长。

今夜月光明亮，我整整思谋了一夜，直至黎明来临，月光还是清洁如水，倾泻如注，照醒了窗前一抹轻轻停留的夜风，照走了黎明。

霞光喷薄而出。

又一个阳光明媚的春日到来了，带来了一阵和煦的风。

夕阳·古树·老人·昏狗

　　夕阳西下时，我感到格外心悸，往往在这时候，我就强烈地感受着黄昏和黑夜到来时的心跳和惶恐。那个黄昏是我所经历过的无数个黄昏中永存记忆且鲜明无比的一个黄昏。在那个黄昏，夕阳红彤彤地映在天边，把那座山头染成了一抹血红，夕阳在绛红色的山头萦绕着不肯隐去，把那棵孤寂的古树鲜活地定在了那道山梁上，成了黄昏的忠诚卫士。夕阳徐徐跌落，在古树的枯枝桠中渐渐隐去。我驾着老牛到很远的大森林里拾烧柴，这是我有生以来第一次出远门，也是第一次去干不堪其苦的体力活。母亲搀着生病的父亲在大门口送我，他俩对我千叮咛万嘱咐，要我到了山林放亮眼睛，手脚利索些。对父母的叮咛和嘱咐我至今铭记在心。我清楚我得拾满一车柴，要不然，我的学费就又得靠枭仅存的那点口粮了。

　　我驾着牛车，跟着几个邻居青年，在夕阳中翻越过那座山梁，把孤寂无语的古树、村庄、父母，还有黄昏和黑夜统统甩在了身后，悄然离去，向茫茫山林进发。

　　四天后，我拾回了满满一牛车桦柴，拉到县城卖了三十块钱，凑够了我的学费。这次出远门，我真正体验到了作为穷人的艰苦、无助和难辛。至此，我方明白，穷人的难辛是无处诉说的。人一生如果不经历一两次铭记在心的痛苦经历或是没被人歧视过，我认为，他的心理素质一定是脆弱的，遭遇伤害的承受能力也会是有限的。

　　那次拾柴，虽然我被刺棵子扎得满脸伤疤，但我却付出了劳动也换来了钱，为父母解除了后顾之忧，我因此感到无限幸福和自豪，同时也感到无限欣慰。

我真正地从思想上成熟了，此后再也没有被任何困难击倒过。从此我便爱上了夕阳，还有参天的古树，看见夕阳和古树，我为父母促成那次艰辛的劳动而感激不已。

我仍向往夕阳和古树，它们给了我看守孤寂的勇气，我守望着，思索着，思绪却又不得不停留在老杨山和他的那条狗上。

古树年复一年地在那条别离的山梁上忍耐着清寂和饥渴顽强枯荣循复，向山下的人们告诉着一年的四季变换，记载着进出的人们的心程和旅迹，见证着山里人的繁衍生息。

那年，杨山的小儿子跟随一伙外地人到青海淘金去了。古树见证了杨山和儿子离别，也见证了村里年轻人的外出。那一年是百年不遇的大旱之年，日头像只火球在天上燃烧了三个多月，烘干了地气，抽干庄稼的叶汁，铺天盖地弥漫着大地皮层的干焦味。抓一把土放在手心里呛鼻，搓一把庄稼叶灰飞烟灭，人心都快焦裂了。杨山的儿子再不去淘金，一家大小的肚皮就要透明起来了。可杨山的儿子并没有让杨山一家人从难辛中喘过气来，原因是儿子再也没有回来，失去了音信。于是，杨山每天带着那条陪伴了他二十多年的老狗到那棵古树下等他儿子的归来。日复一日，年复一年，他儿子最终没有回来。他老得弓腰缩腿，老狗也老成了一条昏狗，整天摇摇晃晃的，像喝醉了酒的醉鬼，噗嗒噗嗒地在细尘里奔走在家和古树之间。其实，有时候，它闭眼都能走到那棵古树下。它已把每天的来来去去当成了它的庄严使命，已完全忘记了是在等待去青海淘金的小主人的归来。它老成了一条昏狗，已听不懂老主人讲的话了，正如老主人听不懂古树在大风中摇曳着诉说孤寂一样。

杨山整整等了十几年，也未等来他小儿子的回归。等待儿子回归的杨山已目无他物，只是记得身边还有一条忠心耿耿的老伙计。太阳有时毒辣辣的，有时暗昏昏的，但他坐在古树下从不挪动一下身子，只有黄昏到来时，夕阳把那山梁和古树染成了一抹金黄色时，他才从那移动着忙于隐身的夕阳中读到一张永恒的笑脸。

有人说杨山的儿子因偷金粒被矿主活埋了，众说纷纭，都不可信，也不可不信，但有一点，杨山的儿子是回不来了。

只有杨山不信罢了。

杨山把清晨奉献给了孤寂的古树，把一丝渺茫的希冀从夕阳中扯回到了自己的心底，而后和昏狗一道安静地等待着又一个旭日东升的时刻，带着希冀陪伴古树遥望山外的大道，侧耳谛听身旁的犬吠。

夕阳依旧……

古树依旧……

昏狗已寐……

杨山的眼眶内一汪清流潸然奔涌……

亮了一生的灯

　　至今只要在暗夜里望见农村那矮小低檐的平房里透出的昏昏灯光，我就会不由自主地想起小时候的读书岁月和大敏老师窗前那时常摇曳不定的昏黄灯光来。那昏黄的灯光是大敏老师在批改我们的作业或作文。夜深了，从老远的家中能望见大敏老师窗前的灯就那么昏昏暗暗地亮着，像一盏照亮心灵的明灯，就那么亮着，亮着，亮在我们的心里，亮在我们的记忆里，更亮在我们一生成长的道路上。

　　那时候，学校里有两位敏老师，我们私下里把他叫大敏老师，把另一位则叫尕敏老师。但见了面的时候我们都叫他们敏老师。但现在我们还是叫他大敏老师，总觉得这样叫着亲切、热情和尊敬。谁都知道叫大敏老师就是专叫他的。虽然我们学校前前后后来了好几位敏老师，但没有一个叫大敏老师的。

　　大敏老师对我们很是严格，从上三年级开始，除了当天的作业外，他要求我们每天记一篇日记，一周写一篇周记，两周写一篇作文。日记每两天批改一次，周记和作文谁写好批改谁的。周记和作文写得好的表扬一番，写得差的指出差在哪里。春天到了，抽出半天时间，他领着我们到学校周围的农田里去，看人们怎样播种、耕地；观察一棵树的发芽、生长，一些青草的破土出苗、成长，一些虫子的出行，觅食；看流云的飘荡，河水的流淌；听飞鸟的啼鸣，看飞鸟的飞翔，等等。夏天来了，他又领着我们去观察麦苗的成长和出穗，花朵的开苞和盛开；感受暖风拂面的柔情；谛听鸟儿的歌唱。秋天近了，他又喊上我们去观察庄稼的成熟、收割、打碾；果子的成熟和成色，树叶的飘零和落幕；大雁的南归。冬天一晃而至，他又领着我们观察雪花的纷飞，打雪仗，堆雪人；看尘埃的飞扬，感受冬天的寒冷。每次都要叫我们记日记，写周记和作文。由于他的鼓动，我们不再害怕作文，而是特别地喜欢作文。每写上一篇周记或是作文都要拿给他看，让他用红笔批改着写上一些好句子，再写上那么一段得体的评语。放学了的时候，故意翻开本子放在炕桌上显眼的地方，让家里人瞅着夸上一通，这时候心里比吃了蜂蜜还要甜，心里的那个高兴，那个自豪，至今还记忆犹新。

那些得体的评语就是大敏老师在窗前昏暗的灯光下逐字逐句思考着写下来的。在后来的日子里学习上有松懈情绪的时候，就会不由自主地想起他，想起他的评语，想起他窗前昏暗的灯光来。

后来上了中学，学校里组织了一次全校学生作文大赛，题目叫《我家的……》，我一看那题目，心中那个兴奋，那个心跳，早在几年前，我就写过了《我家的杏树》《我家的老牛》《我家的山羊》《我家的花园》……数都数不过来，而且每篇大敏老师都作了认真的批改，并且在班上当范文给同学们读了。于是我提笔写下了《我家的花园》这个题目，洋洋洒洒几千字，一挥而就，把自家的花园写成了花的天堂。作文交上去的第三天，班主任把我叫到了教导处，问我那篇作文是从哪儿抄来的。我板着脸告诉教导主任和班主任是自己写的，他们固执地认为我是抄写的，见问不出个所以然来，教导主任起身取来了几页稿纸说，你就再以原题要求写一篇作文给我看。我心里憋了一肚子气，有点生气地取过稿纸，很快在稿纸上写下了《我家的麦田》这个题目，不到半小时，我就交卷了。照班主任的话说我不是在写作文而是在默写课文。在随后的颁奖中，我的两篇作文并列作文大赛二等奖。从那之后，全校师生都知道我作文写得好，我是一个会写作文的人。其实他们哪里知道，我的这一切都是大敏老师几年辛勤培养的结果，是他那彻夜长明的灯光熏陶出来的。

大敏老师不仅教会了我如何写作文，同时也教会了我如何做人。在作文的字里行间一点一滴地教会我如何做人。

现在，每次回家看望父母亲，总要到学校里去转一转，看一看。虽然大敏老师以前住过的那几间平房早已不存在了，但我依然能清晰地忆起大敏老师时常勾首坐在窗前逐字逐句批改我们作文和作业的情境。记忆中，暗夜里那昏黄的灯光扯得曳长而暗淡，虽然暗淡，但亮透了我的心路，亮了一生，使我至今没有迷路。

回乡记

1

冬尽春初，青藏高原与黄土高原交会过渡之处的洮州大地，下了最后一场厚厚的濛田雪，雪很快就化了，地里酥汤汤的。等待春耕的人们说，地气热了。他们说这话的时候，满脸洋溢着春阳般的笑容。然而春天总是姗姗来迟，迟得让人有点无可奈何，也让人等得心焦忙乱。然而一旦春天迈开轻盈的脚步用温柔的大手把洮州大地一把抚绿的时候，人的心情也跟着绿莹莹的，无比的畅快。天气晴朗的时候，乡村的天空一片瓦蓝，山野一抹翠绿，河道里的白杨树绿得发亮，水清得耀眼。这时候，骑上摩托车到乡村去看看风物景致是一件非常惬意的事情。

周末，我决定骑车带着女儿曼茹叶到记忆中的乡村走一趟。每年的这时候我就会情不自禁地想起儿时的一些情景以及村里的一些物事景致来。

村子在县城的东边，从县城到家也就十公里的路程，不是太远。太阳出来后我和女儿就骑车出发了。车骑得很慢，迎着晨风和暖阳，我哼着老歌儿，女儿唱着儿歌，一路走走停停，看看路边开着各色野花的山坡、翠嫩无比的人工林、长势旺盛的庄稼；谛听鸟儿的鸣叫，牧童嗓音嘹亮的山歌。或是望着山坡上一边移动一边吃草的羊儿、朝着远山里一处绿汪汪的青草移步的牛儿，心里有种久违了的说不出的愉悦和轻爽。

记忆中的乡村是一个浓笔涂抹的水墨画般的村子，叫敏家咀，它还有一个名称叫柯乩，柯乩是藏语，是凸城的意思。考其究竟，村前陈家河与下河交汇处确有一城遗址，东临前坡山，南、西、北三面凸出。翻过山嘴就能望见村中央耸立着的一座高出其他建筑或是房舍的清真寺，它是村里上百户人家虔诚礼拜寄托心灵的地方。村子四面环山，东面是流沙湾，山湾的腰际里缺了一画，这一画处有条小河流着，叫陈家河，水量不大，但也清澈。北面是前坡山，山下一左一右流来两条不大的河，叫千家寨河和沙巴河，两条河在山前不远处汇聚成了一条河，叫下河，在它流经的地方，也渗出了许多泉眼，终年汩汩地冒着股股泉水。村子中心的河滩里有一泉名曰柯乩大泉，柯乩大泉终年淌着碗口粗的一股子清澈无比的泉水，汇聚上其他泉水和河水，终成一条大河，叫坡叉河，把村子一分为二，我家就在河的西面，离河近，离公路也近。因有水，村里当年沿河修了几盘水磨，解决了村里人磨面榨油的难题。当年有这样一条河流经村里是人们的福分，曾有一句谚语是这样说的："丫头给到柯乩呢，油房水磨跟前呢！"西面是阳坡山和红土坡，省道由西而入，在红土坡上盘了两盘，从红土坡和阳坡山之间下来，在村口朝南拐了个弯，直直向东南方盘去。阳坡山山场大，平整，耕地少，是村里放羊放牛的天然牧场。春天里，那平平展展的山坡上开满了山丹花、狗蹄子花、马莲花……青草掩藏在花丛里，整个山场成了野花的海洋。牛羊走在山上，远望像走在巨大的花毯上。南面是一座挨一座的矮山，远望，只能望见几座矮山后面秦岭山脉延伸处的那个叫迭部石门的地方，青黛黛的，有白云缭绕着，再远处是蓝天底下层峦叠嶂高耸入云的高山和悠然缠绕在半山腰的白云。坡叉河欢畅愉快地流淌在那错落有致的矮山间，弯弯曲曲流泻而下，一路携带着条条小河和众多泉水在不远的地方再度汇入洮河，滋养着洮河两岸的土地和人们，最终追寻黄河而去。河道两边是村里人栽植的松柏、河柳、白杨和酸刺，密密麻麻的，已长大成林。每年夏季，这里是儿童的天堂，拦河嬉水，打漂水，捉鱼儿，掏鸟蛋，玩个天昏地暗。同时，这里也是鸟儿的天堂，黄鸭、野鸭、长脖子雁啦，铃铛雀、水雀、红雀啦，还有很多不知名的鸟儿都悄悄地来到这儿的水草丛里或是密林里的树枝上盘窝、下蛋、孵卵，繁育自己的后代。在傍晚的村街上如果听到有人大声喊嗓地训斥一个孩童的时候，一定是这个孩童掏了河道里的鸭蛋或是鸟蛋，正在挨大人的训呢。

车走走停停，我给女儿说村子的过去，也说我当年孩童时的一些片段。女儿仔细地听着，像在听一个遥远的故事。其实，故事并不遥远。我的故事就是她的故事，只是她还没有深入到这些故事里面而已。

女儿说，您把儿时的乡村讲成了童话世界。

我笑着给女儿说，生活本身就是童话世界，只要你深入到生活里面，这就是一个童话世界，只要你肯想象，你阿爷阿婆都是童话里的人物。你的想象越丰富，你的童话世界就越精彩。

女儿说，现在已经很精彩了。

我说，大自然本身就很精彩。

女儿说，我知道了，怪不得您一直写家乡写村子和写村子的人呢，写了多少年也写不完。

我抚摸着女儿的头说，家乡是写不完的，尤其是生你养你的地方，它在你心里一天一个样。你试着写吧，你永远也写不完写不透，永远有抒不完的情。

女儿望着我神情凝重地点了点头，算是对我解释的认同吧。

2

走到村前的半山上，十五年前退耕后植的树木已经长大成林了，多的是落叶松，中间也植了少量酸梨树。落叶松发出了嫩芽，绿油油的，酸梨子开着粉红的花儿，点缀其间，像油画似的耐看。我领着女儿坐在林间，林间生着碎草，开着白色花瓣上有红点的碎花，村里人叫它地梅花。地梅花开得早，在冬尽地开万物才萌动的时候，地梅花就悄然地贴在地皮上绽放了。几只红肚腹的野鸡在碎草和碎花上窜来窜去地啄食着草芽。女儿没见过野鸡，指着野鸡悄悄地说，看！好大的几只鸟儿！我儿时的时候，野鸡遍地飞着，尤其是冬天下了雪的时候，饿昏的野鸡就扑棱棱地乱飞着找吃食，一不小心就会落在谁家的院子里，空着肚子再也飞不上墙头，和那些家鸡混在一起，吓得家鸡咕咕地叫着跑着。

这植了树的半山坡上，原是20世纪70年代修的梯田。那个时候，没有机械，全凭人工修，是费了好些年限和气力的。后来县上要退耕造林，村里还为此和乡上县上闹过一阵子。有老人去质问乡上和县上的领导说，有那么多的山沟荒滩荒山不去植树，为什么偏要在群众的耕地里去造林呢，乡上和县上说上面的政策就这样，要退山上的耕地。最后群众胳膊拧不过大腿，把这半坡上的地全退耕植了树。这是村里最平整的阳坡地，是村里的面碗，这让村里人为此惋惜了好些时日。现在树长起来了，春天一到，绿生生的也好看。村里坡度陡的土地都不长庄稼，村里人当初也想退耕了，却没有退成，乡上和县上说，不想种了自己退，但没有任何补助的。村里也就没有退耕的打算了。这些土地没有太大的收成，人们无可奈何地种着，一年收一茬庄稼。父亲也种着几亩地，每到种田的时候，父亲就摇着头说，这些地种着没有个好收成，不种撂了也可惜。父亲每到种田的时候就很纠结，但纠结归纠结，田还是照种不误，用他的话说是不种点田，八月里别人家收割庄稼的时候急人呢。父亲劳动了一辈子，其实是心里撂不下土地，土地是庄稼汉人的命根子，没有了土地那就不叫庄稼汉了。

父亲有时望着退耕的土地上长高的树木，绿生生油汪汪的，脸上会露出一丝微笑来。十几年过去了，他在心里逐渐认同了当年的退耕还林工程。

女儿像只调皮的兔子，在林缝里跳来跳去，做着鬼脸，看得出来她很开心。

以前冬天下了雪的时候，跟着大人们在这一片地里还追过野鸡呢。这里地平，因是阳坡地，野鸡找不到吃食的时候会飞到这里刨食吃。于是大人们就使唤小儿们去追，追得野鸡满山乱飞。野鸡最后飞乏了时，就又飞回到这平平整整的地里来，这时候，大人们就守株待兔，飞下山的野鸡全被他们捉去了，去追野鸡的小儿们追了一场，回家时倒两手空空，带着一脸的怨气和不满。那时候，只要一到冬天，家家的门洞里时常会放几根小儿胳膊般粗的柳棍，柳棍的作用不仅仅是上山追野鸡时拄，而且追时发现雪洞了可以用柳棍探知里面有没有钻着野鸡。

我记得有次雪下得很大，飘飘扬扬地下了一天一晚夕。第二天早上推开门看时，大雪厚厚地掩住了大地，天地间一片洁白。父亲走下台阶到院中的雪地里走了几步，看了看雪的厚度，说，昨天雪下得猛也下得厚，掩过了鞋面，是追野鸡的好时候。昨天下了一整天，野鸡也饿了一整天，鸡的嗉子老鼠的眼吃不多看不远，而野鸡吃不多也就飞不远。饿空的野鸡飞起落到雪里就出不来了。父亲这样说的时候，我就跃跃欲试了。我在很早以前就偷偷地从园子角里砍了一根柳棍，藏在灶房的案板底下，已经干透了，拄在手里轻轻的。父亲吩咐母亲做点干饭，吃饱了好追野鸡。母亲笑着说，房顶上的雪没有扫，院子里也还没有扫，你吃干饭呢，碎饭都没有，茶水开了，自己拿上块馍馍吃了追去。帮母亲扫雪的我也丢下了手中的家什，进屋吃喝去了。

吃了馍馍喝了茶，父亲拄了根铁锨把，我从案板底下抽出藏着的柳棍拄着跟上父亲出发了。父亲走在前面我走在后面，父亲在前面给我踩路，我像只小鹿似的跳跃着，踏着父亲踩出来的深深的脚印，向山上走去。父亲说，这会儿时候还早，野鸡正藏在地塄坎上的荒草底下，人走上去，它们就会飞出来。野鸡饿了一天一夜，只要使足了劲飞上一气子，就没劲力了，就会直直地落下去，落下去时像丢出去的一块石头，沉沉地落在雪地里就飞不起来了。只要把野鸡咤飞，盯住它落下去的地方，然后寻找它落下跌出的雪洞就行了。找着雪洞就能捉住野鸡。

父亲和我踩着松软的雪毯，慢慢地爬上了山。果然如父亲所说，一群野鸡在一处长着长草的塄坎下被我咤飞了，"呱嗒嗒"地飞起后没有飞多远就一只接着一只地落在了一处拐坎底下。我跟着父亲如离弦之箭奔向那里。父亲捉野鸡有经验，他看到雪洞后慢慢走过去，看到离雪洞一尺多远的地方稍微有点高耸，然后从那儿猛地用手钻下去，野鸡就捉在手里了，父亲笑着轻声说，这就叫瓮中捉鳖。可我捉了几次，都没有捉到野鸡，手刚从雪洞里探进去，野鸡就"呱嗒嗒"地从雪中激起飞走了。

不过，看到父亲能捉到野鸡我很高兴。

女儿笑着说，啥时候我们也捉回野鸡？

没地没雪在哪儿捉野鸡呢？再说捉野鸡需要天时地利人和各种条件具备。冬天雪下得厚，可以像父亲那样追野鸡，但一个冬天也很少落那样的厚雪。雪下得薄了，追野鸡就需要人满山洼咤着追着，让野鸡不得闲着，野鸡没人追就不会乏，野鸡不乏，你就追不着。只有野鸡被追乏的时候，它才会顾头不顾腚，把头钻进雪堆或是梢棵子缝里，让人一捉一个准，像人说的是活取了。

现在这片地变成了人工林，落叶松长得嫩闪闪的。到了冬天就成了野鸡的避难所了。红肚腹的野鸡昂着头在树底下窜来窜去，像是在找寻着什么，东张西望的。女儿说，这些野鸡真是好看，要是捉只回去养在家里该有多好。我笑着对女儿说，野鸡不是在家里养的，就是养也养不活养不恋，有句古言说：打死家鸡不出门，养死野鸡不恋家。就是这个道理。

松林里的松香味很浓。女儿使劲地吸了吸，说，有股淡淡的香味呢，没树的那面山坡野花开得红嘟嘟白晃晃的，肯定比这里还香。我携着女儿走出林子向开满野花的山坡上走去。

3

山坡上开满了各色各样的野花。红嘟嘟的是山丹花，白粉粉的是马莲花，粉红色的是狗蹄子花……还有各样的小花也争奇斗艳地绽放着，走在花丛里，如走在厚绒绒的地毯上。女儿脱下鞋子提在手里，在山坡上大喊大叫地跑着，像只撒欢的羊羔。又像是儿时的我。那个时候，我是孩儿头，春天的时候，我时常领着一群半大小子雄赳赳气昂昂地到村外的草坡、河滩和树林里去玩，一玩就是一天，不是今天玩丢了鞋，就是明天玩丢了衣裳。总之，我们天天疯玩，天天丢东西，也天天挨家人的责骂。天晴时，我们也帮家里人去放牛羊。犏牛和绵羊好放，赶到山里往那宽宽展展的草坡上一放，任牛儿羊儿自由吃草，我们玩各种游戏。但山羊和雌牛难放，山羊乘人不备会偷跑到人家的地里偷吃庄稼，会招来地主的责骂；而雌牛虽然嘴馋，但也不偷着去吃庄稼，然而天热时却在牛虻的叮咬袭扰下疯跑呢，我们通常叫跑虻蚱。一旦雌牛疯跑了的时候，人是追不上的，雌牛疯跑着躲避牛虻，牛虻飞旋着追赶雌牛，雌牛就没有目标没有目的地疯跑，跑着跑着会跑得无影无踪，放牛的孩子们最害怕雌牛跑虻蚱。因此上，家里人让我们去放山羊和雌牛的时候，我们就有十万分的不愿意。但家里人不去放，你还得放，放牛羊的时候我们还得玩。玩着玩着就会玩出事情来。想到这些的时候，那一幕幕的情景就会显现在眼前，像过去了几天的事，是那么清晰。

现在养牛和羊的人家少了。其实现在的年轻人都出去务忙着挖光阴去了，家里就留下了老人和儿童。条件好的人家在孩子上学时，到县城里租了房或是买了房，陪着孩子住到了县城里，村子里就空着。村子里的年轻人越来越少，孩子越来越少，老人也慢慢地往外溜。人走了，房子就空着，过上几年，进出家门的土路上都长上了荒草，掩住了进出的路。家中的院子里各种果树还长得旺旺的，院墙掩不住春天里果树绽放的各色花儿，但肥沃的园子却再也不长蔬菜了，而是长着茂盛的杂草，到冬天时，有眼尖的野鸡或是野兔悄然钻进园子里，在杂草丛里做窝。再过上几年园子该变成野地了。村里老人感叹着。有的人家的房顶上也生着长长的荒草，在微风的吹拂下像波浪似的。当年家家户户都养牛和羊的时候，村道上的草都不及长呢，不是清晨让早出门的牛儿和羊儿吃掉就是让那些大街上闲逛的鸡们啄掉。现在牛儿和羊儿也都不吃村道上的草了，也许那草儿可能受到了污染有别的异味呢。反正村道上的荒草长得一年比一年茂盛，一年比一年多。那些出门的牛儿和羊儿看都不愿意看一眼。牛儿和羊儿到山上吃草都是挑三拣四的，谁还吃那有异味的草呢。

山上放的牛和羊少了，草就使了劲地生长，野花也就使了劲地开放。草啊花的多像女儿的个儿，直往上蹿呢。草儿长着，女儿笑着，忽然一个转身，发现那些含苞待放的花儿全咧开嘴笑了，笑得哗啦啦的有点像人的声嗓。

我和女儿躺在山坡上的花丛里，耳边有蜜蜂嗡嗡飞着，虫儿笑着，鸟儿鸣着，羊儿叫着，蓝天底下白云飘着，山底下有缕缕炊烟冒着，吃晌午的时候到了。女儿指着山下村子里的炊烟说，肚子好像有点饿了。我掏出手机递给女儿，让她给奶奶打电话，就说我们回家来了，想吃点啥。

母亲在手机里头问我们在哪儿。女儿说就在村子前面的山坡上。母亲说那还不快点回来吃，说完"啪"的一声丢了电话。我知道，母亲应该是给她儿子和孙女生火做饭去了。

我和女儿下了山，女儿指着红土坡那儿冒着浓烟的地方说，那地方的烟太浓了，黑滚滚的。我知道那是砖瓦厂在烧砖瓦。几年前，有人在那儿租了地办了砖瓦厂，从此以后，那一片土地就失去了它往日的色彩，被剥光了地皮，裸露着红光光的光身子，要多难看有多难看。那片地场，紧挨着公路，公路沿线曾经植了很多白杨树，行道树后面是苗地，但现在苗地没有了，行道树也被烧砖瓦的人偷偷砍了当成烧柴烧了，稀稀拉拉的。

我指着那片地对女儿说，那片地里有我儿时的很多故事呢。吃过晌午我讲给你听。

女儿笑着说，现在讲吧。我笑着没有搭理她。

4

那片红光光的土地上曾经生长过荒草，后来开了荒种过庄稼，滋养了一村子的人，也生长着一些故事。再后来就让眼红那土地的人办了砖瓦厂。原来种庄稼的时候，半坡上有一块一亩大的荒坡，没有开垦而是栽了一些白杨和柳树，春夏之季，人们常拖儿带女到那儿打平伙，那里成了村子人交流的平台，成了儿童们玩耍的天堂。大人的嬉笑声，儿童们的打闹声时常从那儿传下来在村子里回荡。但现在那些都不存在了，只有机器的轰鸣声天天回荡在村子里，惊扰着人们的生活。一座山或是一片土地要是没有了植被，就像人没有了生命体征一样，看着那片土地上冒着的黑烟，听着机器的轰鸣，心里真不是滋味。

吃着晌午，谈着村情，一家人其乐融融。

父亲指着村子周边说，这几年村里人把土地卖了，把树木卖了，把山场卖了，让人办砖瓦厂揭了地皮挖了土；办沙料厂，起了草皮挖了沙，把原本平平展展亮亮敞敞的河床挖成了马蜂窝；办起了彩钢厂，把边角料和垃圾扔得满村都是，让人惨不忍睹。最近又有人和兰州的什么公司勾勾搭搭的，要转让村里仅有的那点土地和放牛放羊的那点草地了。真要把那点土地和草场转让出去，村里人除了那眼泉之外就没有一寸土地了。你修房需要沙石，自己喊上几个人到河滩里捞上几车，可现在你修房的话得拿钱买。当初办砖瓦厂的时候，说村里人修房时砖瓦只收成本价，但现在却是市场价，没少一分。办彩钢厂时，经办的人说厂子办好后村子里以后修路、引水就是彩钢厂的事了，村里人就不要管了。可是现在，你也看到了，村里的路碾烂了，烂得不成样子了，埋在地底下的引水管也压破了，路上成了泉，也没有人管了。有人去找了彩钢厂的人，彩钢厂的人竟嘿嘿地笑着说，路又不是我们碾烂的，还有砖瓦厂呢，让砖瓦厂的人修啊。去的那几个人就生气地回来了。唉！这里没人管了，村里拿事的也管不上了。

父亲说得很伤心，也很悲痛。他伤心的是人心都变了，人人嘴里没有实话了；悲痛的是村子变得不像村子了。

再过上若干年，我们的儿孙该到哪儿去生存呢，如何生存呢，这是一个大问题。

自从村子变成了这样，父亲就没有了好脸色，整天阴沉着脸，带着一副不乐意的神色，让人看着心焦。母亲就时不时地批评父亲，说父亲整天放着个脸盘子，让一家人爽快不了。

青山绿水没有了，整天脑子里吵哄哄的，再说看着那满大街的垃圾，让人心焦。父亲的那些老连手们也都是一副不乐意的神色，好像谁掰破了他家盘里馍馍似的。

女儿悄悄拉着我的手说，阿爷的心情不好。我笑着对女儿说，是村里的空气不好，惹得阿爷心情不好。

母亲坐在木凳上，望着一簇簇开放的梨花，说今年梨花没有去年开得多，李子和樱桃都不开花了。我仔细地看了一下，母亲说得没错，一簇簇的梨花的确没有往年开得密。往年梨花开时，树上没有空隙，全是白色的梨花，在树下走过时"拂了一身还满"。李子和樱桃发出了青青的嫩芽，只有几朵花儿挑在枝头上。母亲宽慰地说，今年花儿是谢一年了。其实，我看着李子和樱桃树，它们的嫩芽瘦瘦的，薄薄的，是在做最后的弹挣，最后一把劲使完后，就会慢慢枯掉。我没有对母亲说，怕她伤心。母亲对家中的牛羊家禽、花草树木都有一定的感情，要是牛羊家禽病了，或是花草树木干枯了，她都要难过上好多日子。那年我家那头养了八年的奓角老牛卖掉的时候，母亲看着空荡荡的牛槽伤心了好些日子。奓角老牛是包产到户时生产队分给我家的耕牛，父亲把它从饲养院牵来的时候它就奓着两条油亮亮黑光光的长角，望着令人生畏，父亲让我们兄弟几人给它喂料添草时我们心里就颤抖着不敢靠前。每当这时，父亲就大笑着说，胆小鬼们，它那角是聋子的耳朵——样子货，看着凶，但不抵人。它两条长角看着凶巴巴的，只要它一晃头的时候我们就跑得远远的，怕它抵着我们。它来的时候也没有个名字，我们就叫它奓角。后来我牵着父亲的衣襟给它喂料添草，还顺势摸过它的角，角尖光溜溜的。时日一久，我就跟它混熟了，给它喂料添草的时候，它还低下头用它那痒酥酥的舌头舔我的手背，开始跟我亲昵起来。甘南的春季长，夏季短。夏季的时候，正好放暑假了，那放牛的任务就落在了我的身上。父亲就专心做他的事。晨礼刚一结束，父亲就唤奓角起来，抖掉身上的粪土和碎草，在圈里转几圈，撒撒尿，拉拉粪，活动一下筋骨，抖擞一下精神。然后唤我起来吃早饭。我吃饭的时候，奓角早就按捺不住它的性子，"哞……哞……"地叫上几声。我牵着缰绳走在前头，它紧跟在身后，亦步亦趋地走着。到泉里喝了水，我牵着它走过田间小道，跨过红浆河，穿过树林，走向阳坡山。阳坡山平坦宽展，视野开阔，我们都喜欢到那儿去放牛放羊。夏天的时候，阳坡山上的草长得旺旺的，像是铺了一层地毯，踩上去软绵绵的；躺在草地上，有微风吹过，青草的纤手随风轻拂脸颊，一种痒酥酥的受活就流淌在滚热的血液里，再也不想起来，只想永远躺下去。可是现在阳坡山却被人用铁丝网围了起来，那平坦宽展地长着青草的地方被推平修了房子，说是什么养殖厂的厂房。各种野花野草不见了，我看着是那么地陌生，再也挖不出当年的那点美好记忆来，心里觉得是那么地失落和惆怅。我儿时的故事全在那修了房子的地方荡漾着，飘游着，就是走不到我的记忆里来。女儿看着我皱眉的眼神，知道我再也讲不出故事了。我也知道，面对这样的结局我是讲不出故事的。父亲叹息着说，全乱了套了，一个村子没有了山场，没有了土地，没有了绿色，没有了泉水，那村子就没有了生机和活力。现在的人是见钱眼开，只顾眼前不顾往后，钱总有花光的时候。我们祖祖辈辈生活在这里，要是在我们的手里把土地弄没了，把山场卖完了，我们的儿孙后代拿啥生活呢。全是一帮不顾后事的败家子。父亲越说越气，最后气得脸色有点青紫。母亲嗔怪地说，就你一个人整天吵吵嚷嚷的爱管闲事，你看别人都务忙各自的家务呢，谁还有闲心管村子里的事呢？母亲这样一说，父亲就铁青着脸不说话了。他知道，村里的事，他一个人说了不算，再说也不是他说了算的事。父亲说，气人的事还在后头呢，今年乡上给村里每户一万元维修费修茸院墙，把原来的土墙拆了砌成石基砖墙，这时候，就有人乘机扩大院墙地基，把自家院墙的地基全扎在了墙外，把原来很宽敞的村道挖占挤对得很是狭窄，看着村道有一种说不清的感觉忽地堵在胸口，有点窒息，心里很不舒服。

说实话，我还是喜欢乡村的过去，哪怕村道上尘灰飞扬，走在村道上双脚还会沾上牛羊的粪便，但那有乡村的气息和纯朴。那种乡村的味道一直留在记忆深处，可是现在乡村变了样，干净整洁了，但却没有了乡村的纯朴，也没有了乡村的气息，只有一种钢筋水泥的炽烈和磕脚的坚硬。只有进了乡下老家的院门，才有一丝乡村的气息弥漫着，升腾着。房还是原来的房舍，树还是那棵杏树，院子里仍像多年前一样有一股土腥味弥漫着，升腾着。

抬头仰望村子上空，也雾腾腾的，空气里没有了往年的那种清馨味。

我站在村街上很是惆怅，也很失望。我记忆中的蓝天，白云，青草，野花，蝴蝶，蜜蜂，清泉，树木……一切都化作了尘埃。

没有了这些，我就会彻底地失去记忆，失去记忆中的乡村光阴，失去精神的家园。

后　记

不久前和乡上领导闲谝时说，敏家咀村被列入县上的生态文明小康村建设项目，目前各项工作正在启动中；领导还说，到明年这时候，我们会还你一个不一样的、像公园一样的敏家咀村。这一点我相信，因为敏家咀有水，有水的地方是有灵气的，而且敏家咀的人也是勤劳质朴的劳动人民，他们会把自己的家乡建设成名列全县的生态文明村的。

我期待着一个公园式的敏家咀出现在世人的眼前。

交命的口唤

1

前春，我陪着一批从省城科技厅下来搞精准扶贫调查的干部到了敏家咀村，巧合的是来的这批人中有一个是碧黛婶子故友的儿子。碧黛婶子不但见到了他，而且还了却了她一生最大的一个心愿——为亡人婆婆要来了交命的口唤，也终于使她放下了悬在心口的那块沉重的石头。

以前到敏家咀村去见着碧黛婶子的时候，她常摇着头说她近来不知怎么了，脑子里懵懵懂懂的，出门还没走多远，走着走着腿就软了，走哪儿想坐哪儿，乏得起不了身，连眼皮子也重得抬不起，好像土压住了似的。

其实村子里谁都知道，碧黛婶子也就是一个被土掩住了下巴的羸弱的人，一个让苦活苦败了的人，七十多岁了，土掩到了下巴底下，有今儿没明日呢。跟她同龄的人都一个个像灯盏里的灯油烧干了似的，一下一下地熄灭了，无常了，入土了。唯独她却弹挣着活着，活得惊惊颤颤，好像风一吹她也会灯熄火灭似的。但她在人前常说她还不能无常，她人生最大的一个心愿还没有了，就是一个口唤还没有要上呢。她儿子吾旦时常嘴上说帮她了却这个心愿呢，但说了很多年，嘴皮子也说勋了，就是不见行动。在这个世上最靠不住的往往就是人，尤其是自己身边的人。那天碧黛婶子对我忧伤地说，吾旦这么点小事都靠不住，以后还能靠啥大事呢。靠不住小事的人大事往往也靠不住，就是靠上也不敢靠，那样的人闪人呢，就怕靠在门帘上闪个马趴子呢。

碧黛婶子年轻的时候生活拮据，把些光阴起早贪黑地务忙上家务、顾盼上一家大小了，没有顾上了却她婆婆的那个心愿。她婆婆无常的时候，把那个事说给了她和丈夫。当时她和丈夫都还年轻，想以后有的是时间，等生活顺了的时候再了却婆婆的那个心愿，就一个小小的口唤嘛，不是啥大事情，过几年过去再要口唤也不迟。可仅过了一年多，丈夫却得了猛病，丢下她也早早地无常了，把了却婆婆心愿要口唤的担子沉重地压在了她的肩头上。这个担子在她的肩头上一压就是好多年，一直压得她心房颤抖着好像喘不过气来。

亡人的嘱托比天大。可这个嘱托虽说事小，小得像针尖，但这毕竟是亡人婆婆托靠给自己的事。亡人的事无小事，清真寺里阿訇说，世上三件事要快办。其中一件就是亡人托靠给的事，要速靠速办，不然给亡人行亏呢。

碧黛婶子觉得自己给无常了的婆婆行下天大的亏呢。

亡人靠给的事一日不办，亡人一日不安。碧黛婶子问清真寺里阿訇怎么办的时候，阿訇给碧黛婶子这么说。

可现在碧黛婶子需要人带着她去呢，那路还远着呢。五十年前她跟着婆婆过去住过一个冬天后她就再也没有去过。不过，那洮河沿儿的村庄和附近的大山，还有来来去去印在脑子里的山势、路途、河流、阳光，路边上那棵孤零零的枯树，还有人的印象都深深地印在她的脑子里，时常像电影似的在她脑子里一幕幕地放映着，涌现着，也让她自责着。自从上了岁数，在夜深人静的时候，那些全都在她眼前扑过来闪动着，搅得她没有睡过一个扎扎实实的安稳觉。那次，碧黛婶子依然忧伤地给我说，其实，说实话自己就不该睡安稳觉。她把亡人婆婆的话没当话，该办的事没有办好，心里存着天大的愧疚呢。

碧黛婶子越想心口上越堵得慌，越想心里越过意不去，她欠着亡人婆婆一个口唤呢。在活人看来小得无法说出口，但在亡人上是天大的事呢。

亡人婆婆让她要的是半窑洋梗的口唤呢。这半窑洋梗曾救过他们一家人的命呢。

这是亡人婆婆交命的口唤，更是亡人婆婆交命的承诺。

2

碧黛婶子说，20世纪60年代，全国大饥馑，吃了上顿没下顿，家口小的人家还能汤汤水水、菜菜糊糊地混着过日子，那家口大的人家就遭了大殃了。到吃饭的时候，十几双眼睛盯着锅里冒着白汽的菜汤子，眼睛都盯得绿了。可到吃饭的时候，那半碗菜汤能照出人的影儿呢。最后吃着把肚皮也吃绿了，最后体质差的一个个地趴在地上起不来，慢慢地僵了。碧黛婶子家当时在村里也算是大家口，一家老老小小八九口人呢。碧黛婶子是大饥馑挨饿刚开始的时候，亡人婆婆从挨近县城边上的一个村子领过来给儿子当媳妇的。那个时候，能有人将自己的子女要过去，那是求之不得的事呢。一口人走了就能省一碗清汤糊糊呢。碧黛婶子为了给家里省那一碗清汤糊糊就跟亡人婆婆过来了。碧黛婶子闭着眼慢慢地说道，她是邻村一个大家口家庭的大丫头。碧黛婶子说她亡人婆婆后来告诉她说，她过来的时候才十几岁，身子骨瘦弱得像二月里支起的一副羊骨架，有骨没肉的，身上松松垮垮地搭着破破烂烂的衣片子，饿得连路都走不动。头发黄锈锈的，都粘成块贴在头皮上。乱焉的头发下面一双大大的眼睛深深地陷进了眼眶骨里，鼻梁高高地凸在像刮锅铲铲了似的脸上，没有个人形。她来的时候，亡人婆婆看着她的模样就说，眼睛虽然饿得深陷了下去，但里面却有一股子灵气存在着，水汪汪的，要是陷瘦的脸上贴点肉色上去，那她是个赛刘三姐的俊俏女子呢。亡人婆婆一看就知道，她不是个弱人，也不是个懒散人，更何况她的娘老子都是勤谨人，在村里有着好名声呢。给她好好吃上几顿饱肚子，她就会变成另外一个人样来。

的确如此，亡人婆婆把她经佑了些日子，她就出脱得比电影上的刘三姐还漂亮呢。

因此上，碧黛婶子从心底里感激着亡人婆婆，记着亡人婆婆的好呢，要不是亡人婆婆，她也许在五十多年前就饿死在那次大饥荒里了。她一生就记着一个给了她生命、一个救了她生命的两个人的好，一个人是生她的亲娘，她给了碧黛婶子生命，并把她抚养到了十几岁；另一个就是亡人婆婆了，在饥馑挨饿的时候收留了她救了她的命。这么多年下来，她在这个村里被人们从碧黛叫成了碧黛婶子，再叫成了碧黛阿婆，把几茬人叫进了坟墓。

碧黛婶子指着院门说，亡人婆婆引着她挪进这个家门的时候，正是响午时分，太阳炎炎地照着里里外外的一切，她看院子里那些东西满眼是晃来晃去的绿色，身子左右摇摆着站不稳。亡人婆婆却什么话也没有说，领着她走进灶房里，让她坐在一条木凳上。自己在锅台上生了一把火，在大铁锅里用一大把晒干的野菜和一点面水子给她拌了一锅拌汤。她端起碗吃的时候，瘦弱的人影儿在碗里晃荡着，把自己着实吓了一跳。一碗清水拌汤她是一口气喝完的，她喝完一碗，亡人婆婆就接过她手里的碗又给她盛上一碗，她像喝水一样地连着喝了八大碗，喝得肚子里咣当咣当地响。亡人婆婆却用舌头舔着嘴唇没有喝，净忙着接她的碗，给她盛汤了。她喝了八大碗，亡人婆婆才说话了，说丫头啊，先少喝点，吃夜饭的时候再喝，不然肚子净让水占着了。这时她才有气力答应亡人婆婆了。勉强咧嘴给了亡人婆婆一个微笑。亡人婆婆也咧着嘴还了她一个微笑。走过来搀着她的胳膊说，丫头啊，先到厢房炕上温温食，然后睡一觉，缓缓乏气。走出灶房门时，她发现灶房门口站着大大小小和她差不多一样大的几个光脚男娃娃，嘴唇干旺旺地瞅着灶房里的锅台。亡人婆婆指着那几个男娃娃说，这几个都是我家的催命鬼和吃家宝，你看都是一副吃人相。亡人婆婆这样一说，他们几个也都咧着嘴笑了，笑得有点瘆人。亡人婆婆面无表情地说，现在锅里没有吃的，你们几个到野山里剜菜去，要不然今晚的夜饭就清淡了。那几个男娃娃极不情愿地背起背篓慢慢地挪出了大门，一个跟一个地往大山里去了。

那天的夜饭吃得很迟。原因是那几个剜菜的男娃娃回来得迟了。家家户户都在剜菜，跟前地里和山洼里的野菜剜完了，能吃的都剜的剜了，掐的掐了。地里要是看管不紧的话，那豆苗都要被人偷偷地掐光。剜一点野菜要到很远的地方人拼人地去，要是去得迟了，你就剜不上一把野菜了。

那晚吃夜饭的时候，碧黛婶子说她看了看大家碗里的糊汤子，稍微比她前晌吃过的汤有点糊，只是比她家的锅里多了一把面水子而已。亡人婆婆说，黑夜的饭里要多撒半把面水子，要不然半晚夕人就会饿得抠心挖嗓等不到天亮。那晚她又喝了亡人婆婆做的菜拌汤，竟破天荒一觉睡到了大天亮。

第二天早上吃过与昨天晌午时一样清亮亮的拌汤后，她就跟上亡人婆婆家的几个男娃娃们出去剜野菜了。

3

碧黛婶子说，那个时候田野里的野菜随着饥荒的蔓延扩大，越来越少了，少得剜不上了。饿肚子的人家就越来越多。有的人早上还在大门外的草棵里爬着剜野菜，下午就已经咽气了，嘴角里流着一丝野菜的绿汁；有的人前晌在路上像蜗牛一样走着，后晌时倒在路上没气了。天天家家都有亡人抬出。起初人们还在坟地里埋亡人时把坟坑挖得深一点，后来亡人一多，人也就挖不动了，就随便挖个坟坑埋了。时日不久，有的坟堆下就会露出亡人的胳膊或是腿来。亡人的肢体露出来了，却再也没有人有去添点土的精力了。

碧黛婶子说那个年月把人的眼睛饿绿肠子饿青了，一些人皮包骨的肚子里肠子盘了几盘都看得一清二楚呢。人人看见吃的五谷比看见金子还珍贵，在目光中透露出的那种无以言说的饥饿和求生欲望，让人胆战心惊。现在看到人们随意地糟蹋粮食，她心里就来气。她说现在白白浪费掉的粮食在那个年代能养活好多人挽救好多人的命呢。现在生活条件好了，五谷把人都喂成仇人了，把五谷糟蹋浪费得不成样子了。五谷是养人的精。老阿訇常说，五谷放《古兰经》上使得，但把《古兰经》放五谷上不成。《古兰经》是天启的经典，在穆斯林的日常生活中那是至高无上的。就凭这一点你说糟蹋五谷使得使不得。阿訇虽然这样说，但人们糟蹋粮食依然如故，是好了伤疤忘了疼，吃饱肚子忘了饥。碧黛婶子时常给儿孙们说，你们没经过那场灾难，没有经过饿肚子的那个难肠岁月。现在斋月里你们封天斋到傍晚开斋的时候，就那么十几个小时却有时候饿得摇晃呢，如果没有坚强的意志和毅力还真挨不到开斋。现在封着斋但是不愁吃喝啊，吃喝就在桌上摆着呢。那个时候，一年四季挨饿啊，有时候饿得见了人都想咬一口呢，你说把人饿成啥样了。碧黛婶子知感现在的好日子，但也不时地想起那个时候的惶恐来。她还说那个时候为了一口吃的丢了人命的事时有发生。她说邻近村子里一家人饿得实在忍不住了，父子二人在黑夜里就把生产队没入圈的一头犍牛从山里偷来拉到自家洋芋窑里给宰了，然后在炕洞里挖了个深坑，把牛肉放进去，上面盖上石板，再铺上土烧上炕。那个时候，是不敢大动烟火的。要是你一动烟火，把牛肉一煮，那香味就会飘出去在村子上空荡来荡去的，直往人的鼻孔里钻呢。所以他们一家人是半夕了才把炕洞里的土刨出来，掀开石板，爬进炕洞里割上一块上来分了生吃，吃完了再爬进炕洞里割上一块。等一家人吃得差不多了，再盖上石板铺上土，烧上炕。头两三天人们就没有发现，后来那家的儿子在地里干活时，放了一个臭屁，有人闻到了，很臭，有腐牛肉的味道，说那是吃肉的屁。说实话，那时候人们吃不上五谷，饿得连屁都没得放了，偏偏你却要放一个臭得要命的屁。有人就举报上了，村里和公社的驻队干部带着人一起到那家寻肉去了。去了之后是掘地三尺，最后硬是刨出了炕洞里的炕土，掀开了石板，在空荡荡的炕洞里找出了吃剩的牛肉和牛骨架。把那些吃剩的牛肉和牛骨架从炕洞里取出来的时候，人们都疯似的趴在上面吃，拦都拦不住。力气大的男人们三下五除二吃了个半饱，要不是基干民兵朝天开枪恐吓，那人们连牛骨架恐怕都要吃完呢。最后那家父子二人挨了批斗，被判了刑，最后无常在了外面，没有回来。鸟为食亡，人为财死。那个时候，人顾不上为财死，而是为食亡啊。财，那个时候对人无益，有口吃的比有啥都强。你说有时候饿得见了人能不想咬一口吗？

4

碧黛婶子到亡人婆婆家缓了几天，身上就有了气力和精神。其实亡人婆婆家也不容易，尕的大的半拉子四个孩子，全是吃饭不饱的小伙子，正长着身体，几碗拌汤咣当当地灌下去，就像吸了几口气，仍目光急切地望着锅里看着亡人婆婆的脸，把碗伸过来。除了这四个正长身体的娃娃，还有她，再加上亡人婆婆，男人，还有老阿婆，一家老小八口人在灶房地上的木头墩子上坐着围成了一圈，让亡人婆婆一碗又一碗地舀饭。亡人婆婆坐在挨近锅台的地方，是为了方便给大家舀饭。碧黛婶子看到，亡人婆婆舀饭的时候，给阿婆、男人和她舀的比较稠。亡人婆婆说阿婆岁数大了身体弱扛不住饿要吃稠；男人一天到晚在地里干活儿呢，挨不住饿要吃稠；而碧黛婶子刚来，身子骨脆弱，还要一天到晚跟上几个大小伙子上山爬地去剜野菜，背不住饿，得吃稠点。而一碗一碗舀到最后，亡人婆婆却是一家大小中吃得最少的一个人，往往只喝两碗滗清捞稠后清亮亮的水样的拌汤来填填肚子，确切地说是哄哄肚子而已。

碧黛婶子说，饥荒闹得越来越厉害，日子过得越来越艰难。在炕上度日如年的阿婆开始有意减少自己的饭量，只吃少半碗就成了，你就是舀上一碗她也只吃半碗，半碗饭是她的定量。吃饭的时候，她时常喃喃自语，真主收人呢，咋就不收我这个"卡凡"（裹尸布）瓢瓢子呢。我啥也做不成，还要吃闲饭抢大家活命的口粮呢，少个"卡凡"瓢瓢子，大家就能多吃一口饭呢。真主啊，你咋不收我呢，她说着眼泪就从那深汪汪的眼窝里像断了线的珠子掉下来落在胸前的衣襟上。她人虽然老了，但她的眼睛能看着，心里也清亮着。她看到亡人婆婆一天就吃那么一点，就怕撑不住倒下去，亡人婆婆只要一倒下去，这个家就彻底倒了。亡人婆婆的眼窝一天比一天深，两脸颊的肉像刀削了似的，都快成只瘦猴了。阿婆看着亡人婆婆吃那么点，就开始绝食了，逼得亡人婆婆吃得和大家一样多。但阿婆却吃得越来越少，到最后把饭端给她的时候，她连看都不看一眼，摇着头不肯张嘴。时日不久，阿婆在一个清晨里安静地无常了。紧接着亡人婆婆的三个小儿子在一天黄昏时在山里横七竖八地躺着，口里吐着白沫无常了。他们是饿得忍耐不住到山里剜了狗蹄子花的根吃了，结果让狗蹄子毒坏了的。狗蹄子开的花像狗蹄子，所以叫狗蹄子花，书上叫狼毒花。狗蹄子花的根有毒呢，刚开始吃的时候，有点甜味，吃着也有点香，可吃上几口后，就把人毒得头昏眼花，上吐下泻，连抢救的机会都没有。三个孩子吃了狗蹄子花的根，一齐走了。看到三个孩子那痛苦扭曲的脸时，亡人婆婆像心里插了一刀子似的大叫了一声，就晕倒了。

那年到上冬的时候，日子过得是越来越苦，肚子是吃得越来越秕，秕得快要前胸贴后背了。灾难在不停地降临。日子那样过着，人的命有时候比鸡蛋壳还脆，早晨还在屋里或是地里动着，下午的时候已经咽气了；晚上的时候还有一口气游丝般地进出着，早晨起来人却僵了。到最后，人们连哭号的声音都没有了。就在这种人无法预料无常的时候，亡人婆婆家里的顶梁柱倒了。一天的半晚夕里，碧黛婶子的公公悄无声息地无常了，无常的时候，脸上带着黄澄澄的微笑。彻底地把家里的一切和儿女媳妇留给了亡人婆婆。

这个时候亡人婆婆哭着都没有了眼泪，这个家还有这个家里剩下的人她还得弹挣着拉扯顾盼大。灶房吃饭的地方一下子显得空旷而寂寥，几个木墩空荡荡地闲置了下来，落了一层淡灰色的尘埃，再也没有人去抢那些个木墩了。锅里的拌汤依然是早清晚稠，没有随着吃饭人口的减少而有所改变。

生活是越来越清苦。

活着的人越来越清瘦。

村里仍然有人无常了抬着出去，最后连亲属的号哭声都没有了。人无常了像一只猫或是一只狗的死，再平常不过了。

一家人在短短的时间里就无常得只剩下三口人了，这让亡人婆婆不得不弹挣着要活下去。

村子里、山野里可吃的东西都搜寻着吃光了，有人开始逃荒了。碧黛婶子的亡人婆婆也想着要逃荒了。再不出去，守着光光尽尽的村子和山野，那他们这家人恐怕是连剩下的独苗也要断根了。

亡人婆婆想着可逃荒去的地方。近了不行，远了也不行，近处你去了等于是跟人家嘴里夺食，人家不欢迎你；远了举目无亲，你更不受人欢迎。这时他想到了亡人丈夫以前时常说的洮河沿儿上的汉家朋友王生贵，是人老五辈的交往和交情。在林间开着小块地，种有一些洋梗和萝卜之类的，能勉强糊饱一家人的肚子。春上王生贵来她家的时候，说实在过不下去了，就把一家人带过来。洮河沿上好歹能养活人，只要水活，人就能活。在河里网些鱼，林眼里拾些地丸子，干野菜，套些野生，推日子还是有希望的。她把王生贵的话一直记在心里。丈夫没有无常的时候，她有依有靠，现在丈夫无常了，她无依无靠了，她想带着孩子们过去。她把这想法跟碧黛婶子和大儿子一说，两个孩子都同意去王生贵巴巴家。

亡人婆婆带上家里仅有的面面汤汤，其实就是省下来的两碗面糊糊，用根绳子拴住大门领着两个孩子向洮河沿儿上走去……

三天后的下午，她们三个人打听着来到了洮河沿上的王生贵家。进门的时候，三个人实在是走不动了，与其说是走还不如说是挪。她们沿路走的时候，不时地拾上几把干苦苦菜的叶子，揉一揉吃掉了，要不是那几把干苦苦菜叶子，她们几人恐怕是挨不到王生贵巴巴家了，早倒在路上了。

她们的到来，叫王生贵很是吃惊。王生贵知道，他的朋友没有来肯定是饿坏了，没有了。他的婆娘娃娃来了，那就得好好地待承。他叹了口气，领着她们到厢房里休息，然后搬出一口没用过的小铁锅，自言自语地说，这口锅不素净，我先生火烧一烧。他烧好了锅然后让妻子剁了一锅洋梗拌汤给她们三人喝。碧黛婶子到如今还记得，那次吃的拌汤是她这一生吃过的最香的饭，香到了脑子里，香到了记忆深处。

吃饭的时候，亡人婆婆向王生贵巴巴说了自己一家人的遭遇，说是家里一把吃的也没有了，村里再也待不下去了，人人都逃荒去了，她带着两个孩子没地方去，到他这儿混肚子来了，等春天到了才能回去。王生贵巴巴指着院外的一口窑说，窑里有半窑洋梗，你们三个人吃着熬过这个冬天应该不难，借给你们，等你们活过命，以后拿粮食还。不过，也不能等着吃，白天要到山里寻干野菜叶子，还要到河里网鱼，不然窑里的洋梗吃完就得挨饿啊。我看这样，你和女娃娃白天上山寻干野菜叶子，男娃娃就跟我到河里学着网鱼去。门外的草房就是你们的住房，烧的柴草不缺，把你们也冻不着，先把这个冬天熬过再说。

到洮河沿儿的第二天，亡人婆婆就让男娃也就是碧黛姊子后来的丈夫跟着王生贵巴巴到河里网鱼去了，自己和碧黛姊子到附近的林眼里去寻干野菜叶子。

其实，这时候王生贵家的日子也不好过，三男一女四个孩子正是吃饭不饱的时候，再加上一个老娘，还有他们两人，一共七口子人，日子也过得紧紧巴巴的，大头还是用洋梗拌汤对付肚子，少量的时候碗里还有一星半点的鱼肉。给碧黛姊子们的那半窑洋梗是王生贵巴巴家一个冬天的口粮。要是他们三人不过去的话，王生贵巴巴一家人还能有个饱肚子。但他们过去了，把人家的口粮分了一半给他们，那他们就吃不饱了。但人老五辈的交往和交情，不能在饥饿中结束。两家人的交往和交情还得延续下去。

一个冬天，碧黛姊子三人就住在王生贵巴巴家的草房里，用王生贵巴巴家借的半窑洋梗，还有隔三岔五网上的鱼和拾来的干野菜叶子算是勉强度过了那个最艰难的冬天。

那年春天野菜冒出地皮的时候，碧黛姊子一家人踏上了返家的路。回来的时候，王生贵巴巴给她们准备了各样的菜籽和五升青稞种子，还贴了一锅铁锅巴，让她们路上吃。亡人婆婆再三致谢王生贵巴巴的救命之恩。等生活好了以后还他的半窑洋梗。王生贵巴巴笑着说，先去吧，活命要紧，有能够了再还，没能够了就不要还了。但亡人婆婆说一定要还的。

回来后，过了几年，日子才踏上了步，肚子也能吃饱了。亡人婆婆就给碧黛姊子上了头成了亲。园子里的菜蔬长得一年比一年旺，这时候亡人婆婆就惦记着该还王生贵巴巴的半窑洋梗了。她思谋着该还麦子还是青稞呢，但把洋梗换成麦子或是青稞来还的话，那数量大呢。亡人婆婆说每年从口粮中省一部分出来，几年的日子就能省得够粮食了。那几年也确实省了一部分粮食，但日子过得还是非常地拮据，就没有去还。后来，碧黛姉子的丈夫得了猛病去世了，就把这个事情搁下了。直到婆婆无常时才把这件事情靠给了她，要她去要一个口唤，并把那半窑洋梗作价还了。虽然后来王生贵巴巴和儿子们都来了几趟，人家也明确表示不用还了，但亡人婆婆还是要还，她说，这件事当年她是吐了口的，答应了人家的，再说要不是人家的那半窑洋梗，她们一家人也许早就埋在那块黄土下断根了。说过的话不能反悔，也不能推辞。碧黛姉子屋里屋外拉家扯口地务忙着把这件事给搁下了。再说年龄也大了，就把这件事托付给了儿子吾旦，但儿子吾旦的心大，根本就不把这件事放在心上。这就让碧黛姉子很是生气。这是亡人婆婆临终给她的嘱托，要是完不成婆婆嘱托的这个心愿，就是无常她也闭不上眼。

后来儿子熬不过碧黛姉子，终于雇车去了趟洮河沿儿，但没有找到那户人家。王生贵巴巴几年前就殁了。儿女都在外面工作，年纪也大了，也都有了自己的家，很少回老家了。王生贵巴巴活着的时候，儿女们每年还回来一两趟，自王生贵巴巴殁了以后，他们就再也没来过。碧黛姉子问吾旦，那家里再也没有什么人了？吾旦说老家的房都塌了，没人收拾。

还债要口唤的事就先搁了下来。碧黛姉子的脸色也很不好看，她心里很是愧疚，她怕无常了以后给亡人婆婆无法交代。

5

就在碧黛姉子等着无常心存遗憾的时候，我陪着这批从省城里下来到碧黛姉子家所在的这个村搞精准扶贫调查的干部，这其中就有一个是王生贵巴巴的外孙子。他来了之后，就说碧黛姉子家的这个村名很熟，当年他外爷常提起这个村子，说他朋友的家就在这个村子里，还讲了很多他爷爷朋友的故事。当碧黛婶子问清他外爷就是王生贵巴巴时，忍不住放声大哭起来。碧黛婶子一哭就把那个下乡的干部吓了一跳，吃惊地望着村里人不知如何安慰碧黛婶子。村里人说，让她哭一会儿吧！她是激动得哭呢。她是遇上亲戚了，你家外爷是她家的恩人呢，你家外爷救过她一家三口的命呢。那个干部一脸惊诧地说，您是碧黛阿娘吧？我外爷在时常提起您呢。我外爷也常说我们两家是人老五辈的老交往老交情了，到咱们这一辈上都外出上学工作了，回老家的次数少，自然也就忘了一些朋友了。外爷去世的时候还说让我有机会了到碧黛阿娘家里来一趟，续续旧日的交往，不要把人老五辈的交往隔断了。娘在我来的时候也想到家乡的土地上来转一转，看看旧友，和朋友们叙叙旧情，尤其是想见见碧黛阿娘。

碧黛婶子抹着眼泪笑着说，这两年我的身体大不如以前，想着了却心中的一个心愿，还你家一个良心的大债。这是我心中时常压着的一块石头，这个心愿不了，我心中的石头就搬不掉。你外爷和你娘没有说过吗，我家欠你家半窑洋梗呢，那半窑洋梗救了我一家三口的命呢，我亡人婆婆在的时候说生活条件好了有能够了就还你家半窑同等的青稞或麦子，但这个承诺一直没有兑现，让人心里一直不安。

王生贵巴巴的外孙子望着碧黛婶子笑着说，我爷爷和娘都说过是给你们救命的，没有说是借给你们的。当初我外爷这样说的目的是怕你们吃得太快熬不过那个冬天。再说那个时候我外爷家里也剩下半窑洋梗，那么大一家子人吃饭呢，说借也是压压家里人的口舌而已。人都求到门上了，没有不救济帮助的，再说两家是人老五辈过命的交往，你家当年也帮过我家很多忙呢。我外爷都说过呢。我外爷像说书似的，活的时候天天念叨两家的交往呢。再说现在你要还，我也拿不回去，就是拿回去，我也进不了家门，老娘会怎样收拾我呢。算了，就让它成为我们两家交往历史上一段难忘的记忆吧。

碧黛婶子幽幽地说，这是一个口唤一个承诺的问题，不是还不还的问题。你回去后向你母亲要一个口唤，这个口唤是我替我亡人婆婆和我要的，希望她能喜欢地给个口唤，兑现我和我亡人婆婆在心中藏了几十年的承诺。

王生贵巴巴的外孙子高兴地说，我找着你就是大功一件，这是个喜讯，我找着人老五辈的老交情了，我见着碧黛阿娘了。我得把这个喜讯告诉我娘。王生贵巴巴的外孙子高兴地拿出手机拨通了他娘的电话。电话那头久久没有出声，激动得哽咽着说不出话来。王生贵巴巴的外孙子把手机默默地递给了碧黛婶子。碧黛婶子的手颤抖着，声音颤抖着，轻轻地喊了声——桃花，就再也说不下去了，泪如雨下。电话那头也只哽咽着喊了声碧黛就再也说不出话来。

一声轻轻地呼喊打开了尘封许久的记忆阀门。

一声哽咽道出了各自呼之欲出的牵挂和思念之情。

该让碧黛婶子和王桃花见次面。

王桃花的儿子接过碧黛婶子手里的电话说，还是过两天你俩心里平静下来再说话吧。叙叙旧，唠唠以往，说说当今。

碧黛婶子放下手机轻轻地对王桃花的儿子说，还真是为难人呢，几十年不见倒是生分了。不如让你母亲明天就坐车到我这儿来，咱们两姐妹好好说说过去的光阴。

王桃花的儿子说，明天我让我妈坐车过来。到时让你们两姐妹说上三天三夜，把心里的苦水全倒出来，把想说的话儿都说出来。

碧黛婶子笑着一个劲地抹眼泪。抹了一会儿突然拉起王桃花儿子的手，脚底像生风了似的往家里跑去，把我们大家晾在了一边。

曼茹叶回娘家

女娃是泉，女人是河。母亲说这话的时候，曼茹叶还是一个懵懵懂懂的小姑娘，理解不了这句话里蕴含的意思。当她真正理解这句话的时候，她已经是两个孩子的母亲了，真切地经历了从泉到河的整个过程。

曼茹叶是一汪滋润儿女心田的长河，也是一条守望男人的长河。

曼茹叶为回趟娘家做了很长时间的准备，但是却不知怎地走不脱也走不成，其实，真正的原因是她放心不下出门在外的男人和一对幼小的儿女，还有瞎眼的婆婆，她被死死地拴在了家里。有时候，她想自己跟条看家护院的狗差不多，想着心里就隐隐地来了气，男人一年四季不沾家，把家和一家子人丢给了她，好像自己是男人雇来照看家务的，可生气归生气，一家人的日子还得她操持着打发。在夜深人静的时候，她常被自己如此不幸的命运思谋得头疼，胸闷。很多夜晚她是挂着泪水入眠的。女人就该为一个好吃懒做的男人操持一辈子家务吗？她确实说不清楚，但她却操持着。男人也就是男人，是从来不关心家里的琐碎事情的，只图自己混个肚饱过得痛快。她水一样给男人以温柔，企图拴住男人浪野的心思，也水一样从屋内抹到屋外，把一个乱纷纷的家收拾得干干净净，不留一点儿灰尘，但她却抹不亮自己男人的心境，亮敞敞的宽屋子里空荡荡的，缺少着一种气息，一种平和静谧的气息，多出的是一种寂寥和无奈。男人漂泊在外，把外面的日子过成了日子，可她却把日子过成了年。她准备归准备，走回娘家还真不容易，拖拖连连地走不脱。回娘家的路在睡梦中走了好多回。这次她下决心一定要乘农闲时放下手里的活稳稳当当地回趟娘家，天塌地崩也不管，去看看她那年迈的父母，她虽然嘴上说着可还是放心不下，家里既没有什么值钱的东西，也没啥不可以放心的，可心里就是不踏实，她心里真正牵挂着的是出门在外没有一点音信的男人和瞎眼的婆婆。走吧，走吧，明天就走，她天天这样对自己说着，可到了第二天却又下不了决心，心中似乎有股酸水要溢出来。这些年，曼茹叶自从嫁到这儿后总共才回了三趟娘家，想起来都隐隐昏昏的，而且第一趟也不能算是真正的回娘家，是婚后第四天的回门。那时，她嫁过来后就在那陌生的土炕上坐月子般干坐了三天，第四天的回门，她好像是一只被圈在笼子里的红雀有种释放回归大自然的感觉。那情景至今还深深地印在她的记忆深处。那天，她怀着羞涩的心情坐在颠簸的马车上，心里既轻松又快活，既兴奋又急切，像河水流淌一样蒙着脸想自己的心事，偶尔也和她那刚结婚的男人说几句不着边际的话儿，逗逗趣。当时，她的想法是回去后就在娘家好好住上一阵子，缓缓结婚的乏气，歇歇心焦的寂寥。可在娘家未住上两天，母亲就拉下脸催她走。照母亲的话说，嫁出去的姑娘，淌出去的水，已经是人家的人了，不能久留在家门上，这是规矩。人生就是这样，这是女人的命运，何况她是一个刚结婚的女人呢，女人注定要像泉里的水一样要流走，流到很远的地方汇入到大河里面。走吧，今晚夕洗个大净，明早就走。洗大净是每个穆斯林男女一生当中必须时时刻刻履行的一项功课，也叫带"水"，你如果不带"水"，你的身体从里到外都是不洁净的，一个身体不洁净的人是不能礼拜、封斋和参加各种教门上的活动的。她身上虽然有"水"，但为了回娘家，再洗一个也不为过。曼茹叶出嫁的那个晚上，母亲为她烧好水兑好灌进吊罐里让她洗在娘家的最后一个大净。那次她也是带"水"的，只不过履行仪式而已。她洗了无数次大净，就那次她洗得稀里糊涂，也只有那次母亲却哭了。曼茹叶九岁第一次洗大净的时候，母亲是含着一种神秘的笑教她从举意开始，洗手，漱口，呛鼻，洗遍全身，一遍又一遍，不嫌其烦地教她，后来她才知道，那是她出幼的洗礼，从那以后，她就遵循母亲的教诲，自己烧水洗大净。出嫁前的那一个大净，那是她作为少女的最后一个大净，那个大净是她作为少女和少妇之间的分水岭，那个大净她洗得很慢，让水流线一样从头顶浇下流遍全身，舔舐她少女的身子，泪水也咸咸地滑过胸前的肌肤和着清水一同流走了。母亲轻轻地叩着水房的门，轻轻地唤着她的名字。她怎么也走不出那水房门，她哭够了的时候，细线般的水流也就停止了流淌，她换上了全新的衣服，像一个少妇一样把自己裹得严严实实的，她把少女时代的一切都留了下来，让母亲一抱抱了去。现在她多么想让母亲再给她热次水，把一身"水"留在娘家的土地上，她想着就对自己嘿嘿地笑了。

这几天，曼茹叶心里沉得很，像盛着一块石头。回娘家的路像一条清澈的小溪流淌在她的心头上。贼男人出去几个月了也不见捎个信什么的来，真是的。贼男人只知道自己图快活，也不为家里人想一想，她这样起早贪黑地守在家里是为谁，图个啥。男人们就那德性，出门在外从不关心家里人的难辛和愁肠，更不管家里人的吃喝。你把家里啥也不管但你也该捎个信什么的报个平安吧，害得连她回趟娘家都放心不下。她天天望着大路口，希望有个熟悉的人能来向她报个她男人的平安。

曼茹叶决定不再等待男人捎信来，翌日天亮带上两个孩子就走，在娘家住一晚上就回来。翌日天亮，她洗了大净，喂饱了鸡舍里的鸡，给两个孩子吃了早饭，把瞎眼婆婆托付给了邻居，踏着冰凉的晨露沐着朦胧的早雾上路了。两个孩子一左一右挽着她的胳膊似两只欢快的鸟儿，看着两个孩子欢快的样子，曼茹叶的心里像一条舒缓的大河在流淌，既宽展又舒畅。我是一条往回流淌的河，她想。自从她出嫁以来，就往回淌了那么几回，要让河水倒流，那是多么艰难的事啊。这样想着她就想到了身边的女儿，女儿现在正是一汪发育的泉水，将来还不知流到哪儿去呢。想着这些，她的心里就一阵绞痛，女儿别离娘老子是多么地痛苦，当初她像水一样流出去的时候，也不知道爹娘是怎样的心情，更不知道她们的痛苦有多深沉。那时她作为一个即将出门的人，内心的痛苦是难以言说的，毕竟是生活了近二十年的乡土啊，毕竟要脱离娘老子到一个全新的陌生的环境里去生活，并且要和一个陌生的男人生活一辈子，身上像是载着千斤重荷。现在回娘家去像是卸去了一身的重荷又像是有些空落。

回娘家又使曼茹叶有些难堪。

会不会碰到他呢？她在路上突然想起了他。他是曼茹叶早年的邻居，现在早已娶妻生子了，小生活过得很是滋润受活。当年，要不是那场灾难，她是不会远嫁出去的，肯定会成为他的媳妇的。事情坏就坏在了那场灾难。那年，她父亲到五十里外的林里砍烧柴，从山崖上滑下摔伤了腰，住医院治疗花了两千多块钱，在当时，那两千多块钱就是一个大数目，那两千多元全是她母亲跑东家借西家攒凑起来的。父亲伤好出了医院，那两千多块钱就成了一家大小的包袱。今天不是这家来要就是那家来催，催要得一家大小无处躲藏，最后只得将她聘给人家先收上干礼还人家的账。当初她也跟他说了，要他赶快凑足两千多块钱央媒人说媒，可他家里确实拿不出那么一笔钱聘她，只有望她兴叹了。她父亲看他家拿不出那么一笔钱就一狠心把她聘给了她现在的男人。她也就稀里糊涂地嫁了过去，给人家当了媳妇。他也眼睁睁看着她成了别人的媳妇。

当年的往事重新涌上心头的时候，曼茹叶的心里不再像刚结婚那阵心里空落无着，而像是在回忆一件与自己无关的遥远的往事。假如碰上说不说话呢？她问自己。她清楚地记得，就在她要上娶亲的拖拉机时，他就站在门前的粪堆上，像只斗败的公鸡，耷拉着脑袋，痛不欲生的样子。她想他会做出些什么事来，可他却什么也没有做，只是目送着娶亲的拖拉机绝尘而去。他泥塑般在粪堆上站了很久，像欢送一支打了胜仗的军队一样。她的心里充满了酸甘苦辣。当时她就想，她不是娘说的河流和泉水，而是被人随意挑走的一担浊水。说来也怪，当时她想嫁过去就凑合着过几天是几天，过不下去就散伙。可这一过也好几年过去了，以前那活泛的心境不见了，对他的那种切肤的思念也丢弃得干干净净，反过来倒常牵挂那贼杀的男人，让她一时半会儿放不下心来。一路上她不时地催两个小东西往快里走，可两个小东西像刚出蛋壳的小鸟，出门时连蹦带跳的，可走了一段路后两个小东西要起滑头来不走路了。她轮换着背上两个小东西走。她后悔没有给左邻右舍留下话来，假如那贼杀的捎话来了就给她说一声。说实在的也没有那么巧的事，没心没肺的也不会捎什么话来。她实在走累了，找了片长满青草的塄坎坐着休息。她望着天空中几缕飘浮着的轻淡白云匆匆地向西游去，心中即刻涌现出一丝淡淡的惆怅，它要跑到哪儿去呢？不远处的红浆河泛动着反射着星星点点的太阳光，像串了一河的珍珠，从北边流来向南边流去，流得无声无息。碰到他该怎么办呢？那将是一个十分难堪的见面，当年到底是谁抛弃了谁，到底是谁的责任呢，现在已经说不清楚了，也不必刨根问底了，只能说是命运的安排吧。算了，想那么多干啥呢，她的思绪开始水一样流淌了起来，一会儿是家里一会儿是娘家，来来往往反反复复就是流不到她的心底里，她有点奇怪自己的思绪。两个小东西被眼前正在疯长的庄稼和路边盛开的各种无名野草吸引着，一路走走停停，大呼小叫的。有时她觉得两个小东西像两只放飞的风筝，带着她的思绪和她的记忆在田野里飘荡，她的心境一时如流淌的水一样哗哗流动起来，在心灵深处荡起一波又一波的水纹来。

贼杀的男人到底捎不捎个信来呢，曼茹叶一时说不清楚也想不明白。她打问了几次，回来的人都说不知道，这也难怪他们，中国这么大，大得简直没个边，你上东，他去西，谁的音信都听不到，更何况是一个大活人又不是啥东西呢，今天到这个地方溜达溜达，明天到那个地方转悠转悠，没有个固定的地方，人们能见到他吗，唉！女人的命运，就是在这没有期限的等待、盼望和不安中安排好了。谁让她是一个女人呢，更何况是拉扯着两个孩子的女人呢。贼男人年年出去挣钱，可年年未挣到钱，出去的时候肩膀上扛着一双手，回来的时候还是肩膀上扛着一双手。这几年了，家中未添一件像样的东西，更没有给她和两个孩子换上一身新衣服。说好了，回来时给她和两个小东西换身衣服，她没有奢望男人会给她买东西，而是希望他能够给两个孩子带点东西回来，对两个小东西安慰安慰，免得两个小东西跟他生疏起来。可这贼杀的就是听不到个音信，不见个人影。寄封信捎句话大概不是太难吧，可他却不那样做，真猜不透他的心态也挖不清他是如何想的。暂时不想他了。

路边麦田里的蚂蚱憋足了劲叫个不停，两个小东西追着蝴蝶向前跑着，曼茹叶惬意地想起了她的童年，那个时候，虽然时辰不好，可她的心境时常像蔚蓝的天空一样宽广，哪像现在这样呢，愁东想西的，让人的心境没有一丝的安静。那个时候，她和他整日形影不离，玩得有多开心，可一眨眼，她结了婚，成了别人的妻子，彻底地结束了那种生活，循环往复地生活在了母亲的影子里，做任何事情都是那么艰难，就连回趟娘家也是那么难。在走走停停的当儿，太阳已悄然西斜，但仍像两个小东西的笑脸一样灿烂无比。看来她们是走了有些时候了。唉！这回娘家的路说长也不算太长，可走起来却是这么难，只要一踏上这条路，她心里的酸甜苦辣就充溢着流了出来，这是女人的悲哀，也是女人的痛苦。那一年，曼茹叶头一次回娘家，她几乎是跑着回去的，可到了娘家后却像觉没有睡醒似的大睡了两天，在那以前，她还从来没有不分昼夜地睡过觉。当她睡醒后就被男人叫回了家。女人要是不出嫁有多好，一辈子陪在父母的身边，那该是多大的幸福啊。可母亲说了，大河大江就是女人的家，女人是一条必须流走的泉。是泉就得流就得淌，但不管流淌到哪里，最终的归宿是大河大江。在娘家住一晚上还得回去，像水一样流回去。

　　太阳继续西斜，掩映在绿树丛中的娘家的村庄就在眼前。

　　到了，到娘家了。

　　曼茹叶的心思一下子飞回了父母的身边。

乡野记事

1. 柯乩大泉

村庄很小，默然无闻。但是村内有一大泉，泉水外泄如水泵抽扬，水色清冽，温润甘甜，久负盛名。名曰柯乩大泉，何为柯乩，经考证，乃纯正藏语，是村名，在藏语里是"凸城"或是"八角城"之意。此泉有一传说还需交代。说有一年大旱，河里的水儿干涸了，山上的草儿枯黄了，人心儿也快焦灼了，但是大泉里的水却越旱越旺，越涌越大，咕咚咕咚地冒着，让人的心还有那么一点湿润的希望。

有好几个村子的泉水因天旱地旱而干涸了，一群又一群的媳妇姑娘们挑着水桶到大泉里舀水。为了泉水的干净，村里规定只用铁勺而不用木勺舀水。人多性杂，有一个外庄的姑娘偏不听这个规定，用木勺舀水，然而手一松就把木勺掉进了喷涌不止的泉水里，突然泉口像饥饿的大嘴停止了喷涌，把木勺旋卷着吸进泉眼里不见了。而后又向外喷涌不止，依旧如此，这件事过去了半个月，在太平寨的香水泉里突地冒出了一把木勺。后来人们才知道这大泉和香水泉原是经脉相连的姊妹泉。

儿时听到这一传说信以为真，常想放一样东西沉入泉底让其从香水泉里冒出来。后来，我和曼苏几个人从河里捞了半盆子狗鱼倒在了大泉里。一时间村里传言泉里冒出了狗鱼，但是绝对没有人想到是我们几个半大小子放进去的。那时节村里人没有过过消停日子，总是在忙，有时白天忙得连担水的时间也挪不出，在晚夕里往往会听到木桶咯吱咯吱的摆动声和咚咚的脚步声。晚夕里担水惊着了泉里的狗鱼，有那么几条蹦着跳进水槽流进水桶里，再送进水筲里，有些鱼在水筲里长大了，有些鱼则被黑灯瞎火地舀进锅里，被煮着吃进了肚子里。狗鱼在泉水里的时日一久，也就都长大了。人们才想到该捞出来煮着吃了，那么多的狗鱼养在泉水里对泉水有污染，有些人清淡的饭水里就有了鱼屎。可是我们期望从香水泉冒出鱼的事总是不能实现。后来，有人吃得鱼屎多了心里就来了气，把老婆捶了一顿，可捶老婆不济事，鱼屎照样有，便索性借了一台水泵抽干了泉水，那些鱼就晾在了干滩里动弹不得，被那人轻而易举地捞去破腹抛肠地煮着吃了。从此以后，大泉里也就没有了狗鱼。

大泉里的水甘洌，村里有人快要去世的时候，往往要用大泉的水润一润干涩的喉咙，凉一凉焦干的嘴唇，冰一冰灼烧的胸腔。在这样的时候，家里人就知道亲人快要去世了，这是人快要去世的迹象。谁家有了病人，在大清早从大泉上提水的时候，家家都在准备帮忙了。外庄的人病了也要大泉里的水，假如你从别的泉里提了水，病人是不会喝的，好像知道似的。在一般人看来大泉里的水跟别处泉里的水没什么两样，只有在弥留之际才想着要大泉里的水。

有一年夏天，发了场大水，泉水就猛然小了，由原先大碗口粗的一股子水变成了小碗口粗的一股子水。水量虽然减少了一些，但它的流量和流速还是特大的，5秒钟就能盛满一桶水。大泉水量小了，就有人站出来自愿看管泉水。还制定了三条不成文的规定：一不允许女人将血衣拿到泉上去洗；二不允许不洁之人去泉上担水；三不允许将一切秽物拿到泉上去淘。有了这三样规定，大泉周围明显干净了许多。人人都明白，这样做是为大家好，要是大泉干涸了，那家家的女人还得跑很远的路去挑水，那将是一个多么艰难的过程。

再后来，村里有人跑运输挣了大钱，花几千块钱把泉用水泥箍了起来，这一箍，杂物垃圾星儿就进不到泉里。但就在封顶时周围汉族村庄的群众选了几位德高望重的乡党前来要求，说大泉的口封不得，这一封就封住了雨水。村里人听说了，为了不伤邻村人的和气，也就不封顶了。邻村的人又要求每年的农历四月由他们组织人掏一次泉中的杂物。村里人答应了，有人掏泉何乐而不为呢，把积淀了一年的泉垢掏掉这本身就是件好事。

这样相安无事地过了好几年，年年风调雨顺，年年有个好收成。邻村人也就不掏泉了，村里人商量着把泉顶封了。这一封泉水又洁净了许多。

再后来，村上实施整村推进项目，修了一段河堤，把河滩的水位给提升了，泉水又恢复了往日的活气，咕咚咕咚地畅流不止。

又有一大帮儿童围在大泉的周围，嬉耍他们的童年。然而他们不知道围绕大泉曾经发生过的一些小事。

2. 林子里的红雀

春日的早晨，日头刚踏进院子里，我光着脊梁飞也似的夺门而出奔向房后的柳树林子。在天麻麻亮时我就听到了房后林子里红雀的鸣叫，那叫声清脆悦耳。庄稼还未出穗，油菜刚冒出地面，只有两瓣嫩嫩的芽叶，还盖不住地皮。但是房后的那些白杨树却长得翠嫩如新，铃铛鸟嘀呖呖地叫着，掩藏在红雀的鸣叫声里。

我跑进树林里时，草尖上的露珠晶莹如滴，晨阳如万道碎针从枝叶间投进树林深处的碎草上，照得露珠晶莹剔透。那红雀跳跃着抖落树叶上的几滴露珠像撒下了一把银粉，耀耀晃晃的。我悄然蹲在一棵树下，望着头顶上红雀在鸣叫，看着树底下虫子在爬行。此时，我真想变成一只虫子或是变成一只飞行的红雀。望着万道光芒我浮想联翩。这时节正是红雀寻偶的时候，因此上红雀的鸣叫是动人的。这个时候它要把最美的歌喉奉献给母雀，用歌声吸引着众多的母雀前来应征。我听得入了迷，竟然忘了回家吃饭，忘了给老牛和羊抱一把草。我听到了牛的叫声，那是一声长哞，这一声长哞里是过多的期待和失望，当我回眸身后时，我才发现我的眼睛有点酸涩，脚也蹲得酸麻，但是头顶的树枝上红雀在高一声低一声地鸣叫，叫声不绝，让那些天天在大树杈上哇哇大叫的臭嘴乌鸦羞涩得无言以对，不知是躲藏到哪儿去了。就是那讨人喜爱的花喜鹊也躲到老树的树洞里去了，把那一块广阔的天地让给红雀来唱歌。这是一只放归山野获得自由的红雀。村子里有人在笼子里养红雀，把红雀养成了麻雀，不叫也不唱歌。只是在笼子里跳来蹦去，一心想钻出那个笼子回归自然，然而有的鸟儿耐不住寂寞，就啾啾地叫上那么几声，这几声叫就把自己完全锁在了笼子里；有的鸟儿在笼子里待的时日一长就不想出去了，直到老死在笼子里，也只叫了那么几声；有的鸟儿却一个劲地向外钻，寻找属于自己的那块天地。我思谋着鸟儿的种种，心中就不由得想起了人。人多么像鸟笼中的鸟儿。

那红雀叫了一个早上，把我的心都叫醉了，它的叫声确实美极了。我还从来没有听过这么美的红雀的叫声。

就因这红雀的叫声迷住了我，我忘记了给牛和羊添草料，也忘记了吃早饭，回家后就挨了父亲的耳刮子和母亲的责备。后来我再也没有听到过那么美妙的红雀的叫声。

从那天早上开始我就记住了那只红雀的叫声。

3. 春耕图景

和风拂醒了大地，阳光送来了温暖。

天地涌动着春潮，山野披上了绿装。

清明前后的田野，到处涌现着一派春日的生机和活气。苍穹活泛起来了，田野涌动起来了，蓝天活了，大地活了。万物苏醒了。人也活泛起来了，窝了一冬的人们此时伸展开了紧缩的筋骨，呼出了冬日的浊气，爽快地吸着春日清馨的空气，用舒畅的身心迎接春天的到来。

一对老牛架着二牛抬杠，父亲扶着犁把，时而甩响手中的牛鞭，用心地翻开了黑黝黝的土地，播下了农民一年的希望。只有这时候，父亲的眼里才充满了丰收的希冀，老牛的眼里也有着一丝不易觉察的幸福和成功的喜悦。播下的是一年的希望，等待的是一时的收获，父亲和老牛都陶醉在了春日和风拂动的田野里。

一只小鸟飞旋在二牛抬杠耕地的这幅画面里，忽上忽下，忽左忽右，忽前忽后，努力找寻一只苏醒的虫子或是一条被犁翻出地面的蚯蚓，偶尔引来另外一只飞鸟争夺一只虫子或是一条蚯蚓，叫声凄绝山野。这个时候，父亲正坐在地头里歇脚，他扫了一眼争食的鸟儿，用鞭梢刨出一只虫子或是蚯蚓抛向那争食的鸟儿，舒心地笑了，笑得牛儿回过头深情地看着父亲，牛儿也被笑得有点兴奋了，便"哞"地叫了一声，叫声悠长而深沉，像是一种释放，又像是一种解脱。

老牛望着山野满眼的深情，任由春风吹拂身心。鸟儿盘旋着飞上飞下地追寻牛儿，忽儿猛地捋一撮老牛的锈毛，衔往古树的枝桠上搭成窝儿。鸟儿捋了牛儿的毛，牛儿感到幸福，轻轻抖动身上觉得轻松和舒坦。在农忙季节，主人没顾上给它刮锈毛，它痒了只能在树干或是垆坎上蹭一蹭身子，蹭掉那锈迹斑斑的老毛，蹭出一身光滑的新毛。牛儿一声轻轻的长哞，这是舒畅的哞叫，也是感激的哞叫。

活泛的云朵像游动的棉团在天上飘来荡去的，在地上投下一团飘移的暗影，遮住了牛儿和鸟儿。父亲看了一眼说，天快要变了，牛似乎没有听懂，闭目站在田埂上一动不动。寻觅吃食的鸟儿却不知跑到哪儿去了，已不见了踪迹和那悦耳的鸣叫。随土翻起的蚯蚓蠕动着努力往松土里钻，摆动着屈伸自如的身躯。田埂上的蚂蚁忙乱地跑来跑去，用土块在洞口围成了松软的高墙来阻挡雨水。有东风轻轻地吹过，春雨就要来临的迹象越来越明显。父亲说牛儿回家吧，看来今个儿地是犁不成了。父亲卸杠回家。

几声春雷炸响后，一场春雨就淅淅沥沥地落了下来，落得没棱角，没个性，绵绵软软温温柔柔的，洒湿了地皮，淋湿了草芽。几只双尾巴燕子尖叫着欢快地在细雨中随意飞翔，啄食那些来不及躲藏的蚊虫。雨洒了一会儿，春雷停止了炸响，日头也出来了，蓝天在一块一块地扩大，白云在不断地萎缩，最后消失得没有了踪影，东边的山顶上出现了彩虹，罩住了村子，村子成了童话的世界，我们也就成了童话里的人物，还有那些牛啊羊啊鸡啊都成了童话里的动物。牛静静地不动声色地吃着草料，它知道雨一停天一晴，未耕完的那块地还得它去耕。鸟儿活跃起来了，蚊虫也嗡嗡地飞旋了起来。父亲吃完了晌午饭喝完了最后一口茶，起身朝老牛走去。

田野里又响起了很响的甩鞭声，老牛的长哞声，燕子的啾啾声，鸟儿的飞旋声，儿童的嬉耍吵闹声。

好一个晴朗的春日的下午，好一派热闹的景象。

好一幅美丽的春耕图景。

4. 夏日

夏日的清晨，懒惰的人们还沉浸在睡梦里做着同一个美梦，思谋着同一个故事，想象着同一个日子。然而那些梦醒的人们早已在洒满露珠的草坡上放牧牛羊，在净洁的空气里放牧自我，洗涤身心，陶冶情趣。绿树掩映的小学校园里，传来儿童们琅琅的读书声："锄禾日当午，汗滴禾下土。谁知盘中餐，粒粒皆辛苦。"放牧牛羊的几个年轻人坐在柔软的草地上听着校园里的读书声，若有所思地点着头，脸上露出不易觉察的微笑。他们一定是听出了也听明白了那童音响亮的读书声是自己儿子或是女儿的声音。日头冉冉上升，山野里蒸腾着淡淡的雾气，弥漫着环绕在山腰上，一会儿是山一会儿是树，忽隐忽现。放牧牛羊的人们似乎置身于一种愉悦的仙境里，牛羊低头嚓嚓地吃着青草，一股股的香气喷鼻而来，是野草的清香，是野葱的幽香，还是野菊花的芳香，沁入人的肺腑，钻入人的脑际，让人有种飘飘欲仙的感觉。

天上飘过几朵白云，像山坡上滚动的羊群，牛儿羊儿好奇地抬高头颅向天上望去，也许它们想到是什么羊儿竟然跑到了天上。中午的日头毒毒地晒着，牛羊吃饱了肚子，放牧牛羊的人才觉着肚子有点饿了，该吃早饭了。随着一声鞭响，牛羊整齐地从来路归向家里。牧童的牧鞭甩得炸响，牧歌也唱了起来，花儿也唱了起来，响彻了整个山野。家里人知道放牧牛羊的人回家了，烟囱里的草火烟缭绕着升向了蓝天，在半空里被一阵风吹得改变了方向，互相缠绕着向山那边飘去。村子里弥漫着干青草焚烧的香味，是一股淡淡的清香，沁人肺腑。

牧童回家了，山坡上剩下几只散落的破烂草帽。

村道上回荡着羊羔子咩咩的叫声和老牛的长哞。还有牧童欢快的蹦跳声和甩鞭划过耳际的回响声。

5. 发大水

天上飘过几朵白云，地上跑过几只羊儿。树梢上吹过一阵急风，地上卷起一些碎叶烂草。这是大雨即将来临的预兆。那些牧童疯了似的追赶着牛羊往家里跑。云朵越积越厚，瞬间东边的天上就黑成了锅底，黑压压地向山野、村庄、树林、房舍盖了过来，让人有点喘不过气来。牛羊顺路飞快地走着，牧童则被呛得吸不上气，不得不用手背挡住刮来的风。风把人吹得歪歪斜斜的，帽子忽儿被风旋着飞上了天空，直直地钻进了云眼里。路上的行人步履匆匆地小跑着，可刮来的风吹得人摇摇晃晃的像走在水上或是冰上，头重脚轻的，就是跑不到避风避雨的地方。又一顶帽子旋转着歪歪斜斜地飞上了天空，人头重脚轻地跑着去追，可帽子离扬起的手越来越高越来越远，就是够不着。其实，在风中抓帽子犹如在山上追蝴蝶，永远也抓不着。

东边天上电闪雷鸣，山顶上雨齐刷刷地落了下来，白晃晃地向村里逼了来，牧童还没有回家，牛羊还没有进圈，焦急的人们在村口大声喊嗓地叫着各自娃娃的名字，可这喊声刚一出口就被大风高高扬起扔到了疾走的风轮里谁也听不到。豆大的雨点啪啪地掉在干燥的尘埃里，溅起细细的土雾，大路上立刻就有重重的土腥味扑鼻而来，有人打了个喷嚏，肺腑里有了一股子清新的尘味。村口的百年老树被雷击得树皮和树枝像仙女撒花般撒满了村子的旮旮旯旯，大树随后也就轰然倒地了，白晃晃地倒下了，像一具倒地的僵尸，直挺挺地。雨点唰唰地落着，顷刻间连成了一条线，像扬翻了巨盆似的倾泻而下，地上的雨积成了滚滚的浊流向低洼处淌去。屋顶上是小河，巷道里是大河，而真正淌水的河滩里则浊浪翻滚，一些小树、搬不动的大石头，还有一些来不及过河的弱羊被河水像秋风横扫黄叶似的席卷而光。人们忘记了被风刮走的帽子，而是不断地诉说那棵百年老树的命运和那些未来得及过河的弱羊。

这场大雨冲走了我的一双鞋，是崭新的白球鞋，放羊的时候我没舍得穿，我用鞋带系着一直挂在脖子上，刮大风的时候我还觉得鞋在我的胸前晃来晃去的，跑起来的时候鞋还甩到了我的脸上，但不知是什么时候跑丢了，我确实想不起来。到了家里父亲问我鞋子哪儿去了的时候，我才知道我把鞋子跑丢了。跑丢了鞋子让我伤心了好多日子，在梦中好多次梦见我在寻找鞋子，可最终还是没有找到我的鞋子。后来我就想，我光脚片子把牛羊追回了家中，没有让洪水冲走。那些个鞋子上拖着水沾着泥跑不动没有把牛羊追回家中的，他们的损失比我大得多，他们的几只弱羊被洪水卷着冲走了。我的鞋子换来了几只羊的生命是值得的。我感到有点欣慰。我跑丢了鞋父亲没有骂我，而是摸了摸我的头，什么也没有说。

雨停了，人们到河滩里捞被水冲下来的树木、死羊，还有冲不走的大石头。其实，死羊没有一点用处，只是给寻羊的人一个见证罢了。树和石头是用得着的，捞树可以当烧柴，捞石头可以节省劲力，垒墙基用得着。我们这里烧柴缺乏，烧火用麦子青稞秸秆，柴用得很少，也很宝贵。石头要到很远的马坝滩去拉，一架子车就拉那么几块。我们到河滩里的时候，混浊的河水翻腾着卷着树木、石头滚滚而下，有胆大的挽起裤管凫入水中去抓随浪一起一伏的树木。有的人捞着了有的人没捞着，没捞着的人就往深水里凫，结果是柴没捞着倒把自己给捞进去了。这人一捞进河里，村子里整个就乱了套。哭声、喊声、求援声、人畜混跑的咚咚声，惊扰着这个雨后原本平静的村子，人人的心里都想着同一个问题，人冲到哪儿去了呢。

村子里就再也没有太平和消停日子过了。记得一年多村里人脸上没有喜色，也不敢提及河道里的洪水。

6. 假日放羊

我说过我家里是养牛养羊的，牛养了两头，羊养了三十多只。我的大部分童年是在前坡山、大湾山、红土坡上放牛放羊度过的。那时节，村子里没有牛倌羊倌，放牛放羊全靠孩子们，只要谁家的孩子能放牛放羊了，村里人就会抚着他的头说，这孩子有出息了。这是我童年时期最爱听的一句话。那时候辨不来好坏，认为能替父母亲放牛放羊了就是有出息了。甚至在我七岁时，家里人领我到学校里报了名，让我读书，而我却背着书包跟着羊群上了山，结果把父亲惹得大怒，把我从山上拖下来狠狠地抽打了一顿。父亲骂我没有出息。我就好矛盾，村里人都说我有出息，而父亲却说我没有出息。后来我的启蒙老师敏生奎把我拉到他的房子里教育了一顿。我幼小的心灵才知道读书而且读好书是很有出息的事。但是我仍放不下我放牧牛羊的那些个日子，我割舍不下我放牧惯了的那些牛羊。我觉得我是家中牛羊群中的一员。父母亲不让我放牧牛羊，我只有在假期放牧了。

那年夏天，我已经是小学二年级学生了，我等不到放假，有几只小羊羔已经长得活蹦乱跳的可爱极了。而且山坡上已经开满了狗蹄子花，装扮得花花绿绿的山坡，对我有着极大的吸引力。多少次梦中我都在那红花开满的山坡上放牧牛羊。我的身心已经跑到那山坡上去了。

在放暑假的第二天我就接过了父亲手中的羊鞭。那天天还没有大亮，地上麻乎乎的，看不清远处的东西。羊在圈里静静地卧着回味着头天吃过的嫩草，津津有味的。我等不到大天亮。母亲说这娃娃就是放羊的命。母亲早早起来做早饭，但我没有一点食欲。母亲只好给我装了一个锅贴粑。我麻麻乎乎地吆喝起羊就赶着上山了。

我赶着羊到山上时，天才亮开，山坡上的青草尖上挂着清翠欲滴的晨露，拂在脚面上冰凉凉的，不是太冰。在山上走了一会儿我的鞋子就让晨露全打湿了，光脚片子在鞋子里面晃来滑去的走不成路。羊儿欢快地啃着青草，一声不吭地急急待待的，全没有了羊的温柔的性子，低头抢着啃青草的猛劲像是草会被谁割了去或是抢了去。

我仔细地望着才苏醒过来的村子，有几缕淡蓝的草火烟在清风里摇来摆去的没有个方向，旋在村子的上空久久不肯散去。有几条老狗终于醒了过来，"汪——汪"地狂叫着，给寂静的村落增添了几分生机和气息。家家的大门咯吱咯吱地挪开了，从门洞里跑出了一群饥饿难挨的羊和一两头睡了一夜好觉的老牛。这时候村子里有点乱，鸡叫犬吠的，似乎有了点性子，一下就打破了寂静了一晚夕的村子。家家户户忙开了各自的家务。

中午时，我的羊儿全吃饱了肚子卧在一起扎圈。我胡乱地吃了几口干馍馍，就疯了似的玩我的去了。山坡上的狗蹄子花开得白中透红，像刺绣的无边的地毯，还有那高出青草昂头招展的红艳艳的山丹花，我钻进花草丛中翻着筋斗，打着滚儿，忘我地跳忘我地翻，这儿掐一把那儿折一枝。耍困了，便躺在厚厚的草垫上睡着了。等我一觉醒来，我才发现羊儿早已起身吃草了，幸好我的羊儿还没有跑进庄稼地里去。日头像挂在了天上一动不动，没有挪动的意思，我的喉咙里干得冒火，我没有带水壶。西山的山影一寸一寸地往下移，移得慢极了。羊儿这时候却来了兴致，日头不是太热，山风也轻轻地吹着，村子沉浸在寂静当中，天上的白云像堆起的棉朵，白亮亮地反射着日头的光芒，又像是块块晶莹的冰雪、移动的羊群，纯洁无比。羊儿乖巧而安静地吃着青草，移动得很慢，好像儿时我看到一只蚂蚁在房顶上爬动，总是爬不出房檐。我心旷神怡地看着羊儿的移动，浮想联翩。我躺在厚厚的草垫上又有了一丝睡意，我躺了下去，头掩在花丛里，闻着扑鼻的花香，陶醉在了山坡上。我做了一个好梦。后来，我又梦到一团大火落到了我的脸上，脸上疼痒难忍，我一骨碌爬了起来。醒来朝脸上摸了一把，抹下了半把蚂蚁，原来我是睡在了蚂蚁窝上，惊扰了蚂蚁，并且我睡得太久了，日头把我的脸晒得紧绷绷的发烫，我知道我的脸上又该脱一层皮了。我站起来看了一眼羊群，已不见了踪影，我撒腿就跑，翻过了一座山梁才看到了撒开的羊儿，正安静地向家的方向移动，不快也不慢。我高悬的心才放了下来。我加快了攥羊的速度。

我感激羊儿没有丢弃我。我攥上羊儿，赶着回了家。我完成了一天的放羊任务。

羊儿到了家里时，父亲蹲在门口数着回家的羊儿，突然问我今儿个耍了没有。我说我一刻也没有耍。他又说你碰到了别的羊帮？我奇怪地说没有。他说，那就怪了，两只小羊没有跟上。我细细地想了一遍，没有丢羊的可能。除了我玩那一会儿，我就没有离开过羊群，不可能丢羊，再说那会儿羊正扎圈。我想不出丢羊的可能和时间。

第二天清晨，父亲特意交代，今个儿放羊时仔细地寻一寻，羊羔子走乏睡着就不跟羊群了，说不定在山上呢。我一路寻去。

又到了那片狗蹄子花开得艳艳的地方，羊扎了圈，我向四面寻去。当我寻到一处红土崖下时，我看到一处红红的裂缝中白白的，我的心猛地沉了下去，坏事了，羊羔子在那儿。我连爬带跑，气喘吁吁地爬到那儿一看，见两只羊羔的头挤在了裂缝里，屁股撅在外面，我叫了几声，它们没有动静；我扯了一把，它们夹得紧紧的；我摸了一把它们的屁股，冰凉凉的。我一狠心抓住它们的后蹄使劲往外拉，"嘣"的一声它们连同我摔倒在了山坡上。它们直挺挺地躺着一动不动，早已断了气。不知怎么办才好，我想到了哭，但我没有哭出声，这一天我的心情坏极了。我丢下死羊，去看护羊群，我的羊群里再不能死羊了。我一天昏昏沉沉的。

天色晚了，我知道该回家了。我一路上心里忐忑不安。到了家门口父亲也没有问我羊是否找到。我是心跳着进门的。吃饭时，父亲的脸黑着一声不吭。

吃完晚饭，父亲才开口问我，"羊死了？！你知道是怎么死的吗？我岁半的两只羊羔子，明年就可以卖钱了，真可惜。唉，不操心，不操心，二杆子东西。"父亲说了这么几句就下炕到厢房里睡去了。母亲过来对我说，你寻羊的时候，你阿大就去寻了，你抛下死羊后，你阿大就去剥了羊皮回家了。

父亲是气极了。

第三天清晨，父亲再没有让我去放羊。说做你的暑假作业去吧，你不是放羊的料。

从那天开始我放羊的权力就被父亲剥夺了。我放野的心也就从那天开始收敛了起来。也是从那天开始我学会了思考问题，也觉得自己是一个有思想的人了。

7. 冬日里一只闲逛的羊

冬季里，尤其在农村，人都是很闲的。人闲的时候牲畜也是闲着的。

那个时候，家家户户都养牲口，相应地羊养得比较多一点，养羊不比养牛，好经养。随便抱一抱草丢在圈里羊就能吃饱，而牛就不行，需要大量的草料。

在那个年月，我家养了许多羊，其中有一只馋嘴羊，大冬天的在院子里转来转去，眼睛看着院子里的碎草一棵一棵地拾进嘴里吃掉，不知道的人还以为那是一只不爱挑嘴的羊呢，心中便有了几分惜悯。但是它乘人不注意的时候就会偷偷地摸进灶房里或是后园里伸长脖子吃掉一切能吃的东西。因此上那只羊常遭我们兄弟几个的毒打，然而它是不长记性的一只羊，往往是好了伤疤忘了疼，脑子里绝不会出现曾经挨打的记忆。准会又跑到一个人不知道的地方去偷吃放在背篓里的洋芋或是挂在架下的一挂干菜。它偷吃的次数多了，家里人就对它有了戒备心理，不让它在院子里待，往往会把它赶出大门，让它在大街上溜达去。但因为它是一只馋羊，它也会窥视别人家的草垛子或是院子里菜架下的干菜，也往往会遭别人的追打。它的馋是出了名的。别人建议把它宰了吃肉，但父亲有点舍不得，它的胎气好，生下的羊羔肥大健壮，肯长个上膘。但是狗改不了吃屎，它是嘴馋改不了偷吃。冬日里羊儿放山的时候，它就从羊群里溜出来钻进什么地方偷吃不得而知。有时候父亲和邻居闲谝，有人突然说一只羊把某某人家灶房里的馍馍吃光了，正遭到某某人的毒打呢。父亲就接上说可能是我家的那只馋嘴羊，挨打是逃不脱的，甭叫打断腿就成了，谁叫它嘴馋呢。可父亲的心里就有一点难过，这馋嘴羊快下羔了，再要是这么下去，它的羔就保不住，一年不就是白养活了。父亲忽地从人堆里站起来朝着羊叫的地方寻觅而去。

父亲的担心不是多余的，馋嘴羊结果真的被人打得丢了羔，身体也一天天消瘦了下去，而且也变得乖巧了许多，再也不窥视家里的菜架了，更不贪恋灶房里的洋芋了。它成了一只真正的闲羊。父亲说到春上宰了吧，现在瘦得也不成样子，吃肉没劲头，没口味。母亲说奈何到春上怕是叫人骂得也不得不宰了。馋羊到了这种地步，家里人就不再谋它的肉它的皮了，它的生命似乎有了保障，但父亲已经说了，到春上它有了肉斤的时候就宰它。

归根结底，馋羊已经成了一只可有可无的闲羊。

让它闲逛去吧。反正它的时日已不多了。

家里菜架上的干菜再也没有丢过，背篓里的洋芋一直完好无损。这只馋羊似乎改了它的秉性。

8. 一头卖掉的牛

小时候家里养过一头牛，一家人叫它灵角。

灵角的骨骼粗犷，体形高大，一对从脑后弯下又从嘴边翘起的角，像是有意曲折而成的，看起来有点像骇人的猛兽。时常牵着它走在村街上，牵它的人就有了一种莫名其妙和无以言说的自豪。有时候，父亲牵了它慢慢悠悠地走在村街上和村里人打着招呼，说着话儿，哼着小曲，怡然自乐。在夏日的早晨或是冬日的傍晚，我牵它去放牧或是泉上饮水时，抖动手中的缰绳，让它随着我的步伐不紧不慢地走着，像是走进一个神秘的世界。这种时候，它的神情就怪怪的，我背着手故意不看它，让它高昂着头走出一种神韵，一种神态，一种高贵。

村里人时常说，老敏家的牛和人一样，我听不明白村里人说这话的意思。现在回想起来，才明白他们说的是一种气质，一种无可比拟的高贵。

灵角在我家辛辛苦苦劳作了整整十二年，这十二年来灵角跟随父亲累计耕耘了八百多亩地，为我家立下了汗马功劳。要是没有这头牛，不知道我家的生活会怎么样，我们兄弟几人的劳作会是怎样的艰辛。一头牛养上十几年养惯了就有了几分人性，也就和人有了感情，这种感情像人和人一样是一种难以割舍的感情。走在路上或是散步在田野里看到一片青翠的嫩草就想割了去喂牛。有时手中没有镰刀，但会情不自禁地蹲下揪一把握在手里伸到鼻子上闻一闻青草的香味，想起牛大口大口吃草的情景。有时躺在一片碎草稠密的草地上，望着草地上的碎草在风中轻轻地摇曳不定，耳边就有了一丝牛啃草的声响，那么清晰，那么有力，恨不得立刻把牛牵到草地上让其吃个香，吃个饱。

小时候，我放牛回来，父亲就会目不转睛地看上半天。其实，他是想从我的脸上看出我放牛期间使坏的迹象来。那时候，村里家家都养牛，但是家家养的牛大小不一，秉性不一。像曼苏家的牛，个头不高，但生性好动，动辄就挑逗别的牛，和别的牛顶仗。牛和牛顶仗的时候，也往往是小屁孩们最高兴的时候，观看牛顶仗时的那种紧张气氛，那种心惊肉跳，闭气鼓劲，握拳相帮的架势，好像顶仗的不是牛而是我们一帮小孩。其实，大人不在的时候，我是非常喜欢牛顶仗的，因为我家的灵角体壮力大，就是全村的牛轮换着顶也不是灵角的对手，吃亏的往往是别人家的牛，而且由于灵角的角弯曲的原因，对别人家的牛往往也构不成威胁，也造不成伤害。那一年夏天，我们全村的孩子们在一处山坡上一起放牛放羊，到中午时，有人耐不住寂寞，提出让牛顶仗，胆小的悄悄地牵上牛到别处放去了，胆大的就吆喝着牛让其顶仗。见有人组织牛顶仗，灵角好像听到了命令似的，长哞了一声，这一声长哞在山野里有了长长的回音。有几头牛就刨地撅尾地吼着，向牛群发声示威挑逗，果然有几头牛耐不住寂寞，昂首挺胸地冲了过来，头碰头角顶角地交战在了一起。一时间草地上扬起了湿润的泥土，青草也被剜了起来。灵角静静地看着几头牛顶来撞去，气喘如吼，不时地用后蹄刨着地，在干硬的塄坎上磨着弯角。等牛们顶得差不多了，它才惊天动地地大吼一声，扬尾冲进疯狂的牛群中，左突右冲，不上几个回合，就把顶仗的群牛顶得落荒而逃，这种时候，它不去追逐，只是在那空旷的草地上来来回回地走上那么几圈，然后迈上一块高地昂首挺胸地望着山下的村子，一动不动，好像泥雕一般。这个时候的我甭提多高兴了，就像顶赢仗的不是牛而是我。

春来秋去，一晃好几年过去了。我长大了，告别了童年。上了中学，我再也顾不上灵角了，我的家族从来没有人上过大学，我立志要成为一名大学生，所以不管是暑假还是寒假，我再也没有照顾过灵角，照顾灵角的任务完全由父亲接了过去。在我上中学的那几年里，灵角为我家更加卖力了，尤其是在冬季，灵角的劳动量就更大了，每四天就要进一趟冰沟子拉一车烧柴，来去九十多里路。记得我上高二的那年冬天，父亲连着进了十几趟冰沟子，把牛的蹄子跑坏了，牛就一直瘸了好几个月，走路一颤一颤的，重心不稳。也就是这一次，父亲让灵角卸下了重荷，让它彻底地歇息了下来，静静地养着。

到了第二年的八月份，我考上了西北民族大学，交不起那区区三百元的学费，父亲只好做出卖牛的决定。在父亲做出卖牛的那晚夕，我们一家人都没有睡觉，围坐在炕上一声不吭，想着各自的心事，都为拿不出那点钱而悔恨，灵角为我家苦了一辈子，现在卖出灵角就等于把灵角推上了肉案子，这是谁都知道的，屠家巴不得有这样的机会。往往这时候卖牛也是很便宜的。

卖牛的那天早上，买主和牙行刚踏进家门，母亲就捂住脸哭了，自从灵角进了这个家门，都是母亲天黑了把灵角拉进圈门，天亮了再把灵角拉出圈门，十几年这样做下来了，母亲对灵角有了深厚的感情。她不忍听买主、牙行和父亲讨价还价，掉着泪跑进屋从锅里取出几个白生生的白面饼子给灵角喂上。灵角好像已经知道了什么，对伸到嘴边的食物只是闻了闻，没有张口，抬头望了望母亲，木然的大眼中流下了一长串清泪，潜然滚落到地上，不解地看着父亲跟买主讲价。小弟抱着檐柱哭得嚎嚎哒哒的，他也知道灵角这一去就再也回不来了。父亲眼中含着泪水讲价，觉得是够残忍的。当时那情景，就像卖亲人似的。毕竟灵角与我们一起生活了十几年，成了我们当中的一员，然而，今天却要被人拉去宰了吃肉，你说能叫人不心疼吗。可是又有什么办法呢。灵角卖不掉，我上学的学费就拿不上，学也就上不成。一家人为了我的前途，忍痛割爱地把灵角卖掉了。本来一家人想把灵角养着一直到它老去，但是这个想法还是破灭了。灵角最终还是被屠家拉去了。

灵角走的时候，缰绳拽得紧紧的，不愿离开它生活了十几年的村子和家。

灵角被拉走后，家里一连几天空荡荡的，像是缺了一样什么东西。牛槽上也空落落的，缺了半划。

后来家里也养过几头牛，但养的年限也都不长，大多也就一两年，最多也不过三四年，也就没有太多的记忆。

9. 田野上跑过一只野兔

那个时候，田野里有野兔、野鸡、野狐、野猫子，偶尔也还有一些大的动物从田野上一晃而过。最多的是野鸡和野狐。冬天，干草枯地上落雪的时候，人们就倾巢而出，去追野鸡和野兔。但野狐是追不到的，只有猎人去追了。

那年冬天，下了一场厚雪，足足有五寸厚，脚踩上去就会松软地陷进雪里。野鸡展翅直直地从山上飞下来寻找吃食，可是刚一落地，就噗地陷进了雪里再也腾飞不起它那肥胖的身体，只有让人守株待兔了。而那些个寻找草垛的野兔也一蹦一跳地下了山，在村子里转上一圈，而后就被眼尖的人盯上了，循着它的蹄印一路撵去，不到吃晌午，撵兔的人就拎着一只野兔来了，看见有人还将野兔举过头顶朝人群扬一扬手，证明他撵着兔子了。

那一年我也曾撵过一回兔子。记得那是一个风雪突变的冬天，东风刮了好几天，冻得人出不了门。大风刮到第五天的时候，天上就飘起了大雪，雪片子像父亲揪在锅里的面片子，一片紧跟一片，落了整整一晚夕，到第二天大天亮的时候雪才停了。雪是停了可太阳却没有出来，像有事人的脸一直阴着，不见好转。山野里白花花的白了两天也不见雪有消融的迹象。到了第三天的傍晚，天上又飘起了大雪，只一会儿天上地下就又变成了银白色的世界，地上的积雪也越来越厚。门外有人说，明天是撵兔子和追野鸡的好时候。听门外有人这么一说，我朦胧的心境活泛了一些。我要撵一回兔子也要追一回野鸡，这是一种乐趣。我从柴房里挑了一根木棍，削得光光的，准备当作第二天出征的拄棍。

那一夜，我兴奋得连瞌睡都没有。小弟扳过身子问我，哥，你咋就这么兴奋呢？我兴奋地告诉他，我明早要撵兔子去。小弟笑了，笑得有点狡猾，他知道我不是撵兔子的料。我从来就没有撵到过一只兔子，他笑话我是有道理的。

第二天清晨，村街上人声鼎沸，老老小小的男子汉都拄着一根棍子要去撵野鸡。有人指着四面环绕的大山说，昨晚夕有几只兔子跑进了村子寻草吃，可草未吃着被咤着跑进了山里。这么厚的雪撵兔子肯定能撵上。大家撵走吧？有人开始问了。

对撵兔子好像没有人太愿意。

没有人愿意撵兔子，我只一个人去撵了。

我匆匆吃了早饭，拄上一根棍子就上路了。

我循着兔子新踩的蹄印撵了去。

我循着兔印爬上一处塄坎的时候突然看到田野里有一只野兔一蹦一跳地在向山梁上蹦去。蹦得极慢极难。我心里一热，今天的这只兔子我可是撵定了。它蹦蹦跳跳地蹦一会儿歇一会儿，再回首望一眼山下的人，然后再跃起身子跳上那么几步停下来回首看上一眼山下那个移动的小黑点。那个小黑点就是我。

那天我是发了狠心要撵只兔子的。我循着兔印急急待待地撵了去。在下雪天，兔子不会向山下蹦，而是尽力向山上蹦去，它是蹦一会儿歇一会儿，在雪地上蹦不像在光地上蹦那么有劲，要是在光地上蹦，兔子瞬间就会蹦得不见踪影。可那天它蹦得并不远，我远远地跟着它，它始终逃不脱我的视线，有时候兔子转过一个山嘴藏在一段塄坎下，看见人又不得不蹦逃。撵的时日久了，兔子离我越来越近，我似乎看到了兔子龇牙咧嘴的样子，连着翻了三座大山，兔子已经跑不动了，它跑跑歇歇，并不断地回首望着我不紧不慢的步伐，在我一步步地逼近它时，听到了几声婴儿似的哭叫，叫声凄绝可怜。到翻过第四座山蹚过两条小河穿过阳升川时它再也跑不动了，撑开四趾在地上挪动着爬行，哇哇地大叫着，我走到跟前用棍子拨了拨兔子的后腿，兔子已经没有起身走的劲力了，趴在地上不动了。

我成功了。我平生第一次撵到了一只兔子。

10. 划过耳际的一群嘎拉鸡

夏天好。

夏天是百鸟孵卵延续生命的好季节。

在农村，夏天是顽童的天堂。那时候，一群半拉子屁孩光头赤脚地奔跑在田野上、树林里、塄坎边，把一只只孵化后代的母鸟惊得直直地飞上了天际，惊叫不已，飞旋不已，恐怕眼尖的顽童发现它们的巢穴，捉拿它们的雏鸟。一般说来，顽童们是不会掏一般的小鸟的，而是去找寻一些大鸟，比如野鸡、嘎拉鸡什么的，运气好的还可以掏到野鸡蛋，更有甚者还曾捉住过小野兔。夏天躺在山坡上放眼望着山川田野，就不由自主地想起儿时的趣事。

那时的儿童不像现在的儿童学业上有多忙，作业也不是布置得太多，书包也时常空荡荡的，里面装的不是书而是捉鸟的工具——弹弓和石子。天气晴朗的时候坐在教室里如坐针毡，对老师讲的课一点也听不进去，满脑子想的是山花盛开的原野、潺潺流淌的河流，还有每天看几次的野鸡窝。忽然头上重重地挨了一下，老师手中的粉笔头摔出来砸在了头上，低头看着粉笔头在地上啪的一声断成了两截，心中就暗暗地笑了，有时候笑得屁滚尿流的。但老师还是非常地慈祥，和蔼地抚摸着顽童们的头，笑着，那笑声包含着对一个顽童不恭的容忍和疼爱。虽然这样，但顽童的心还是收敛不住，思绪仍然在田野里奔驰，心儿仍在天宇里飞翔。有时一声轻微的鸟叫或是虫鸣，正在上课的顽童们的脑袋就会齐刷刷地转向窗外，这时老师就会微笑着摇摇头说声下课，转身走出教室，把顽童们带到校园里的大树下讲一个新颖的故事，把顽童们的思绪抓回来，把心儿收回来。可是，顽童们还记着山坡上猫刺丛中的那窝嘎拉鸡。思绪早跑到山坡上去了，心儿也早已飞走了，只留下了一双双神色痴呆呆的眼睛和似乎听不见的耳朵。

顽童们放了学，不用放牛也不用放羊，村里那时候养了很多牛和羊，牛和羊一多，也就有了牛倌和羊倌，把顽童们替换了下来，他们才有工夫放野。那时的顽童不像今天的儿童脸色寡白寡白的，而是黑黝黝的，脖子上黑得流油，那是整天在太阳底下玩的结果。整天那样玩着却不得病。玩饿了吃，玩渴了喝。每个顽童都会守着一个秘密。在远处山坡上的猫刺里有一窝嘎拉鸡或是塄坎下的毛娃娃里有一窝野鸡。这是每个顽童的秘密，彼此不让知道。有了这个秘密，他的心就不在课本上更不在课堂上了，而是跑到了那窝嘎拉鸡或是野鸡上。

记得那年我刚上四年级，玩耍时在山坡上的猫刺里发现了一窝嘎拉鸡，鸡窝里整齐地摆放着七颗有黑点的蛋，我用手摸了摸，蛋还热乎乎的，说明孵卵的嘎拉鸡刚出去不久，我悄悄地躲到草丛里趴下，目不转睛地盯着嘎拉鸡，过了几分钟，我发现一只嘎拉鸡贼头贼脑地从草丛里爬出来跳跃着向四周瞅了一圈，然后蹦蹦跳跳地钻入猫刺丛中不见了，我知道又孵化小鸡去了。自从发现了这窝嘎拉鸡以后，我的心儿就再也没有安定过，思绪没有稳定过，上课的时候听着听着就走了神，因此上挨了老师不少批评。但我只要天晴准会去瞅一眼那窝嘎拉鸡的。我不敢惊动，有时候只是远远地瞅上一眼，然后心满意足地离开山坡回到家中，这样持续了一段时间，其间我生了一场小病，好几天没有上学也没有上山去看我的嘎拉鸡。十几天过去了，我的小病也好了。我的心儿再也收不住了，一个人悄悄地跑到猫刺丛里一瞅，发现嘎拉鸡窝空着，连蛋壳也不见了。我跑上跑下地寻找了一阵还是不见我的嘎拉鸡，我的心急碎了。寻了半天也没有找见，我只好悻悻地回了家。

那晚夕我根本睡不着觉，眼前涌现的是那摆放有致的七颗嘎拉鸡蛋和那贼头贼脑的嘎拉鸡。一连几天，我的眼前似乎嘎啦啦地飞过一群胖乎乎肉叽叽的嘎拉鸡。

而今当我信步踏上山坡着意去寻觅一窝嘎拉鸡时，总是不由自主地向儿时发现过一窝嘎拉鸡的山坡走去。耳中不时有嘎啦啦的声响划过耳际。我知道这是一群嘎拉鸡飞过山际的声音，抑或是儿时的一点记忆在大脑中回放罢了。

11. 田野里忙碌的蚂蚁

蚂蚁是这个世界上最忙碌的小动物了。一开春，草芽子刚爬出地面，蚂蚁就从蜗居了一冬的土窝里顶开土盖挪开窝门，进进出出地忙碌开了。在有太阳的中午，我会跑到田野上趴在蚂蚁的窝边，瞅着蚂蚁搬家或是往回搬运东西。有时是一大块碎馍，有时是一只软晃晃的虫子，有时是一只我伸手拍死的苍蝇。它们在草丛里钻来钻去的，像是一群人钻进了大森林里面。密密麻麻的草稞子挡着它们觅食的去路，高高矮矮的土疙瘩拦截着它们进出的路线。草稞子对它们而言是一棵棵大得无法攀登的大树，土疙瘩对它们来说是一堵堵拦路的高崖，偶尔踏来的一只大脚在它们看来是一座铺天盖地的大山。但它们没有任何恐惧，而是勇敢地应对任何困难。

人要是那样忙碌着会忙疯的。但蚂蚁的忙与人的忙是不一样的。

人忙是为了养家糊口，蚂蚁忙是为了不让自己闲着。

每天清晨，牧童牵着羊啊牛啊的从田野上走过，在不经意间就踩塌了蚂蚁的巢穴和用碎土堆积起来的"院墙"，还有一些蚂蚁在羊啊牛啊的踩踏下殒命了。但这一切过后，它们又重振旗鼓，搬运土粒重筑它们的巢穴，埋掉自己同伴的尸体，又开始忙碌着务弄自己的生活。要是人类，早就逃之夭夭了，日日午后搬条小凳子坐在田野上，观望着蚂蚁重新修整巢穴，心中便多了几分坦然，也增加了几分勇气。有时候，思谋着就觉得人太不如一只蚂蚁了，蚂蚁能够天天重振旗鼓修复自己的"家园"，而我们人类怎么就做不到呢。蚂蚁的道路是多么的曲折和艰难，假如人类能从蚂蚁的身上学到那种一丝不苟的敬业和协作精神，那么我们的道路将是光明的，生活也是欣欣向荣的，人人也就成了不平凡的人。

12. 一只喜鹊停留在村子里

老敏家大门前那棵具有百年历史的大白杨树被雷击倒了。大白杨树倒下的同时，一窝"嘎、嘎、嘎"乱叫的小喜鹊也就随之坠落在地上摔成了肉饼。老敏家的这棵大白杨树枝盛叶茂，每年都有喜鹊、铃铛鸟等飞禽在上面筑巢繁育后代，乱糟糟的。老敏家的孩子们每天都是被大白杨上的鸟叫给吵醒来的。一家人也拿鸟叫没有办法。

后来，那声惊天动地的炸雷击倒了大白杨树，小喜鹊也被摔死了，老敏家一家人的耳根倒也清静了许多。可过了些日子，一家人就觉得哪儿有点不对劲，也有点不正常，生活中缺少了点什么，但谁也说不上是为什么。后来，一只喜鹊落在老敏家的院墙上"嘎嘎嘎"地叫个不停。大家才明白听惯了的喜鹊的叫声又回来了，一家人的生活一下子就有了生机和气息。原来大家等待的就是那乱糟糟的鸟叫。

那只喜鹊每天都要到老敏家的院墙上歇会儿再叫上那么几声，像是在呼唤着谁似的，然后甩开长尾巴朝村外的林子里飞去。

这是一只孤寂的喜鹊。老敏家的大白杨树倒下去了，它就失去了筑巢的地方，更没有了赖以栖息的树枝。这个村子里白杨树很多，但它们瞧不起那些矮小的树木，也不喜欢在矮小的树木上筑巢搭窝，它们喜欢那些高大壮硕的树木，那些大树让它们站得高看得远。但是，自老敏家的那棵大白杨倒下的那天起，那种高大和望远就成了它们心中的事了，也只能当作一种回忆罢了。结果，一些喜鹊和鸟儿飞走了，一些喜鹊和鸟儿另筑巢穴，而在这个村子里剩下了一只怀念记忆中的老树的喜鹊。

那只喜鹊不愿飞走，也不愿另筑巢穴，只是每日不间断地在村子里甩开长尾巴飞来飞去，偶尔像记起了什么似的"嘎嘎嘎"地叫上几声，人们就知道还有一只喜鹊在守护着这个村子的生机和气息。一只喜鹊对村子有着如此的留恋和向往，而我们人呢？有时候却没有这样的勇气和胆量来守护养育了我们的村子，往往是前脚迈出去后脚就不准备再迈进来了，这是我们的悲哀。这几年，有些人走出了这个贫瘠的村子，就再也没有回来过，留给村子里的只有那破败不堪长满荒草的庄窠院落。儿不嫌母丑，那只喜鹊却毅然决然地留了下来，守护着村子的最后一点血脉和记忆。一个村子到最后连只鸟雀都不停留了，那它就是一个没有生机和活气而变得死气沉沉的村子，一个死寂的村子是没有多少希望的，幸好，这只喜鹊竟然留了下来，成了村子的一部分。

那只喜鹊在村子里相安无事但也很孤寂地生活了那么几年，用叫声唤醒那些快要泯灭记忆的人们。终于有一天，它叫不动了。一日午后，它站在老敏家的院墙上瞌睡了似的头歪在一边沉沉地睡去了，就再也没有醒过来。老敏看着这只喜鹊在院墙上睡着了，而且睡了很长时间，觉得有点奇怪，不吃不喝不冷不热地在院墙上睡觉，好个喜鹊竟然也有闲情逸致。后来喜鹊在墙头上蹲得时日久了，老敏就忍不住搬来梯子爬上墙头摸了摸，喜鹊的浑身已经没有热气了，它静静地进入了梦乡。

喜鹊死了，村子里就显得又沉寂了许多，除了偶尔的几声犬吠和鸡鸣虫叫，再也没有其他动物的声音了。喜鹊的死让这个村子的学生们若干年后笔下少了一个写文章时的描述对象，而老百姓却无法记住一只喜鹊的存在和死亡。

从此以后再也没有喜鹊飞临这个村子，再也没有任何动物来提醒准备弃村而去的人们留存住村子的那些记忆和那点念想。

村子变得越来越好，而住在村子里的人却越来越少。

13. 一只蚯蚓走错了路

一日雨后，一只蚯蚓弯弯曲曲缓缓慢慢地行进在村道上。它应该钻进泥土里，可它却在泥泞不堪的村道上伸缩自如地爬行，像被遗弃在旷野里的一只小羊，辨不明东南西北，更找不着回家的道路。它可怜巴巴地望着路人和牲畜从它身上跨过，有那么几次还差点踩到它身上。它寻觅着回家的路，可是它的家在哪儿呢？我只知道它的家在松散软和温柔的田野里。那次我架着二牛抬杠翻地的时候，我看到了它的兄弟姐妹，在犁铧的翻动中那些蚯蚓被翻到了湿润的地面上，随后就有那么几只叫不上名字的鸟雀跟在犁沟里擦着鞭梢捡食着把它们吃了，有些被犁铧翻起的土重新埋到地下，继续为我家的土地和庄稼松土透气，做着它们的贡献。可是，我就不明白眼下的这只蚯蚓是从哪儿钻出来的呢？竟然爬行在险象环生的村道上，让人不可理喻。它的出现就像旷原上突然有了一个摇摇晃晃的人影，跟着太阳寻找人的踪迹。

这只蚯蚓终于没有爬回田野里，未找到自己的家。它幸运的是没有被觅食的母鸡发现，但糟糕的是它失去了赖以憩息的土壤，被太阳晒成了肉干，直挺挺地躺在村道上，在微风的吹拂中挪来移去的。

后来，这只走错了路的蚯蚓被一阵风卷进了沟槽里腐烂了，化成了泥土。

这就是一只走错了路的蚯蚓的命运。

这只蚯蚓活着的时候命运是多么地不济啊，寻找泥土回家的时候没有风吹它回家，可死了却被一阵风轻而易举地吹着送回了家中。

它活着找家的迷茫像一个人，它的死也像一个人，它回归自然的方式更像一个人。

人活着有时候还不如一只蚯蚓呢。

人活着的时候往往也会走错路的，走错了路往往也就回不了家了。

14. 一群野鸡飞翔在田野上

春天是恬静平淡的，而且是温润柔和的。就因这春天的秉性，每个周末，我都要带上妻子和女儿到乡下住上那么一两天，看看父母，访访亲友，到田野里转转，给女儿讲讲村里的轶事，也让女儿读读春天，从中看到我的童年和成长的影子。

周末的午后，我和妻子携着女儿走在田野的小径上，教女儿识别路边的花草。突然女儿紧紧地握住了我的手，轻声地让我看前方不远处拐坎上的几只鸟，悄悄问我是什么鸟。我顺着女儿手指的方向看了一眼，就知道是我几年未见了的野鸡，它们大概有七八只，齐茌茌地站在拐坎上正贼头贼脑地张望着，跃跃欲飞的样子。显然是我和女儿说话的声音惊扰了它们。女儿站着看得呆了。就那么几十秒钟，它们才意识到了我们的存在是多么地危险，跃身"嘎嘎嘎"地飞走了，飞上了山坡。

小的时候，在天气晴朗的春日下午，放学后，我和一大帮尕连手就在脖子上挂一把弹弓，衣兜里装上蚕豆大的石子上山了。出了村道，我们就飞奔在田野上，追赶着一群又一群的野鸡，把那些觅食和憩息的野鸡追得满山乱飞，无处躲藏，东一只西一只的合不拢群。野鸡追得离群的时候，就失去了逃飞的意识和目的，便胡乱找一块拐坎窝子或是一丛杂草顾头不顾尾地钻进去。这时候，野鸡往往就成了我们练靶的活靶。回家的时候，我们的手上就不再是一把弹弓了，往往是多了一两只睁着一对惊恐的眼睛、胸脯起伏不定的野鸡。回到家里，晚饭往往也就是一锅鸡肉面片子。虽然奶奶和父亲再三责怪打野鸡害命，但我依然我行我素，下午放学，进门书包一丢，再不管老师布置的作业和奶奶的责怪了，抓起挂在缸边的洋瓷缸子往水缸里一舀，咕咚咕咚地灌下半缸子凉水，然后用袖子抹抹嘴，便夺门而去。天天如此。

再说一件有趣的事吧。有年夏天的午后发了场大雨，放学后我和几个尕连手去凫水，谁知凫着凫着在远离村子的河道边上发现了一群野鸡。那个时候甭提有多兴奋了，纷纷从脖子上取下弹弓在河谄里就地拣上一大把圆石子，疯疯癫癫地光着脚片子追着野鸡。夏季里的野鸡由于吃蛆蛆虫虫，身体长得肥肥胖胖的，虽然肥可也飞得不赖，只一会儿就飞上了山坡。可我们追得激动起来了，奋不顾身地穿过一片黑刺林向山上追去。那个时候，谁也不考虑自己是光着脚片子上阵的，一个比一个勇，一个比一个猛。但光脚片子毕竟不像穿着鞋那么利索，转了几个弯，野鸡就飞得不见了。便坐下来歇息，谁知这一歇便不得了了，脚掌子如针芒深刺般疼痛，纷纷抬脚来看，原来脚掌上扎满了细碎的毛刺，针尖大的毛刺密密麻麻地扎在脚掌上，用手拔也拔不出，用指甲抠也抠不掉。想到用针挑，可谁也没有带针。毛刺挑不出只有回家去挑，可不挑出来脚掌子刚一着地就火辣辣地疼得钻心。有人说话带上了哭声。那天我们是一步一步挪回去的，回到家里时已到了黄昏时分，奶奶手扶着门框望着巷道里的我瘸瘸跛跛地拐来，便附身背起我回家。在奶奶的背上我便流下了一长串泪水。那一夜奶奶点着煤油灯给我挑毛刺，又用冷水毛巾给我冷敷着折腾了半晚夕，我才进入了梦乡。

从那以后，我再也没有到田野里疯玩，追过野鸡。

再后来，村子里兴起了一股开荒风，把毛刺坡和黑刺林开成了耕地，生态被破坏了，野鸡没有了它们的繁衍生息之地，不知是远走了他乡还是灭绝了生命，竟然在几年的光阴里不见了踪迹。

女儿是第一次见野鸡，她凝神望着野鸡飞上了山坡，眼中洋溢着兴奋和激动。她不知道野鸡的回返道路是怎样地艰难，更不知道我内心的困惑曾经是怎样地巨大。

我望着野鸡远飞的身影，心中有着一丝快感。儿时见到的那么多的小动物，至今只见到了野鸡、嘎拉鸡、野兔，但不知那些野狐、野猫、草猞狸之类的东西还来不来。前几年，村里退耕还林还草，让原本长树长草的地方又重新披上了绿装，这一点女儿不知道。

回去后女儿写了日记。她的日记是这样写的："今天是周末，爸爸妈妈又领着我去爷爷家。吃过晌午，爸爸妈妈引着我到田野的小径上散步，让我认识各类花草。我很高兴，也很激动。兴奋的是我的周末没有在家中无聊地度过；激动的是我发现了几只从来没有见过的鸟，爸爸说那是野鸡，也就是书上说的锦鸡。野鸡长得比家鸡小，比大鸽子大一点，但比鸽子活泼伶俐。更像奶奶说的长得很审活。浑身的羽毛麻拉拉的，脖子上的羽毛红红的。飞起来的时候'嘎嘎嘎'地叫着。我远远地看着它，对它的模样还不是太清晰。我希望下个周末爸爸妈妈还带我来，再找寻着看一看野鸡。近距离地看看它的真实面貌。这是我对野鸡的初次认识。"

女儿能把日记写成这样我很高兴，只是她对事物的观察在瞬间还不能抓住要点。

野鸡划过耳际的飞翔声一直在脑中回荡。

我又看到了儿时春天的田野上的那种心驰神往的美和满山野花开遍的惬意及愉悦。

15. 惹笑身后的那滩狗蹄子花

夏日里，我肩扛一把铁锨携着女儿到田野上溜达。溜达的目的不是很明确，也没有什么目标。只是想到田野上转会儿，再一个就是想挖几个马洋根吃。

我出门的时候，天气晴朗，我就听到了风的笑声、树的笑声，还有羊的笑声、牛的笑声。它们这一笑，我的心花随即也就开了，心花也就格格地笑着，笑满了胸腔，笑得我差点走不成路了。女儿跟在我的后面，也格格地笑着，把那路边的青草也给偷偷地惹笑了，笑得摇来晃去的，和微笑着的风扭动着抱成了一团。

我把铁锨明晃晃地扛在肩上走着。铁锨也在嘿嘿地笑着，笑声震得厚厚的一层锈垢哗哗地剥落，掉在笑得摇来晃去的青草丛中，化作了养分和泥土。

太阳笑得很欢。远处的红浆河水也笑得很开心，不时地把笑容荡出水面，暗合着太阳的笑，一拍一和地把晶亮的笑容漾溢在宽宽的河道里。我和女儿坐在山坡上青草痒痒的笑容上，望着远处红浆河的欢声笑语，无比的心旷神怡。

在夏日里有这么好的天气，没有什么不开心畅笑的。我和女儿坐在青草的笑容上，让太阳的笑语轻抚着我和女儿笑开花的后背，我和女儿则勾头观看那些被欢声笑语惹得跑来跑去的蚂蚁和小虫子。我静听着蚂蚁和小虫子的笑声是那么地纤细和碎小，想着女儿睡梦中的那声笑。在太阳暖暖的笑容下，那些蚂蚁和小虫子飞快地爬来爬去，务忙着各自的生活和日子。

我扛起铁锹领上女儿到笑容满面的草丛中去找马洋根。我知道，这座山上马洋根很多，儿时的夏日，我常和一大帮尕连手上山来挖，挖马洋根要在马洋根还没有露出笑容的时候来挖，等马洋根露出笑容开了花，那马洋根也就长老了，吃不成了。我和女儿寻觅马洋根的时候，马洋根还没有露出笑容，也没有开花。看来正是挖马洋根的时候。女儿不知道啥叫马洋根，当我指着一团有刺的东西说就叫马洋根时，女儿差点哭了。她说那还不把人扎死。我试着挖了一颗马洋根，从底部没有刺的地方剥去刺剥开皮，里面露出了白胖胖的马洋根肉茎，试着让女儿吃了。女儿刚开始还不敢吃，试着吃了几口，就扮着鬼脸嘿地笑了，然后大口大口甜甜地吃下肚去。她吃完了又叫我给她挖。我在山坡上转了很大一圈，挖了一堆马洋根，拣嫩的让女儿自己剥刺剥皮。有几次女儿的手让马洋根的刺给刺破了，她也没有喊疼。

我和女儿围坐在一堆马洋根中间，吃着马洋根白嫩嫩的肉茎，女儿的嘴唇都染成了紫色，她嘿地一笑，把我惹笑了，把周围的青草惹笑了。

我和女儿忽地一转身，我俩的笑声竟然把那含苞待放的一滩狗蹄子花给惹笑了，红了一坡。那笑容挡回了太阳的笑语，青草的笑意，蚂蚁和小虫子的笑声。

狗蹄子花那一笑就艳艳地笑了很多日，笑尽了夏日，迎来了秋日。

16. 乡间老家的一天生活

天空蓝得迷人，净得透亮；大地绿得诱人，美得心颤。

门外的天空上飘荡着一股有青草苦艾味的炊烟，正是这飘飘荡荡的炊烟和深巷子里的几声苍老的狗叫，羊的奔跑，小孩的哭喊，算是活泛地揭开了春日里一天生活的序幕。

门前的大白杨树上拴着一头奶牛，清晨的阳光洒在身上，晨阳的纤手不时地梳理着奶牛光滑的脊梁，奶牛就惬意地长哞。树荫下走动着一群毛茸茸的小鸡，在草丛里刨刨啄啄，叽叽喳喳地吵闹着你追我逐地争夺一只刨出土的蚯蚓或是虫子，争夺得不可开交。树上还有铃铛鸟在清脆地歌唱，歌唱春天的美景和恬静。

门内院子里杏、樱桃、梨、李子……压弯了树枝，青翠欲滴，馨香扑鼻；芍药花、牡丹花、大丽花……交相辉映，争奇斗艳，美不胜收。

路边野花上蜜蜂旋来飞去，采取花蜜酝酿甜蜜。

屋外，母亲挥动一把大扫帚扫院子，骂骂咧咧地把一群拉了一院子鸡屎的母鸡追得无处躲藏。父亲则一声不响地静静盘着卖在槽沿儿上拴牛的缰绳，就是孙子们跌倒在了地上他也不扶一把，他也许在考虑一件大事，也许在考虑过去的一些事情。院子里侄儿润东、润昊在滚动着一只架子车的破轮胎，跑过来跑过去的，只一会儿就把母亲扫过的院子破坏得不成样子了。母亲喊着追赶着侄儿润东、润昊，用一根竹竿子敲打着两个侄儿的后背，像给两个人拍土似的，惹得父亲嘿嘿地笑了，笑声里带着一丝揶揄和不易察觉的嘲弄。

屋内，弟媳凯力曼忙忙碌碌地打扫屋子，擦洗柜子和地板砖，手忙脚乱地做着早饭。而三弟奇俊则悠闲地躺在沙发上看着电视剧《百团大战》，紧张得嘴唇一开一合的，像是他上了战场似的。一集电视剧下来，他都紧张得端不住碗。有时他生气地大骂那些汉奸和日本鬼子，嘴里不干不净的。这时候，他还要挨父亲的几记耳光的。父亲是听不得有人在眼前骂粗话的。

随着凯力曼一声吃饭了。一家人就急匆匆地脱鞋上炕，而那两个小淘气是不脱鞋的，连喊带哭地上了炕，抱起属于自己的碗筷吸吸溜溜地吃起来。还不时地要这要那。吃饭的吸溜声、孩子的哭喊声、大人的训斥声交织在一起，形成了一家人早饭时分的交响乐。

早饭吃过之后，父亲背起手牵上奶牛放牧去了，这是父亲的任务。母亲依然背上她背了好多年的背篓，里面放进一把镰刀，放上一把水壶给牛割野草去了，这是母亲的工作。而三弟奇俊和凯力曼领上两个孩子拖拖拉拉地到地里拔草去了，地里的活是他们俩的。这人一走，大门就上了锁，但依然关不住门内的花香和温馨。

这是农村里父母一家人一天生活的开始。

我领着妻子和女儿偶尔来到乡下，我一般是不去地里的。而是陪着父亲放放牛，只有放牛的时候我才能忆起我的童年和我放牧过的那些牛羊，也才能体察父亲的心境。也陪母亲到山坡上割一背篼牛草，说说话儿，顺便寻觅我儿时的脚印和我留在草丛里的欢声笑语，从中体味我儿时的一段经历。

割回了一背篼青草，放牧了一日奶牛，我无从忆起我的童年和我放牧过的那些牛羊，更无从寻觅着找到我儿时的脚印和我不经意间留在草丛里的欢声笑语。我只是寻觅到了父亲和母亲的苍老，以及对儿孙的一种惜怜、关爱和疼肠。

17. 野地里放火烧山

上小学的时候，老师讲古诗诗句"野火烧不尽，春风吹又生"，讲得形象而又生动。之后我便有了一种放把野火烧山的想法，这种想法时常萦绕在脑际，一日比一日强烈，一日比一日亮晶。

那年的秋末，天气刚变凉，晴朗的夜晚落了几场酷霜，经过几场秋霜的扼杀，草木几天之内枯黄了，把原本绿意盎然硕果累累的秋天掩盖在了一片枯焦之中。这旷野里的草一枯，我的内心深处就更有了一种在野地里放把火的强烈愿望。

在山上放把野火是多么有趣多么惬意的事啊，可这种事情谁也不敢干，只有我天不怕地不怕，因为我以前就小面积地尝试过烧了一段塄坎上的茇茇草。烧过茇茇草的塄坎脏乎乎的黑了一冬天，到第二年开春的时候才被洁雪洗涤着褪尽。正月里一声春雷响过，阳婆就一天比一天热了起来，明晃晃的，不再是那种懒乎乎的昏黄阳婆了。阳婆一用狠劲就把那深埋在土里的茇茇草唤醒了，一下子就蒙头蒙脑地钻出了地面，在微微的和风中一惊一乍的，像光身的婴儿突然蹬掉裹着的被子凉着了身子而无所适从。而那些未烧的地面上草芽子还没有钻出来，它们仍在枯草的襁褓中孕育着生长，没有过早地睁眼探视这个美好的世界。

望着满眼的枯草，我想烧一大片山场，让那儿黑上一冬，再等到来年春天，那黑乎乎的山场就会一夜之间变得绿油油的，那又会是怎样的一幅景象呢。我为自己的这一想法有时高兴得手舞足蹈，欣喜若狂。这样一想胆子就大得不得了。我想烧就烧个痛痛快快，淋漓酣畅。我得选择一个大的山场，村子西面的阳婆山山势高大枯草密稠，正是放把野火的好山场。山场定下来之后我就找目迪、曼勒、曼智等几个尕连手，商量放火的事。起初他们还不敢放火。我说没事，老师都说了"野火烧不尽，春风吹又生"，火一烧，春风一吹，就又会长出新草。我这么一说，他们都放心了，跃跃欲试地想放第一把火。但我们试着放了几次都被大人们斥骂着制止了。我们决定在晚夕里放。而且晚夕里放火一定很好看。

一个周末的下午，目迪家的大人到县城电磨上磨面去了，屋子里只剩下目迪一人，目迪早早地就把我们约在他家。我们给家里人说是给目迪作伴去了，其实我们是闯祸去了。

我们等待着天黑，等待着晚夕里烧山的时刻。晚夕里狗叫声趋于安静的时候，我们偷偷地出发了。我们跑了十几分钟就到了阳婆山下，在一处密草处放了把火。枯草刚着火就借着东风的势头迅速地向山上蔓延，只短短的几分钟，熊熊烈焰就毕毕剥剥地向四周扩散成了一片火海。这时候，我们几个的腿肚子无缘无故地颤抖了起来，心中产生了一股莫名的恐惧，我们开始害怕了。大火烧醒了村子里已经沉睡的狗，一时间狗叫声覆盖了整个村子，人声杂乱地喊叫着。有人用土炮放了一枪，震醒了所有沉睡的人。

这时候，我们只有偷偷地跑回家，除了回家再就没有任何退路。回到家里，几个人开始制定攻守同盟。明早就是挨打也不能说是我们干的，除非是要我们死。可到了第二天，曼智就首先出卖了我们，他人调皮，村里人拧住他的耳朵一提，他就吃不消，把我们全供了出来。那天，我们几个人回到家里都挨了一顿饱打。父亲警告我说，这一把火烧死了多少虫子，害命啊。一只虫子一条命，你轻轻松松一根火柴就把山点着了，你知道你一把火把多少生命残害了，这些虫子将来都要跟你算账的。听父亲那么一说，我心里就有点害怕，也悲戚戚的有点伤感。我似乎看到了虫子们在烈焰中跳跃的痛苦样。我为体验那句古诗而烧死了那么多生灵，我默默地忏悔着，祈祷着那些因我的好玩而死去的虫子有个好的归宿。事情过去了半年多，新的青草已掩盖了旧日的草灰。可是，只要我望见那儿黑乎乎的一星半点的烧山的痕迹，就不由自主地想起父亲的谆谆告诫和那几记响亮的耳光来。

那一年，村里家家的牛羊都瘦瘦的，好像挨不过冬天了。原因是我们那一把火烧光了牛羊的冬草。那个时候，家家养的牛羊都很多，不像现在一个村子里没有几头牛几只羊。村子里养的牛羊一多，人们就竞争草场，于是一个村就有一个村的草场，容不得别的村的牛羊侵占的。我们一把野火把村里的草场烧了干干净净，把村里家家的牛羊饿得直叫唤，差点挨不到开春了。

那年冬季里落了几场厚雪，斑驳的积雪在烧过枯草的山场上化为了润润的养分渗透到了地下，刚刚觉醒的野草吮吸着水分积蓄着力量，一场春风吹过，终于在开春阳婆暖和的一天中午破土而出探出了嫩嫩的头茎，鹅黄色的草芽子绿遍了整个山场，把那片黑乎乎的山场掩埋在了春的微笑中。

18. 灵魂里的那片浮云

看着城市里那乌烟瘴气的天空，总觉得心里堵得慌，时常有一种彻头彻尾的压抑感。白天看不清太阳，晚夕里看不清月亮和星星，天空总是浑浑浊浊的像是患了白内障似的，让人看着心焦和烦躁。有时站在广场上望着天空，向往着飘来一朵祥云抑或撒下一线云丝，或缓或急，飘西飘东、飘左飘右。但那只是儿时躺在农村的山坡上心旷神怡地仰望着的一道景象而已。那种翻山越岭滚滚而来的朵朵浮云已成为了我记忆里的一道美景，飘在了我的灵魂深处，挥之不去。

儿时。夏天。戴一顶草帽，腰里别一杆羊鞭，肩上斜挎一个绿色的军用水壶，背上饭包，这就是一个标准的放羊娃的模样。羊是清一色的绵羊，偶尔也有几只山羊放养其中，但山羊往往是不合群的。放牧绵羊的时候，放羊娃就可以掐一把野花扎成花帽戴在头上，更多的时候是放心地躺在草地上睡觉或是睁眼仰望天空浮云的移动变幻，从中想象出许多美好的事物来。犹如万马奔腾、群羊疾走、棉朵浮飘、断崖晚照、万花齐放、恶浪翻滚，等等，一下子就把你的想象拉到天上让你遨游苍穹。但往往叫几只山羊的咩叫坏了人的心情。山羊是村里穆沙老汉寄着放养的，穆沙老汉年纪大了，放不动羊了，就把他的那几只山羊寄放在了父亲的羊群里。父亲放羊的时候，整天跟着羊群，不让羊群有任何的差错，而当我放羊的时候，就不是那么细心了，爱玩的天性在一个儿童的心里永远也不会泯灭的。当我看着一朵云彩飘向山顶有着美好想象的时候，那几只山羊就会乘人不备溜下山跑进别人的麦田里偷嘴。突然几声断喝就会打破我惬意的美梦。我不得不飞快地下山去逐那几只山羊，直至追着山羊上山，我的心境早被破坏得支离破碎了，再也想象不出那洁白的浮云变幻来。于是我就恨那几只寄养的山羊，也有点恨穆沙老汉和父亲。可是当山羊跟在绵羊的屁股后面满眼无辜安静地吃草的时候，我的怨恨也就很快烟消云散了，我不能再跟几只山羊生气了，也不跟它们计较了。我还得看我的云彩。让云彩飘在我的心灵上，洗涤我灵魂深处的那点怨恨，归还我纯净的童真。

一丝风拂过，云彩就活泛地飘移起来了，像一群撒在青草地上的洁白羊群，在草地上埋头吃草的羊群却也像蓝蓝的天空中朵朵飘移的云彩映在青青草地上的影子，你飘我走，我走你飘，朝着遥远西方太阳落山的地方。那里有着掩映在雾霭中的村庄，还有那弯弯曲曲舒缓升腾的炊烟，化作了丝丝彩带，飘移不定，连系着云彩、羊群，把一个夏日午后乡村的韵致渲染得淋漓尽致，描绘成了一个童话的世界。此时，在我的灵魂深处那白云、炊烟、村庄都是活生生的景象。炊烟荡，羊儿跑，云儿飘，我的心儿跳；炊烟尽，羊儿寐，云儿定，我的心儿回。

晚夕里，我在睡梦中依然仰望着天空中的云彩，跃身踏上低飘的云朵，手抓一缕烟尘，巡视着五彩的大自然，守望着我的羊群，放喉高唱牧羊歌，做着童话里的人物。

十几年过去了，随着时间的推移，我的童话破灭了，我再也看不到那童话里的景致了，也不再生活在童话里了。只有灵魂深处的那朵朵浮云还不时地飘荡在我的记忆里，不时地浮现在我的眼前，让我兴奋上那么一阵。

牛　殇

　　我家的老牛除了做活走过几回村边的公路外，还从来没有真正走过一回进城的路。今天，我是第一次也是最后一次带着它进城，我不是带它去逛，而是……进城前我必须给牛像打扮大姑娘似的打扮一番。我牵着它迈着悠闲的步伐来到河边，用毛刷刷掉它身上的锈毛和粘着的枯草，我不能让我的牛带着一身锈迹和污垢到城市里遭人的白眼，我也不能让人说我是农民。清澈的河水倒映着牛的身躯，牛看着自己洁净光滑的毛色不由得引颈一声长哞。我从那一声长哞里听出了牛的兴奋、激悦和身心的舒畅。它似乎知道要进城去，也许已经知道了，它喝水时只喝了往日的一半，我从心里感激它，人进了城尿胀了可以找茅坑，而它就不能找茅坑，也不能像在田野上那样爽快地撒出一些古怪的图案或是淋漓尽致地倾泻而下冲出一个小小的土坑来。它是有记忆的，在家里那水泥地坪上它曾经撒过一泡尿绘出了一道道的弧线，像条散落的皮绳，招来了苍蝇，尿点也溅湿了它的脚，它也无所谓，很农民的样子，所以也就遭到了父亲的责怪，它即刻有了那么一点记忆。但它进了城还撒不撒尿，这我就不知道了。

　　我松松垮垮地牵着拴它的缰绳进城。

　　不知牛走惯走不惯柏油马路，我可是走不惯，我始终感到脚底下有一种异样的光滑，觉得心里痒酥酥的，完全没有走在田野上的那种舒畅和柔软，而且偶尔有车飞驰而过，尖锐高亢的喇叭声往往会惊碎一些美好的记忆和神往已久的思绪。在这时候，牛就害羞似的停步不前，满眼犹豫的神色，也许那尖锐高亢的喇叭声击破了它对往事的一些回忆，或是对诸如白云、草地、清溪等的向往。我不知本来灵性的牛怎么就偏偏忘记了它是一头牲畜，必须任人驱使的呢。我扯了扯缰绳，它不情愿地摇了摇头，显然是对我有了意见，但它有了意见却不怎么反对，就因这秉性，我才把它养到了今日，要不它早成了人胃里的东西了。它的年龄不小了，尤其是近两年简直做不动活了，犹如早已歇手的庄稼汉一样望农事而生畏。它是悠闲的，但它很多时候是在田野里悠然地游荡，今日踩了这家的田埂，明日又踏了那家的麦苗，招来的尽是人们的骂声，可它已无所谓，很不在意的样子，我是一头牲畜，我是一头有主的牲畜，我怕谁？其实，它活到了这把子年龄，早已醒悟了一切，它的身上也尝不到鞭打的疼痛了，鞭打过的地方都结了很厚的疤，对飞扬的鞭梢已经麻木了。它向往满眼的绿意和哗哗流淌的清溪，还有那清爽的和风。

它小心翼翼地走在柏油马路上，就像走在冬季的厚冰上，要多不自然有多不自然。我回头看着它欲走欲停的样子，心中蓦地产生了一股悲痛，令人黯然神伤，此时的它何不像年迈的老父亲呢，让农活苦败了的父亲常常就是这样一言不语地思索着，走走停停，好像把一生的经历都要细细过滤一遍似的。父亲常感叹夕阳的跌落，让人心里好一阵痛。父亲常拿老牛作喻，其实，我们也知道老牛让我家的农活给苦败了，我们这个家里除了父亲累，再就是它了，可它从未呻吟过一声，它是知道它的使命的，正如父亲知道他的责任和义务一样。这样一作比较，我真不忍心牵着它进城了。早在三年前，就有人怂恿劝告我牵了牛进城去，我总是千篇一律地告诉人们，我家的老牛还能吃得动料，能拉一年半载的犁。人们知道我在说谎，也就对我的回答一笑了之，可他们又不死心，继续说给父亲听，父亲听了睁圆浑浊的双眼，给人们一个大白眼，此后人们也就不敢在他跟前说关于牛的事了。我知道，父亲的心中对牛有一种难以割舍的情结，他是农民，他驾驭了一辈子牛，他把牛早已当成了家中的成员，当成了子女，而没有把牛当成牲畜。

父亲看着老牛时如痴如醉，老牛看着父亲时依恋不已。

我牵着它走得很慢，我知道真正进了城到了那地方我会哭的，可我是农民，我有什么法子呢？我只能这样，我不敢想象，父亲忧怨的眼神恍惚就在眼前。它转身朝满眼是绿意的山岗上的羊群长哞了一声，这不是兴奋的哞叫，也不是向往，我听出来了，这声牛哞里包含了诸多的悲哀。路越走越远，它回望的次数也越来越多，它也许知道了自己的命运，也许知道了自己正在一步步地迈向不归之路。我不催它，也不吼它，让它自己慢慢地走，让它走一回城里人走惯的柏油马路，品品走柏油马路的滋味。

　　柏油马路两旁青青的白杨高耸入云，微风轻拂着树梢，从拂动的树缝间射进的阳光晃动着很是耀眼，可老牛已不再像以往那样依恋。以往，在阳光明媚的夏天，它清爽地沐浴在洁净的阳光里，看着鸟飞水流，听着牧童吹奏牧笛，惬意地仰望头顶飘过的一朵白云，想象着它是一朵雨云还是一道风尘。树隙间透过的阳光细细地梳理着它洗净刷亮的毛色，可它已感觉不出有多爽快。它喜欢在农闲的时候，悠然地站在溪水边上或是漫步在田野里，让山风欢快地梳理它汗腻的毛色和疲惫的身心，就有一种异样的快感。我看见了弥漫在城市上空的烟雾，感到了一丝窒息，一种无奈的窒息。老牛看着那烟雾弥漫的天空，晃着头使劲闻了闻，只有沥青的味道，刺鼻、熏脑。真不明白牛在想什么，思考什么，其实，这个时候，我都不知道我在想什么，思索什么。牛的眼里一片茫然。人越来越多，车越来越多，牛明显地感到了一种不安。我牵着它逐渐地走进了城里。穿着光鲜的城里人看着土里土气的我和摆动着两只角的老牛，都避得远远的，我从心里有了一种自豪，在平时，有谁能注意你这个农民呢，在城里只有你让道的份，而没有城里人让路的理由，今天我是沾了老牛的光。老牛迟缓地走在大街上，有几个女人赞美它光滑锐利的长角，我又多了一分自满。可我一想到这对长角将要失去它应有的威风时，我的心里又多了一分悲凉。

　　我心里悲戚戚地在人群里牵着它走，它突然停住打个冷战抖了抖身子。坏了，它要撒尿了。在人群里你不能撒尿啊。它向四周望了望，四周都是高楼大厦，没有它去的地方，它无奈地望着我，终于憋

147

不住倾泻如注地尿了一泡尿，人群像惊炸的飞鸟一样跑开了。我听到了咒骂声，"乡巴佬，简直是牲畜。"我知道，这骂声里包含着两层意思，既骂牛，又骂我。我想我是农民我怕谁，可我又不能不怕，老牛是牲畜它不怕谁才对。撒尿就撒个淋漓尽致，它那样撒着尿我就有了尿意，可我不能像它那样淋漓尽致地撒个痛快，我的脸皮似火烫般地燃烧了起来，我不知道当时我的脸有多红，偷偷地回头看了一眼老牛尿过的地方，尿迹似铺展的皮绳当街亮晶晶地横亘在人们的脚边，有人掩了鼻捂了嘴匆匆走过，很快就有苍蝇寻味而来，落在了老牛的尿迹上。我又听到了人们的骂声，可牛似乎未听到，一副毫不在意的样子。我的羞耻感涌上了心头，我准备对它的不道德行为吼几声，可我又不忍心，穿过这条街道就到了城外。我还未对谁说过要去屠宰场，老牛是有灵性的，你说出来它会明白的，会给它增加无形的忧愁和惊恐的。

我低头牵着它行走在大街上，心中时时涌现出一种难言的苦衷。在人们责怪、好奇的眼神里我读懂了农民的低贱，我牵着它终于走出了大街，向城外走去。城外的那条路是未铺柏油的土路，我的脚下很舒畅，牛也很高兴，可我的心里越来越难受。我想到它要是见到了那血腥的场面，闻到了扑鼻的腥味会怎么样呢，我不知道。它是怕血的，去年，家里宰了一只羊，殷红的血凝成了血块，它过来闻了闻，突然甩头哞叫着发疯一样跑开了，从此以后，它从不去留给它深刻记忆的地方。那次，也许使它受到了惊吓，它对血迹有了刻骨铭心的记忆。今天我是不能让它见血的，不能让它在离开这个世界之前再有一丝一毫的惊恐和惧怕。但我还是做不到，屠宰场内任何地方都是浓烈扑鼻的血腥味。说真的，那一刻我不敢朝牛的眼睛看，仿佛老牛在瞬间变成了一具血淋淋的骨架。我真后悔来到这个地方，可由谁来呢？总不能让父亲来吧，他是不能来的，再说透彻了他也不会来，那样会增加他的痛苦的，这种痛苦只能让我默默地承受，我是这个家中的当家人，我不承受谁承受，也只有我能承受起这个痛苦。

原想一拿到钱我就走人，可屠宰场的人说等宰了牛称了肉再让我拿钱。我怎么能将我手中的缰绳送给那双手沾满血迹的屠夫呢？我的心在颤抖，我流泪不止，我这是怎么了？我不知道这是一种怎样的罪孽。我终于将拴牛的缰绳递给了堆满一脸肥肉的屠夫，把它牵回这我做不到，因为我是农民，我还得用它换来的那点钱买一头小牛来接替它的工作——运肥、拉犁、翻地，重复它干了一辈子的农事。屠夫牵走它时，我看见它的双目那么深情地望着我，是一种依依不舍的恋情。我即刻从它的眼神里读到了一种视死如归的坦然，但也有那么一丝难以言说的绝望。

　　我步履沉重地走出屠宰场，坐在屠宰场大门对面的树林里等着拿钱，用老牛的生命换来的够买一头小牛的钱。我就那样坐着，思忆老牛的一生，可它的一生能有多少留在我的记忆当中呢？一片模糊，我只知道家中那二十亩地是老牛犁完的，门外每年上地的那一大堆粪是老牛攒下的，其次别无其他的记忆。也许随着时间的推移，牵着它进城的这点记忆也会湮灭在昏昏沉沉的务忙当中。人就是这样。

　　也不知坐了有多长时间，屠宰场的人叫我到会计处结账。看着会计用肥硕的大手指蘸着唾液给我数钱，仿佛是几节油腻的肥肠，我有点厌恶，也有点恶心。我装上用老牛生命换来的那笔钱要往回走时，双手沾满血迹的屠夫像召唤一头牛似的喊我，我不知道他还有什么话要说。"喂，你的牛缰绳。"他说着把血淋淋的牛缰绳递给了我。我不知道我该不该拿，但我还需要缰绳，回去后要买头小牛的，也不能没有牛缰绳，然而，我果断地丢下了那截血淋淋的缰绳，我不能让那截缰绳时刻萦绕在我的记忆中，刺痛我的心。那人见我不作声，便又说"你要牛头吗？便宜卖。"这次，我不得不回头，不得不朝他手指的方向看过去。我清清楚楚地看到了，我的牛已身首离家，它的骨架它的皮肉已不知去向，只有头，一颗硕大的头摆放在一片空地上，像接受谁的检阅似的。我的心里不由自已一阵酸楚，这就是给我家辛辛苦苦劳累了一生的牛。它双目微闭，脸上是从未有过的安详和坦然。我的心里蓦地一惊，我从来还没有见过如此安详坦然的死，这样壮烈、鲜活的死，这样无畏的死。视死如归。

　　只有这一次，老牛视死如归的死却永久地留在了我的记忆里，让我时不时地想起它对死的无畏。

　　我做到的也只有这么一点，能记住它的死。

守护村庄的东西

村庄最终未能留住我，我也未能守护住村庄，我载负着村庄的记忆和血脉远离了它。我回来了，却发现村庄今非昔比，但一切又都那么眼熟、心烫……

麦子的气息

我熟悉这种沁人肺腑的东西。我一走下车就闻到了麦子的气息，它就在周边的田野里，我凝神眺望时心里就活泛起来了。它发自于田野里挥镰流汗的母亲们的镰刃上，庄稼汉人无限喜悦的话语里，我按捺不住脉搏促动的心跳，陶醉在这迷人的气息里。

这是秋天的气息，铺天盖地涌动着滋养和润泽庄稼汉人身心的麦香。在这不着边际的金黄壮硕的成色里，庄稼汉人都喜成了一朵朵山丹花，心里的那个瓷实啊，填得满当当的，好比碌碡碾了似的；心里的那个甜蜜啊，滋润得水灵灵的，比吃了蜂蜜还甜。

丰收在望。

母亲说，回家住几天吧，闻闻麦香的气息。我是庄稼汉人的儿子，应该吮吸些土地的精气，滋养滋养肺腑。其实，我知道母亲今年割不动麦子了。在往年，她在割麦的时候，不怎么叫我，当我说要回来帮她和父亲收割麦子时，她就佯装生气地说，你是公家的人，是公家的人就有公家的事，可马虎不得，别为了割麦子耽误公家的事。再说了你坐办公室把筋骨都坐软了，细皮嫩肉的哪能挥得动镰刀？我不回家不行，回家也不行，只有捎些钱给他们，可他们却一分也不花，硬是弹挣着起早贪黑地割。母亲说，她身子骨还硬朗得很，再劳动几年是不成问题的，做了一辈子庄稼汉人，突然图轻省歇了下来心里就不自在，焦躁得要出些毛病的。我明白，这是咱庄稼汉人的本分。

　　我从那阡陌纵横的麦田里寻找我家的地片，寻找母亲那瘦小的身影，我心里沉重得要浸出些水来，母亲偌大年纪了还要为自己的儿孙奔忙，这是我作为儿子的不孝不义不尊不敬。在田深处，我看见了一个躬着身用手遮阳遥望路口的身影，对了，她就是我母亲，只有我母亲才有这样的动作，她是在企盼儿子的归来。娘，我回来了，我闻到了麦香，还听到了麦子的成熟的笑声。母亲说，本来是不指望你的，可今年不知是老了还是咋的，割起麦来腰酸腿疼的，人常说割田三天胳膊三天腿，可我割了好几天了，胳膊就是伸不直腿就是抬不起，眼看着别人的麦子割成了束子，我的麦子长在地里割不出地片，也就指望上了你，指望得眼巴巴的。母亲指望我算是指望对了，我从小就是割麦的好手，挥镰又准又稳，茬口也低，吃尽了地皮像牛舔了似的，村里人常夸说这娃长大了是一个好庄稼汉。但我却喜欢上了读书，这一读就不可收了，从小学一直读到了大学，最后留在了县城当上了国家干部，吃上了皇粮，整日穿着光洁的衣服，蹬着耀人的皮鞋在县城大街的柏油马路上走来走去，摆着国家干部的谱。我的户口也迁到了县城，我成了名副其实的城里人，母亲逢人便说，我儿子现在是城里人了，那种溢于言表的自豪让村里人羡慕得不行。当我回家帮母亲务忙一些家务时，母亲便极力阻拦，你那衣服都是大价钱的东西，不必沾草带土了，可在农村哪样活儿不是沾草带土的，我从小就是在草窝泥堆里爬滚大的，我不怕土，说实话，我还特别想闻雨后有股土腥味的地气呢。我知道，我住惯了的水泥房子缺少的就是泥土的腥味。母亲一边忙碌一边与我唠叨些农村的趣闻逸事，说这家的雌牛又生了一头小雌牛，那家的羊下了四只小羊，说起这些时，她喜欢得简直不得了。她就喜欢听些农村的事情，不喜欢听城市里那些花花绿绿的事。

母亲给我倒了茶水，甜甜地笑着，看着我吃馍喝水。她拿出我小时候用惯的那张镰刀，我接过看了一眼，镰刃上泛着耀眼的锋利的青光，显然，母亲是进地前磨过的。母亲说，这几天我就知道你会来，把镰刀一天磨一次，磨好的镰刀隔夜吃了露水就不锋利了。母亲多么细致啊。

我像儿时那样换上一身旧衣裤，戴上一顶草帽拉开了架势。母亲看着我笑得不成样子。架势拉得圆得很，像我的儿子。我就是她老人家的儿子嘛，拉开架势是不怕人笑话的，说不定现在我挥起镰刀来还比他们稳，也比他们快。我嚓嚓地挥镰砍倒了一片又一片麦子，汗珠从脸上扑哧扑哧地跌进了炽热的田土里，母亲心疼地喊着割慢一点，可我知道，我少割一镰母亲就得多割一镰。我多割一镰母亲就少割一镰。我听到了麦子的爽朗的笑声，也听到了他们的叹息和哭泣。没办法啊，为了母亲少流一滴汗，我只有狠狠地割，拼命地割，就是把命拼上我也不能停下来。

割完了麦子，我躺在院子里的长凳上歇缓身子骨。母亲则把那不能捆束子的麦穗拾来晒在院子里，在太阳底下我看到了那些麦粒兴奋地跳跃着脱离穗壳，吐露着蕴藏的香气，弥漫在了家里的旮旮旯旯，又升腾飘逸开去，罩住了整个村子，成了老村精气的一部分。

我的母亲甜甜地笑着。

我被麦子的气息陶醉了。

满街游荡的雌牛

这是谁家的雌牛呢？在村街上整整游荡了一天，它是在寻找一头公牛还是在寻找一头小牛呢？不得而知。我看到它的时候，它已经悠闲地在村街上游荡了两三圈。谁家院子里的白菜吸引它了？不可能，白菜哪有开花的野草香呢，鲁迅先生不是说了吗？牛吃的是野草而挤出来的是奶。它吃了白菜是挤不出牛奶的。我小时候是放过牛的，是知道牛的脾气的，今天它肯定与什么事有关。我决定跟着它看个究竟，反正我闲着无事干。牛走我也走，牛停我也停，牛的蹄印浅浅地印在村街上，重重叠叠的，它走在村街上甩着尾巴赶着蚊子，多么像一位上了年纪的老人。它的走势多么像我家养过的那头雌牛啊。我家养那头雌牛的时候，我还小。我记得早晚一到母亲挤牛奶的时候，我就端上我的小铁碗站在母亲身边等待母亲将牛奶"嗞嗞"地挤进小铁桶里，然后给我倒上一小碗温乎乎的生牛奶让我灌下肚去。我天天吃着生牛奶，身体壮墩墩的像一头牛犊子。到今天我有这样的好身体还得感谢那头雌牛。可以说我是喝牛奶长大的。那头雌牛死于一次意外，那一年，下了几天大雨，人出不了屋，牛出不了棚，雌牛挨了几天的饿。父亲见牛饿得慌，就把它放进了门前的一块苜蓿地里，可吃了不到半小时，牛的肚子就突然肿胀了起来。见牛突然这样，父亲急得满村子大喊大叫，可谁也没有办法，有人建议开手扶拖拉机去兽医站请兽医。父亲急匆匆地开上手扶拖拉机去县城请兽医。雌牛的肚子一刻比一刻鼓胀，雌牛终于支撑不住倒了下去，弹挣了几下便口吐白沫死去了。后来兽医说牲口不能吃生苜蓿，只能割来晒干了喂，可村里不信兽医的话，那一年，村里种的苜蓿就绝了种，庄稼汉人靠的是牛，苜蓿能胀死牛那就种不得了。自那以后家里再也没有养过雌牛。

我跟着那头雌牛走了几圈，发现那头雌牛的毛皮很粗糙，眼睛混浊无光，显然它是一头老雌牛。我不忍心再看它老态龙钟的样子。谁还没有个老的时候呢。我问回家找我吃饭的母亲，母亲说，它是穆沙阿爷家里的老雌牛，村里那胯上有一片白毛的雌牛都是它的子孙，现在老了不下犊了，穆沙阿爷准备将它卖掉，可人们出的价钱太低，抵不上一张牛皮钱。穆沙阿爷说了，牛老了吃不了多少草料了，反正也跑不远，不会糟蹋庄稼什么的，草垛子上掉下的一把草也够它吃的。因此，它就成了村里的一头闲牛，一头不下犊的疲弱的闲牛，人也就不谋它的肉不谋它的皮了，它就在村里吃了转，转了歇，颐享天年。碰到村里其他放牧归来的它的子孙时，迎上去"哞、哞"地叫上几声，那高兴的样子和一个老顽童差不多多少。

可有一天它死了。听到它的死讯，我才恍然大悟，它是知道自己的死期的，它在村街上游来荡去原来是想再看看它生活了一辈子的村庄。那么多年生活过来，它是有了灵性的。它死了，我还不知道再有没有和它一样有灵性的牲口能不能出现呢，也不知道我再能不能碰上这么一头有灵性的牲口呢。

其实，它是守望着村庄而死的。

蹲在树枝上的麻雀

这几年生灵少了许多，尤其是前些年那些一大早蹲在树枝上叽叽喳喳的麻雀不见了。那些年，天还没有大亮，门前的白杨树上麻雀就叽叽喳喳地叫开了，吵得你睡不成觉。而现在呢，太阳爬进了院子，门外的白杨树依然静得像死去了的一根干木头。只有清早的微风吹过时，不甘寂寞的白杨树才会生出些微弱的声响来，当然这不足以叫醒人的。可今天早上我却被一阵麻雀的叽叽喳喳声吵醒了，我掀开窗帘，隔窗看着它们。我已经很久没有见到过这些多嘴多舌的小飞禽了。那个时候，它们多得不得了，成群结队地飞过来又盖过去，吃尽了地里的害虫也吃光了麦子束子上的麦粒，人们拿它们无法，整日派上几个人到田里大声吼着惊着咤飞它们。可咤得久了，它们就习惯了嗓音粗粗的喊叫，你喊你的，我照吃不误。后来它们像一夜之间飞走了似的从我们的村庄里消失了。墙缝里、房檐下它们的巢窠也被别的一些鸟儿不费一丝气力地占了。它们再也没有出现过。

我对它们的重新出现很惊奇。门前的白杨树粗壮繁茂地生长着，它们在枝叶间跳来跳去，你逐我追，叽叽喳喳甚是欢兴，我仔细地看着认出了它们，它们就是那些年在这棵白杨树上大吵大闹时被我甩出去的石头惊飞的那帮麻雀，它们回来了，它们想家了？还是在别的地方生活不下去了，不得而知。它们肯定是认不得我了，它们只认得从前那个整天光着脚丫子头上留着茶壶盖的调皮小子，认不得现在这个穿着光鲜操一口城里人话的人了。它们朝窗口这边望着，我想它们是认识窗子后面的这张面孔的，真要是这样，它们就不用害怕了，一个面色苍白的人是没有劲力去管闲事的。它们蹲在树枝上不肯离去，究竟是眷恋这棵树这院子还是窗后的那张苍白的面孔呢？我猜不透它们的心思。

我坐在窗前看着它们的举动，仿佛自己也变成了一只欢跳的麻雀。它们在院子上空盘旋了一圈，听到了晾晒在院子里麦穗壳的爆裂，也闻到了冉冉升腾的麦香。对了，它们是在闻那浸肺润腑的麦香。这么多年过去了，它们是想坏了家乡的麦子。现在该不该从树上下来啄上那么几粒麦子。那种诱惑是巨大的无法抗拒的。它们像一群跌落的树叶哗啦哗啦地飘落在了院子里晾晒的麦穗上，谨慎地在麦穗中间跳来跳去，忽儿啄上那么几粒麦子，忽儿瞅一瞅大门外面。忽然，它们望见了窗子后面掩藏的一对人眼，恐惧了，扑地一声起飞又稳稳当当地落在了树枝上，任凭树枝如何颤动，它们却一动不动，像拴在树枝上的旧树叶，欲飞而又不舍。当年就是这么一对眼睛拿着弹弓瞄着它们射出了石子的，它们记忆犹新。可我怎么就忘记了呢？我那时候还拿过弹弓射击过它们，不太有可能，我那时候是会爬树的，村里的树我都爬上去过，对了，我爬树的时候偷袭过它们，它们知道我的秉性的。因此，它们不信任我。我无可信任，它们能不怕我吗？

我穿开裆裤的时候，我爬上树顶看着村子里发生的事情。那个时候我蹲在大树上看着东家的鸡进了西家的草房，把蛋下给了西家，而东家的羊则摸进西家的菜园里吃光了葱和菜，而这一切麻雀比我看得还清楚，它们不是蹲在房檐上就是蹲在树枝上，村里的一些事情是逃不出它们的眼睛的。现在它们就蹲在门前的树枝上瞅着我家屋里的动静。我思谋着那个时候村里生机勃勃，虫鸣鸟叫，可现在呢，除了一两声恶狗的狂吠外显得特别死沉，好像这个村子的气数快要尽了。没有了生灵的村子好像不是个村子，而是一座供人观赏的雕塑罢了，山上的树砍尽了，山泉终止了悦耳的叮咚声，眼前是灼人眼目的荒山，除了山还是山。门前的这棵大树究竟有多少吸引力呢，那些麻雀是不是像媳妇回娘家一样探视村庄呢，留存一点记忆呢，鸟儿的想法永远是个谜，任你猜不透。

村街上的人们兴奋地说，麻雀回来了。问，在哪儿？答，在老敏家门前的那棵大白杨树上。人们三三两两地走来小声地议论着，责备着那些大声喧闹的孩子们。说得玄乎一点，十来岁的孩子还真没有见过麻雀呢，他们蹲在墙根前仰头看着，笑着。那些个麻雀则在白杨树的绿叶间灵巧地跳来跃去。

母亲说，那些个灵性的生灵来了就好，娘孤寂时就可以和它们说说话儿，逗逗趣儿，我这儿有的是麦子，撒一把够它们吃几天。母亲显得很自信。好像这些鸟儿要永远留下来似的。母亲是知道鸟儿的习性的。鸟儿来了就成了村庄灵气的一部分。以后母亲就常隔窗看雀，在鸟儿的叽叽喳喳声里打发无限的寂寥和空落。

但愿这些鸟儿永远留在村子里繁衍生息。

拴在树梢上的月亮

今晚的月亮很明亮，母亲灭了灯，月光透过玻璃窗落在了宽大的土炕上。母亲又给我说村里发生的那些大大小小的事情。在这样的月光里，我忆起了二十多年前母亲哄我入睡时给我讲的那些古今，什么野狐精、割田阿婆、懒儿子……那时候没有啥娱乐，好多孩子围在一起听老人讲古今那是最大的乐趣。而我听古今时就喜欢被母亲抱着，眼睛瞅着窗外的月亮，把那古今听了一遍又一遍，百听不厌，等到月亮走上树梢时，我的思绪也就像那双脚不落地的野狐精飞上了树梢，抱住了月亮。这时我就往往进入了梦乡。等一觉醒来，天已大亮，一群麻雀在门外的树上吵闹，母亲去了地里，我却努力寻找我怀中的月亮，两手空空，遗憾重重。这样做梦的时候是不多的，在没有月亮的夜晚，母亲点燃煤油灯给我讲古今。在煤油灯芯一跳一跃的闪耀中听古今没趣。母亲也好像很困，往往说着就把自己说睡着了。这时候，我就用被子蒙了头睡觉，在梦中寻找那挂在树梢上的月亮。

我笑着对母亲说，娘，你就给我讲一讲当年你常讲的古今吧。母亲听了我的话竟然哈哈大笑起来，笑得浑身颤抖，笑毕才说，那些个古今都是听到的一半现编的一半，现在连我自己都忘了。古今是哄娃娃睡觉的，你想听我还讲不出来呢。我鼓励着母亲，可母亲张了几次口都没有说成。老了，记忆力不成了，我也不知道从哪儿开口，真是的，像个娃娃。古今终于没有说成。我和母亲关了灯默默地坐着，说些村里的和庄稼的事。月亮圆圆的像娃娃的笑脸在窗口上一丝一丝地移动着，终于走到了树梢上。我便来了睡意，母亲也瞌睡得不行，年老的母亲是熬不得夜了。母亲头一挨枕头便沉沉地睡去了，酣声均匀地在屋子里回荡，我在母亲酣声的催眠中很快地进入了梦乡。

　　我梦见我身心轻捷地飞翔在天宇中，抱住了皎洁的月亮，咯咯地笑着。我一笑，惹笑了闪闪的星星，月亮也盈盈地笑了。

红浆河

　　红浆河是村里唯一的一条河，像线绳般在村里村外蜿蜒曲折潺潺流淌。红浆河的河底没有细沙砾石，只有细软无比的红泥。而这红泥是河水从山上带下来的，从河底挖出来有一股臭味，村里人将它当肥料上地，能肥地也能长庄稼，因此，沿河的庄稼长得很旺也很壮，而且也还能出颗打籽。红浆河是名副其实的红浆河，平时河水清澈，但河底却沉淀着一层厚厚的红泥，看上去河水是红色的，尤其遇到下雨的时候，河水完全变成了红泥浆。每当这个时候，红泥浆似的水不会被白白流走，而是被人们放进了田里。老年人常说，每年青苗拔节的时候碰上一两场大雨，沿河的田里放上一两回红浆河的水，到八月里成熟的庄稼就会压塌打碾的场，家家的白面也就吃不透。就是这么条烂泥河着实叫放不上水的人家羡慕得直抠眼珠子。红浆河就是这么条滋养人的河。

　　红浆河的深水湾里还生长着一种拇指大五寸长的鱼，人们叫它狗鱼。这种鱼生长在深水湾里的水草底下，从河边松动的草包上面踩几脚，狗鱼就会倾巢而出，来回窜动把那一片河水搅混弄浊，让你盯不住它们的去向。狗鱼最好的吃法是炖鱼汤，用狗鱼炖成的汤鱼骨酥软不扎喉，其味醇厚而且清肺，食之回味不绝；同时也是上好的补品，上了年龄的人喜欢喝狗鱼汤。捕狗鱼往往是半大小子们的差事，大人们捕狗鱼是要遭人们耻笑的，但孩子们捕了鱼大人们也就心照不宣地去吃了。一群半大小子脱了鞋挽起裤筒在河窄有水草的地方将一只背篓放在水的下流，然后几个人手挽手排成一排用脚面搅动横扫水下面，把狗鱼赶进背篓里，水则从背篓的竹缝里流走，而狗鱼却是流不走的，这时用猛劲提起背篓，几十条狗鱼在背篓里活蹦乱跳的，不多一会儿，就会搭一两脸盆。在那困难得不见肉腥的年代，狗鱼无疑是我们改善生活的美味佳肴。

往田里放水是一件令人操心的事，最好的放水时节是在秋后，那个时候庄稼全收完了，地也倒了茬，等下了雨放上水，地里就被肥沃的红泥水浸得满当当的，等一段日子，水澄清了，地表上就结一层厚厚的红黑色的泥巴，这泥巴就捂住了地气，像人的棉衣似的。经过一个冬天，这厚厚的地衣就把地里发得酥汤汤的。开春种庄稼的时候，这层红黑色的泥巴其实就成了酥软的细土，被犁翻起埋进地里充作了底肥，既保墒又肥田，着实省了人们攒肥送粪的劲力。人们打庄窠修房子决不打沿河的地的主意，其实，就是你自己愿意别人也不愿意，原因是你在河边地里打了庄窠修了房子会挡住别人田里的水路的。因此上多少年下来，村里的庄窠是从大变小，变得拥挤不堪，但沿河的地里却无比宽阔。

我小时候曾跟父亲放过几回水。那时候放水往往由大人们亲自操锨注意放水的定量。水放少了不济事，放多了淤泥会淹死庄稼，放水要放到恰到好处。青苗拔节的时候苗软，放水还要耐得住性子，不能猛灌，猛灌会漫倒青苗，水放进去一天一夜，红黑色的淤泥沉积在田里，这时要及时放走澄清的水。进水容易出水难，沿河的地都比河床低，田里的水是不会从进水的地方再放回河里的，而是要按照地势去放，从地势低处把水放进你家田里，再由你放进他家田里，最后由地势最低的人家放进河里。而秋后放水则不管这么多，地里的水放得越多越好，放大放小放多放少都由你自己掌握，只要不冲垮田埂就成了。秋后放水的好处是抵得上冬灌，既肥地又保墒，一举两得。那一年秋后，晚上下了一场透雨，父亲被房檐上水槽里的淌水声吵醒后立马喊醒了睡意蒙眬的我，拿上手电和一块木板扛上铁锨顶着大雨冲出了大门。等我们到河沿儿上时，人们早已忙开了，河里混浊的水向地里淌着，把一片片的地块浸得润滋滋的。父亲铲开了河边的豁口，将木板铺在豁口处，用铁锨铲住木板，让水从木板上流过去淌进田里，父亲说那样做可以防止河水冲垮河堤。父亲放水很认真，放水后他要认真地检查一遍田埂上的洞穴，防止跑水。人们蹲在河堤边说说笑笑，说各自明年的打算，计算一年的收成。我家的那片地一年种小麦一年种洋芋，年年没有亏待过我们。人们在说笑时也有一种担忧。大汉老汉说，他小的时候不管下多大的雨，红浆河的水总是大不了，原因是红浆河上游的那几百亩草场滤走了一部分水。那个时候，草场上的草长得跟庄稼似的，村里的牛羊一年四季吃不透。而现在草从开春钻出地皮就不动弹了，总是长不高。河里的水是大雨淌大水小雨淌小水，不像原来淌得那么匀称了。因此上，大汉老汉叮嘱人们放水要细心要注意流量，不要让水冲垮河堤而毁坏田埂。小心不坏事，大汉老汉这么对大家说。

但红浆河还是有冲垮河堤的时候。记得我上中学的一年春天的晚上，那晚下了一场猛烈的大雨，雨像用水瓢泼似的下了整整一个晚上，人们都行动起来要去放水，大汉老汉披着一块塑料布站在村口劝阻大家等天亮再放水，可有人偏不听大汉老汉的劝阻去放水，结果呢，可想而知，大水冲垮了河堤淹没了二百多亩庄稼。这一次，彻底打破了人们潜意识里若干年来红浆河滋养人的美梦，第一次认识了它的危害。此后，人们在青苗拔节的时候不敢放水了，专等秋后放水，秋后放不上水时，大冬天从河里捞泥肥地。真是一朝被蛇咬，十年怕井绳。

这样过了几年，庄稼也连着丰收了几年，村里村外也发生了不小的变化。县上办起了羊绒制衣厂，人们都养起了山羊，一时养山羊的效益好于种地，那几百亩草场上撒满了山羊，挤得先前的几户养羊大户不得不搬了场子。刚开始的几年，人们的收入一年比一年好，山羊的数量是一年比一年多。草场的承载量增大了，草就来不及生长了，今天上午你的羊群啃过去了，今天下午我的羊群又啃过去了，硬是把那草场踢踏得灰飞烟灭了。

那几年，红浆河的水流得更细了，在泥巴裂开口子的河沟里流得可怜巴巴的，像一个快要断奶的婴儿，令人生出无限的怜悯和同情来。大汉老汉背着手走在干巴巴的泥块上，神情沮丧地说，红浆河快成红浆滩了，恐怕再也不滋养人了。我知道，别人往地里大把大把撒化肥的时候，我们村里的土地还一年四季等着下雨放水，接受红浆河的滋养。化肥是吃地力的东西，遇到旱年，别人由于敲打地里的胡基疙瘩震裂了手虎口，而我们的地像发酵的馒头一样酥软，令别人羡慕不已。怎么说红浆河就不滋养人了呢？我们还不是由红浆河滋养大的，他大汉老汉还不是由红浆河滋养老的。红浆河仍是滋养我们的河，它流淌在我们的血脉里，是我们生命的一部分。

由于红浆河的滋养，人们的生活都过得越来越好。那年，粮价上涨，一斤青稞卖到了一块钱。粮价的上涨使有余粮的人家美美地㮾了一回，腰里别上了一大把票子，这下就兴起了开荒风，乡里村里都阻止不了。那几百亩草场你一片我一块地占完了。有钱人还雇来了拖拉机开荒，一天能开出几十亩地来。养羊不如种庄稼，种庄稼不如多有地，这是当时流行在人们的口头上的一句话。人们急红了眼，你开我也开，你开十亩我就开二十亩，硬是把那几百亩草场开得灰尘飞扬。这次开荒，大汉老汉一家没有参与，他逢人说要遭殃了，羊养完了，草场开完了，红浆河再拿啥滋养人呢？羊终年放养在草场上堆积了一层厚厚的粪便，下大雨的时候，一部分雨水被渗进土里滋润草场的花草，一部分雨水则带着羊的粪便汇入红浆河，再由红浆河带着一路冲泻而下，在村里这弯弯曲曲的河道里开始沉淀或是被人放进田里。羊养完了，草场开成了大片不保水土的农田，一场大雨过后，冲刷下来的不再是羊的粪便而是大量的泥沙。前年，政府号召人们退耕还林还草，那大片的原先属于草场的地方退了耕，但是草并没有长起来，退耕后被雨水冲刷成了大大小小的沟壑。父亲说，这两年，人们开始大量购买化肥，把地力上坏了，地板结得厉害，地里的胡基疙瘩砸不烂敲不碎。红浆河不滋养人了。

家里打了庄寨修新房，我带女儿回了一趟家。父亲把庄寨打在了河边的地里，他从村里搬了出来，说村里太拥挤了。其实，这时候已有三分之一的人家搬出了村子。人们早已不放水了。不是人们不想放水，而是水里没有了羊的粪便，放了水也是白放，放了也不会长庄稼的。我对父亲说，真想红浆河里的狗鱼汤。父亲说，想也是白想，狗鱼早几年就被泥沙呛死完了，死水里连一只泥虾都不见，还想鱼汤呢，红浆河都成了干沙滩了。再过几年，恐怕有人连狗鱼的模样都记不得了。女儿不知什么叫狗鱼，想象着狗鱼的模样。女儿是这个村里的人，但她永远不会知道村里原来有过那么一条滋养了她父辈的红浆河，红浆河里还有那么一种鱼叫狗鱼。

大汉老汉更老了，老得快要失去记忆了。他碰到我时叹着气说，今年就怎么不下雨呢？我的庄稼都快成瘦驴身上的锈毛了，他指着一片黄蔫蔫的麦田说。那片麦田的确如他所说像瘦驴身上的锈毛，黄蔫蔫地贴在地皮上不肯起身，比别人田里的庄稼矮了一大截。现在的大汉老汉家里困难买不起化肥庄稼还能长吗，他潜意识里还指望着红浆河，指望着给田里放水呢，可放水已成了人们的记忆，雨是下过几回，我从庄稼的长势上能看出来。从山上冲刷下来的泥沙淤满了河道。

再下雨的时候，父亲仍拿上铁锨去田埂上拍土堵洞，这是父亲的土地情结，红浆河不存在了，狗鱼绝迹了，剩下的只有他侍弄了一辈子的土地。要是这片土地也失去了，真不知父亲怎么办才好呢。

我站在"河"岸上，望着淤满泥沙的"河"道，自言自语，红浆河。女儿问，河在哪儿？我说，河在我的心里。我又自言自语，狗鱼。女儿疑惑地问，狗——鱼？红浆河在我的心里或是记忆里怎么也流淌不起来。女儿突然说，鸟。我顺着女儿手指的方向看去，一群燕子在"河"道里掠地翻飞捕捉蚊子。蚊子低飞，猛雨就来，这是下大雨的征兆。

一声巨雷炸响后，雨便沙沙地筛了下来，过了一个多钟头，"河"道里便洪水轰鸣，红浆河又活过来。我带女儿去看了一回"河"——重新活过来的红浆河。女儿问，"河"道里的鸟儿呢，我说去找狗鱼了。女儿又问，狗鱼在哪儿呢，我说狗鱼在河里呢。女儿说，爸爸骗人。她肯定想这肆意奔泻的洪水中怎么会有鱼呢？

但红浆河的确是活了一回，活在了我的心里。

回　门

　　在洮州一带的回族农村，新媳妇回娘家认亲戚叫回门。在这里，回门是有一定讲究的，这种讲究是一种约定俗成的礼仪，谁也更改不了，它不但有浓郁的宗教色彩，也包含着浓厚的人文气息。单说回门吧，就可以看出它蕴藏着浓郁的乡土底蕴和丰富的地方文化色彩。

　　新媳妇娶进家门，还不算这桩事情的完结，而新媳妇回了门，娘家的七大姑八大舅回了礼，婚娶这桩事情才算完结，忙碌了一两个月的家人也才算有了歇息的机会。然而回礼只需像娶新媳妇时再准备上二三十桌宴席，让新媳妇娘家的远近亲戚的女眷们和孩子们大吃大喝上一顿。娶亲的时候，送亲的人数都是算定的，多不了几个人，而回礼就不一样了，要多多益善。因为这里乡下有一句俗话叫"婆娘娃娃不算客，请五十来一百"。这里说的是娃娃人小算不到人数里，但来了以后那还是要安排一个席位的。大小都是客，还得按客人的礼数招待，不得有怠慢，否则，会招来娘家人的非议和不满，为日后两亲家的礼尚往来和正常走动埋下有伤和气的阴影和麻烦。

　　然后回门是很有讲究的。回门是在新媳妇娶进家门后头三四天开始，首次回门无可置疑那当然是新媳妇的父母家了。首次回门，对新媳妇来说有一种莫名的激动和些微的羞涩。当然，这不足为怪，你从一个在娘老子跟前撒娇的姑娘被一顶红纱巾一苫，娶出家门变成了一个在人前温顺娴静的人妻，你说能不激动和羞涩吗？这里说一个故事，当然故事里的人物用的是化名。那年，情窦初开的王山柱经父母做主懵懵懂懂地娶回了一个俊俏的媳妇。在娶回新媳妇的第二天晚夕里，新媳妇就对王山柱说，明日里回门，你我是头一遭走亲戚，为了让哥嫂瞧得起我们，回门的礼当要拿重拿好，四样大礼缺一不可。新媳妇这一说，可把王山柱给难住了。他家本来就单薄，为了娶媳妇已经花费得手头没有一样好礼当了。王山柱想了一夜，也没有想出个好办法，到傍亮时他想出了一个办法，从他家出发不远就有一条大河，回门是必须要过那条河的。王山柱就想在过河时将装礼当的布包推下驴背让水冲走，媳妇就不知道他装的是什么东西了。回门的早上，王山柱就给娘挤眉弄眼地说：娘，今儿个是头遭回门，礼当要装好一点。其实，娘心里明白，礼当就是面柜上面摆放的那几样东西，再要别的东西是没有的。那时候，王山柱的家里穷得连辆架子车都没有，只有一头驮柴的老驴。新媳妇回门也只有骑驴了。回门有一头驴骑，也算是知足了。可就在过河的时候，把回门的礼当不小心掉进河里让水冲走了，这是一件令人耻笑的事。新媳妇到了娘家，向娘悄悄地告诉了礼当被河水冲走的事。娘笑着说，你没有被河水冲走就是娘的福。王山柱听着偷偷嘿嘿地笑了。这天傍晚王山柱和新媳妇回来了。晚夕里新媳妇对王山柱说，其实头遭回门礼当是不重要的，重要的是新女婿的礼数尽到了没有。娘老子把自己的丫头一口痰唾落地嫁给了你，何必计较礼当呢。更重要的是一家人的和睦相处，勤劳持家，彼此善待，才是娘老子的心愿。而不是彼此耍心计，闹别扭。王山柱听着脸上就火辣辣地烧了起来，幸好是晚夕里，新媳妇看不见他的窘样。

七大姑八大舅家回完了门，认完了亲戚，等回过了礼，新媳妇干活做事也就不那么躲躲闪闪了，而是彻底放开了手脚，真正把丈夫的家当成了自己的家，正如人常说的，又一个纯情少女变成了多情少妇。再过上那么十月一年等一个孩子生下来，新媳妇也就不叫新媳妇了，家里人村里人开始叫她的名字了。而她呢，也就成了这个家里的主人。也主人般地操持着这个家里的油盐酱醋，打理着这个家里的人情追往，过起了最平常不过的小日子。

我在乡村大街上泪流满面

　　农村的贫困悬殊，农民的贫穷和无助，干部的无动于衷和冷漠，让我的心揪扯似的疼痛，禁不住在乡村的大街上像一个疯子似的泪流满面。

　　事情缘于一次农民集体上访事件，原因很简单，就是一笔灾后重建贷款摸底不准的小事，看似小事，但其中却蕴藏着一件件事关民生的大事。县上成立了工作组，我作为成员随大家下乡进村入户。进村的道路弯曲而悠长，读着曾经熟悉的一堵堵低矮的土墙和一面面破旧的门扇，让人的心里一阵阵揪疼。十几年前，我上初中的时候，学校就在这个村子里，那时候，家离学校远，外村的学生都住校，两三星期回一趟家。放学了没作业的时候，我就和同学们在村子里的巷道里穿来穿去，因为我们想家，那个时候，我们家的土墙也是那个样，大门也是那样的破旧不堪，走在村子里看着那样的大门我们就没有了回家的那种强烈愿望。初中我上了三年，毕业后再也没有去过那个学校，也没有去过那个村子。我在县城上了高中，两个弟弟都是跟着我在县城上初中。此后一直想着有机会到那个村子的学校里去转一转。我弟弟听了我说的话后哈哈大笑着说，一辈子就是个吃苦的命，还嫌那三年的苦没吃够，重温旧苦去呢。我笑着没有说什么，他怎么能知道我心中的那种情结呢，人生的道路上只要经过了，不管怎么样，那都是一段回忆啊，我不能没有那段回忆。

　　这次下乡，让我遂愿了。但我一眼望见的还是那样的贫穷，人们的眼里是那么的无助，我的心里揪扯得疼痛。十几年了，我父母所在的村子已经是大变样了，道路干干净净，家家的房屋都修葺一新，让人走在村街上心情舒畅。但现在在这个村街上每家每户地走访着，让人的心情越来越沉重，简直让人不能走着听下去。

老丁家在村中央，低矮的房子掩藏在一片白杨树中，破旧的门扇参差不齐，门关着但关不住门内的那种破旧。这个院子我是最熟悉不过了，我曾经在这个家里吃过几顿饭，也曾经在某个寒冷难熬的冬夜里飞奔着去在滚烫的厢房土炕上烙过肚子。老丁又聋又哑，老婆腿瘸干不了重活，一家人生活的重担基本上是落在儿子的身上。他们还没有忘记我，他们一眼就认出了我，叫着我的小名，忙乱着不知所措。我和老丁的儿子是同学，那个时候，功课不是太紧，一有空闲，我们班上的几个男同学就悄悄地帮他们家拉粪、种田、搬场、碾场、挖洋芋。所以，我们也有理由在半夜里寒冷难熬时去他家睡觉，不想做饭的时候去他家吃饭。后来，我上了高中，老丁的儿子终是没有考上高中，顺利地接过了他父亲手中的犁耙和镢头当上了一名农民，继续着父辈们改造地球的生活。后来的这十几年里他父母亲轮换着生病，照他的话说是不仅把他的油榨干了，而且把土地上的油都榨干了。他艰难地过着日子，从来没有向村里也没有向乡上伸过手，他知道，他伸也是白伸，那年就在父亲病重无钱治病的时候，有几个人建议他去乡上要点民政救济款，他连着去了好几趟，干部们不是说乡长不在就是说民政干事不在，再就是说手续不全，折腾了好几天才要来了五十元钱，对一个生了大病的人，五十元起不了啥作用，也还不够跑路钱。从那以后他再也没有去过乡上，也没有向乡上伸过手，乡上的干部也没有到他家走访过。在农村各项税款没有免的时候，乡上干部每年来一两次，催要税款。后来各项税款国家免了，乡上干部再也就没有来过。这几年听说国家还给贫困农村家庭发放农村最低生活保障金呢，他也就没能享受上，再说现在你没有熟人就说不上话，穷人志短啊。他的一席话让工作组一行人感到有点惊讶和难受。这几年农村低保的入户已经达到了百分之四五十，贫困户基本上都享受上了低保，基本生活是有了保障。但这户人家却例外了，大家面面相觑，似乎不敢相信他说的话是真实的。我的心里一阵疼痛，穷人是不会说谎话的，大家都没有说什么，心里很沉重，像罩上了一层水雾似的。大家说，再走访着看几户吧！这样一连看了几户房屋破旧的人家，这几户和我的同学家一样不但没有享受到农村低保，更没有享受上灾后重建的资金安排，而那些安排了低保的人家生活条件明显是好于这些人，并且又都安排了重建资金，于是这些人的心里就产生了一股难以消平的怨气。这样明显的不公平竟然就发生在身边，他们能不上访吗？他们能没有怨言吗？他们上访的时候，我们视他们为洪水猛兽，害怕他们闹事，害怕他们骂娘，害怕他们揭我们的尾巴掀我们的短怕露出肮脏的部分。

我再也走访不下去了，我再也听不得那些弱势人们的诉苦再也见不得他们伤感的眼泪，我的心在颤抖，我站在村街上泪流满面，像一个疯子也像一个乞丐，更像一个受了人欺辱的儿童，不知羞耻地在村街上流泪。我不是在赚他们的同情，更不是想当一个好人，归根结底我是从贫穷处来的，从小就吃了很多的苦头，我见不得穷人流泪，我在贫穷的时候曾经捂在被子底下哭过，更在无人的时候想过自己的贫穷也流过泪，现在穷人的眼泪就像一把剜肉的刀子，剜得人心口疼。

国家每年给农村给农民给贫困户那样多的优惠政策，他们怎么就享受不上呢，是因为像有些干部说的穷山恶水出刁民呢，还是因为坐在办公室里思考群众心态和思想的干部们的无动于衷呢。无动于衷的人们啊，难道我们的出身有多高贵吗？难道我们的出身就是那么的富贵吗？难道我们一出生就眼皮上翻吗？其实，我们大多数还是出生在农村，曾经在野地里放过牛羊，犁过地碾过场，在泥土里打过滚，在臭水里洗过脸，至今我们的身体里散发着泥土的气息呢。我们是农民的儿子啊，农村是我们永久的家，农村里生存着我们的父辈，我们没有理由嫌弃农村，更没有理由不去关注那些弱势群体。我们天天嘴上喊着为人民服务，可更多的时候我们却去为专人服务了，而没有为民服务。我们坐在机关里喝酒，打牌，挖坑，赌博，闲谝，上网聊天，用着公家的电，吃着公家的饭，挣着自己的工资，对世事对群众对弱势群体漠不关心，还整天怨声载道，埋天怨人，好像国家对自己不公世道对自己不公，其实是我们自己对自己不公。首先是我们自己没有尽到我们应尽的责任和义务，我们连最起码的一个村的贫困户的底都没有摸准，机关上工作了几年，没有进过几次村，更是没有入过几次户，也没有跟群众坐下来商讨过更没有跟群众谈过心，其实我们根本就不知道群众心里想的是啥，脑子里思考的是啥，更不知道群众急切需要我们解决的是啥。

我看着十几年前和今日差别不大的村落，还有我同学们那近乎绝望的眼神，不由自已在乡村的大街上泪流满面，伤心悲绝。我不知道我接下来该做些什么。我曾经信誓旦旦地向他们保证，我们回去后一定向上一级组织汇报这里的情况。我没有欺骗他们，我们如实地向县上汇报了此种情况。我在等待一种结果，一种令人满意的结果。

前两日，我上街遇到了我的同学还有那些熟悉的人们，他们的眼中满是一种期盼和感激。可我实在是对不起他们满怀感激的目光啊，我没有对他们做什么啊，我愧对他们对我的期盼啊。他们一个劲地对我说些感激的话，并且说我们走了几天后，乡上就来人挨个调查农村低保的发放对象，重新确定了发放对象。他们说虽然他们中的有些人没有享受上农村低保，但胸中的气平了，国家给的政策只要给贫困户享受上，他们就没有意见。我还能说什么呢，我们的群众竟然是这样的大度和高风亮节。这次群众利益的重新核定，这不是我的功劳更不是工作组的功劳，而是他们自己争取到的，要是没有他们的上访，县上就不会知道他们的困难，更不会派工作组进村入户，他们的事就永远黑着，他们就永远是贫困户中的遗忘户。

我还能怎么想呢，只是希望乡爷们心里多一份责任感，多为群众想一想，多到村里跑一跑，与群众谈谈心，哪怕是谝谝闲传什么的，也不枉拿那些工资。

洮州人

女 人

清晨，天外荡来了滚滚的雾霭，像女人甩起的衣袖，又像是浓云般弥漫着，虚托住忽隐忽现的远山。近处，丘陵四合，矮似蛤蟆，卧伏不动，只是背上那绿意盎然的植被掩盖了一切丑陋和不毛，增添了无限的生机和灵动。远处，烟雾涌动迷漫，在清晨的天色里辨不清哪是云哪是雾。雾雨中隐隐约约一声鸡鸣，一声狗叫，一声牛哞，一声马嘶……还有那穿透屋顶飘逸不定的草火烟，绞缠着雾霭，浓郁地在村子上空的雾中穿行着跑了几圈，随之吸尽了地气形成了团团翻滚的白云，以婀娜多姿的风韵，烘托出了村子的无限生机和昭然活力。

雾中鸡叫狗咬娃娃跑。于是村子就活泛了。

有女人在村子里穿梭，她们的嬉笑声在浓雾中激激荡荡地透出了村庄，飘扬在润朗朗的田野上，是谁家看家守户的媳妇还是期期待嫁的姑娘竟是那么地充满了活力。是笑羊碰了人还是狗惊了羊，也许是人咤了狗。笑声里带着一种善意的幸灾乐祸的味道。这会儿是看不清那朗朗笑语里的人影，辨不清是谁在哪儿。只有闻声的狗箭一样地飞窜了出去，拆散了笑语连天的兴致。

雾在炎炎晨阳中一丝丝地悄然退去，随后薄得像一页白纸。在这薄薄的看不清人影的神话世界里终是有人物走了出来。几经辨认，原来是浓雾中的嬉笑者。立领宽袖，宽口甩裤，踏着碎步的女人在纸雾的虚掩烘托中款款而至，显尽了洮州女人的妖媚和神韵以及道说不尽的江淮遗风。汉族女人云髻峨峨，回族女人高帽围纱，操着一口传神的点点斑斑的吴语，风韵各异。各自带着一身草火烟的烟熏火燎味和田野的青草味，走在村道上，左边是牵牛的儿子，右边是牵羊的女子，身后是摇尾撒欢的狗儿，觅食的花母鸡。她们走走停停，划破纸雾的掩护，深吸一口地气，闻着泥地上的土腥味，听着山野里的鸟鸣，看着天空中的鹰旋，把心思种在了希望的田野里，与花草和庄稼一起生长，并恪守着内心的秘密，用生命守护今生今世的承诺。

痴痴地望着雾气腾腾的远山，读着村子里飘忽不定的炊烟，一种思念就在心田里像雨后的青草和庄稼一样疯了似的生长，清清的，甜甜的，黏黏的，飞向远方。田野里拂来了一阵风，是一阵东风抑或是一阵西风，像飘来荡去的思念来来去去地拂乱了雾的方向，让雾随了它的性子，风也让思念拂乱了自己的性子，没找到准确的目标和方向。儿子手里牵着的牛好奇地抬起头，眼睛润润地看着忽左忽右忽上忽下随了风的性子的雾，又低下头看着嘴边的草摇摇摆摆地没个静止的时候，随之又抬头思谋着前春上吃草时见过的祖先的一根脚把骨，还见过祖先留下的一颗快朽坏的老牙。这头牛成了一只会思念和思考的牛，和那些女人一样，会看一些事情也会想一些事情了。

雾在太阳底下升空去了，带着女人的体香，还有田野里的花香，升得悄无声息，去孕育翌日更大更多的雾气。

锄头很农民地扛在女人的肩头上，泛着青紫紫的光芒。田里的庄稼和路边的杂草喜滋滋地笑了，笑得很像农民，也很像一阵风。牵着牛儿羊儿跟着的孩子听到了一阵怪怪的笑声，说给说说笑笑的女人听。然而她们完全听不懂牵牛的顽童在说些什么，深陷思念的深潭听不清美妙的天籁之音。只是把一种叫思念的东西深深地装在了心里。

田野里的油菜花开了，笑了；野花开了，笑了；麦穗开了，笑了。孩童牵着牛儿笑得合不拢嘴，嘲笑扛着锄头的傻女人听不懂花草的声音。叫桃花的女人悄悄地约叫荷花的女人，明天是不是领着娃娃和老人打个平伙，荷花高兴地拍了一把桃花，把一种挚诚和信任拍进了桃花的心窝里，也把一种关切的暖流洒进了桃花的心田。

洮州大地唯一缺少的就是大江大河，但小河还是有的，河水四季清澈明亮，能照清人的影子。天热的时节，女人们就把那洗得发白的被褥和衣物抱到河边，相互调笑着洗洗揉揉，然后再说说家常，在嬉笑声中让积压的怨气随水流去。然后各自奔忙各自的家务，看守自己的家下老小，扛了锄头，日出而作，日落而归，把青春种在田野里，用汗水浇灌自己的青春并在岁月中成熟。

在日暮的傍晚，女人扛了锄头，领着顽童，牵了牛儿赶了羊儿，踩着山道的余热和青草的柔软，披了一身霞光，带了一身田野的馨香回来了，依然是云鬐峨峨，高帽围纱，款款而至，在深切的思念中走出了一种神韵，一种姿态，让外面世界的那些女人们羡慕得不行，也让那些搞摄影的闲人们闻风而至，于是，外面的世界知道了洮州，知道了洮州的女人，都想来看看洮州的山水景致，更想来饱读山野里款款而至的洮州女人的风情神韵。

男　人

粗犷广袤的田野里传来一声声粗野的吆喝，是吆喝一头牛，一群羊，一匹马，一群调皮的孩子。外面世界的人听了不禁咋舌，洮州的男人了不得，大声喊嗓的，和洮州男人在一起，一定是脾气不投。但只要你想交一个永久的朋友，你就该尝试着和洮州男人们接触一番，他们的内心世界竟是那么柔弱和善，跟人说话也是直来直去，不绕弯儿，大大气气。他们的内心里是有着一种信念的，回族是以真主为大，汉族是以天为大，自发地由真主和天来监视自己的行为，所以洮州的男人就不敢由着自己的性子随心所欲地干自己想干的事，而是思考再三，权衡再三，绝不会做损人利己或是偷牛盗马的下三烂事。于是洮州男人在外面就有了很多的朋友，有的朋友只能是一次性的交往，交不长。有的朋友则是深交，生生死死，情同手足，要命舍命，要钱舍钱。洮州男人也不含糊，你仗义我仁义，你不吃我不喝，至死往来。

很早以前，流传这样一个故事，说有一个洮州男人交了一个朋友，情长谊深，交了有些年头，你来我往地，彼此称作主人家。有一年大旱，洮州大地颗粒无收，一大家口人挨着饿，洮州男人奔往着主人家去借点粮食，但是主人家却藏了粮食，只给了洮州男人一口袋晒干的萝卜片，指望洮州男人一家早点饿死。主人家是知道洮州男人家里存放着大量银元的，也知道，洮州男人一家人不到饿死的边缘是不会拿出那些银元的。后来，洮州男人家的粮食终于吃完了，就对主人家说，我拿银元跟你换粮食吧。主人家说我家的粮食也不是太广，也就够吃。洮州男人就对主人家说，你一家大小还没有到殁的地步，我一家人饿得快不行了，再没有粮食命就保不住了。主人家于是拿粮食换洮州男人家的银元。饥馑的年景终于过去了，洮州男人家的银元也换完了，从此洮州男人一家人就知道自己家的家底空了，于是老老小小男男女女的都勤勤谨谨地弹挣着过日子，到后来也就把日子过得红红火火的。三十年河东，三十年河西，洮州男人家的日子又过得很瓷实，主人家因有了那些银元，一家大小变得慵懒不堪，到后来日子过得艰难极了。洮州男人抚着胡须对主人家说，我给你换得那几口袋银元呢。现在拿出来，不就是一个大富翁吗。还愁啥呢。主人家说，在那个年景里，我占了你不少便宜，你也没有把银元当钱花，但我把粮食用粒算，结果呢，子孙看见了那么多的银元，身心就随之懒惰了起来，地也荒了，人也废了，一家大小好吃懒做，坐吃山空，硬是把得了你便宜换来的银元花光吃光了。家道也就一日不如一日了。儿孙自有儿孙福，一辈人管不着两辈人的事。洮州男人望着炎炎的阳光，轻声说银钱是祸，人心正是福。

行走在洮州大地上，若看见一个面色红润或是脸膛黧黑步履矫健的汉子，那一定是洮州男人。在春光洋溢的时候，洮州男人会兴致勃勃地走上哪个山头，扬鞭赶上一群羊儿或是手牵一头牛儿唱起那撩动人心境的山歌和洮州花儿来，唱得撩人，也唱得心动。于是你随意地听着花儿和山歌，唱起民间传说的那些个爱情故事来。

最让人佩服的是洮州男人的吃苦精神。一代又一代的洮州男人们沿着青藏线和川藏线这两条主动脉，或经商，或跑运营……足迹踏遍了中国的西部地区，洮州男人经几代人的奋力拼搏，在罕无人迹的雀山留下了多少洮州儿郎的魂骨，也终于拼出了雀山精神。多少年来，洮州男人从古老的洮州大地一脚迈出去，沿着青藏线和川藏线，把他们的生存理念和拼搏精神留在了那粗犷广袤的大地上。他们对于生存的理解就是拼搏，再拼搏。昔日温州人撒遍了全国，今日洮州男人遍布了青藏高原。曾经有一位经济学家形象地说洮州男人就像生活在高原的牦牛，能适应任何恶劣的环境。的确如此，洮州男人为了生存，为了家下，背起行囊，义无反顾地走出去，凭着雀儿山精神打拼出自己的一方天地来。

这就是洮州男人。

乡间记忆

一声牛哞或是一声狗吠，一声鸡叫或是一声羊咩，曾是昔日乡村傍晚抑或是傍亮的一道亮丽的风景。几头牛或是一群羊，一条狗或是几只鸡陆陆续续地从山野归来，带着一身黄昏的收获，在泥泞的村道上散发着山野的味道，与那低矮的黄泥小屋所散发的土腥味融合成一种农村的味道，和那破陋的家、土尘尘的主人相依相亲，彰显着人与动物朝处暮息的和谐。儿不嫌母丑，狗不嫌家贫。傍亮一声高嗓的吆喝，一声清脆的甩鞭，破旧的大门咯吱咯吱地打开来，从门里步出一头牛或是跑出一群羊，抑或是一群鸡一条狗，把沉睡的农村从睡梦里唤醒了，连同那山边的阳婆都唤醒了来。牛很农民地站在村街上望着满山遍野的庄稼，眼里是一种很充实的笑意，那是一种自满也是一种得意，那些绵习习的羊则想着早些时候去过的一片草地，满眼的渴望和追求。而那些上学的孩子们穿着蓝蓝绿绿的衣物，奔奔跳跳地向村中央树起一面红旗的学校里走去，那是一家人寄托着几代人的希望之所。披衣蹲在村街上放牛放羊的人们，是清一色的天蓝色衣物，偶尔有几个年轻人戴一顶绿军帽，显示着年轻人的蓬勃朝气，谈论着天道，谈论着雨水，谈论着庄稼的成长，谈论着牛羊，谈论着今后的打算，也谈论着女人，焦苦的脸上没有太多的愁苦。只是谁也不曾想到将来那声春雷惊醒了多少人的美梦和满足。

这是我儿时的最初记忆，也是留在大脑中印象最深、不曾泯灭的一点记忆。

曾几何时，我们在那种最初的记忆中长大了，光景是一年好似一年。先是村里搓腾大的二浪出去了，然后是一群年轻人出去了，走得悄无声息。翻了年，那些个年轻人穿着光鲜地回来了，二浪也回来了，二浪不像二浪了，走路有了姿势，说话有了水平。那些个回来的人不谈牛也不谈羊，不谈天道雨水也不谈庄稼。而是说着很远的城市的一些古怪话道，倒是很吸引人。年轻人的绿军帽不戴了，都留起了分头，把头发梳得光溜溜的，惹得那些上了年龄的老人追着年轻人满村街上跑，他们不喜欢庄稼汉人身上存在城里人的那种派头。可是年轻人留分头的越来越多，几年过去那些老人就再也说不动了，曾是他们讨嫌的东西正在迅猛地向农村发展着，令他们猝不及防，他们只有观看的份，没有发言的权。新的时代到来了。

　　村子里悄然地发生着变化，先是那些显得有点碍眼的黄泥土屋一座又一座地消失在了大地上，取而代之的是一座座整齐地摆布着的亮堂堂的红砖瓦房，把一代人的记忆彻底地留在了土尘尘的村庄下面。村子里只是少了些牛哞羊咩犬吠鸡叫，少了农村的气息，也少了昔日农村的那种喧嚣和吵闹。年轻人再也听不进老人的劝、管不住自己的脚、收不住自己的心，向阳光明媚的城市里跑去。村子里只剩下老人、孩子和女人。秋尽冬来的时候，外出的男人们回来了，身上揣着硬光光的大钞，给家里添置了电视、电话、摩托和农用三轮车，坐在家里务弄庄稼的女人就开始算了一笔账，一年累死苦活地干着，种庄稼的收入还没有男人们外出挣的零头多，于是再也没有女人主内男人主外之分了，外面的世界多精彩，外面的钱多好挣，女人们的心就躁动不安了，把土地留给了家里的老人，一窝蜂似的拥出了农村奔向城市，学着城市人的生活节奏，学着城市人的劳动，但就是赶不上城市人的生活。去了城市的女人像塌了气的气球，没有了心跳，没有了躁动，一心一意地回来过起了农村人的生活，把小日子操持得有滋有味，把一家人的生活打理得井井有条，家有家的气息，家有家的味道。

　　生活似乎是有点纷乱，但日子还是平静的，忙的时候忙，闲的时候闲，乡村里的光阴不再是那种泥泞的光阴，而是亮堂堂的生活。一棵树的生长，一只麻雀的飞翔，一个孩子的长大……把记忆留在乡村一段光鲜的道路上，一个美妙的梦境里。又是一头牛的长哞，一只羊的轻咩，一条狗的狂吠，一只鸡的短鸣……笼罩在乡村希望的田野上，蔚蓝的天宇下，这该是又一代人对乡村最深刻的记忆吧。

寻梦洮州（外三章）

清晨，虚清的蓝空俯视着洮州古城的秀容，清亮亮的河流仰望历史的天空，高耸的古寺奏响神示信仰的钟声，空旷，寂静的大山耐着性子等待深春的吹拂。

清晨的清辉洒到微微颤动的河面，映对远山里神示的洁净，也被葱绿的垂柳和白杨感动。隐约感到，这如画似诗的美景，就是大地之诗，神示之诗，她在悄然地铺展、绽放……向世人诉说洮州千年走过的历程和六百多年的沧桑岁月。

雪山携着露水从梦的脚下淌过，天河样滋润着农人和牧人的心境，润得像雨，甜得像蜜。

记录历史岁月的古烽墩，仍然像一个历经沧桑的老人，远望滚滚而来的现代潮流，再也数不清洮州历史的车轮，沉睡不醒。

梦幻中古城洞里走过的女子，迈着江南细碎的小步，不知是走进了历史，还是走进了烟雨蒙蒙的江淮。

梦里寻觅洮州，梦里寻觅江淮。

梦也历史，幻也历史。

金色的梦

天空醉了，大地醉了，太阳醉了，田野扬起了灿烂的笑容。

跨过柔美的春天，走进壮美的夏天，向往慈美的秋天，做一个凄美的梦。

　　希望可以入梦，想象闭眼入境，田野随风舞蹈。

　　一汪思念成了盛旺的想象，一串笑语拂过梦境，天宇醒了，大地醒了，太阳醒了，人却醉了。

　　追梦的人把沧桑写在了田野灿烂的脸上，在田埂上舒展着挥锄的天籁之音。

　　田野笑了，太阳跟着笑了，大地笑了，天宇也笑了，笑声沸腾在飞鸟的翅翼上，流动的彩云间，飘逸的叶片上，叮咚的泉水里。

　　黄艳艳的感动，嫩颤颤的渲染，满当当的希冀，欢喜喜的心迹，凝神处，心中装满了金色的梦。

　　一切都是那么愉悦，那么神往……

初冬的雪

　　清河，绿树，红叶，冰清玉洁。

　　洁白的羽翅，穿越瑞雪覆野的季节。

　　一朵又一朵，携带上苍的花瓣，绽放天使的翅膀，吐露天宇的秘密，穿越浓云的厚衣，含着微笑飘落，把娇弱的身躯让大地收藏。

　　"千山鸟飞绝，万径人踪灭。"只有流水耐不住生命的寂寞，跳跃着欢呼着流淌在深山丛林里，把含笑的雪花裹在温柔的怀抱里，一路凯歌而去。

　　上苍的花瓣，天使的翅膀，羽花一样飘落，与嫩绿的枝头、枯黄的大地亲吻，抒写一首轰烈的爱情。

　　站在高原的怀抱，熟读洁雪眼眸的语言，却被一种爱情的渴望思想的飞翔擦拭得通体透亮，原本裸露的情节，不再被阳光沐浴，只有潺潺地流进等待的梦乡。

　　敞开裸露的心河，相逢缘分，拥抱牵挂，暮色孤独，孤寂相随，等待漫长，洒下婆娑的泪花，随了羽翅，漾进心房。

面对沧桑，坐守寂寥岁月，但需始终记得：初雪来临，向洁净的大地致敬！

墓畔的沉思

洁雪如盐似银，覆盖你的坟茔。又是一年的冬天，是你离开人寰三周年的冬天。

做完晨礼跪在你的坟前。你的坟头那一簇绿草枯了，静静地躺在洁雪下，孕育着明春。

晨阳亲吻着你的坟头，假如你仍在世，你红润的容颜一定会放出信仰的光彩，也一定将洁雪羞化。

如今，你去了，留给我的是坚定信仰的鼓舞。以前我曾哀思，但今天，我要高呼，你是我坚定信仰的一面旗帜。

坟茔枯了又绿，青了又黄……

你的灵魂此刻在何方？

你知道我为你的祈祷吗？大概我不配做你的祈祷者，因为我的躯壳包括我的灵魂都带有肮脏的污染。但是我一定要这么做，把隽永的回忆化为挚诚的祈祷。

你走了，带走你奔波的躯体，留下你奋斗拼搏的精神。

岁月流逝，寒暑交替，你的坟茔风吹雨打，人们已认不出是你的了，但却牢记着你的姓名。

姓名易忘，只有伟大的人格，渊博的学识，配上名姓的序号，才记得住，记得牢。

你走了，轻松地走了，而我们活着的人呢？苟且活着，为生存奔忙，为子女奔波，躬身于黄土地，送度岁月。

今天，你离却人寰三年，而我呢？却沾染了尘寰的污染。

每次从你的墓畔回家，便是悲痛交割的深思，想着如何洗卸尘寰的污染，净化自己的灵魂。

如今，洁雪如盐似银，覆盖你的坟茔。

打蕨菜

　　农历四月底的洮州，虽已一派苍绿，满眼滴翠，但一场稀稀疏疏的春雨落过之后，翌日早晨的空气就有了切肤的寒意，有透人腹背的意思，叫人有点受不了。可当日头跌进院子的时候，空气又一下子暖和了起来。今年四月的天气和往年不一样，不太正常。天气一热，单位上的几个年轻人像圈急的儿马一样焦躁不安，进进出出地在乡政府院子里走来走去。有人说，今天这么热我们不如骑车到洮河边上去玩一天。说去洮河边，没有人不高兴的。

　　我们一行四辆摩托八个人出了乡政府大门，上了岷合公路，然后穿过卓尼县城，沿洮河边一直向西骑去。一路上几个人骑着摩托像脱了缰的野马，又吼又叫，又唱又喊，时而把锄田的姑娘惹得忍不住拄锄张望，看这些个既张狂又野蛮的人的笑话；时而惊得连路边白杨树上憩息和孵卵的铃铛鸟扑棱棱地飞起来找不见自己的落脚之地。久居单位时日多了，突然出来，便控制不住自己的情感和对大自然莫大的神往，发泄内心的寂寞和呼之欲出的情愫。四月的洮州大地什么也不缺，缺少的是雨水，缺少雨水的洮河没有洪水和泥沙的干扰变得格外的清澈明净，流淌得欢欢畅畅，洮河流得这样清澈无比，让人的心境瞬间也变得清澈明亮。人的心境明亮了，思绪跟着轻快地盘旋起来。洮河两边的山林青青翠翠，人骑车走在高山绿树的暗影里，仿佛是走进了神奇的秘境之地，这样走了十几分钟，眼前一下子开阔了起来，出现了一块平坦的草地，草地上有些稀稀拉拉的梢棵子树，大家便下了车躺在草地上说说笑笑，忘记了烦恼，心情的那个舒畅无法言及。不知过了多久，是谁突然有点夸张地大叫了起来："看！蕨菜，这里长蕨菜。"听说这草地上长蕨菜，人人像是听到了命令似的一骨碌爬了起来，左瞅右瞧地看蕨菜，可找了半天也没有找到蕨菜。有人问，蕨菜在哪儿？打过蕨菜的人便坏性性地笑着不说，让人猜测哪个是蕨菜。有人说，这里遍地是蕨菜。可我寻找了半天也找不出一株蕨菜，我从心里还真不服气，不信我就看不见也打不着蕨菜，简直有点闹笑话。我虽然吃过几顿蕨菜，吃过的蕨菜全是别人送来的或是买来的，已经没有了鲜美的味道，吃时也没有打蕨菜时的那种心旷神怡的感觉，更没有劳动时的那种愉悦。

　　我从来还没有真正地看到过生长在野地里的蕨菜，也不知道蕨菜是怎样长出来的，更没有打过蕨菜，我们坐的这块草地上有蕨菜，我学着大家的样子寻觅蕨菜，可我怎么也看不到蕨菜，同事小马看着我笑了，指着一棵硕大无叶的粗壮茎状物说，那不是蕨菜吗？我顺着他指的方向望去，只见那棵粗壮的茎状物周围簇拥而伴生着那样的东西，弯腰细看，只见那粗硕的茎状物高出其他野草许多，像鹤立鸡群茕茕孑立，显得与众不同。我蓦地想起不知从什么书上看到过说蕨菜有它的生长环境，在一定的海拔高度只有汲取阳光和雨露才能够尽情地生长，才能显示出它们的高贵，也更能显示出它们的生命力。我读着憨态可掬的像一个个蹲坐在地上的胖娃娃样的蕨菜，不忍心去折断它们，不忍心破坏这种憨态的美，可爱的美，粗硕的美，点缀的美，茕茕孑立的美，但是同事们争先恐后地去折，大呼小叫的像是发现了珍珠似的，我看着憨态可掬的蕨菜顷刻间就到了同事们的手中，一棵，两棵……只一会儿工夫，大家的手上就握着一大把蕨菜。他们看我站着一动不动，以为我是看不到蕨菜，有点不可理解，说那么多的蕨菜，你竟然看不见，你不是色盲吧？我还真不是色盲，我只是想把这点记忆留存下来而已，因为我知道再一次亲身体验这种美不知要等到猴年马月。我小心翼翼地折断这憨态可掬的美，握了一大把。我想今天打到的蕨菜是炒了吃，还是焯了凉拌吃呢。但吃已经不是很重要的了，劳动才是最有趣味的事。草丛里的蕨菜茎老，而藏在梢棵子丛中的蕨菜没有受到阳光的照射和风的吹拂，而且饱饮雨露的滋润，长得嫩闪闪的。有几个背背篓的藏族小姑娘嬉笑打闹着，红扑扑的脸上洋溢着那种天真无虑的稚嫩，望着我们笨拙的样子咯咯地笑着，有几个小姑娘还过来指导我们如何打蕨菜，看着她们娴熟的样子就知道她们小小年纪已掌握了蕨菜的生长地和生长习性，有一个小姑娘指着我说，打蕨菜时要用手指掐住蕨菜折，短的要掐住旋转之后再折。我笑着照小姑娘说的打了几棵，小姑娘高兴地看着我把自己笑成了一朵山丹花。正是这一笑，我看到了山里人的纯朴和厚道，山里小姑娘心灵的纯洁和美丽。幽静的山林、流淌的洮河还有那些打蕨菜的藏族小姑娘们沐浴在正午的暖洋洋的阳光里，柔和的山风轻抚着小姑娘们红润的脸庞和散乱的头发，擦拭着她们额头上亮滢滢的细密的汗水。看着她们手指灵巧地打着蕨菜，满心的喜悦，可我却突然想起今天不是周末，这几个小姑娘现在应该是坐在教室里跟着老师背诵古诗"锄禾日当午，汗滴禾下土。谁知盘中餐，粒粒皆辛苦。"但她们却背负着童年的无愁和无虑，露着一口咀嚼过松胶的白得可爱的牙齿，笑得天真无邪。我问她们怎么不去上学，她们说，她们早就不上学了，帮父母放牛呢。我再也高兴不起来，她们现在正和蕨菜一样是稚嫩的，也正是享受人间关爱和文化雨露滋润的时候，而她们却走出了教室，走进了山林，打着和她们一样稚嫩的蕨菜，岂不知几年之后她们的生活就是她们父母的翻版。看着小姑娘们无忧无虑可爱的样子，我便想到了她们的未来，她们未来的生活，我的心里像是沉下了一块冰，凉飕飕冰渗渗的，再也没有了打蕨菜的兴致，顿然觉得自己无能和无助。

　　我没有大的境界，也没有多么高尚，更没有超越永恒的勇气和智慧，只是多一分思考而已，只是希望那几个小姑娘能够坐在教室里去，让朗朗读书声熏陶她们幼小的心灵，让她们不至于当上睁眼的瞎子，这只是我的期望而已，因为我知道她们已经步上了她们父母的道路，肩负着生活的重担，是多么可叹可惜又可悲的事啊。希望她们的父母早日悔悟觉醒，让她们重返校园。同时也希望今后她们的生活能够过得好一点，她们的子女今后再也不要重复她们的生活。我思考着想象着她们今后的生活将是一种怎样的境况，而她们相互打闹着争折一棵蕨菜，显然没有一丝忧虑和生活的重负，她们是无辜的也是无助的。

我再也无心情打蕨菜，我走上高高的山顶，读着一眼望不到边的山林和看不到头的洮河，竟然读不懂这深邃的绿意里究竟湮没了多少人的美好童年和似水年华，更读不懂这静静的洮河水流走了多少人的想象和理想。但是我却读懂了一点生活的哲理，读懂了超越生命的一种境界，我的父老乡亲们的生活——无法用笔来描述和无法诉说的辛劳、凄苦、无奈与对命运的认可和有限的挣扎。能凑合着生活下去就行了，这是我的父老乡亲们最低最基本的要求和期盼。

我同情那几个蕨菜样的小姑娘。我始终忘不了她们的天真无邪和挂在额头的滢滢汗珠。

但愿我的忧虑是多余的。

乡村女人外出

　　前几年，地上的青草刚顶破土层，庄稼刚埋进土里，村子里的男人们就急急忙忙地外出打工去了。留下老人、女人和孩子来看守那并不值钱的家园。男人们在的时候，村子里更多的时候留下的是欢声笑语，夫唱妻和。有几个男人围坐在村口的空地上打着扑克，谝些闲传，更多的是互相诉说一些外出的艰难和挣钱的难肠。有时也会嬉笑着谝一些艳事，这类事是见不得人的事，是不能说在人前面的，只能在人背后说一说，而后笑笑了事。女人们则站在巷口纳着鞋底和袜垫，深情地望着自己的男人在人群里大谝二谝的，脸上涌上一层羞涩的红晕。女人们是不大爱串门浪家的。女人们知道，自己有时候是管不住自己的嘴的，唯恐不小心说出自己男人在枕头边上说的那些别的女人家的男人的风流韵事来。男人们出了门都多多少少有点自己的风流韵事，只是深浅不一样，有的男人陷得深，有的男人陷得浅；有的男人自我隐秘得好，不易说给别人，有的男人自我隐秘不好，虚伪，喜欢说给别人听。虽然有这样那样的风流韵事在年轻人中流传，在女人中流传，但唯一不知道的就是当事的女人，她是唯一的被蒙蔽者。

　　男人出门的时日多，回家居住的时日少，但钱挣回来的也不是太多，有些精明的女人算了一笔账，自己在家里累死累活地辛苦了一年，也只能用粮食换来那么一点钱，假如自己跟上男人出去，不但可以打工，也可以收敛住自己男人的心，省下一笔风流钱。

　　又一年开春了，一些女人执意跟着男人走了，只有老人和孩子留守家园。其实，年轻人一走，老人和孩子是种不动田的，这样一来二去地也就荒了。前几年，政府号召村子里退耕还林还草，就是没有人响应。这几年，人们自己退耕了，退得悄无声息，毅然决然。只几年工夫，山坡上那些撂荒的田地又披上了绿装，变成了绿草坡，变回到了十几年前的模样。老人们悠闲地背筒着手或是背个背篓闲逛在田野里，坐在一摊花草丛中，思谋着自己的过去和未来，幸福得合不拢嘴。当小孙子淘气的时候，他们才想起出门在外的儿子和媳妇来。

一群候鸟往南飞，树枝上只剩下那些留守的灰乎乎的麻雀时，外出打工的男人和女人们回来了，有说有笑的，大包小包地背着很风光地回来了。以前男人们回来的时候，可没有这么风光过，他们的回来犹如上了趟县城似的，去也匆匆来也匆匆，两手空空。女人们就不一样了，她们的心里还装着看守家园的公婆和孩子，那大包小包装的是她们买给公婆和孩子的穿戴鞋帽和吃食。远远地在巷子口歇着，招呼着村子里的那些孩子，亲切地唤着他们的名字，随手从包里抓出一把东西散发给孩子们。这一来二去的，村子里的人就知道谁家的女人出脱了，谁家的女人给公婆和孩子买东西了，谁家的女人病了……回家的当天，许多女人就挑起搁置了许多时日的水桶到泉上挑水去了。她们挑水的目的就是想见一见好长时候未见面的那些姊妹们，诉诉难肠，说说悄悄话儿。一担水往往要挑上一两个小时，这时候，公婆和男人们也就不责怪女人。都知道她们在那人生地不熟的地方待生了待急了，想说说话儿解解闷儿。

那些未打工的女人，打问着打工回来的女人的收入，羡慕得直掉眼珠子。纷纷表示，来年开春了也跟着自己的男人外出打工挣钱去。这时候那些女人则叹息着说：金窝银窝不如自己的土窝，还是家里好，有人疼有人爱，时间由自己支配，她们还羡慕那些留守家园的女人呢。可话虽然是这么说，但到了来年的开春，她们又一个不落地跟着自己的男人走了，走得义无反顾。

这年开春，村子里的年轻女人像是商量好了似的，一窝蜂地跟着自己的男人走了，走得迫不及待。

村子里的年轻女人走光了，村子里就只剩下留守家园的老人和孩子们。年轻的男人和女人一走，村子里就显得格外沉寂，连那犬吠猜猜也显得慢腾腾的有气无力，忘了以往那种粗犷、雄浑、高亢和富有农村生活气息的吠叫。大清早，村街上挑水的咚咚脚步声听不到了，取而代之的是一种慢悠悠的咯吱声，老人歇担的叹息声和孩子们驱羊赶牛的吆喝声。村子里失去了往日的喧嚣，老人们一下子就失去了依靠，村子就像丢落在大山深处的一粒泥丸，静静地接受着风雨的吹淋。而那些跟着男人们外出的女人们则在另外一个陌生的地方遭受着异地风雨的吹淋。同时把汗水洒在异乡的土地上，换回一些辛苦钱，积攒着自己的梦想，回味着过去的岁月和外出打工的日子，想念着留守家园的老人和孩子们。

村子里有了一些大的变化，女人的心变得宽厚仁慈了，爱捣老婆舌的女人也不怎么鼓捣了，因为微风兴不起浪了。

外出打工的女人很辛苦，回家的女人很贤惠。

老人与树

那年冬天，天气特别冷，街道上几乎见不到行人的踪迹。村子上空只有袅袅的几缕浓烟在静寂地荡来飘去，而后，也没有了踪影。人们大概都扯着厚棉被整日煨在暖暖的土炕上，做着一个又一个的白日梦。

忽一日，嘈杂的人们终于打破了冬日的死寂。一群人抬着一个硬邦邦的且身上飘着凌乱的棉絮的人走进了村子。

整个村子惊动了，人们一下子就像从地缝里冒出来似的围住了那群人。随之，尔萨老汉悲恸欲绝的哭声盖住了所有的嘈杂声，哭得那么悲痛，那么揪心。

原来尔萨老汉的儿子进林拾柴，从山崖上摔下冻坏了。

尔萨老汉成了没儿汉。

那年春天，尔萨老汉承包了村里几片荒芜的河滩，开始了他十多年栽树的岁月。

冬去春来，一晃几年过去了，再见到尔萨老汉时，他老人家虽然老泪点点，但已从他那额头的"沟壑"里看出了葱茏的绿色，看到了希望，看到了慰藉。

岁月的流逝，留不住人的年岁，尔萨老汉一年比一年苍老，但河滩上的树越来越多，越来越高，河柳、白杨、黑刺、白松、油松……一棵又一棵，一片又一片，形成了一道道风景，于是，在那风景线下，儿童们度过了一个又一个童年。

我也在那林间度完了童年的有趣时光，但自从上了学以后，就很少去那令人神往的林子了，以后工作了，就更没有去过。

　　前一段时间，父亲从乡下捎话要我回家，父亲是言谨之人，无重大事情绝不捎话，我想肯定是家里有谁病了或是有什么事。赶紧打点行装，请了两天假，回到了乡下家里，家里一切都很好，八十多岁的奶奶见到我更是喜得合不拢嘴，是何缘故，我始终未敢问及。

　　吃过晚饭，父亲打开了我带回的包，掏出全部可吃的东西，留了少许，然后领我去看望病危的尔萨爷爷。父亲的一举一动使我想起了我无忧的童年。多么惭愧啊，这么多年，竟然没看望尔萨爷爷一回。听父亲说，尔萨爷爷时常念及在县城里当干部的我，想跟我说说话儿，听听新鲜。

　　尔萨爷爷已被食道癌折磨得有气无力，已不能和我过多地交谈了。

　　他只是嘱托我，要我多关心村里的事，特别是那成片的林子，要加强管护，不要在他离世之后，成为那些懒汉们的烧柴林。在我告别时，他拉着我的手说："造林是造福子孙，当初，要不是家穷，我儿子能去那上百里远的山林里拾柴吗？"听着尔萨爷爷的嘱托和诉说，我心中真不是滋味。

　　几天之后，尔萨爷爷去世了。送走他老人家第二天，我去了那林子。林子长得很密，也很茂盛。林子中间，一泓清溪静静地流淌，像轻轻地诉说一个遗忘自己童年的人的愧疚与悔意。

男孩和树

　　二十年前的一个春日，男孩在路上捡到了半截嫩白杨树枝，拿来插在了大门外的水沟边上，还砍了一捆白刺做了个小小围栏。

　　那天，路过男孩家门前的人都说这孩子将来一定有出息，捡来半截树枝就知道植上，长大了准会是个攒劲儿子娃娃。当时，他母亲正靠在大门框上微笑着目不转睛地看他植树。在她微笑着的充满希冀的目光中路人好像读到了男孩和那棵树的成长历程。

　　男孩植上了那棵树，同时也植上了自己的梦想。待他长大成人时，这棵树一定会长成参天大树，到那时，母亲就用不着跑很远的路满山野拾捡生火做饭的枯枝干草了，而是删下树上多余的枝枝杈杈剁成半尺长的碎柴，晒干，然后生起旺旺的炉火，他知道，过着难日子的母亲太辛苦了。大冬天，为找一把烧柴，瘸连跛摆的她要走很远的路。那个时候，男孩就站在门外的水沟边望着山洼里钻来钻去钻上钻下的母亲，心里就默默地祈祷，渴盼母亲速归。可捡不了烧柴是不能回家的，男孩渴盼着、希望着母亲能捡拾到烧柴。于是，他的心洼里就植满了小树。

　　母亲是棵大树，一年四季，从其背上卸下的烧柴在院内稳当当地堆成堆，做饭，取暖，烧掉，而后再捡着堆成堆。在男孩的记忆中，母亲始终弓腰背着一大捆烧柴从山道上走来，像棵走动的大树。

　　男孩是棵小树，是母亲呵护下的小树。

　　几场小雨落后，男孩植的那棵树生出了嫩黄的新芽。男孩像只飞展的小鸟一阵风般旋进屋里把这告诉了母亲。母亲的脸上即刻露出了从未有过的舒展笑容，眼中满含着无限的柔情和期望。

孩子懂事了，母亲想。

男孩对小树的呵护犹如母亲疼爱他一样未敢有丝毫的疏忽和大意。每天清晨，男孩都要给小树浇一勺清水，除非下雨。小树在男孩的精心呵护下终于生成两片嫩叶，随后又生出了第三片、第四片嫩叶。小树在不知不觉中长高。

这一年秋天，男孩上学了。

小树长得很快，像往上拔一样，到秋黄落叶时节，小树长得和男孩一般高。男孩看着和他一般高的小树，笑成了一朵山丹花。

一晃眼就到了大冬天，小树落尽了绿叶，光秃秃的独枝挺拔在风雪中经受着寒冷与霜冻的考验。

男孩的母亲患有风湿的双腿在山洼里跌了一跤，碰伤了膝盖骨，此后再也不能跑很远的路去捡烧柴了，只能扒些草草棍棍来烧饭取暖。虽然这样，但母亲是不让男孩上山的，只管静心读书。可见，母爱是多么地伟大。

冬去春来，小树又生出了新芽，茁壮生长。到了秋末，就长得比男孩高出了许多，长出了树形。

星移斗换，岁月荏苒，小树在男孩的呵护下终于长成了一棵大树。男孩也在母亲的慈爱和疼顾下认真修完了从小学到大学的学业，而后去了很远的南方海滨某城市几经拼搏当上了企业老总。

又是一个春日，企业老总回到了阔别的故乡，在老远的巷口望见自己当年亲手栽植的白杨树枝叶繁茂地遮盖着半个街面，枝枝杈杈任其自由地生长着，发展着，找寻着空间，享受着阳光，播洒着一片温爽。

可是，患有风湿病不能上山的母亲呢？企业老总终于想起了置于案头的那份电报，禁不住潸然泪下。

可以享受到树荫的温爽，但永远也得不到母亲的那份慈爱了。

绿树终成荫……

泥丸小村

　　小村是我终生爱恋的故乡，很偏僻，也很寂寞。它坐落在远离县城的几座大山的麓襟之间，似一丸粘住的泥球，永远是土生生的一堆，名不见经传。

　　小村很静寂。在静寂中人们的日子似乎很无聊，日出日落，月圆月缺，天晴天阴，永远是那么年复一年地平淡无奇。但孩子们的日子却永远是那么欢乐无忧。你倾听，他们天使般的纯洁童音在无垠的穹苍里飘扬，洗染着你我被世事喧嚣充斥的耳垢，开启久封的童年记忆，找回一份洁净与纯情。

　　冬季，最是小村耐不住寂寞的时候。荒芜秃顶的大山之间，小村不起眼也不格外陌生。终于，几柱耐不住寂寞的草火烟从低矮的红泥屋顶刺碎寒冷，歪歪斜斜地向山巅飘去，却蓦地被山风拦腰吹断，在山腰里缭绕着又被山风扯拉了去，做了朋友，凝成了风神，如是消逝了踪迹。一场大雪之后，小村更有几分像田鼠堆起的土球，斑驳地在雪地里静卧着，孕育着希冀与生机。一切生灵冬眠似的消失了，连掠空低飞的鸽子也卸下了哨铃，藏在了那黑乎乎的屋檐之下。冬日小村也是最容易被外界遗忘的一个渺小世界。那些在春季里蜂拥而来，带走诸如清溪、绿林、鲜花、草地等记忆的游人们忘记了那心旷神怡的美丽心境。

　　陪伴小村的只有土尘尘的山，灰蒙蒙的天，一群耐住寂寞守护的男女老少，似乎是"万径人踪灭"。

熬过了土里土气、疙里疙瘩、寂寞难挨的冬日，春天就到了。先是向阳的山坡、塄坎根走过春的轻盈脚步，生机与希冀于是被带了来，吸引牛儿羊儿往那里跑。接着春天大踏步地跨过了树梢、田野、河川……

蓝天下，男人种植着爱情，女人编织着梦幻。

家家院子里的红杏掩不住羞涩从低矮的土墙内冒了出来，把那高空疾飞的燕子也吸引了来，阵阵芬芳陶醉了日暮晚归的牧童。一丝晚风吹过，片片花瓣随风飘落，给牧童"拂了一身还满"。

又来了游人，在草地上搭起了帐篷，白云般排了一长溜。一群孩子在村街上大喊："走，到帐篷里去！"第二天，又来了一长溜明晃晃亮闪闪的小汽车。帐篷外生起了火。

牧童唱起了山歌，甩响了牧鞭，帐篷里传出了震耳欲聋的乐声……

小村迎来了辉煌的春天。

笑瘫的花儿

　　每年夏季，我都要领上女儿寰寰到父母跟前住上那么几天。那几天里我不干任何事，只和父母说些农事，别的事一概不问不说。父母知道我心牵挂着儿时的一些琐事，也就思谋着捎带着说起我的童年和过去。当父母说起我儿时的一些趣事时，女儿就睁大眼睛不相信地听着，好像爷爷奶奶在给她编故事。女儿从两岁半上幼儿园开始，我就给她编小故事。她最爱听的是我编的《爷爷和牛的故事》《老鹰和小鸡的故事》《龟兔在夏天赛跑》等，父亲说起我儿时的一些事时，女儿就捂上耳朵不愿意听，说爷爷编的故事不好听。可我却越听越有意思。父亲不说，我真不知道我儿时有多淘气，今天拿弹弓击碎了东家的玻璃，明天又用木棍敲伤了西家的羊腿。父亲和母亲天天轮换着给大家赔礼道歉。常言说，三岁看老，从小看大。那时候村子里人都认为我长大是一个斜骨头。只有母亲不那么认为，常说儿子娃娃哪有不淘气的，等长大懂事明理了，就会收敛儿时的那种顽劣，淘气是儿子娃娃的天性，儿子娃娃不淘气那还有点不正常呢。因此上，母亲为护我常遭父亲的责备和别人的白眼。可母亲不理会这些。现在，当我问起母亲我儿时那么淘气为什么就不责备时，母亲说，你从小心底里就善良，只要门上有讨饭的来，你总是偷偷摸摸地挖上一碗面或是拿上一块馍馍送给讨饭的。其实，那时候你做的那些事娘都看在眼里呢，我总认为你的内心是很善良的。那时，人们只看到了你顽劣的一面，从未看到你善良的一面。作为父母，既要看到自己子女顽劣的一面，也要看到自己子女善良的一面，然后再权衡对子女的教育方式。母亲是实诚的庄稼汉人，一生只知道为这个家操劳，从来不说子女。其实，母亲的内心是很丰富的。

我的童年时期，农村生活是非常清苦的，也是非常单一的。儿童的娱乐中没有电视，没有游戏。只有儿童自己找乐子。就连阅读的书也没有几本。那时父亲爱看书，买了本《水浒传》。我是在父亲农忙的时候，抱上书藏在树林里、草坡上、塄坎上读完的。读完了《水浒传》，我便在课余讲给同学们听，直讲得同学们等不到下课。讲完了《水浒传》，我又求父亲买了本《西游记》，接着讲给同学们听。一直到小学毕业。教室里、树荫下、阳婆旮旯里、炕头上都留下了我给同学们讲故事的身影。说真的，我至今仍有一个感觉，就是读书比看电视有意思，读书的时候，还可以有自己的想象，甚至是创作，而看电视剧就没有那样的感觉，看过了也就看过了，印象不是太深。我给女儿讲我童年的一幕幕故事，女儿像在听一个天外的故事，女儿现在不可能有我那时那样的童年，那个时候，一帮小屁孩玩累了随便在哪家吃顿饭，随便在哪家的大炕上滚上一夜，家里人根本不需要操心。但现在就不一样了，你是不敢随便让别人家的孩子留宿的，原因是现在的人与人之间彼此都不是很亲切。女儿是生在有点城市味道的县城里的，但是她融不到城市的那种氛围里，也跨不进乡村的风尘里，像是一个边缘人。我让她体验乡村的田园气息，让她感受乡村那种读来令人心旷神怡的景致，让她记住她的父亲曾经是一个地道的农民，一个与乡村山野为伴的泥腿子。我给她一遍又一遍地讲述牛儿、羊儿的故事，一只麻雀的故事，甚至是一棵草一朵花的故事。其实，我是在为她讲述着我的童年，我的乡村生活经历。我的故事里也包含了与我有关的一草一木一物。我是不愿女儿生活在乡村和城市的边缘中，而是让她知道父辈们的生活，记住乡村的异彩缤纷，明白她的根就在乡村。

我携女儿坐在柔软的山坡上，望着天上飘荡的白云变幻不定地摆阵布景，山顶上的雾霭衬托着遥远的童话，山风轻拂着女儿轻盈的心，还有身旁一摊开得蓝汪汪的马莲花，女儿笑了，笑得无比舒活开心，此时此刻，我猜不透女儿是在现实里还是在童话里。眸子里是一汪清澈纯净的笑意。我趴在大地上，突然发现女儿那笑容可掬的神态把那蓝汪汪的一摊马莲花惹得笑瘫了，笑得直不起身来。

女儿笑了，大自然笑了，我却不知道该对谁笑。

下 部

　　我与家乡的山水景致和牲灵野物：抑或是村里一头牛、一只羊、一匹马、一只鸡、一只掠飞的麻雀，抑或是一株盛艳的野花、一棵五枝分杈的白杨树、一棵虬枝搭在院墙上的杏树；抑或是一只微小的虫子，甚至是乡村早晚最常见的扶摇直上的炊烟，悬空飘荡的一页书纸……做着灵魂上的对话。

春风化雨

地处青藏高原的古城洮州，春天比任何地方都要来得迟些。清明的前几日天气骤冷，还飘飘洒洒地落了场大雪，把大地素裹成了一个银色的世界。但到了清明跟前，天气却突然暖和了，天空里的浮云也飘荡了起来，刮来的风不再是割耳刺脸的那种生硬，暗藏的浮冰早不见了踪影，向阳的草坡上草芽子也早已破出了土层，只是还不敢表示春天的来临。清明的那天午后，响了几声春雷，便把沉睡的万物惊醒了，就是那欲洒的春雨再也禁不住春雷的招唤，淅淅沥沥地落了下来，那些还缩头缩尾的野草舒畅地透出地面吸一口清新的空气，向着阳光微笑了。春天便一夜之间悄然地来临了。

清明的午后我坐在电脑前敲字。突然一声惊天动地的轰鸣从耳边滚过，我怔怔地站起来走到窗前，眼望着远处的天空。蔚蓝的天空里飘着几朵白云，游来荡去的。突然又一声响雷在耳边炸响，这是一种久违了的响声，这是一种季节的召唤，这更是对沉寂了一个冬日的惊悚。一会儿，耳边就响起了呼呼的风声，排山倒海似的从东方刮了来，席卷着一个冬日残留在大地上的垃圾，塑料袋、碎纸片、破布条等忽上忽下忽左忽右地飘舞，啾啾地叫嚣着狂吼着，不多时雨点就啪啪地落下来，跌在尘土里溅起一团团的土雾。风刮得慢了下来，慢慢地像温柔的姑娘的大手，不再是寒冷和绝情。紧骤的雨点落在了荒野里、树林里、马路上……润湿了山林、荒野、马路……

春 心

一到正月，天空一片蔚蓝，太阳明晃晃地普照着大地。这时候就觉得阳光不再是那么遥远和昏黄。蹲在院子里让阳光抚着后背，看着北房台阶下面嫩黄的两瓣草芽顶破了启封的冻土，像害羞的孩子掀开门帘悄悄张望这个既陌生又充满阳光的世界。草芽子嫩颤颤的，弱不禁风的样子，院子里没有风儿，四面八方的风都让高墙阻挡住了。在院子里疯跑着觅食的鸡子，甩甩头望着蓝天，心早已飞到田野里去了。现在它再也用不着金鸡独立捂一捂冻疼的爪子了，大地不再是生冰生冰的。它左顾右盼地张望着回忆去年曾吃过的一顿嫩芽饭，看今年是不是又该吃了。但那片嫩芽早让人给围起来了，它吃不着，急得转来转去。好在门外的世界还是那么地吸引着它，门外的墙根里也生出了黄黄嫩嫩的草芽子，让鸡子欢喜得不行。

拴在槽上的牛和圈在圈里的羊再也不像隆冬时节那样恋家了，急切地望着天上飘过的云彩和听着滑过的鸽哨，急切地向门外瞅去，眼里是过多的期盼和等待。

窝了一个冬日的孩子们，扔了他们滑了好多时日的冰车，约了同伴到山坡上疯玩去了。山坡上虽然还没有丝毫的绿意，但那些枯黄的草茎不像冬日里那样干脆了，而是变得柔软了许多，新的草芽正在顶着枯黄的草茎破土而出。一些虫子被几声春雷惊醒了，爬出洞子，在阳光底下跑来跑去，审视这个曾经熟悉的世界。一只鹰在高空里飞翔，俯视着地面上发生的一切，它知道春天到了，一些藏在洞子里的小动物随时都有可能钻出来。它在等待一个成熟的时机，让那些初露头脸的小动物成为它的美餐。

初春是萌动的，酣春是崭新的，暮春是充满希冀的。

春天里，万物都在孕育新的生命。生着病躺了好几个月的老人，终于长长地出了口气，挪到院子里坐着，让暖暖的阳光轻轻地抚摸后背，拂去一个冬日的浊气和懒惰，在柔和阳光的催眠下竟沉沉地睡去了。睡眠中脸上挂着朗朗的笑容，笑声轻盈地荡漾在春风柔和的指尖上。

父母进进出出地忙碌着，但不明白忙些什么。我笑着问母亲忙啥呢。母亲说，不是开春了吗，人不忙心忙呢。该活动活动筋骨了，这些日子看着锄头把，我的心里都是活泛喜朗的。初春对当了一辈子农民的父母来说，的确是一个忙碌的时节，田里的土酥软得能陷下脚去。早晨的太阳一照，田野里到处弥漫着扑鼻的土腥味，是那么馨香、清爽和迷人。中午，父亲扛着镢头到田野里转了一圈，回来时脸上土生生的，笑脸的纵横交错的皱纹里布满了灰尘。他得意地从口袋里掏出一大把挖回来的人参果，笑嘻嘻地分给围着他转的孙儿孙女们。

我把屋子里阴了一个冬日的花草都搬到阳台上，让这些花草也享受一下春天的气息，让春天的阳光来照照它们瘦弱的叶茎，让它们萌发。

我也该到田野里去走动一下了。我合上打开读着的《瓦尔登湖》，悄悄地出了院子，春风拂面，阳光抚背，听着春声，一路寻着春意而去，让我的春心在此萌发吧。

春　意

　　日子徜徉流淌在斗转星移的岁月溪流里，漫长而温柔。我独自一人漫步在县城边上那片向往至极的山林里，踩着软软的松针，聆听风的低语，遐思云的飘逸，仰视太阳的微笑，期冀着春语的突现。那声轰轰的春雷确是在荒芜了的空气中滚过的，迅疾地滑过了大山、河川、田野、山林……让透出衣衫的汗粒跟着化为了雾气和流云，让一颗冻缩的心即刻感动得汹涌澎湃，流泪不止，也让我慵懒的思绪飘荡开来。

　　春意悄然在柳梢上飘荡，在向阳的山坡上苏醒，在启封的河沟里流淌。冷酷的冬再也阻挡不住热情的春的笑脸，但乍暖还寒，这时候便有点想念南方那种可人的春的温暖和柔情了，冰河初开，和风拂柳，杏花飘飞，农人耕忙……但我还是更垂爱青藏高原这古城洮州的初春，白天太阳畅笑时，站在河边上谛听河冰的声响，嘎、嘎、嘎，是冰床断裂了；轰、轰、轰，是河冰开裂了；唰、唰、唰，是冰凌游走了，是那么地干脆和利落，听来连人的骨骼都是如此地神清气爽，也不能不说是听觉丰沛的盛宴。夜幕降临时，缓缓流淌的河冰停止了流淌，咝、咝、咝，是冰凌悄然地结合在了一起，但这种结合是短暂的，经不起时间考验的，来日太阳哗地一照，这些结合在一起的冰凌又唰地裂开来，随着融化河冰的冷水一路欢歌，畅然而去。

　　东来的风不再那么干硬和冷冻，拂在人脸上像大姑娘的手既温柔又绵软。那位患哮喘病的老人，忧愁着紧绷的脸上终于有了一丝温情的笑容，从他的笑容里我看到了他对生命无限的向往和对春天浓浓的期盼。

荒芜的野草在春风的低语声里苏醒了，大地的汗孔张开了，透出了丝丝的雾气。闲坐着晒冬阳的农人眯了眼瞅着太阳的微笑，起身牵了那头老黄牛，到田里散粪去了。捂棉帽"打蚂蚱"（农村里一种儿童们玩的游戏）的孩童，擤了一把鼻涕，用袖子擦几把汗，棉帽早飞进了院门。几只麻雀飞飞停停扑棱着翅膀，落在目不转睛地望着天际的那只花雌牛的背上，叼起一撮锈毛飞走了。圈了一个冬天的鸡，再也按捺不住激动的心情，咕、咕、咕地叫着同伴们，急不可待地越过低矮的院墙或是钻过栅栏，跑着飞着到田野里去，寻找它们向往已久的嫩黄的草芽子去了。牧羊的孩童，摘下牧羊鞭，眼望着远处的山坡，思绪里早已是绿意盎然，一派生机。春的到来是那么地令人惬意啊。

一切都是那么有希望，一切都是那么新奇。

这时候再要是落上一场厚重的像萝卜片似的春雪，像温润的棉被把大地、山川、田野、河流还有焦躁的人心捂上几天，而后在太阳浓浓的笑意里，大地会骤然翠嫩丰沛得再也拦不住人们活泛而清爽的心绪。

"一年之计在于春。"春风在奔忙，河流在奔忙，大地和山川在奔忙，人们在奔忙，把浓浓的春意化作无限奔忙的力量，去迎接充满无限希冀的喜庆。

月夜浴心

　　太阳翻过西山的脊梁，徐徐地跌落在了山那边的沟壑里，收起了它最辉煌的一缕光芒。一抹红霞淡淡地隐去了踪迹，一颗星星不知什么时候升起在了天边，月亮也不知什么时候已高高挂在了门前白杨树的树梢上，沐浴着大地上的万物。凉快清爽的高原深夏之夜，正向大自然缓缓地展示她无限的魅力和惬意。

　　炎炎的夏日，高原的白天热浪冲天，干巴巴燥烘烘的，不像江南水乡的那种温润缠身，让人感觉太阳就悬在头顶上，晒得脑门子生疼，让人简直受不了。

　　到了夜晚，气温迅速地下降，于是门前大树上息声的虫儿鸟儿鸣叫了起来。河边大树底下乘凉人的闲谈声也高一声低一声地传荡开来。月光慢慢升上了头顶，顺河道徐徐而来的凉风变得格外珍贵，燥热了一天的人们找寻着风的方向，敞开心扉，沐浴在清淡的月光里，沐浴在清爽的凉风里。

　　我总是喜欢这种清淡的、有星星做伴的月夜，平和宁静地坐在河边的大树下，听农人们诉说今年庄稼的成色，谈论人生的悲欢离合，回忆遥远的往事，听着他们的谈论，思谋庄子里的人是物非，也读着远山的模糊轮廓和村庄的点点灯光，看着飘逸的流云，听那风声、鸟语、虫鸣，思谋在月光沐浴下的生灵世界。

　　终是有了这样的夜晚，人们沐浴在月光下才有了思维的绽放，思想的光彩，也才有了平静的气息和生活的勇气。

我也喜欢在有月光的夜晚领着女儿到田野上去散步，抑或说是重温童年的梦想。这样的夜晚，有月光在头顶照着移动着，清爽地沐浴着心灵，再听着树林里草丛里的鸟叫虫鸣，听着自己轻捷的脚步声和轻缓的心跳，慢慢地回想儿时的一些往事，讲故事般说给女儿听，是多么地惬意啊。一个人这样在田野里转悠着，月光明亮亮地沐浴着心灵，涤荡去了积存已久的对世俗的怨气，深深地吮吸清幽幽的空气，仿佛是在喝一杯淡淡的清茶。或仰头让如水的月光倾泻在头发上、脸颊上、胸口上、裸露的脚踝上，感受月光清爽地亲吻我的脸庞，抚摸我的胸肌、我的脚踝。再慢慢地敞开心怀，感受月色清风里渐次升腾的夜雾，温婉轻柔地钻进衣领揉搓我的肌肤。这时候我生活和工作中的一切烦恼忧愁，荣辱得失，在月光的沐浴下排解得一干二净。思想干净得宛如初生的婴儿，没有任何杂念和私欲，人生轻盈得如同那月色清风里渐次升腾的夜雾，轻盈地在田野里的草尖上荡漾着，在深夜里的空气里起舞飞扬。

　　月夜浴人也浴心。

满山开遍狼毒花

前几日回乡下老家，从车窗里见满山的狗蹄子花，白粉粉嫩嘟嘟地覆盖着山场，开得热烈奔放。在十几年前，山场上还没有那么多的狗蹄子花，那个时候，每家每户都养着两头种田的牛，还养着一大帮子羊，这些牲口每天吃过来走过去，踏得牧草都长不高，狗蹄子花只是零星地长着，凄艳地开着。现在，牲口没有了，狗蹄子花却繁盛起来，疯了似的占据着牧草的家园，在农历的五月底疯狂地开遍山野，鸠占鹊巢，挤对得牧草没有了自己的生存空间。它开在清晨的露珠里玲珑剔透，开在夕阳的余晖里灿烂绝艳。粉白紫红的花朵夹杂着红色的花苞，一丛丛、一簇簇、一片片，犹如祥云降落或是仙女织锦散落人间，美得叫人心颤，也叫人心疼。

狗蹄子花就是狼毒花。

小时候，有一次，我被它那肥胖粗壮红硕诱人的根系所吸引着，偷偷地挖上一根，躲在不为人知的角落里剥开皮咬了几口，刚咬的时候，还苦中带甜，但过一会儿就头昏眼花，胃里翻江倒海。这时候被过路之人看见了，忙背起我往家中跑，边跑边喊："吃了狗蹄子花的根子，快舀酸菜汤来。"奶奶三步并作两步跑过来，把手指叉在我的喉咙眼儿那，让我狠了劲地吐，直吐得眼皮都抬不起来，才灌了酸菜汤把我放到炕上去。从那时起我就对狗蹄子花有了刻骨铭心的记忆，也对它远而敬之。对狗蹄子花，牲畜也望而却步，就是饿昏也不敢以身试毒。而今，狗蹄子花狼毒般撒遍了草地，开得如火如荼，然而人们却没有看到它的危害，只看到了它的凄美和艳丽。

狗蹄子花，给人带来的是一种复杂的、难以言喻的思考。儿时，家里没有余钱，要装饰自己还得靠自己的双手，正是基于这种情况，我们曾成群结队地满山遍野去找狗蹄子花，为的是给自己编制一顶花篮似的帽子，人前人后地炫耀一番，最后希望得到大人们一句"这娃心灵手巧"的夸赞。儿时的心最容易得到满足。那个时候的狗蹄子花生在牧草的夹缝里，让牛羊踩踏得长不高，也开不出凄艳的花来，而今牛羊没有了，牧草疯了似的长，而狗蹄子花也竟然迅猛地生长了起来，把牧草压在了它的身下，直至枯萎着死去。到了农历的五月，狗蹄子花就白粉粉嫩嘟嘟地覆盖了山场，开得热烈奔放，让人看着心里会产生一种莫名其妙的疼肠和愁绪。

老人们说这不是一件好事情，看着美，但它的后劲毒着呢，要不了几年，整个山场就没有牛羊吃的草了。年轻人听了漠然视之，依然迷恋在那粉嘟嘟的美色中，笑老人们痴。

不管怎么说，这种俗名叫狗蹄子花的狼毒花已经开遍了山场，让人美得心颤也让人心疼呢。

还不知道以后有没有人要养牛养羊，也不知道养了牛羊之后，牛羊徜徉在草场上眼睛里装满的是欣赏还是怨恨呢。

农村秋韵

　　地处这青藏高原边缘的农村，青稞的穗子一坠，秋就悄然来临了。她追着白云，赶着金风，载着希冀，带着丰腴，穿过河流，拂过田野，亲过树梢，吻过杏果，轻轻地，爽朗地，悠悠然地摆着肥硕的身姿来了。

　　于是，田野里秋光灿烂；院子里蔬菜盈盈；山坡上秋草萋萋；似乎连那潺潺的河水也盈盈腆腆，流得漫漫畅畅，淌得叮咚愉悦。

　　蓝晶晶的天薄得透亮。白天，丝云淡淡，皓皓长空静似湖面；夜晚，洁月当空，不免要将无尽的思绪洒向原野，捧着清冷的银辉诉说丰收的喜悦。

　　成熟的杏果垂了沉思的头，将害羞的面容静掩于温柔的叶床，孕育甜蜜的梦；麦穗沉沉地挺不住十月怀胎的丰腴身姿，摇摇晃晃，昏昏欲睡；青稞瞌睡得再也睁不开蒙眬的醉眼，不顾楚楚动人的韵致，竟弯头睡去了；拥着大肚皮的豌豆凉着肚皮，没有气力爬起来，赌气地趴着躺着，虔敬地表达对大地母亲的谢意，在太阳的抚慰下笑了。

　　雄鹰高旋，小鸟低掠，共同高唱丰收的赞歌。

　　老农们畅笑，美赞秋天无比壮丽的韵致。

　　又一个汗粒归仓的好年景。

洮州植物颂

蒲公英

在冬季坚如硬铁的寒冷冰床下做了一场美妙的梦。

而后在万物苏醒的季节里舒畅地吮吸了一口春的气息，随之，梦醒了。其实，梦，终究是要醒的。梦醒了，但不是黄粱美梦，而是怀着美丽的梦幻向往一个畅游的季节。

初夏，在太阳的畅笑声中一群天使飞离母亲温润的子宫，飞向远方，飘向泥土，孕育下一个金黄的梦想。

用它金黄的梦，丰富着那个年代忍饥挨饿的饭碗，也调节着当今社会脑满肠肥的生活。

狼毒花

美丽，香艳，狗蹄样的花朵生生让人眼花缭乱。

摇晃着扑入眼帘的粉色背后，深藏着迷人的诱惑。耀眼而醉人的芬芳里藏着不为人知的剧毒，正如它的学名狼毒，让人猝不及防，可它吸引着善良和童稚勇往直前，一试身手。

幼稚的童年，它曾使无知付出了代价。一碗浆水竟和互不搭界的它在稚嫩的肠胃里汇合，挽救了一个嘴馋的岁月。但在来年粉色的诱惑里，无知者依然前赴后继，扭涩着哭丧的脸，向奶奶讨要一碗解毒的浆水。

太阳走了，月亮来了；月亮走了，太阳来了。

狼毒依然香艳。

诱惑依然迷人。

山面花

饥饿的记忆和鲜艳的它永久相关。

童年解馋的寻觅和梦中的记忆重合涌现。

鲜艳似乎和饥饿毫不搭界，但它的确用丰硕的成果喂养了一个饥馑的年份。

豌豆样大小的红果，在秋霜肃杀后的枯草丛中，深藏不露，等待着一双惊喜的眼睛抚慰它，一双稚嫩的小手捧取它，而后晶莹剔透地仰躺在一个白得透亮的瓷碗里，给一个正在长大的孩童留下一个永久香甜的记忆。

奶奶诉说，在饥馑的年代，它青涩的时光等不到丰硕鲜艳的季节，早被一双双枯手翻来覆去地摘尽掳光，见不到最后的阳光和人生。但也在饥馑的岁月里拯救了一个个倒地的灵魂。

雨点耀

高原上开着金黄色花的这种矮矮的木本植物，被喜悦它的农人冠以高贵的名称——雨点耀。

春生芽，夏开花，花期延至秋后，秋霜杀尽，唯此独艳。

盛艳里生长着一股天生的韧性和硬气。在物质匮乏的年代，锋利的镰刀舔舐它坚韧的筋骨，归拢着扎成把子，挂在屋檐下，任凭风吹日晒。曾几何时握在农妇粗糙的手里，趴在铁锅沿儿上磨砺着粘锅的渍汁，耗尽了它纤细的生命和短暂的青春。

冢脚花

硬硕的籽粒在秋后阳光的微笑中爆裂、飞跃，不情愿地离开母亲温润的子宫四散开去，落在一片枯草丛里，嗅着土地的腥味，深深地把自己埋在大地的胸膛里，在冬的坚硬里静如处子。经历了雪冻的考验，然后在一场春雨的滋润下迅急地发芽、生根，破土而出，探视那个曾经晃了一眼的世界，笑对辉煌的人生。

在稚嫩的青春，积蓄力量萌发、生长，簇拥着坐等开花结果。

在诱人的初夏，一脚浅一脚深地走过青涩的光阴，终究露出了紫色的笑，笑得灿烂，笑得蓝汪汪。

淋着晨露的绿盈盈的早上，在铺天盖地的紫色笑容里，一朵朵笑容欢悦地跳进挎在农妇臂弯里的竹篮里，静思生命的旅程。

日暮的黄昏，焯了水过了油的花儿在农妇的巧手里肥了扁食，在斜斜的一缕炊烟里香透了无油的岁月。

蚕豆花

春日，早上，晴空天蓝。

一溜儿白白胖胖的像婴儿样躺在老犏牛翻开的犁沟里，最后望了一眼无限留恋的虚空，被翻腾起的油黑润泽的沃土掩在了大地的胸襟下。抖擞精神，孕育着，努力着，吮吸着，开始新的生命历程。

暖风吹过，雨露淋过，嫩黄的头颅破土而出。蒙头蒙脑，探视陌生而又新奇的世界，迎风招展。

一场雨，一场风，风吹雨打，日晒月沐，终究长大成人。结苞开花，花香春风，青豆馋人，秋熟的山野，光脊的孩童用一把野火喂饱了馋虫。

麦麦菜

初春。

麦地，一片灰白，麦苗还没有透土。但有星星点点的绿色耐不住寂寞透出了地面，针样的芽叶弱不禁风。却和正在萌发的麦苗相互争抢，狠着劲吮吸地里的养分，长势迅猛。吸走了麦苗的养分，日日苗壮成长，不经意地几日便盖住了地皮。这是一个令农人犯难的活儿，铲也不是，拔也不能，只有用杂草药除之而后快。

巧手的奶奶，搭手瞭望麦田，自言自语地说，我还不信麦麦菜还能盖过麦子的风头。其实，众所周知，在那饥馑的岁月里，能食的东西都让人掐进了地皮，捋光了嫩皮，吃得一光二净。奶奶还真不信麦麦菜能长过麦苗，天天挎篮弯腰在麦田里掐麦麦菜。

清晨，粗犷的炊烟喷涌着冒出了屋顶，一锅麦麦菜的扁食端上了炕桌；黄昏，清蓝的炊烟划破长空里几朵白云，一盘麦麦菜包子被几只脏脏的小手一抢而光。

掐是掐不完的，吃是吃不光的，野火烧不尽，春风吹又生。

奶奶还真拼不过麦麦菜的长势。

麦麦菜依然生在田野，盛在篮里，用它稚嫩的芽草，被心灵手巧的农妇做出了一盘香喷喷的佳肴。

蜜缸子

一株株挺立的花草，在夏日的田埂上仰望蓝天，日日做着一个黄色的梦，招蜂引蝶。一群牛或是羊迈过沉甸甸的诱惑，寻觅一处青嫩的山场。而那个调皮的牧童坐在黄色的梦境里，拔，啜，吸，为未来渗入了甜美的记忆。

口口相传，甜蜜永久。

于是，盛夏的田野，一股股的香甜，甜透了脑子，甜透了肺腑，甜透了记忆。

石蒜花

生在石山，长在石缝，掩在黄莉刺底下，开出粉白的花朵。就因这粉白微辣的花香，让人不辞辛劳掐它，折它，但早夕掐是露水大，晚夕折是刺扎手。

三伏天，美食者去寻觅，掐，折。在阳光下暴晒，收集，炝油，下锅，味浓色香，食之不忘。

饥馑的年月，谁家有一把白色的干花，几滴清油，就能烧出一锅清淡的香味。油肥的今日，依然身价未跌，一锅豆面拌汤，炝上一勺石葱，定能成美食之精品，令人食之而不忘。

石蒜花，很多时候可望而不可即。

黄 芩

沉睡在冬季，萌发在春天，饱吸大地的精华，养足了精神，在初夏的田野盛开，如蓝色的妖姬，美丽的诱惑让人驻足，留恋……

飞翔在洮州的田间地头，用花蕊去甜美着一群疯玩孩童的心，医治嘴馋之病。

开花诱人，结果硕硕，枯黄挺举。让一双锐利的眼神记住了它的家，它的根。

一场风，一场雪，麻眼的奶奶有了头疼脑热，瘸腿的爷爷扛了镢头，在雪地里凭着记忆寻觅。一处塄坎上积雪中冒出枯黄的干草，让瘸腿的爷爷双眼放光，挥汗不止。

一抱干草，一口铁锅，一瓢清水，一把黄芩，沸腾着爷爷的疼爱和希望；一铺暖炕，一床厚被，一碗药汤，一身热汗，洋溢着奶奶的喜悦和清爽。

艾　花

艾花，在杂草丛中一枝独秀长着厚实叶片的草，素雅粉白、清香弥漫的花竟也随了人的性情学会了选择，长在田间地头，开在农人的眼帘里。

中伏天，天高气爽。

坐在拐坎上歇晌的困乏农人瞅着在微风里摇晃的花朵，忍不住伸手去掐，像棉球样地存放在遮阳的草帽里。晒干，装在缝制的长条布袋里，塞进枕套，让夜夜无眠的爷爷和奶奶沉睡在艾花的芬芳里，枕着柔软和香甜，做着青春的梦，成年的梦，还有那飞翔的梦……

辣酸叶

牛耳样的叶片，在牛嘴边溜之大吉，随之欣喜若狂地跳着摇摆舞，幸灾乐祸地嘲笑那些进了牛胃的细软小草。

在天旱的年景里，你吸尽了大地的精华，把自己喂养得肥肥胖胖，顶着一个硕大的头颅，鲜艳而招摇地显摆自己。

小草已没有气力再次透出地面长高长壮，而只有你肥硕的叶片随风飘荡，空着肚子的牛羊再也忍不住饥饿的诱惑，一嘴狠狠地咬了下去，狠狠地吞咽进了胃里，任凭你辣你酸，填饱肚子是关键。

于是耕牛的春天，离不开又辣又酸的岁月；耕牛的黄昏，如刀的脊背上留下了如刺的鞭痕。

马莲花

马莲绳绳拦路呢，我俩啥会儿相会呢。

马莲扬花的时候，两颗年轻而骚动不安的心，再也拴不到宽敞的场院里。

放牛的男娃，用马莲草编了一条长长的草绳，在草结里编进了他的情，他的爱。牧羊的姑娘，放开嗓子唱出了一首撩情的花儿，看着拦路的马莲绳儿，笑得像清脆的铃儿。结绳的男娃该知道怎样对唱花儿了。

用蓝色的花色迷住人，再做成拦路的绳草。用撩情的花儿难住人，再唱出心里的话儿。

于是细长的草绳拴住了一对有情人的心。

野 菊

谁是九月里开花的草，谁是九月里傲霜的花？

只有野菊，亭亭玉立，一枝独秀，在枯草丛中花枝招展，耍尽风流。

一滴清澈的雨点击打霜杀的枯叶，紫色和黄色的风毛抖落纤细的菊籽，延续古老的生命。也有随风飘飞的菊籽，飞落在山下的溪水中，它们在如镜的水面扭着婀娜多姿的身躯顾盼自如，自展美丽，飘着流向远方。

于是，在来年的春天，突然有一粒菊籽萌发在水里，成长在岸边，养育了一群畅游的鱼儿，竟挪不动它臃肿的身躯。

白头翁

白头翁,俗称毛娃娃。

塄坎上的一根古藤,枯枝样搭着,竟在春风的催促下萌发出嫩嫩的新芽,在春雨的抚慰沐浴下一节节地长高,在繁茂的绿叶中间羞涩地探出了戴着小黄帽的头,不敢抬首,怕在太阳底下闪出它早白的头。

牧童折了它,彼此勾头,玩耍,落了一地的小黄帽,终究来不及白头到老。

牺牲了自己,给牧童们无聊的生活带来了无限乐趣。

只是,守着村口把脉瞧病的老中医狠狠地剜了几眼玩勾的牧童,心中留下了几多不快和遗憾。

地梅花

一声春雷,一分松软。

雷响过,风拂过,坚冰千疮百孔,嫩黄的草芽蠢蠢欲动,想探视这个新奇的世界。

像弱挣生命的蓝蝶争先恐后抖落身上的枯草,望着太阳,咧开嘴哈哈地笑了,笑容淡蓝而灿烂,迷人而可怜。

开花了,引领春天的旋律,也主治着春秋季节喷嚏连连鼻涕淋漓的疾病。

爷爷佝偻着腰,拿了小铲,把这蓝蝶一朵朵剜进篮子里,阴干,夜晚拿两朵塞进发病的鼻孔,安然入睡。翌日早夕,肿大的鼻子变得小巧玲珑,神清气爽。

爷爷说,春塞地梅秋塞菊。剜点地梅掐点野菊备着给人治春秋季节频发的鼻炎是爷爷的本分。

孙子文绉绉地说，地梅开花是鞠躬尽瘁，死而后已。

爷爷爽朗地笑着，轻轻地拈起一朵干地梅放进了茶杯里，眯起眼慢慢地品起来。

麦　伞

深秋，麦黄，田间农妇挥汗如雨。

地塄坎上细碎的茅草如针，草间指甲盖大小的白蘑菇若隐若现，如撑开的小伞隐在小草中间。

午间，农人歇晌，端着茶杯，身边放一草帽，说着话儿，品着绿茶，随手掐着麦伞，像一朵朵的花儿轻轻地飞进草帽里。穿开裆裤的顽童，见了也掐着麦伞，一朵，一朵，捏在手心，撑手时也学大人样丢进草帽。

黄昏，炊烟咕嘟地冒出了屋顶，一股清新扑鼻的香味弥漫在村子上空。

一盘切碎的中伏里下种的头茬毛葱，用新榨的菜籽油，炒出了半盘麦伞臊子，拌上手擀的长面，让一家人吃出了难以忘怀的喜庆和对生活的无限向往。

苦籽菀

初春，广袤的田野，丰盈充实的耕地，掩不住一段荒芜贫瘠裸露着胸膛的苦焦塄坎。

在坎角，顽强的苦籽菀率先顶破坚硬如铁的土层，透出了光秃秃有点嫩黄的芽叶，沐着露水在春风的抚慰中爬上塄坎成长，等待开心畅笑的一刻。

一场雨淋过，苦籽菀嗖嗖地长高，馋嘴的山羊早就闻到了它的香味，用硬角拨开门闩，一路小跑着奔那段塄坎寻觅而去。

奶奶算准了日子。在清晨，提了篮子，拿着铁铲，也奔苦籽菀而去。

奶奶说，吃过了各种蔬菜煮成的酸菜，都没有苦籽菀的酸嫩、甘香。

奶奶剜来的苦籽菀绿叶嫩茎煮了酸菜，老秆喂了兔子。

几日后，和了苦籽菀酸菜的豆面拌汤，吃得一家大小大汗淋漓，浑身畅快，喜庆满面。

没有被山羊吃过，没被奶奶剜过的苦籽菀迅速地爬满了塄坎，生机盎然地开出了一朵朵像牵牛花一样的蓝色花儿，笑盈盈地迎送着温润的季节，孕育着新的生命。

苦苦菜

奶奶曾说，这个世界上再也没有像苦苦菜的命硬的东西了。

的确，苦苦菜的命够硬够苦。一粒种子落在有土的地方就能生根发芽；一截挖断的残根，只要遇到土壤就会再次生根成长。

初春开犁播种，犁沟里翻出了白白胖胖的苦苦菜根子，父亲耐心地捡起来丢在塄坎上晒成干苦根。后晌时，收拢到编织袋里带回家里，再筛掉土粒，杵碎，每次饭后一勺，竟治好了母亲多年断断续续发作的阑尾炎。

父亲说，苦苦菜是好菜，也是好药，但就是脏地吸肥。

母亲说，不怕地脏，地脏了铲，铲不净了剜，铲着剜了还能吃上菜治病。

父亲笑着不置可否。

父亲见人就推荐苦苦菜的好处。

人也都信了。也都相信苦苦菜的功效。

冷霜独艳野菊花

一粒野菊花的种子不知是被风吹到了山梁上还是被鸟儿吞到肚子里再带到了那儿，不得而知，反正在开春的时候，一枝野菊花的绿苗嫩颤颤地钻出了地面，然后汲取大地的精华和养分在那些细碎的野草中茁壮地生长，渐渐地高出了那些碎草，亭亭玉立于山梁上，任凭风吹雨打。

一些野花在春天里悄然地开放了，开得鲜艳奇绝，也有一些野花在夏天里盛开了，开得硕嫩诱人，而野菊花却始终没有开花，含苞待放着在等待一场冷艳的寒霜的到来。

初秋时节，那些春天里开放的野花已经枯萎了，它的籽儿在大风的吹彻中悠然地飘走了，寻找适合自己来年发芽生长的归宿之地去了。那些在夏天里盛开的野花，草果儿饱满得像孕妇的肚子，在秋风中摇来荡去的，也像昏昏欲睡的婴儿，瞌睡得抬不起它那硕大的脑袋，阳光再要是炎炎地照上几日，它沉重的脑袋就会炸裂开来，蹦出无数的籽儿，飘飞于秋季的天空中。而此时的野菊花仍挺着硕大的花苞，含苞待放，等待一场冷艳的秋霜。只有冷艳的一场秋霜才能使它绽放出奇艳的花朵，这是一种宿命，也是一种选择，更是一种生命的竞争。

深秋季节。一场秋霜在一个微寒的夜晚降临了。第二天一早，红艳的太阳一照，山野的野菊花全开了，开得奇艳无比，让一个曾经不想上学而一心想着当牛倌的放牛娃从中悟到了人生的春夏秋冬，也悟到了人生辉煌的那刻时光。从此这个想当牛倌的放牛娃便死心塌地地钻进教室里，充耳不闻窗外事，一心想着书上的事。后来，这个放牛娃考上了大学，毕业后在县城里有了称心的工作。但当没事的时候，他总是一个人跑到当年放牛的那些山山湾湾里，读山读水，读天读云，读牛读羊，读自己的童年，读自己的人生……但是他读得最多的还是那些在山梁上挺拔绽放着的冷艳无比的野菊花。后来，他读着读着竟然也动笔写自己的家乡，写放牛的日子，更写盛秋里绽放的野菊花……曾一度写得手酸。在深秋时节，他只要在山梁上看到一株奇艳的野菊花，总是心花怒放，不由得手舞足蹈，像婴儿似的。有时候像一个疯子全没有了往日的那种矜持和自重。

他总是笑着对嘲弄他的人说，他是一株野菊花，汲取了大地的精华和养分，在深秋里定会绽放，冷霜独艳，无人能比。有时候他也自嘲地说自己是一个在深秋里坐在野菊花丛中的放牛娃，有着一份冷艳和拒绝。

一粒野菊花的种子在晚秋的劲风里冷冷地飞舞，找寻着自己的归宿之地。

冶力关秋韵

假如你要到临潭冶力关来，不必等到阳春三月百花烂漫或是炎炎仲夏青翠覆野。虽然在那时你尽可饱览冶力关国家AAAA级旅游景区的无限美好的旖旎风光，领略自然生态的奇特和神奇俊秀，体验冶力关积淀厚重的文化素养。但你未必能够真正领略一个真实的冶力关。既然如此，你只有迎着爽朗秋风顶着艳艳秋阳抑或是冒着秋雨款款而至。祥云游曳，水雾轻绕，畅欢的冶木河轻松地把冶力关小镇一分为二。你听你读，你感受你思忆，其时的冶力关你尽可领略和阅读它的活泛和与众不同。你来看，秋意浓郁的冶力关，徜徉在大街上的行人，抑或是漫步在冶木河边和林间小道上的游客哪一个不是步履轻捷，面色红润，就连山道上牵着牛儿赶着羊儿的牧童一个个也是精神抖擞，满面舒展着活泛喜悦的笑容。这是浓浓秋韵浸染的一种健康心态和悠然神气。

霞光溢泻的傍晚，过了冶木河大桥，驻足南望，十里睡佛撇下了凡世琐事，神态安详地在褪了红落了绿的最后一抹霞光里岿然睡去，沉睡在了无限美好的记忆里，向世人昭显着大自然与人间的安宁与祥和、安谧与和谐。而身边日夜欢畅流淌的冶木河，是冶力关的血脉和生命之源。正是因冶木河的欢歌曼舞，十里睡佛才生有了山的灵气和神性，也赋予此地姑娘们水灵和秀气。在冶木河秋肥之际，有心人往往会寻着聆听一个寻梦冶木河、漂流冶木河、哭泣冶木河、梦断冶木河四个不同版本的爱情故事，让你流下一汪爱恋和叹惜的泪水，久久不愿离去。

落露的清晨，沿着盘山公路一路走去，真切地去体验大自然赐予人类的无比亲昵。一线阳光忽地洒向亲昵沟那广袤的矮灌，便催醒了憩息的山雀，山雀一欢叫，亲昵沟就睁开了秋困的睡眼，敞开了红堂堂的胸怀。同时也惊醒了沉睡的上苍，在忙乱中打翻了绘锦的五颜六色的颜料瓶，把亲昵沟一下子浸染得姹紫嫣红，美不胜收。沿着小道拾级而上走向那既神秘而又开放无极的阴阳石，让人更多的是一种思索，一种依恋，一种敬畏，昭示的是一种亲昵，这时你才会领略大自然的鬼斧神工和神奇无比。在阴阳石野性十足的坦荡裸露中，你才真正有感于生命起源于野朴、赤裸和返璞归真。于是爱情就产生了。其实，关于阴阳石还有一段美好而远古的传说。相传，很早以前，一股淫邪之气突临亲昵沟，从此冶力关地区便疾病灾难肆虐，青壮年人口大量死亡和悄然失踪。当地人苦于灾害，难于生存，便求助于神灵，后来玉皇大帝巡游到此，知道了此事，便命天神到亲昵沟降下神柱镇之。此柱一立，淫魔妖气顿散，冶力关恢复了往日的宁静与祥和，人民又过上了安居乐业的生活。这是人们渴望美好生活而对生命之源的一种诠释而已。阴阳石掩映在一片血红和金黄中，其上方那几棵翠嫩鲜绿的青松向人类显示着一种强大而又旺盛的生命力，其前的一棵古松同时也见证了往日岁月的沧桑，向人类暗示着一种令人深思和探索奥秘的东西。太阳炎炎地照在亲昵沟广袤的山林里，那阴阳石越发地红艳和奇绝。一丝地气凝成一片升腾的雾气，罩在了阴阳石上，又增添了几分神秘和羞涩。那淡寡的掩映在火红的秋叶后的月亮忽隐忽现的像一个惹笑的胖娃娃，让人忍俊不禁。日月同辉的亲昵，让人又多了几分情爱的思绪和依恋，几分柔情和亲昵。山顶上几枝裸露的秃枝则彰显着秋韵的去意。山湾里云雾缠绕中的几户人家，炊烟生动地告诉着神仙般的田园生活。几畦冬麦回光返照一丝淡淡的秋韵。

太阳西斜时，冶木峡之西峡，红叶招展着映红了那怪石耸立的石林。彩霞落处更是霞光和秋韵浑然成一色，让人充溢大脑的是山野灼烧、情感充沛和赤裸大胆。此时，东峡另有一番景致，映入眼帘的是青冈红了这山那湾。这时的冶木峡真成了一条随风荡漾的红丝带，而冶木河则是一条自然铺展的银链。峡中有水，水中有影，互为依托，互为照应。秋风哗地一吹，把整个冶木峡给惹笑了，也给笑醉了。有位诗人从首都北京来到这里看过冶木峡红叶后便情不自禁地说，可以和香山红叶相媲美，但这里的红叶更蕴藏了一种大自然的原始美、自然美、朴素美、生态美，在这里用任何语言来形容都是徒劳的。最终他在纸上没有留下一个字，只拍了一组冶木峡红叶的照片，取名为冶木峡醉了。火红的红叶像是燃烧的山火把北谷和南谷都映红了。上苍对冶木峡是惠顾的，挥手洒下一片火烧云，红透了冶木峡，也燃烧红透了那个寻梦冶木峡的人的心田。满谷的红叶映红了人的眼目，再细看，几棵马尾松点缀其间，便又生出了许多诗意和文章，越发地让人流连忘返，乐不思蜀。秋风缓缓一吹，随风飘逸的秋叶像轻歌曼舞的彩蝶翩翩飞舞，又像是从天上遗落的金黄色蝶翅，让你生出几分怜悯与痛惜。秋雨后的清晨，晨辉扯去了笼罩在冶力关上空的浓雾。一丝秋风在冶木河上吹过，带起了一股朗润成熟的空气，浸透着人的肺腑，使人身心清爽，精神抖擞。信步走在冶木峡谷的河边上，冶木河清澈的河浪悠悠地从千曲百折的河谷流走，穿过了冶木峡，便身手一展流得宽宽敞敞，舒舒坦坦，去滋养另一方水土。只是冶木峡借了冶木河的灵气，把满山的青冈、毛竹、河柳、青松等滋养得肥肥胖胖的像孕妇穿了件红衣上点缀着绿叶的孕服，像是浸在了水里养在了火中。而那血红的以此映天的红叶则彻底因这充盈的风水和神韵，被赋予了生机和灵气，红得有滋有味。满山遍野的青冈林更因冶木河水的滋养和浓秋的渲染，出落得亭亭玉立，像刚出嫁的新娘，红红艳艳的，抢了人的眼球。置身于冶木峡谷，血液是沸腾的或是湿润青翠的。恍惚中天外飘来一朵白云，停在尖峰上一棵虬曲马尾松的枝杈上，像盛开的一朵白莲花，点缀着冶木峡浓郁的秋意。峥嵘欲坠润润滑滑的林中山石上，匍着绿意盎然的柔软青苔，在太阳的映照下似打磨圆润的绿宝石，反着淡绿的泽光，衬着满山的艳红，令人神往，也令人惊奇和叹服。山红，石绿，水清。云淡，天蓝，水蓝。这就绘成了一幅神话般的深秋美景。河水是一段绿，一段蓝，一段红。游走在冶木峡谷的人的心境也是一会儿红，一会儿绿，一会儿蓝。还有响彻峡谷的山歌，也是大红远蓝近绿地飘荡着引人入胜，流水和着山歌的韵律，带着冶木峡谷深秋的神韵和喜悦欢畅地流淌在山泉边歇息的那个人的心境里。而那富有灵性的喜泉则大口哗然那么一吐，冶木河就增添了几分充盈和丰沛，河谷里升腾着凝重的雾气，锁住了峡口，峡谷犹如一个神秘的童话世界，是那么美妙和神往。一线阳光跳过峡谷洒下一把光芒，把那雾状的水滴尽收了去，水雾就开始慢慢收拢了性子散去，最后在半山腰竟盘旋着不肯散去，形成了一条长长的雾带，托住了红艳艳的山体，乍一看像是天外飞来之物，虚无缥缈之处又增了几分神秘，增添了些许清雅，令人心旷神怡。在阳光的映照下，艳红的青冈、翠嫩的马尾松再也禁不住寂寥，唤来了那些憩息歇喉一个晚上的鸟雀，啄饮绿叶上的清滴，润润嗓喉，而后唱起了轻悦的秋歌。北谷的鸟儿唤着南谷的鸟儿，南谷的鸟儿回应着北谷的鸟儿，然后齐喉唱红了冶木峡。有只野鸭在峡谷中飞过，它不知该落在谷的哪边，忽然有条鱼儿跃出了水面，野鸭知道该怎么做了，一个猛子扎下水去，叼起鱼儿腾空而去，径直飞出了谷口。有几个游人一路走来，架起照相机不知该拍哪里的风景，满谷的景致风格迥异，红中有黄，黄中带绿，各不相同，令人眼花缭乱，手脚忙乱，飞步跑过险道老虎嘴，那种心惊肉跳的感觉久久不肯离去，从老虎的唇间滴溅的清水在头顶上跌落，令人生畏，又让人惊叹。太阳掩映在万仞绝壁的松木间，犹如怀抱琵琶半遮面，不识庐山真面目。游毕，再也忘不了冶木峡谷秋季美妙的景致了。

清晨进入雾中黄捻子，峰回路转，雾在林中游，人在雾中飘，山雀松间鸣，清泉石上流。爬着缓坡，莽莽林海与蓝得心颤的天色浑然连成一体，其间有几朵带状的白云团簇着游曳荡浮着，此时便分辨不明云朵是落在了翠嫩的青松上或是浮在瓦蓝的天宇上。林间草甸上几头寻秋的牛儿尽情地享受着秋阳的抚爱，远古的牛铃响彻神话的密林。牛儿在无限的惬意中昂首一声长哞，与远方那不知名的生灵的呼叫遥相呼应，打破了山野的静寂与空旷。给辽远、空灵和岑寂的山野又增添了几分灵性。但最让人留在记忆深处不能够忘却的是那山那石那水那林。山，滚圆、奇特、陡峭；石，圆滑、润泽、奇异；水，湍急、清澈、活泛；林，碧嫩、金翠、火红。山是女娲补天遗留的石块垒成的那种油色润朗的山，山石虽然叠垒错落有致，但也怪石嶙峋，含羞裸露，忽而又大胆地伸出一块骨石，俯视涧中流水的欢跃和一草一木的摇曳，多了几分可爱和调皮，而经雾那么一掩一托，圆硬的山石便活泛得如同雾中的舞者，甩手抛袖地舞着轻狂的神舞。而水中的石头，因随了溪水的性子和柔情，圆润而又光滑没棱没角耐了性子任湍急的清溪从山涧一路欢歌笑语。欢歌曼舞的泉水一路召唤着自己的兄弟姐妹，汇成一股清溪，和着阵阵松涛声，带着荡漾的金黄色叶舟爽朗地飞泻，迎着阳光的笑语在河石上跳跃不止。跃过涧石挥手转动那永不歇息的转经筒。守望生命的辽莽松林和再观辉煌的金黄桦林，互相依偎着把大自然渲染得神笔无奈。在湖光山色的遐想中，再来一场青藏高原独有罕见的秋月飞雪，落在青冈和红桦的枝叶上，让洁白覆盖着金黄，满山遍野是名副其实的火树银花，把黄捻子和香子沟那种神洁的景致洗涤渲染得淋漓尽致，让你的精神在洁净中得到一次彻彻底底的净化，也让你在一丝冰凉中心旷神怡，而又放心不下。几只梅花鹿悠然地在鹿苑里闲庭信步，打探世人的惊奇，透视世人的欲望，但一声声亲切和谐的鹿鸣却也唤醒着人类的同情。这时，太阳温馨地笑了，桦林笑了，清溪笑了，河柳笑了，最后几朵野菊花笑了，梅花鹿笑了，人类也该笑了。

晨阳笨拙沉重地抚慰着独特的丹霞地貌的赭色世界、赤壁幽谷，人心也就烧灼了起来。一股小小的清溪没能给予这方水土足够的灵气和滋养，山体是那样的千疮百孔和怪石奇异，山色是那样的干渴无比。山虽然没有山的灵性，但也生就了与众不同的怪异幽静，众多神似狮虎蛇蟒、人僧猴面的山石，雄踞一方，占山为王，各具形态和传说。尤其是那赭红色的四屏风羞涩地回避和掩藏世人的观望，无可奈何地显露裸红的身躯，　再骄傲地遮掩着却也掩饰不住内心的那种奔放不羁和雄奇好胜。那些团簇着不怎么起眼的矮灌和毛桃，春日里粉嘟嘟地惹了回人的心绪，夺了回人的眼球。秋日里却一再地像要急于嫁人的姑娘换上了火红的嫁衣，在傍晚和那望之焦渴无比的赤红山色浑然汇成一体，辨不清是山是林。晚霞起处让你又辨不明看不清来路和去处，如履虎穴和魔窟，不免生出些许心惊肉跳，津津然项背生汗，不知所以然。而后你去雨雾缭绕的小麦积，也会生出一些莫名的害怕。

　　走在秋林尽染，牛羊闲步的池沟河畔，领略枫叶掩映里的水磨古风，遥望白石山下的高峡平湖天池冶海，再遐想着当年征西将军常遇春在此饮马歇脚的情景，另有一番风情。一边遐想着，一边翻滚着一睹为快的心绪，脚下就生起了风。彩幡经幡猎猎中站在冶海南岸，神情专注地观望宝葫芦似的湖面，蓝幽幽的水色波光潋滟，随风荡曳，荡出了人的渺小和无为。再趴在岸边翻看石缝里静养的小鲵，顿生一种对生灵的敬畏和亲昵。攀登者坐在庙花山的顶峰，静静地阅读隐匿于远山深峡里蜿蜒曲折中的冶海集水之源香水河，恍惚中自己则成了随波飘逸的风。在这里我羡慕风，感慨风的自在，感叹风吹湖动的深邃和隐藏的秘密。风儿轻轻地推着香水河的银浪从北往南一路笑去，最终把欢声笑语聚集在了冶海南岸，这一笑就惹笑了两岸的灌木丛，那是一种金灿灿的笑容。两岸的灌木丛一笑，白石山就露出了白生生的牙齿，笑意浓浓地俯视脚下的红峡绿水和远方的灌丛蓝天。假如你需要一个可以让心停留的地方，这就是一个很好的去处。金色的叶舟竞赛般顺水行走载着希冀和渴求，奔向绿水揽峡的冶海。阳光艳艳一照，湖面就倒映出两岸浓浓的金色秋意，聚拢着收藏起秋韵的底片，等到秋尽冬至，结冰封湖时，适时地捧出金秋收藏的花草树木、山水人物的底片，绘成"冶海冰图"，惟妙惟肖地再次呈现给那些恋秋的人们，也算是给两岸沉睡在雪原下的金秋一个圆满交代吧。

　　晚上落了场雨加雪，清晨白石垒砌的九峰莲朵像银元似的在晨阳中愈发白亮。这就不能不去俗称"西崆峒"的莲花山了，莲花山九峰齐耸入云，状如莲蕊，是冶力关唯一一座佛教、道教、儒教三教合一的陇右名山，更因它集泰山之雄、华山之险、黄山之奇、庐山之美、峨眉之秀于一体令人神往而又望而却步。但晚秋之际踏着雪浪攀登此山是件非常惬意的事情。晨阳还没有露出笑脸，踩着幽林曲径上的积雪拾级而上，一步一个鲜花花的脚印，回首一望，陡峭的石级下一个人影隐绰绰地向上移动，人在雾中时隐时现，几多神秘覆盖了整个幽林曲径。忽地一下，晨阳一步跃上山峰，洒下了一把明媚。青松上托依的洁雪也哈哈地笑了，笑得震掉了一长串晶莹剔透的水晶，噗噗地掉在林中那些早已不堪重负的霜叶上，一身轻松坠落而下。人走雾游，踏着雪路，听着哗哗的涧水闻着深林中的鸟鸣，腾云驾雾地像翱翔的飞天神灵。雾是越来越浓，回首望不见来路，前瞻看不透去径。此时，人就没有了害怕和恐惧。突然一阵风嗖嗖地吹过，顿然雾消云散，只见一条曲径蜿蜒曲折地垂下，人在不知觉中爬到莲花山的金顶，把那引人的景致抛在了身后。再望四野，就不由自主地想起了"会当凌绝顶，一览众山小"的诗句。耸入云端的莲峰坐落在群山的怀抱里，昂首挺胸的。又来了一阵风，又起了一层雾，托住了莲峰，一团祥云飘过来，停在了白亮亮的莲朵上。这时就不由你浮想联翩，思绪飞舞。十里不同天，这里的桦叶过早地褪了红落了绿，光秃秃的枯枝向大自然诉说秋尽冬初的清寒。谁不羡慕和渴望火红的肥秋，谁不在意爱情成熟的季节。谁知，一场九月飞雪过早地宣告银装素裹的季节的来临。思绪里一边是肥秋火红的秋之韵，一边是深秋洁白的秋之雪，两种截然不同的景致交融着让人的心再也闲不下来，总也挥不去深秋踏雪莲花山的记忆，有花儿歌道："一年一趟莲花山，娃娃不引门不看。"也许就是为了这种记忆吧。

冬日里的村庄

深冬，洮州大地上一个孤独、静谧、旷远、深邃、古老的村庄，在一个冰冷如铁的晚夕里被一场削萝卜片子似的大雪覆盖了。这是入冬以来的第一场雪。这场大雪覆盖了村道上肮脏的尘土、枯草和粪便，也覆盖了那些夜游未归的人的踪迹。夜深了，有一只黑狗在村道上徘徊，深夜里认不清是谁家的狗，更辨不清是野狗还是家狗，反正它一个门洞一个门洞地数着，直至天亮。天亮了，村道上硬是被狗踩出了一条雪道，深深浅浅的蹄印陷在雪地里，狗也变成了白狗，只是没有人知道而已。

洁雪掩盖了静谧和原貌。几声鸡鸣狗叫催醒了一股股蓝汪汪的草火烟，缭绕在村子的上空，像天上垂下的几条蓝带子，忽左忽右忽前忽后地在村子上空飘来荡去；又像是捆住村子的几条蓝布条，随风飘扬着，硬是把沉寂在雪泪下的村子拽醒了过来。一群麻雀和钻天雀扑棱棱地飞来飞去，寻找一片可以落脚的空地或是无雪的草垛，寻觅半颗老鼠拉剩的麦粒充饥，有几只麻雀挨不住饥饿，重重地坠落在了一片场地上，像丢落的石块噗地击破雪面掉进了雪里面，一会儿又扑棱棱挣扎着顶破雪面冲天而起，昏头晕脑地向几棵碍眼的光秃秃的白杨树上追寻同伴而去。有几只鸽子大胆地落在我家的灶房门口，饥饿的欲望使它们暂时忘却了恐惧和对人的害怕，有一只试探着跳进灶房门槛，探头探脑地寻觅女儿吃丢的馍渣和饭粒。圈里的牛羊填了草料，在圈里不动声色。

这时候每家每户最暖的是火炉和土炕。火炉烧得红旺旺的，炉上的水壶一个劲地冒着蒸汽，驱赶着钻进屋子里的寒气。土炕也烧得冒尖，把冰凉的腿脚捂进被窝里，暖烘烘的热流就直透心底，这时瞌睡就像一只冬眠的虫子慢慢地袭了来，把眼皮扯得沉重得抬不起来。

有人拿了把铁锹，在坐北朝南的门口铲了块空地，他铲地一不为牲口，二不为自己，而是要铲出那么一块空地，每天定要招揽那么一帮闲人谝上那么一会儿，天南海北地，一日不谝，他就心急得坐卧不安，一顿饭不吃行，可一天不和人闲谝上那么一会儿，他就失魂落魄似的站不住，吃饭不香，喝茶没味。因为他是谝匠，他的绰号叫谝匠，活了五十多岁，谝了四十几年，谝出了名气，可生活就是不怎么上路，越谝越差，越谝越弱，最终连媳妇也谝走了，谝得儿子也不跟他过了。可他依然我行我素，一日不谝心急，两日不谝心焦，三日不谝上火。他是靠谝打发日子的，尤其是人闲心闲手脚闲的冬日，他要是不谝上那么几句，你让他做啥呢？所以他要铲出一块人们落脚的地方来，和那些同样在冬日里寂寥无事可做的男人们闲谝上一时半会儿，打发冬日里寂寥的日子和无聊的岁月。

最后出门的是孩子们，他们相约在空地上清扫出一大片场地，然后撒上几把秕麦子，拿来一个大笸箩用根一尺长的木棍支上，木棍上再拴上一根细绳，远远地牵了去，就这样，孩子们远远地在草垛下或是藏身于一个大背篓下，从草垛后或是背篓的竹缝里瞅着天上的飞鸟盘旋在笸箩上面，然后一只、两只……一群鸟落下来，在笸箩周围警惕地瞅着笸箩底下，洁雪覆盖了一切，笸箩底下的那点秕麦子还是很有诱惑力的。有一只麻雀贼头贼脑地跳进去啄了一口又飞跳着跑出来。恰在这时，一只大红公鸡从远处飞奔而来，扇动着翅膀，哗的一声，鸟儿全惊跑了，孩子们心里的那种激动和心跳即刻变成了愤怒，忽地从草垛后或是背篓下冒出来，甩棍追鸡，直追得鸡咕咕地晕头转向地跑掉，才肯罢手。鸡走了，鸟飞了，一切又需重来。笸箩又支了起来，好几双眼睛又盯着天上地下，一只鸟儿从树上飞到了笸箩边上，大伙的心又激动得跳了起来，撑饱胆大的，饿死胆小的。胆子大的鸟儿在笸箩底下跳进飞出地啄食，胆小的鸟儿则在笸箩外面跃跃欲试，不敢近前，惊恐地观望着周围。一个孩子想拉绳子，另一个孩子说等全部进去再拉。可等来等去，笋箕底下的麦子全让胆大的鸟儿吃完了，笋箕底下就没有了鸟儿。孩子们走出去往笋箕底下撒麦子，鸟儿就哗的一声飞上了树，撒完了麦子，又躲藏起来等着鸟儿飞来吃食进笋箕。鸟儿来了，可就是胆大的进笋箕底下，胆小的依然在笋箕外面徘徊。一个孩子等得不耐烦了，说，拉了吧，再不拉，麦子又吃光了。一个孩子说，拿稳了再拉。拉绳的孩子有点抖，手也有点抖，呼吸粗乎乎的。孩子们一齐说，拉了。笋箕扑地一声就扣下了，鸟儿哗的一声惊飞了。孩子们掀了背篼跑过去，用衣服围住笋箕，一只又一只地往外掏鸟，捕鸟的游戏也就很快结束了，孩子们这时就觉得没有意思了。于是，提起手里的鸟儿就一只接一只地放飞了。鸟儿起初歪歪斜斜地也许是吓蒙了头，在地上旋了一圈，然后才胆战心惊地飞走了。

黄昏时分，雪是化了些许。村庄上空飘出了丝丝缕缕的炊烟，该做晚饭了。于是堆雪的村道上就有了年轻媳妇、女孩子们充满青春活力的嬉笑声和说话声。一担担木桶或是铁桶摇晃着溢走冬日的黄昏。

浓烈的草火烟跟随傍晚的那丝霞光远逝了，冬日的夜来临了。一个冬日尽了，黑夜又在重复孕育一个更加美好和有趣的乡村冬日。

腊月十八一场雪

北方落雪，南方落雪。北方的雪落下来像棉被一样温软厚实，南方的雪落下来像吸饱了水的海绵一样湿潮厚重。北方的雪的性子是干冷生硬，南方的雪的性子是湿软潮重。这就随了北方人和南方人的性格。其实，在冬天，北方的风刮起来是生硬如铁，南方的风则有点湿润袭人。

北方落雪是司空见惯的事，而南方落雪则是几年甚至是几十年一遇的事。偌大的北方，寒冷的北方，只要秋天的最后一片落叶傻乎乎地飘落下来，昏头晕向地叫一阵风刮进阴沟里被扬尘覆盖了的时候，秋天的气数就尽了，冬天也就在某一个夜晚悄然来临了。清晨起来，玻璃窗上印上了奇花异卉，山水房舍，河边结起了一层薄薄的亮冰。一场旷日持久的大风吹得尘土飞扬，人和牲畜都眯了眼睛，这时候确实是在等待一场雪，冬日里的第一场雪，可昏黄的天空里就是不落一片子雪。到了腊月十八这天晚上，一阵东风轻轻吹过，而后是一阵寂静和沉闷。这一夜人们都睡得死沉。天亮了，推开屋门一看，妈呀，下雪了，洁白的雪片堆积得足有五尺厚，天上还在飘，大片大片的，像谁铰破了羽绒服用巨手抖落飘撒着那乱哄哄的羽毛。田野、村庄、院落、屋顶、大树……被洁雪弥漫着覆盖着模糊成了一个大概的轮廓。一个个坐落在山湾里的村庄升腾起了取暖的烟火。落雪的日子也是偷懒睡觉的好时候。有人坐在炕上打开了电视，电视画面上南方也在落雪，雪片落得沉重而繁忙。北方落雪不足为怪，南方落雪就让人有点担心了。南方的蔬菜还长在地里,人们还没有穿御寒服。看电视的人说,这北方不下雪人还指望呢,南方一下雪人就有点心悸。北方盼雪,南方怕雪。看电视的人真愁上南方了。妻子说,真愁的不愁,不愁的偏愁,闲了多想一想自己的事吧,那么遥远地方的事也轮不上你愁。看电视的人心里就来了气,说这叫人话吗?我又不是外国人。妻子便不再说话了。雪落得更猛更大了,像在锅里丢萝卜片子似的。

还是说说北方的雪吧。

北方的这场雪下得鸟雀没有了去处。飞在旷野上的野鸡还有那整日飞旋在大山深处的鸟儿都挨不住这场厚雪覆野的饥饿,扑棱棱一大群飞下了山飞出了林子朝村子里草垛上露出点枯草的地方扑去,可是鸟儿们忘记了恐惧和害怕,瞪圆了双眼往无雪的屋门前飞去,寻觅那家孩子撒落在地上的馍渣或是老鼠拉剩的一两粒秕麦粒。但是,有那么一只未觅上食的麻雀饿得晕头转向地在院子里蹦跶着。跑到院子里埋了泡粪便的黑猫发现了那只饿昏的麻雀,像支利箭射出去落在了雪里面,麻雀在雪里面拖着空肚子拍着翅膀,吱吱地叫着,拼命地做着最后的挣扎,黑猫陷进雪地里跳出来又陷进去,拼命地追麻雀。麻雀的叫声惊动了在檐台子上望着远处树枝上吱吱喳喳跳跃的鸟雀的主人,便拉下脸训了声"死猫",黑猫望了一眼主人,顺溜一下便蹿出雪地钻进厢房里去了。那只麻雀便又扑棱了几下向草垛的方向歪歪斜斜地飞去了。而那些飞旋在村子上空的野鸡呢。它们也只有冒着生命危险在村子上空飞来旋去了,现在饥饿是它们的最大敌人。冬眠的虫子、沙棘籽它们是找不上了,只有下山觅食了。它们不会忘记那年的那次围捕吧。那年也是下了一场厚雪,全村子的人上山围捕饿昏的野鸡。饿昏的野鸡被满山的人吆喝着追着接二连三飞上那么几个来回,就会跌在雪地上飞不起来。那次围捕,全村人几乎是捕尽了野鸡。要是人准会对那样的景象在记忆中存上一辈子,那景象是惨烈的。可是,今日人们正摩拳擦掌地要围捕野鸡,野鸡竟然还敢往村子里飞,飞得义无反顾。这样厚的雪,全村人出动围捕野鸡犹如囊中取物那么容易。高山上是落不住野鸡的,这是妇孺皆知的事,夹在山沟里的突兀高地还有落满洁雪的房舍都是野鸡最后落脚的地方。飞入房舍、院落的野鸡就只有交给妇女儿童。妇女儿童是惜物的，它们抓住了野鸡就会养起来。但养死家鸡不出门，养死野鸡不恋家，野鸡本来是山野之物，养在家里一是限制了它们的自由，二是埋汰了它们的性格。小时候，跟着大人围捕野鸡时捉了只公鸡，不忍心宰掉吃肉，就央求大人手下留情捉回圈养起来，可飞急的野鸡正是上气不接下气的时候，突然被人捉住便即刻憋青了脸，脖子一歪死去了。那个时候甚至是现在也有人说是气死了。在几年前有人在春天就捉过几只孵蛋的野鸡，结果没有被气死。其实，在围捕时那些死掉的野鸡是肺活量不够飞死的。

下雪的日子是牲畜们最不舒心的日子。在不下雪的时候，它们每天都被主人从圈里牵出来在村街上遛一遛，走一走，再到泉里饮上一通清甜的凉水，活活胃，提提神。可一到雪天，它们就只有被拴在圈里的槽沿儿上，吃着枯草，喝着带尘粒的浊水，再也晒不上太阳，沐浴不上清风，只有闻圈里充满粪便之味的浑浊空气了。

而人们，则因落了场厚雪，家家的院落里飘散出一股股鸡肉的香味，弥漫在村子周遭凝固的空气里，混合在村庄那股股缭绕的草火的炊烟里。

那只饿昏的麻雀不知道到哪儿去了。

地梅花绽放在正月里

我和春天有个悄悄的约定，是在正月的头几日里。

刚打春，天还很冷，但土尘尘的天色蔚蓝了起来，云彩也就活泛着飘逸了起来，太阳似乎也比以往低了些许，热了些许，有了春天的一点迹象，然而在大地上却找不到代表春色的一点影儿。南来北往刮来的早风和晚风依然是那么遒劲有力，吹得人脸面生疼，有人瑟瑟发抖着往有太阳的地方跑，往暖和的地方跑。

看来春天离我们还很远，但我和春天的那个约定早在我心里骚动不安了。

屋后不远有处崂坎，后来被人取土逐渐取成了三面环围的一块月牙形空地，取了土的空地上后来有飞鸟的粪土、秋风不知从哪儿带来了一些不知名的草籽，这些草籽就在那有限的空地上发芽生根了，有些草长得长，有些草长得短，但在这长长短短的草当中有一种碎草，只有三厘米左右高，叶片有点厚笨，上面附着一层淡淡的腊质，没有其他草儿那样碧翠，叶片中央开着一簇红色的花儿，粉嘟嘟的。这种碎草的粉红色花儿从正月里开始绽放，直到秋尽，才花败籽结。籽落后便又长出几片腊质的叶片，长出几簇花蕾，随后便停止了生长。整个冬日是它吸取养分孕育生命绽放花朵的时候。它小小的花蕾似豌豆那么大，包着一层厚厚的腊质外衣，有点像数九寒天的梅花。我便给它取了名字叫地梅花。

正月里，当人们还没有觉察春天到来的时候，我溜达着到那月牙形的空地上去，在细碎的枯草中、洁雪下偷偷地和绽放着粉红色花儿的地梅花约会。有时候，我蹲在地上看着那粉嘟嘟的花儿沉思良久，被地梅花那与冬争春，与春争艳的不屈精神所感动。其实在这时候，咱们这个地方依然是千里冰封万里雪飘，大地还沉睡在冬眠中没有苏醒，但就是这么一点碎草却在不经意间提前绽放了它的花儿，向这个世界宣告春天的来临。

每年正月的头几天里，地梅花就会次第绽放，不管是冰天雪地还是狂风怒吼，地梅花还是依然绽放着它粉红的花儿，矫健地迈开了春天的步伐，向这个世界提前一个多月宣告了春的来临。由于地梅花提早地宣告了春天的来临，所以我也就和春天提早一个多月握手了，也提前一个多月比别人听到了春天的脚步，看到了春天的容姿，闻到了春天的气息，享受到了春天的韵味。

这是我和春天不为人知的约定。

藏在袖筒里的爱

他和她是一对中年哑巴夫妻。

他是修鞋的鞋匠，她是卖菜的菜农。有了这两样营生，他俩的小日子过得有滋有味，融融和和。他修鞋的摊点就摆在十字大街西口的街面上，那儿也不是谁指定的修鞋摊点，而是那些修鞋的鞋匠自发地攒在一起摆到一处的。修鞋的摊点摆在露天里头没苫的身没挡的，风吹雨淋日晒冷冻的没有个躲避处，苦是有点大，但这个活只要不怕脏臭不怕苦累是能挣钱的。鞋摊对面是一长溜蔬菜铺，她就在那里租了一间铺面卖菜，没有风吹雨淋日晒冷冻那一说，相应地就没有他吃的苦多。闲着没买主的时候，她就搬条小凳子坐在铺面门口，痴痴地看他，看他手里转着翻动的活计。他闲着的时候也坐在小凳子上痴痴地看她，看她眯眯盹盹的睡意。这时候，她看到了他，他也瞅着了她。他俩就相视而笑，笑得很甜蜜，那甜蜜蜜的笑容里是无忧无虑的知足和快乐。他们相互看着微笑的时候，人们就羡慕地停留住急匆匆走过的脚步，看着他俩的笑容，看着他俩的幸福劲，会情不自禁地过去在她那里买上一把嫩葱或是一把青菜，然后再悠然地回家，把自己生活上、工作中的烦恼和不愉快顷刻间打发得一干二净。

他们有一个活泼可爱的小姑娘，正在上初中。学校放学回家的时候，小姑娘就顺路拐过来，帮着父亲收拾鞋摊。回家的时候，小姑娘推着三轮车，他俩就随手跟在车后。走出十字大街，他就用手势问她今天挣了多少钱，她笑着不回答他，也用手势问他挣了多少钱，他也不说，只是嘿嘿地笑着，笑容里有着一种无以名状的满足。他过去拉住她的左手，藏在他的右袖筒里，互相用肢体语言告诉对方挣了多少钱，之后就又相互望着对方的眼睛嘿嘿地笑上几声。小姑娘推着车低了头走着，也嘿嘿地笑着，笑他们一家人的幸福生活，也笑父母的相爱相亲。第二天中午上学的时候，小姑娘就拿着零零碎碎的钱到银行里去存。有好事者想看一看这对哑巴到底存了多少钱，但小姑娘却恨那些伸长脖子瞧别人隐私的好事者，连着翻上几个讨嫌的白眼。这是她父母挣来的血汗钱，别人没有理由和必要去关心钱多钱少。

青海玉树发生了地震，灾情很严重，他俩从电视上看到了，心里很难过。地震过后几天，县民政局来人在十字大街的一角摆了一张木桌，设了个募捐箱，放了一个登记簿，为青海玉树的灾民募捐救灾款。有人伸出了援助之手，有人却远远地躲避着。他俩相互看着对方，用眼神交流捐款的事。但捐款看热闹的人来往着挡住了他俩的视线，他俩就无法交流了。他就走过去，她也迎过来，和平素他俩相互告诉挣钱多少的方式一样，在袖筒里决定捐款的多少。他告诉她捐款的数目，她有点吃惊，但随即就笑了，笑得像一朵红艳艳的山丹花。

后来县电视台公布的捐款名单里，他俩是这次民间个人捐款数额最多的两个人。民政局的登记簿上他俩登记的捐款者姓名是"哑巴夫妻"。

他是修鞋的鞋匠，她是卖菜的菜农，是一对有着无私大爱的哑巴夫妻。

那年的高考

1993年那年，十七岁的我上高中三年级。

那个时候，供一个学生上学比较简单和容易，没有现在这么费心和复杂。就是高考也没有现在有这么大的阵势，说高考了，参加就是了，没有太多的家长参与和关注，显不出有多大的阵势。而现在的高考，一个学生至少有两个家长像保镖似的前呼后拥着，如临大敌。进考场出考场，人山人海，那个壮观那个阵势看着就叫人心焦，好像高考是考家长们似的。

是因为年纪小不懂事还是其他的缘故，那年高考的时候，我的心里一直很平静，没有一丝儿紧张。参加高考的头天，我还约了几个关系要好的同学，在那天下午美美地踢了一场足球，踢得身乏体困。有些同学心里就很紧张，怀着必胜的心情在操场上转来转去。而我却因为高一报名时的一件事，常常在人前自卑得很，往往走不到人前头。我是农民的儿子，家在偏远的乡下，上高中的时候，用牛车拉着行李来住校上学。我记得那天报了名，就在宿舍里铺床的时候，一只飞旋而来的足球使牛受了惊吓，它挣断缰绳在校园里乱跑一气。牛疯跑着，我大喊着，女生们惊叫着，有着许多的惊险。最后在老师和同学们的帮助下才拦住了受惊的牛。那次牛的受惊让我既羞愧又伤脸，使我很长一段时间在校园里抬不起头来。自那以后我就不敢多在校园的操场上出现。而只有和同学们去踢足球的时候才会忘却那件事。高考的头天下午我踢足球踢累踢渴了，就跑进宿舍猛猛地灌了几搪瓷缸子凉水。热人喝了冷凉水，肚子就拧着疼。那时候的人不但老实而且死执，就不知道到医院里去瞧一瞧，而是让几个同学轮着换着揉搓我的肚皮，差不多折腾了半个晚上才消停。第二天早上考试的时候，我和那几个同学昏昏欲睡，无精打采，试卷也答得马马虎虎，但后面几门课的试卷我们都还答得比较好。而且好的一点是后来我们几个人都考上了大学。要不然现在回想起那时对参加高考是那么地不在乎，那将会是一个怎样的情形呢，就不得而知了。

我们高考的时候家长们来得很少。高考的第二天，我父亲有事到县城里来了，在大街上碰到了大舅，大舅问父亲我考得怎么样。父亲嘿嘿地笑着说他还不知道，他是有事到县城里来了。大舅就很生气，说娃娃参加高考呢，这在当年是考状元呢，你就一点也不关心。父亲就说关心也是白关心，试还得娃娃自己考，谁也替代不了。大舅说你啥也不用做就去安慰安慰，给娃娃打个气鼓个劲。父亲听了大舅的话就来了，说是给我打气鼓劲来了。那天晚上他就陪着我住在了宿舍里。他心里有事，一晚上翻来覆去地睡不着，床板咯吱咯吱地响着，影响得我和其他几个同学都没有睡好觉。早上，那几个同学悄悄对我说，让你父亲回去吧？他在了，倒把人影响得睡不好。我就劝父亲回家去了。

现在我向参加高考的学子们说起我那年参加高考的这些事时，他们都睁大眼睛表示怀疑，像我在骗他们或是在编造故事。但过去我参加高考的确就是那么简单，那么有趣，竟然还有心劲去踢足球。要是放到现在，这可是一件不可思议的事情。现在一个学生要是肚子疼了，拧着疼，那还不把医院的大夫全部叫过来。

如今回想起那年的高考的确有趣，的确有个回忆的。想着那些陈年旧事说给当年的同学们听时，都笑得那么爽朗和开心。

丈量爱的脚步

　　三岁的时候她成了孤女。父亲在一次进山拉烧柴的时候跌下山崖摔殁了，之后她母亲就远嫁新疆撇下她走了，她只好住到了伯父家。

　　七岁的时候她正式成了伯父家里的劳力。她没有和别的孩子一样进校门，而是跟着伯母里里外外地操持家务活，放羊啦，放牛啦，挑水啦，她稚嫩的肩膀担负着她不该担负的重担。有时候她就像一头默默负重的老牛，没有怨言，没有日夜，没有欢乐，也好像没有痛苦。这时候只有一个人默默地帮助她，疼爱她，有时也陪她流泪。这个人就是邻居家的一个叫曼飞的女孩，一个比她还小的女孩，在她痛苦的时候，她总是踏着轻微的脚步出现在她的身边，让她得到一丝安慰。

　　十六岁的时候她嫁人了。伯父一家人把她许给了一个又丑又老但富有的瘸子，这次她没有答应伯父一家，而是思谋着那个瘸子的面目实在无法生活下去。她出逃了。这次，她逃得很远，当年她母亲撇下她远嫁新疆不也是为了走得远点吗，于是她也去了新疆。一路上她讨过饭，让人讨嫌过呵斥过，也为了一口吃的让人追打过，让饿狗撕咬过，但她最终还是走到了新疆。最后她把自己像她母亲一样远嫁在了新疆。但她把自己嫁出去的时候不知道那个人是个人贩子，她落在了人贩子的手里，而后她被贩卖到了河南。在河南她过了五年的封闭式生活，整日生活在人们的监视中，有时候她想一死了之，但她一想到她还有一个叫曼飞的妹子曾经帮助过她，心疼过她，她有了活下去的勇气，要和曼飞见一面。

二十五岁的时候，她一步一步地走着逃回到了家乡。她家的那几间老房子早塌了，没有了踪影，被伯父一家人翻修成了一院新瓦房。她在门口徘徊的时候，表哥出来了，看见她像是中了魔似的立在地上一动不动，嘴角嚅动着说不出一句话。此时此刻，她表哥也许是想她怎么就回来了呢？而她则想我的家呢？我的家怎么就变成了这样呢？她回来但又没地方去了。她最想见的是曾经帮助过她的曼飞，可她人又在哪儿呢。她没有流泪也没有哭叫，而是静静地问表哥，邻居家的那个姑娘曼飞在哪儿呢。她这样一问，表哥才微笑着叫她回家，说是曼飞早嫁人了，就在离村子不远的另外一个村子里，生活得也不尽如人意。表哥没有问她这些年去了哪儿，是怎么过来的。她也没有说她这些年去了哪儿，做了些什么。当天她就去了曼飞家。

快到二十六岁的时候，她在县城里成了一名卖菜的菜农。她从半晚上起身到附近的农家那里批发一些新鲜蔬菜，然后拉到菜市场上卖出去，挣点小钱。挣上点钱的时候，她就存一部分，然后再买点东西去看望曼飞一家。她忘不了的是那个时候邻居家里做了好吃的东西的时候，曼飞总是双手端着一步一步地挪送到她那破败不堪的屋子里来。来了总要陪同她掉些眼泪，然后望着她吃下去，接过空碗又流着泪一步一步地走了。现在她眼前总是浮现着曼飞那个时候疼爱她的身影，耳边总是响起她那轻微的脚步声，其次是那些牛啊羊的什么的，再没有任何值得记忆的东西。

没有曼飞那个时候一步一步量出来的爱，她也活不到今天，也没有今天感恩的记忆。正因为是有了曼飞那轻微的脚步声，她才活到了今天。

现在她的生活上了轨道，有了生活下去的信心，但她的耳边还不时地想起曼飞那轻微的脚步声，陪同她的哭泣声。过上几天她总要抽出些时间，买上些东西，轻轻地走着去看曼飞，让这种无私的爱永远地延续下去。

开在窗口的杜鹃花

　　她养了两盆杜鹃花，红白花色的各一盆。早上，她把开得红红艳艳的那盆挪到窗口前的高凳上；下午，她把开得红红艳艳的那盆搬下来，把开得素白素白的那盆同样挪到窗口的高凳上。天天如此，一天两换，雷打不动。中午他下班回来时，只要看到红红艳艳的花朵，他的心里也就艳艳的，看上几眼，走得不紧不慢；下午回家时，他只要看到那盆素白素白的花色，心里也同样素白素白的，看上几眼，照样走得不紧不慢。这样的时候，他知道她一定是躲在杜鹃的花叶背后偷偷地望着他回家。她也知道，这时候，他心里一定是想着这个家，还有像花一样挪动的她。

　　他和她二十年前结婚时去照结婚照，摄影棚里开得红红艳艳白白净净的几盆杜鹃花竟让他激动不已，但粗心的她竟然没有发现他的表情，更没有发现他是如此地喜爱杜鹃花。照了相，在送她回家的路上，他忍不住问她，摄影棚里的杜鹃花美不美。她吃惊地反问他："是那几盆塑料花吗？"他笑着摇了摇头，从口袋里掏出了两朵花，一朵白净得袭人，一朵红艳得耀人。她闻到了一丝儿淡淡的花香。他对她说："摄影棚里的花是有寓意的，做人要像白杜鹃，清清白白，丝尘不染；处世要像红杜鹃，红红艳艳，热情奔放。"她就觉得他像一个哲学家，后来结婚时，他在新房里摆了两盆杜鹃花，一盆素白，一盆红艳。但她是个粗心人，他不在的时候，时常忘了给花儿浇水，养的时日一久，竟把那两盆杜鹃花儿给养死了。他看着枯死的花儿，对她说，你焦苦的心养不活花儿。此后，他十几年不再养花儿。他不养花儿，却把她养得像花儿一样白白净净，可再美的花儿也有凋零枯萎的时候。有一年秋天，她让一场秋雨狠狠地淋了一下，就得了一场怪病，心里乏乏的，腿上软软的，跑了好多大医院都没能治好。到了第二年的春天开花的时候，她的双腿就萎缩了，从此出不了门，也上不成班了。待在家里孤寂难熬，她就天天望着窗外公路边上的柳树出神。一天，她想着该养些花儿来陪伴她，要不然，她会急疯的。晚上，她叹着气对他说，买几盆花吧。他听说她要养些花儿，脸上顿时有了难以形容的喜色。天一亮他就急匆匆地到花市上去了，买来了二十几盆花花绿绿的花，其中就有两盆杜鹃花，一盆花儿素白的，一盆花儿红艳的。有了花儿的陪伴，她的日子过得还算有点意思了。有时候她看着一朵花儿，就会想起小时候的田野风光，一想就是半天，时间也过得不慢了。他每天早上有太阳的时候，总是把花儿往阳台上有阳光的地方挪，她也在阳台上挪来挪去的。有天中午，她在阳台上放了条高凳，把开得红红艳艳的杜鹃放在了上面，让它多吸收一点阳光的精气。他下班回家的时候，下意识地往阳台上看了一眼，就看到了开得红红艳艳的杜鹃。他停下来望了一会儿，心中就有了一些感动。他站着望着花儿，她也看到了他，也看到了当年在摄影棚里她没有看到的那种神态。她明白是她无意中的一个动作感动了他，让他有了一种归属感，也许还有一些遐想，一点回忆。

他回到家里时，心情特别地好，满脸的笑容像红艳艳的杜鹃花儿。

下午的时候，她又把杜鹃换成了白色花儿的。

他开始由郁闷变得活泼了，也由无言变得有话说了。

她也逐渐有了生活下去的信心，看到了生活的希望。于是，她逐渐地有了一种向往和追求。

暖心的红灯笼

　　小巷很深沉，也很幽静，一入夜，家家的大门一关，小巷里就见不到一丝儿光亮。晚归的人时常摸索着磕磕碰碰地回家，留下了悠长的哀叹。

　　他家就在小巷的尽头。但只要他在巷口大声地吼上一声："回来了！"他家大门顶上的那盏红灯笼就会准时亮出一道暗红的灯光指引他回家。

　　她是一个孤女，是他当年跑车的时候把她带回来的。她父亲当年是一个跑大车的司机。后来她父亲出了车祸离开了她，她母亲就出嫁走了，把一个空荡荡的屋子留给了孤寂的她。他是她父亲的徒弟。她父亲走了，母亲出嫁了，他就领上了她，她也就跟了他。

　　他是一个孤儿，父母都去世得早，家里也没有什么人，只要他出车一走，到了晚上她就觉得孤寂和害怕。于是他就给她买了好几个灯笼挂在屋檐下，彻夜红红地亮着，像过年过节一样，给她一个温馨的慰藉。

　　由于有了这些灯笼，她的夜晚生活过得是有声有色，色彩斑斓。那些悠长的灯影伴着她度过了一个个的难眠之夜，伴着她给他做出了一双双布鞋，也伴着她把这个家打理得井然有序。

　　他每天要很晚才能回家。回家的时候，他照样在巷子口大声地喊上那么一嗓子，大门上的红灯笼就会哗地亮起来，照着他回家，在那深沉幽静的巷子里留下了一串长长的身影。他回到家里，火炉上的开水壶嗡嗡地响着，热饭煨在锅子里。她微笑着给他倒上一脸盆热水，让他洗掉旅途的疲劳和尘埃。这时候，他的心里就暖暖的，甜甜的，润润的。

每天只要天一黑，她就侧耳谛听巷口那轻巧的脚步声和那一声大喊。而他呢，每晚回家时最期盼的就是等大门上那盏红灯笼暖和地亮起来。

有天，她患了感冒，到下午时头疼得厉害，寻着吃了些感冒药，就迷迷昏昏地倒在炕上睡着了。她这一觉可睡得深沉了。晚饭也没有吃，就一直那样睡着。他回来了，吼了几嗓子，大门上的灯笼却没有像以往那样亮起，巷子里依然暗昏昏的。他摸索着走到大门口，推了一把，大门闭得严严实实的，反锁着，推不开。他又吼了几嗓子，灯笼依然没有亮起来。他的心里咚咚地跳了起来，开始胡思乱想起来，她是不是被煤烟熏着了或是……他不敢往下想。她还从来没有出现过这样的事，他急得快要哭了。他决定翻过墙去。他吃力费劲地爬上墙头，然后咚的一声跳了下去。家里的灯就哗地亮了，大门上的红灯笼也哗地亮了。他看清她脸色苍白地站在檐下，他知道是吓着她了。她吃惊地问他咋就翻墙过来呢。他笑着说怕吵醒她才翻墙而过。

她还时不时地要回去照看她家的老屋，回去住上那么几天，把屋里的尘埃清除一下。她走的时候，就让灯笼彻夜亮着，怕他回来看不到灯笼亮着，也怕他回家时磕磕碰碰。她回来了，他就笑着对她说，你不在的时候，我的心总是回不了家。她笑着说，大门上的红灯笼亮着呢，他说，灯笼亮着呢，我知道，但家里的那盏灯却没有亮。她笑着说，有它亮的时候呢。

他的心里就暖暖的，像熨斗熨过似的既平整又舒畅，既温暖又受活。

二十年前的爱情

难肠的婚事

　　我的婚事在当时看来没有丝毫的新奇，反而让人觉得有点不可思议。那个时候，按父母亲的话说，我是万样都好，只是一样不好，把成家立业看得太平淡，也太不当回事了。在父母的操心和焦急中，我步入了大龄青年的行列，这我自己是知道的，我也明白自己在当地是找不上对象的，说白了，其实是不愿在当地找对象而已。父母的念叨不起任何作用了，就给每个亲戚和认识的人诉说我的婚事，说我如何地腼腆，如何地面软，如何地找不上媳妇。父母亲给我找媳妇都成了故事。走到哪里都要给我张罗对象的事。那年，一个亲戚家娶亲，他们去了，看上了一个姑娘，硬是套近乎没话找话，还向人家姑娘介绍我。人家姑娘听完我的故事嘿嘿地笑了，说她已经结婚了，孩子都四五岁了。父母愣是不信。有时候，亲戚朋友来劝我，拉例子打比方说该到结婚的时候了。但他们哪里知道我的苦衷呢，我大学时的同学梅毕业这么多年了，苦恋着我，也没有再找对象，三天一个电话，两周一封信，我不能丢下她，在大学里是我追的她，她接纳了我，就万般地恋着我，也无微不至地照顾着我，直到我们毕业。毕业后还常常不远万里来看我，每回走时都哭得悲切至极，让人一辈子也忘不了那悲伤的情景，也让人不忍心丢下她而不顾。说真的，她成了我日夜的思念和牵挂，也成了折磨我精神的一块心病。我在想办法往她那儿调，她也想办法往我这儿调，但谁也没有成功。牛郎织女般相互的思恋让我们双双受伤受累。这样长久下去不是个办法，父亲亲自出马了，他不指望我能给他谈上个儿媳妇，他开始走乡串户，为我寻访一个在他看来是可以放心的儿媳妇。终于在苦苦的寻访中他看中了一个朋友家的姑娘，大概十六七的样子，从小大门不出小门不迈，规规矩矩，在家学得一手好针线，父亲看到她的时候，第一眼就拿定主意非这个姑娘为他儿子不娶。父亲和家里的行动都是在我不知情的情况下进行的。各样该走的手续都走完了，父亲才郑重其事地把我叫到家里，同时还邀请了家族里的二十多个长辈，轮换着对我施压，让我答应父亲定下的那桩亲事。面对家族长辈们的施压和亲戚朋友们的劝说，我还能说什么呢，我无论如何是再也张不开嘴了。在答应家里的那一刻，恍恍惚惚的好像我的天塌了似的。

我结婚了，照亲戚朋友的话说我终于娶上媳妇了。从订婚到娶亲，我都不知道要娶的媳妇是什么模样，是俊是丑，是瘸是瞎，我全然不顾，只是按父母指着的路子实现了他们的一个愿望。其实，对我这样一个遥遥思恋另外一个女人的人来说，我的心不在这里，而是远在万里之外。

原始爱情

和我结婚的女人叫杏花。和杏花结婚不到半个月，我就匆匆上班走了，把她一个人留在家里服侍父母亲。她的人正如她的名字，面容粉白粉白的煞是好看，小巧玲珑的样子让人疼爱不已，父母亲也非常喜欢她。由于父母亲的喜欢，她的名字不知从什么时候就变成了杏儿，听起来更觉顺耳和中听。也许是由于农村里那千百年来嫁鸡随鸡嫁狗随狗的传统，杏儿每到周末就在母亲的安排下，做好家务，然后跟着母亲到大路上等我。等到我的时候，她紧随在母亲的身后不说一句话，只是用一双像蔚蓝的海水似的大眼睛深情地望着我，走走望望，当我看她的时候，她却低了头只顾走路。我知道，她指望的是我能跟她说上一两句话。可我却始终想着远在万里之外的同学梅，想说的话也是对梅想说的。但我也知道，她能洞察到我的内心里想的什么。结婚的那天，我就对她说过我和同学梅的事。那天她说她会像梅一样好好待承我。可她哪里知道，由于文化、思想的差异，她和梅不在同一个线上。我没有对她说这个，怕她难受。同时我也知道，这一切的一切都不能怪她，也不能怨她。就是怨她，她也没有怨言，因为现在她是我的女人，是我过了门的媳妇。母亲忧虑地对我说，你不能整天绷着脸，给你媳妇一个好脸色吧？她是一个好媳妇，按我们老年人的标准，她绝对是一个百里挑一的好女人，忘了你那点事吧？存着念想就行了，不要再深陷其中了。但也不要忘了告诉远方的梅姑娘，你已经结婚了。走不到一起就不要硬撑了，有那段感情和思念也是人生的幸福。我和你父亲生活了半辈子，没有经历过你们的那种爱情，但这么多年过来了，我们却没有红过一次脸，吵过一次嘴，各自把对方的想念和爱恋都藏在心里头。什么是爱情，那就是他为我接下远山里背来的一捆草，我为他心甘情愿地做上一顿可口的吃食；我穿得破旧时，他为我换上一件漂亮的衣裳，他乏困时，我为他端上一碗解渴的开水。做到这样就够了。母亲说完摇摇晃晃地走了，把我晾在了屋子里。父母亲是先结婚，然后在生活中慢慢磨合着增进感情的。我不能再那样冷漠下去，我该和我的新媳妇杏儿说说话儿了。那一天晚上，我和杏儿说了很多话，杏儿不知是高兴还是激动，眼里竟然有了些许泪花，这时候的杏儿就更好看，她的这个样子像极了梅。一想起梅，我的心里就又隐隐作痛。杏儿看懂了我的心，一遍又一遍地抚着我的手，绵绵的，听我说，抚着抚着，她让我再说说梅的事，她是真诚的。我想，她是想和梅有个比较，好让自己按梅的方式和思维来关心我。其实，这时候的她还真需要我的关心和疼爱呢，毕竟她比我要小十多岁呢，正是让人哄着高兴的年龄，却偏偏要为我分担内心的痛苦。

我是人们说的先结婚后恋爱的那种类型吧。我开始逗她笑，哄她玩，让她不再有过多的生活负担和心理压力，让她觉得生活是美好的，爱情是美妙的。我带上她到朋友们家里走动，也偶尔带她到单位上转一转，让她认识一下我的朋友和同事，也让她觉得我已经接受了她，我就是她的男人，她就是我的女人。她开始每天给我打一个电话，虽然电话接通了却不知说些什么，但我明白，那就是想念，那就是牵挂，那就是爱情。有时，我和母亲通电话时，听到她咻咻地笑了，笑声是那样地轻盈和脆亮。这也许是一种与众不同的爱情吧。

二十年过去了，我和杏儿的孩子已经长大了，该到谈恋爱的年龄了，但他是不会知道我和杏儿的过去的。孩子有时候问杏儿，说我俩是怎么认识的，她就说是通过爷爷和姥爷认识的。

平静的二十年过去了，杏儿还像当年一样，笑声是盈盈的，脚步是轻轻的。我们的生活也像母亲当年说过的，她不断变着花样做可口的吃食，我也不时地给她买上一件她喜欢的衣裳。春天到了，我会领上她到田野里去拾地丸子吃，在黄昏时，我挑水，她浇地，希冀在秋天里有一份我们自己的收获；夏天的时候，我会领上她到田野去，和当年领着她到地里去时一样，我走在前面，她走在后面，眼望着田野里的花花绿绿的花草，互相诉说我们走过的像河流般淌走的岁月，是那样地清晰明了；秋天，我们还会收获一些务弄了好长时间的"夫妻"菜，吃上很长一段时间；冬天飘雪时，我俩依偎着隔窗看雪，在朦胧中昏昏然睡上一觉，然后你看着我的睡相，我看着你的睡姿，嘻嘻地笑着想起了二十年前的一个爱情故事。

荡漾在碗沿儿上的爱

　　她是个哑巴，是一个瘸子的妻子，是一个小饭馆的跑堂。

　　她五岁之前不是哑巴，是那年和兄弟姐妹捉迷藏时从房墙上摔下去摔哑的。当时，她从房墙上摔下来之后就昏睡了三天，醒来后就不会说话了，她急得连脸都抓破了。父母抱着她跑了好多医院，看了好多医生都没有治好她的病。她一天天地长大了。她虽然哑了，但心很灵，家里的活儿她一样不落地看在眼里，记在心上，做在手里。

　　作为女人，长大后该出嫁的时候还得出嫁，她嫁给了瘸子尔利。

　　尔利领着她在县城里显眼的地方开了个叫"笑一笑"的小饭馆。尔利负责做面，她负责跑堂收钱。开饭馆不求别的，就求个量足饭香，环境整洁，跑堂的干净麻利。这几样他们的小饭馆都占到了。饭桌永远是亮得能照出人的影儿来，地下干净得像晾饭的案板。

　　饭馆开成了这样，前来吃饭的人也就特别多。

　　从小饭馆吃了饭的人出来都说她哑巴是人哑心不哑，也说她丈夫是腿瘸心不瘸。

　　不论啥时候到他们那儿吃饭，碗里的饭都是满满的，满得面快要从碗沿儿上滑下来，让人看着眼饱，吃着肚饱，回去之后想着是人太好。

　　开个饭馆难免有要饭的来。别的饭馆对要饭的是喝三吆四，粗脖子瞪眼，撵得远远的，不让照面。而她却不那么做，天热的时候让要饭的坐在门外，天凉的时候让要饭的进来坐在门边的角落里，然后她

250

会去后堂端上满满的一碗面倒在那些人的碗里，让那些人吃口热和饭。临走时，还给那些人倒上些开水。那些人吃上一次两次都不好意思再来了，就是来了，也是站得远远的，微笑着跟她打个手势。她就明白是什么意思了。仍然满满地端上一碗饭出去倒在那些人的碗里，让他们热热乎乎地吃下去。有些人看不惯，对她丈夫说，你们两个残疾人开个饭馆不容易，还给那些要饭的饭。她丈夫说，我们两口子需要人们的关爱，而那些人也需要人们的关爱，要是没有人对他们关爱，他们恐怕连生活下去的勇气都没有了。我们还能弹挣着开小饭馆，饿不着肚子，也能挣几个小钱，这就很不错了。但他们呢，遇到好心人还能给点小钱，遇到恶人还要挨骂挨训呢。饥一顿饱一顿地活着也没有个人样，更需要人们的关爱。我们连一碗饭都吝啬得舍不得，那我们还是人吗？丈夫说这话的时候，她的脸红扑扑的，微笑着，眼睛都眯成了一条缝。显然她明白丈夫在说什么。

今年舟曲地区发生了特大泥石流，县民政局派人在大街上设了个募捐箱，人们都去捐款捐物。瘸子和哑巴听说了，拿出了他们好多天的收入，叫哑巴前去捐款。

哑巴来到募捐箱跟前的时候，人们哗地让开了道。民政局的工作人员接过哑巴递过的钱，一看是厚厚一沓，有一元的、五元的、十元的。看到这样的情景，很多人就感动了，有些人流下了激动的泪水。

民政局的工作人员在登记簿上登记的捐款人姓名是"笑一笑"饭馆。后来在县有线电视台拍摄的捐款画面上，哑巴笑得好开心，背景是人出人进的"笑一笑"饭馆。

有人说，人家一瘸一哑的，都能捐献爱心，我们手脚连便着哪还有不捐的道理呢。

也有人说，人家捐的可是清汤里的面叶子，是心上的油。

也有人说，大难有好人，好人有大爱。

侄儿和流浪狗

　　放了寒假，女儿吵着嚷着要到二叔家去，说要和小弟东东玩几天。我打电话过去，二弟说还是等到周末吧，礼拜一到礼拜五东东要上学习班呢。寰寰一来，东东就没心思上了。女儿哭丧着脸极不情愿地说，看来东东是遭大罪了，那我也只有等到周末了。

　　礼拜六那天，女儿早早地起床，课本啦，寒假作业啦，装了半书包，提在手里甩来甩去，只等我一声令下马上起程。

　　吃过早饭，我和女儿坐上出租车去了二弟家。下了车在二弟家门前的巷子里没走上几步，女儿就扯着我的衣袖说："爸爸，快看，东东坐在门口像傻子发呆呢。"我抬头朝二弟家门口望去，果然见侄儿东东坐在自家门口目不转睛地望着远处发呆呢。我对女儿说，是东东等我们呢。你喊他一声。女儿扬声喊了声，东东竟然没有任何反应。我又大声吼了一声，东东猛地抬头看见了我们，才起身跑过来。我说东东你坐在门口发啥呆呢。他没有答话，默默地跟着我和女儿进了大门。

　　进了屋，我和二弟喝茶聊天，东东领上女儿到他的卧室里玩去了。可不一会儿，东东就满脸愁肠地进来问二弟今天的作业不写行吗？二弟笑着说，先写作业再玩也不迟。东东歪了头朝我脸上瞅了瞅，说放寒假了，还要马不停蹄地上学习班，加昼连夜地写作业，简直没有流浪狗的自由。我没有反应过来，惊奇地问他啥是流浪狗的自由。他说，门前时常有一只不知是从哪儿来的流浪狗，游来荡去的，见了人不避也不咬。太阳出来的时候它就在门前的墙根底下晒太阳，饿了就吃人们倒在那只破锅里的剩饭，没有忧愁苦恼，也没有任何负担，过得比我自在和有意思。二弟笑着说，那你就不用念书了，端上一只破碗逐家挨户流浪要饭去。东东眼睛里突然亮了那么一下，说反正流浪要饭就比寒假里上学习班好。我就想变成一只流浪狗，舒心地在那墙根底下自由自在地躺上一个寒假。

我对二弟说，还是让东东回来吧，现在的学生课程重，负担也重，再在假期里让孩子上学习班，孩子的心理负担就会更重，久而久之会让孩子产生厌学情绪。二弟说，没有那么严重吧，我这样做是为了他的将来。女儿寰寰笑着接过二弟的话头说，一放假，妈妈就嚷着让我上这个那个学习班，但爸爸从来就不让我上什么学习班，一个假期完了，我是等不到上学，总觉得上学是那么新鲜。而小弟东东让学习班上得对上学没有了新鲜感，没有了期待，根本就不想上学了。换成我，也会羡慕那只自由自在躺在墙根底下晒太阳的流浪狗。

二弟怔怔地听着思考了一会儿，然后说，那就让你两个小东西变成自由自在的流浪狗，快快乐乐地玩上一个假期吧。东东高兴地蹦了起来，拉上女儿的手到大门外墙根底下像那只流浪狗一样玩耍着晒太阳去了。

爱情是一杯淡茶

　　那年，他正上大学二年级。临放寒假时，突然收到家里的一封急信，父亲要他无论如何在放假时回一趟家。本来他是不想回家的，他已经找好了两份家教的工作，这样可以给家里减轻一些生活上的负担。

　　他家里很穷，放假的时候他要么当家教要么找份零工干，已经有一年多没有回家了。那个时候，家里和村里都不通电话，但他坚持每周给家里写一封信，告诉父母他的学习和生活情况。父母也在信上千叮咛万嘱咐，不让他回家，可这一次，父母却一反常态，要他一天都不要耽搁，放假后立马就回家，说是有要事相商，但具体要相商什么，父母在信上却没有说。他的心里就忧忧的，不是滋味，不知父母究竟有什么要事要相商。

　　考完了最后一门试，他给班主任说了一声，于第二天清早匆匆地搭上班车回家了。

　　冬日的田野里一片荒凉，没有一丝生机，只有几只饿得昏昏然的鸟儿在田埂上孤寂地叫着，叫声是那么凄厉和悲哀。他到家里已是当日的黄昏时分，村子里家家的烟囱都冒着浓浓的草火烟，在村子上空盘绕着交织着升腾而去，变成了远处的几朵白云。家门半掩着，这是母亲等他回来的信号，以前他放学回家的时候，家门始终半掩着，他的脚步只要一踏进院子，母亲就匆匆地去关上门，然后才给他盛饭。今天大门依然半掩着，他知道这是母亲在等他的到来。离别一年多了，母亲该是想儿子了。

他悄悄地走进家门，轻轻地走进堂屋里时，一家人竟然没有听到他的到来。而是喜悦地围坐在一起商量着什么，他听出与和他相商的要事有关联。他隐隐约约地听到好像是跟一个女孩有关系。他轻轻地咳了一声，首先是大弟看见了他，失声似的大喊了起来："大哥来了！"一家人这才从喜悦的话题中醒悟了过来。他笑着问大家，商量什么大事呢？大弟朝他挤了一下眼睛，坏兮兮地笑着走了，说等你吃了饭再说吧。父亲也笑着说，等吃过饭再说。他知道这是一件喜事，要不然一家人不会这么高兴。

吃过饭，他忍不住又问大家，究竟是什么喜事。父亲笑着看了看母亲，转过头对他说，家里给你说了一门亲事。他惊得心里咚地跳了一下，问父亲说下了啥亲事。父亲依然笑着说，给你说下媳妇了。就是对门子的曼叶。他半天惊得没话说，只在脑子里找寻曼叶的模样和神态。他记起来了，曼叶是一个活泼利索的姑娘，以前见到他的时候常常是一路的欢声笑语，一条独辫像条蠕动的蛇儿一样在后背上甩动，是那样地诱人。在很多时候他多么想摸一把那条独辫。但终是没有摸成，他没有那个胆量。

当父母提起曼叶的时候，他觉得对她还是有点记忆的。

父亲说，前几日曼叶家来了媒人说媒，但曼叶就是不同意，说是要嫁给他。

他低了头思谋着曼叶的音容笑貌，就是想不明白曼叶为什么要嫁给他呢。

母亲笑着说，曼叶小的时候不是天天说要给你端茶水吗？你不是也说将来要给曼叶买花衣裳穿吗？曼叶把儿时的玩笑当真了。人家当真了，我们也就要当真，要不然会伤曼叶的心的。

他陷入到了矛盾当中。

这是一场农村旧式的爱情，这是一场令人猝不及防的爱情。农村的爱情也许就是这样产生的。

他该怎么办呢？

他想了很久，认为农村的旧式爱情往往就是这样产生的。他们是有过懵懵懂懂的爱情的。他记起来了，小时候，他们在玩耍时，她就一直当他的媳妇，他则一直当她的丈夫。后来他们上学了，那种游戏就玩得少了。但她对他却一往情深，犹如他的媳妇似的，碰到他时会笑着含羞抿嘴而去。他知道她一定是在心底里喜欢着他，要不然她不会说出要嫁给他。

他决定娶她，她也决定等他。

二年后他毕业了，他没有失言隆重地娶回了她。

她像儿时说的那样，等他下班了的时候，给他泡上一壶滚烫的茶水，轻轻地端到他的手上，看着他轻轻地喝上一口，她的脸上就有了淡淡的一丝红晕，心里的那个幸福那个喜悦洋溢在脸上，让他受活得不得了。

但不知道这叫不叫爱情。

一眸含笑，在他们的脸上传递着爱的深沉。

一杯淡茶，在他们的心里传递着爱的语言。

被遮掩的阳光

一个阳光明媚的周末，我领着女儿到乡下去看望母亲。我和女儿屁股还没有坐稳，母亲就手脚麻利地给我和女儿盛来了两碗酸奶，我吃着心里甜丝丝的，胃里有了一种从未有过的舒服感。

阳光艳艳地照着，照得人浑身暖乎乎的。院子里的花草开得正旺，我和母亲坐在院子里的杏树下一边说着庄稼，一边又东拉西扯地说些村里发生的小事。说着，母亲突然来了气，说现在的人不知是咋的了，没有一点人情味，连起码的尊重人的一些常识都没有了，要是人们都学了那些人的样子，社会不会乱才怪呢。我吃惊地问母亲是怎么回事。母亲气嘟嘟地说，还不是那天学校里捐赠拍照的事，不是啥大事，没啥，没啥，母亲说着摆了摆手。母亲欲言又止，不肯说给我听。我也没有强求母亲说。说了一会儿话，母亲显然有点困了，我让母亲到炕上去躺一会儿。然后我领着女儿到村街上去转。

村街上人也不少，老老小小地围在一起说闲事谝闲传。见到我过来，就哗地散开围到我身边来了。他们要我说说最近县上发生的新闻。我笑着说，县上没有啥新闻。反而你们这里有新闻。这里学校不是搞了个捐赠吗？这就是好新闻。人们笑着说，这还不算新闻，真正的新闻是乌云遮住了阳光。我笑着说，是新闻就说给我听听。人们便笑着说开了。

说是省上有个帮扶单位的领导下乡，给这个村学里捐赠一些学生用的东西。这位领导每年都要来，每次都要带一些单位上职工捐赠的东西，如书包啦，课外读物啦，钢笔啦，等等。来的那天，县上乡上大大小小的领导陪了一长串，说玄点差点就把阳光给遮住了。那个领导脸色也不是太好看，脸阴沉沉的，那么点捐赠，对他而言，算不得什么，对他们单位来说也算不得什么，更何况那又不是他一个人的捐赠，而是单位全体职工的一片爱心，是他代表而已。他委婉地劝过同行的县乡领导，不要这么兴师动众的。但县上和乡上领导不答应，县上不仅给派了记者，还给学校打了招呼，要搞个捐赠仪式，要搞得热热烈烈。结果，学校就在那天停课半天，全程准备捐赠仪式。

那个领导来的时候，学生们已经顶着烈日站了三个小时。搞完了捐赠仪式，最后领导和学生照相时，县上有个领导走过去把一些衣着褴褛的学生推到了后面，放在前面的尽是一些穿着光鲜的学生，但这样更显得不协调了，那些学生的衣物有些是借了别人的，大小长短不一，只是那样站着让人像道具似的拍照，再拍照。

对于那个领导的动作，村里围观的老者没有说什么，那些学生没有说什么，人人都没有说什么。只有那些个在树枝上叽叽喳喳叫个不停的麻雀不痛快地叫着，看出了人间的不平和霸道。

我听着心里真不是滋味，像打翻了五味瓶。

这些穷人家孩子的希望和信心就像初升的太阳一样忽地被一阵平地涌起的恶云遮住了。

也许，领导的那一推一遮，那些穷学生的家长心里就会生出一个大大的永不消失的疙瘩来。那些穷学生也就终身站不到人前头去了，人穷志短就会深深地烙印在他们的心田里，像一蓬疯长的毒草，越长越旺，从此自卑就会在他们的心底生根发芽。

也许，那天让他们站在人前面，给他们以鼓舞，他们幼小的心灵会点燃起希望的火焰，但就那么轻轻的一推一搡，在那一刻，他们的希望之光芒和希望之火焰就忽地熄灭了，在他们心底留下一生永退不去的阴影。

用微笑换取阳光

我的两个在服务行业收费的朋友空闲了的时候，常过来和我坐一会儿，说工作上的烦恼，诉生活中的艰辛，谈人生的乐趣。那位叫亮的朋友好像从来就没有快乐过，不是有人骂他，就是有人给他难堪，来了就知道诉苦，好像他受了多大的委屈，时常闹得让人心不宽，替他分担不少忧愁。而那位叫梅的朋友时常笑呵呵的，从来都是快乐着的，她的工作中有乐趣，生活中有乐趣，人生更有乐趣，只要她一到来，说说笑笑的时候，让人立刻感到满屋子充满了快乐，充满了阳光，感到人生是那么地幸福。

她常对亮说，只要你时常面带微笑，暂时忘掉你自己的烦恼，友善地对待身边的每一个人，那人们就不会对你的微笑无动于衷，相反，回报你的必将是一片阳光。亮说，有时候，那么多人围在身边，挤挤攘攘吵吵闹闹的，你不烦恼？梅说，微笑能化解一切，微笑也能让那些吵闹的人不吵闹。只要有人吵闹，你给他报以微笑，他就会不好意思，你的微笑就像一片暖暖的阳光，哗地照在了他烦恼的心里，你说他还会有烦恼吗？他还会和你吵闹吗？亮不置可否地笑了笑，没有说什么。

梅说，你去学着微笑吧，不管是对别人还是对你的家人。

后来，我觉得亮不大诉说他在工作中的烦恼和生活的艰辛了，变得快乐了起来，见了面就说说笑笑的。梅笑着说，亮找到了阳光，也给我们带来了阳光。亮就不好意思地说，梅说得还有点意思，自那次听了梅的话，他就试着面带微笑工作，面带微笑生活，还真灵验，工作中果真没有人再对他吵闹了，回到家里，妻子和女儿也对他亲亲热热的。以前他在单位上受了委屈的时候，回到家里就看这也不顺眼那也碍眼，动辄就和妻子吵架。现在回到家里，妻子的脸色也顺了，女儿也高高兴兴的。梅笑着说，你给了人们微笑，人们不会不回报给你阳光。

亮说，微笑可以换取阳光。

说着，我们都哈哈大笑起来，满屋子都充满了微笑的阳光。

常到墓地上走一走

　　人不管是活着或是去世了，一个地方总是要去的。家里人去世了，邻居、亲朋好友去世了，我们总要到墓地上去的。我们坐在墓地里萧萧的荒草中，望着一个个熟悉的或是不熟悉的坟墓，思忆那些曾经熟悉的年老年少的面容，我们的内心就会产生一阵阵的悸动和心跳。那些曾经是那么熟悉的老年人走了，年轻人走了，甚至是一些顽童也走了，他们的走像一阵突然吹过的风，吹过也就吹过了，走过也就走过了。不管你曾经是如何叱咤风云，呼风唤雨，也不管你曾经是如何地默默无闻，但两眼一闭，两腿一伸，生命就完结了，同样的结局，同样的黄土。一式地盖棺论定，关于你关于他便记载在了历史的档案里，再也抹不去昔日的辉煌和污迹，逃不脱历史的大浪淘沙。

　　常到墓地上走一走，起码有几样好处：一是可以击泄你无限膨胀的欲望，净化你肮脏的灵魂；二是可以激活你重新做人、重新活人的愿望，让你懂得人生的意义；三是可以平淡你的骄傲之心，让你明白一捧黄土的重量和价值。

　　常到墓地上走一走，会让我们的内心多几分平静和激动。平静的是他或是她走了，而你还没有走；激动的是你活着而他或是她却走了。

　　墓地，是人生与来世的分水岭。常到墓地上走一走，纪念一个人，会让我们明白人生的短暂，会百倍地珍惜人生，珍惜这个世界，认识这个世界的美丽。会更留恋蓝天、阳光、雨露、空气……有意义地活着，有意义地劳作，直到自己的人生终结。

　　常到墓地上走一走，我们还会有更多的收获。

梦幻中的菜地

　　近来常有人见面就问，老敏！你种菜了吗？你偷菜了吗？问得我莫名其妙，听得我满头雾水，我无法回答，只好报以微笑。这样问的人多了，我就私下想是不是新产生的一种日常问候语呢，像以前人们这样问我的，老敏！你吃了吗？但我又想是不是一种网络语言呢，这样的问题是不能随便问人的，问了会有人笑话的。前几年，办公室的年轻人说网络语言，我听着奇怪，要打破砂锅问到底，年轻人就说老敏你还是学学网络吧。其实，不是我不会网络，我在人们才接触网络的时候，就开始接触网络，在其他人还用手写稿打印稿投稿的时候，我就用网络投稿了，你说我不懂网络吗，我懂，但我就是弄不懂那些个网络语言。现在又是老革命遇到了新问题。

　　昨天，听到办公室的电话响个不停，没人去接，我从隔壁跑过去一看，几个人不是在那儿吗，我接完了电话，几个人仍围在一起紧紧张张地看着电脑，好像是在玩游戏。我有点生气地说，电话都响烂了也没有接。有人头也不回地回答我，正忙着种菜"偷"菜呢，没听到电话响。我仔细地看了一会儿电脑，才明白天天有人问我种菜和偷菜的问话了。我一问他们，才知道他们在玩一种叫《开心农场》的游戏，怪不得天天看他们忙忙碌碌的，该下班了不下班，原来是忙着种菜和"偷"菜呢。

　　原以为游戏只是孩子们的专利，与大人无关，但我想错了，现在上班族都玩上了这种玩意，只要你进入任何一个办公室，准会看到有人忙着上网种菜"偷"菜，忙得不可开交，手头的工作却在那儿放着，看着令人心急和焦虑。听办公室的人说，有人半晚上起来上网"偷"菜，有夫妻俩，为了半晚上"偷"菜，你推我我操你的，竟然在半晚上打起了架，打得头破血流的，妻子现在还在医院住着呢。还有一个人家中无电脑，神经兮兮地半晚上跑到单位去上网"偷"菜，竟然被单位上的门卫当作小偷抓了起来，弄了个满城风雨。这些听起来都有点可笑，但深思熟虑之后，让人觉得有点悲戚戚的心中不是滋味。

人人都把梦幻当成了现实来看待，把梦幻中的菜地当成了现实生活中的一部分，把"偷"当成了一种光荣，一种乐趣，一种时尚。但是工作耽误了，家庭闹矛盾了，人都变成了神经质，都生活在了虚幻中。当然，生活在钢筋水泥中的人们缺少一块富有泥土气息的菜地，缺少那种劳动时带来的乐趣，没有丰收时的那种心满意足和快乐。现在有了开心农场，偶尔种种菜，收收菜，再"偷偷"菜，体验一下虚幻的田园生活的乐趣，调节一下自己的心情，是有益身心健康的。但一味地投入到虚幻的农场里，撂下手头工作放下家庭而不顾，有点说不过去。虚幻的东西毕竟是虚幻，希望生活在虚幻中的人们能够回到现实生活当中，正视自己的人生，干好工作，顾好家庭，追求自己的美好未来和生活。

草原之子

草原的青春带着饱满的激情在躁动……

盛夏，草原以宽厚温柔的胸怀迎来了一批又一批憧憬回归大自然的游人。草原的太阳给予游人的永远是灿烂的微笑。灿烂的太阳底下盛开的草原野花无比鲜艳。

"啊！草原，我轻轻地来了，正如我轻轻地离开。"一位草原出身的男大学生似自言自语，又像对他那城市出身的女大学生恋人诉说心声。

"我轻轻地来了，也会轻轻地离开。"女大学生若有所悟地说。

"我轻轻地走了，将来我一定还会轻轻地来，长眠于这里的沃土之下，长出一旺青草，回报铸就我灵魂的母亲——草原。"男大学生说。

"你身上有股子野性。"女大学生望着远方目不转睛地说。

"我在这流动的绿浪中长大，我身上的血脉里流淌的是一种狂猛无比的绿汁，只有纯洁地回报给草原，我也许才会收敛那股子野性。"男大学生望着绿波荡漾的草浪对女大学生说。

"你太天真了，草原仅仅是你人生的一个驿站，并不是你永久的家园。"女大学生生气了，脸一下子红到了耳根。

"我宁愿做草原上的一只羊，也不愿做城市里的一只蜗牛。"男大学生的心境显然受到了影响。

男大学生和他的女大学生恋人毕业后双双留在学校所在地的大城

市。男的进了一家省直行政单位，当上了单位领导的秘书；女的进了一家独资企业，当上了公关小姐。

他想着要选择一个适当的时候回到草原上去。她不知道他的心思。

他试探着问她可否愿意到草原上去。

她说："想喝牛奶，城市里有的是。"

他的试探失败了。但草原母亲博大而宽广的胸怀不会拒绝任何一个走出草原而欲回归的游子，也不会拒绝任何一个陌生的身影。

盛夏，草原又迎来了无数的游人。他来了；而她却没有来。他说："咱们分手吧?"她说："你疯了?"又一年盛夏，草原游人如织。他又来了；她还是没有来。他说："咱们结婚吧?"她觉得非常惊奇。他说："咱们分手吧?"她倒很平静。

他走了……草原野花又开了，无比凄艳。无垠的草原上，一匹黑骏马在奔驰……

刺玫花盛开的时候

农历四月初，高原上下了最后一场水雪，刺玫花就开了。

在一辆开往省城的班车上，男孩与女孩相识了。女孩怀里抱着一瓶红黄混相插的刺玫花，男孩觉得非常奇怪。女孩说她是想给同宿舍的几位浪漫女孩一个惊喜。男孩说，到省城后给他两枝红黄刺玫花。女孩答应了男孩的请求，下车时给了他两枝刺玫花，一枝是黄的，一枝是红的，红的有三朵花，两朵未开，黄的有三朵花，两朵未开。

男孩问女孩可否到她的学校造访她。

女孩说等未开的刺玫花开的时候再来。

男孩回到学校后，就把刺玫花插在了一只空茶杯里。

第三天早上，一朵红刺玫开花了。男孩赶紧去找女孩。

女孩说她的一朵红刺玫也刚开花。

男孩笑着说两颗红心向太阳。

女孩也笑着说心有灵犀一点通。

又两日，男孩和女孩的刺玫花全开了。

当刺玫花凋谢时，他俩恋爱了。

当年，他俩都毕业了，也都回到了遍地长满刺玫花的高原。

半年后，男孩到僻远的一条山沟村学里当了一名教师；女孩则留在了县城，在某行政单位当了文书。

男孩很少出沟，女孩则月月有机会到省城出差。

男孩和女孩见面的机会很少，只能以信代替会面。男孩给女孩的每封信里都有一朵风干的刺玫花。

女孩给男孩的信越来越少。

男孩对女孩忧忧地说，咱俩结婚吧！

女孩说，等到刺玫花盛开的时候我当你的新娘子。

刺玫花盛开了，其艳无比。

男孩对女孩说，你当我的新娘子吧！

女孩笑着没有回答。

刺玫花又盛开了。

男孩再也没有见到女孩。

男孩望着那条山沟里家家庭院中盛开的刺玫花，火红火红的艳艳，漆黄漆黄的灿烂，心中的惆怅如同飘飞的纸燕，落入花丛再也寻不见。

刺玫花又开了

刺玫花又开了。

郁闷的心境瞬间如同阳光下舞跃的露珠透明而愉悦。于是，一切烦躁、恼怒和不可理喻的忧愁随之荡然无存。

但是，这刺玫花开的时节是那么令人心痛的短暂。在那风起云涌的黄昏，看那艳艳的片片花瓣翩然飘落，一种莫名的忧愁和失落感油然而生。因而，抢在风起的黄昏前，轻轻地摘下几朵带有太阳余温的花朵，把它夹在留存着我丰富情感的日记里，想永远地把这份鲜艳、这份美丽、这种心境封存在我记忆的袋囊中。

刺玫花开了。

岁月的年轮终于碾过了几度春秋。几番花开花落，不知梦里花落知多少。

刺玫花是开了。可是，在你那忧怨伤神的心灵的窗户里再也读不到浪漫、朦胧、幸运、快乐、憧憬的神情，读到的却是你憔悴的容颜和落花般枯萎的心境，无可奈何的惆怅，用微颤的双肩挑着艰辛生活的重担，踽踽行进在人生田野上的身影。

又是黄昏，起了风，下了一场暴雨，刺玫花的花瓣在风雨的摧残中片片谢落。我不忍心看风雨肆意摧残鲜艳和美丽。雨后，欲飘不走。我的心顿然如同刀割般绞痛。风雨啊，无情的风雨，你为何这样无情地过早摧残这份美丽呢？

凋零的花瓣终于枯烂掉了，化成了泥土。此刻的你也许正读着那凋零的花瓣而掉泪。我明白，那艳艳的花朵是你的笑颜，要不，你怎么时常要举一朵刺玫花放在唇边呢?

刺玫花开了，我读到了你妩媚的笑容，可是，我多么忧愁你那妩媚笑容的消逝。

春天是多么地令人充满幻想、希冀和激情，令人充满无限活力和勇气，令人永远神往和怀恋。同样，人生的春天也是如此地令人神往和怀恋，哪怕是风雨交加。

星移斗转，岁月消逝，刺玫花开了谢，谢了开，年年如此，我年年读到你春天般的微笑，我的爱人。

流浪在冬季

秋霜在一个天晴月朗的夜晚突然降临了，像雾像雨又像风，笼罩了村落，进入到了那些准备远行的人的梦境中，唤醒了那些人的记忆。

同样在这个夜晚，我从一声声细碎的声响中惊醒了，我趴在窗口上望着凉冰冰的月夜，一丝丝冰凉的纤手抚在我的脸颊上。落霜了，我的心里也凉丝丝的。这样的夜晚注定是要失眠的，人常说，秋风凉光棍汉忙，那落霜了，光棍汉是不是更忙了？我在月夜的窗口思谋着那些忙碌如蚁的人，也思谋着我该去哪儿了。月儿悄然地跳进窗户，落在了炕上，轻拂着妻儿的脸庞，妻儿的脸上洋溢着甜甜的笑容，此刻正沉浸在浓浓的梦境中，我的心中有了一丝宽慰和放心。

我可以远行流浪了。

霜打的大地，阳光一照就显示出了它的肃杀和凄凉。在这样的季节里，每一个远行流浪的人，他的心境必然是要受一点影响的，心境也必然是肃杀和凄凉的。但我又不得不出门远行去流浪。没有人能拉住我，也没有人能拦住我，我知道我的责任和义务。

我在秋后肃杀的寒冷大地上依然踏上了外出流浪的步伐，去寻找去创造一片属于我的天地，不顾一切人情世故。我知道，我这一去必是要经受寒冷和痛苦的，但我一想到妻儿那酣睡的笑容，就让我不得不横下心来。我是拿青春为妻儿奋斗，我感到自豪。而后在某个春意盎然的早晨我会带着朗朗的笑容踏上归程，来看望我亲爱的妻儿。

让穷人把微笑挂在脸上

　　一个乡下老农腋下夹了一只公鸡，走了几十里山路，去县城卖钱换盐什么的。在县城的十字路口，一群城里的闲人围住老农笑嘻嘻地问老农公鸡卖几块钱。老农为难地无法回答闲人们的那种无聊的问价。他希望有一个真正的买主来尽快买走他的公鸡。他还需要买东西回家赶路呢。他的胳膊一松，公鸡扑腾一声掉落在了十字路口的地上，惊奇地伸直脖子不知所措地向四周张望着。它的眼前不再是熟悉的低矮的农舍、清澈无瑕的天空、纯洁无尘的流云，还有那调皮的小羊羔、叽叽喳喳的小麻雀……

　　于是我想到了我的乡下的那些朴实的农民兄弟。父亲说，当农民太苦，尤其是当贫穷的农民太孽障。其实，出生于农村的人都知道，在农村里有一部分人真的可怜和孽障。父亲说，一次，乡上给村里拉来了一拖拉机估衣，车就停在村里的大场上，村主任接了任务，挨门挨户地叫人去分领估衣。但最终村里那些最贫困最需要衣物的人却不能拿到本该属于他们的那点衣物，而恰恰是那些最不需要也最瞧不起穿估衣的人，把那辆拖拉机围了个水泄不通，争争嚷嚷地抢着抱走了那些衣物。那些最需要的人却最终默然地回到了家里。父亲说，他们没有怨言，也没有生气。原以为他们中有的人会流泪，但他们却没有流泪。他们的眼泪是那么地金贵。只是像那只被老农抱到县城十字路口的公鸡一样，默然对待了强汉的强分。

　　还有一件事，父亲说有一年县经贸委给村里的特困户拉了几十袋优质面粉，准备发放给那些揭不开锅盖的人家。也就在村主任通知特困户的时候，还是那些天天吃大米白面的人眼红那几十袋面粉，便一哄而上三下五除二抢着扛走了。仍然没有那些最需要的人的份，于是村里有人看不惯这种欺人的风气，给乡上打了电话，乡上人是来了，但最终也没给贫困户要回那些面粉。穷人们还是忍住了，因为他们知道，一袋面粉一家人只能吃几天，从根本上解决不了吃饱肚子的大问题。他们没有怨言，也没有流泪，金贵的泪水不能流给那些看笑话的人看。

父亲说，但有一次，他们是流了泪水的，因为他们是忍无可忍了。他们只有用泪水来诉告。去年发生了地震，那些贫穷的人家的房屋本来就破旧，而一经地震，有的人的房屋就倒塌了，墙也倒了。国家给那些人灾后重建的资金，但那些在地震中房屋没有损坏的人却不答应了，眼红那点灾后重建资金，处处闹事，闹得人惶惶不可终日。于是穷人们流下了令人同情无比的泪水，他们那不是祈求强汉的容让，而是发自内心的一种无可奈何的诉告。

穷人的眼泪贵如油，但有时候也不得不流，也许这是一种对强汉霸道的自然发泄吧。让我们还是心怀一点儿同情和忍让吧，让我们的穷兄弟们有衣穿，有饭吃，有房住，也和我们一样时常把微笑挂在脸上。

生 命

　　路，沿河舒缓地向南伸展开去。河，清明如一条蓝带。临河的这段路随地势弯曲而悠长。路边满植白杨树，到了夏天，给人一种城市林荫道的感觉。但是一到冬天，这里就一派荒凉，满目疮痍，黄土飞扬。然而就在冬尽春来之际，在这条路边，植树节那天，我发现了一棵破土生长的幼芽：矮短的细茎秆上负着淡淡的蜡油似的两片嫩叶，在阳光的沐浴下轻轻颤动，也向我展示出淡淡的光泽。

　　这是希望，是一种洒脱。

　　我感动这生命的伟大。虽然它只有两厘米高，给人一种柔嫩、弱不禁风的感觉，但是它在周围的一片荒凉之中，在静寂的河边，在干硬龟裂的黄土地上生长出来，表现了一种顽强的精神，一往无不胜的勇气，一种不懈的追求。

　　我蹲在它的面前，久久没有离去，想着它怎样挨过一个又一个寒风刺骨的黑夜。我想铲它移入花盆，却不忍心破坏这生命的固有存在。只有看它轻盈的柔和舞姿，谛听飞鸟的赞歌。为了它，我宁可放下工作，看这蜡油似的生命直至忘记一切。因为它使我消除了怅惘和失望，培养起勇气，面对现实，憧憬未来。

　　生命就是希冀。

失恋的菜刀

　　单位上加完班，已是晚上11点钟。回家还是蹲单位心里正犹豫不决，女儿来了电话。听到电话里女儿稚嫩的带点哭腔的声音，我知道女儿还未睡觉。我不在，女儿是不会睡觉的，我决定回家。从办公室窗口向外望去，深秋的夜色昏昏暗暗的。办公室的灯光映着窗前花园里朦朦胧胧的花草，而花园里那棵杏树上栖息的鸟儿已进入梦乡，归于寂静。大街上几盏未坏的路灯暗昏昏地照着夜行的路人。偶尔有载人的"电蹦子"声穿过昏暗的夜空，稀稀的。在这样的暗夜里回家，心里还是有一丝害怕和忐忑不安。但我不得不回家。我出门时敲碎了门卫老宋的梦境，他有点不耐烦地起身打开了大门。刚走几步，老宋却又不放心地叮咛我路上要注意安全，找辆"电蹦子"乘坐着回家。可大街上空无一人，连最晚收摊的"阿里巴巴"烤羊肉摊点也打烊回了家。大街上哪有"电蹦子"呢，我只有步行回家。这样也好，我可以乘着秋夜的凉风爽快一下我肿胀的脑袋，也可以一边走路一边构思我昨晚未写完的小说的结尾。街道空寂悠长，幽暗深邃。只有希冀赚最后几块钱的店铺虚掩着钢化玻璃门，亮着灯光，照着一只不大的街面。

　　我不紧不慢地走着，街道两面黑咕隆咚的角落里似乎有老鼠在窸窸窣窣的，在寂静的夜色里，一切微妙的声响都显得那么清脆入耳。我开始构思我的小说的结尾：在深秋夜色的掩盖下，一只猫似乎是一个幽灵划过了屋脊……我听到了脚步声……

我确实听到了脚步声，有人在跟踪我，似乎是个醉汉，但又不像。我的心里开始毛躁起来，不由自主地加快了脚步。突然，有什么东西在我的脑后闪烁了一下，就感到一件冰渗渗的东西架在了脖子上，分明是一件铁器，一件锋利的铁器。"朋友，不要回头，朝前走。"一个声音粗粗地吩咐我。

我的心里凉了半截。抢劫，我在心里惊呼。

我顺从地朝前走。前面的街道一片昏暗，只有十字路口那儿还有一点亮光，一盏路灯孤零零地亮着。我斜眼瞅了一下，锋利的铁器的刀口上泛着一股清冷的寒气。我的脖子快缩到衣领里了。我的心率开始变快。

到底要干什么，我不明白。要劫财不必找我这样的人，像我这样的人往往囊中羞涩，就是榨出骨油也值不了几个钱；要是手痒了打架，也不必找我这样的人，像我这样的人常年坐办公室，筋骨早坐酥软了，手上没有四两力，根本就不值得打架。可眼下这人究竟要干什么？我语无伦次地试探着问他："你要我到哪儿去？我身上没钱。"

"谁要你的钱，闭上你的嘴。"他吼住了我的问话。

我更心悸不安。

莫非？

此时此刻，我感到深秋的夜十分清冷，我浑身瑟瑟发抖，弱不禁风。

我只有往前走。脖子上铁器的利刃直往肉里钻。就这样一直走到了十字路口，路边的路灯映出了两条长长的人影，从长长的人影上我看出身后的那个人左顾右盼。我想，他是在夜幕的掩盖下生存的人，一定见不得光亮的，一切光亮都会使他恐惧。我想到了跑，可那件锋利的铁器紧紧地架在我的脖子上，使我脱身不得。

"朋友，对不起，我失恋了。"突然，他用铁器在我的肩头上重重地拍了两下。

我猛地回过头去望了一眼，看见了一把菜刀——餐馆里厨师用的那种公斤级的菜刀。他恶狠狠地吼了一声："滚。"我才醒悟般飞似的"滚"了起来。

失恋的人往往是疯子。我用跑百米的速度躲避着疯子直奔家中。到家里时，我瘫成了一堆泥。

我对惊奇的妻子和女儿反反复复地说，疯子，失恋的菜刀。

天堂离我们有多远

　　谁不向往天堂？可谁也没有见过天堂，但当你真正顿悟了人生的意义，存有那么一份疼爱的时候，天堂就离我们不远了。

　　去年四月份，我到一个较僻远的村上挂职任村支书。说实在的，我虽然出生在农村，但对农村的工作还是比较陌生的，在农村开展实质性的工作我还是第一次，很多事情我拿不准也不懂，我得请教村主任。村主任五十岁上下，大高个，精瘦，头发已花白，但精神矍铄，也非常能干，把村子治理得井然有序，把各类事情打理得整齐明白，各项工作也就做到了前面，因此，上面和周边乡村检查工作和观摩经验的人也就多，今天一批明天一拨，迎来送往的简直让人吃不消。那天，我俩送走了最后一批观摩经验的邻近乡上的干部，精疲力竭地躺在村委会的土炕上闲谝。突然，他好像有了什么心事，有好一阵默不作声，两眼望着窗外，狠狠地骂了句娘。我在村子里蹲了近五个月，对他的脾性还是有所了解的，一般情况下一点小事他是不放在心上的，我猜想他是遇到了什么泼烦事或是被什么人招惹了。我不敢多嘴问他，任他生气，任他沉默。我干坐着等他在沉默中爆发。有那么一会儿，他盯着我目不转睛地问："天堂离我们有多远？"我一时愣住了，天堂究竟离我们有多远，我不曾仔细想过这个问题，但我向往天堂，生活在天堂里是一种永恒的幸福。

　　停了一会儿，他又说："不入天堂，便下火狱，不下火狱，天理难容。"

这次，我听明白了，他的心里对某人有了天大的怨恨。

"你说，今天跟在那个乡长屁股后面的那个白脸小子咋样？"他问我。

"溜沟子呗。"我随口说道。

片刻，他又气愤地说："仅溜沟子也还罢了，这小子是我们村的，你不知道，他家里非常困难，母亲瘫痪在炕上不能动弹，弟妹都还未成事，一家大小全靠父亲一人苦牛一样地挣扎着支撑家务，甭说有多困难了。这小子工作了，不但不给家里补贴家务、孝顺娘老子，反而在外面大吃大喝，几年了也没有回过一趟家，根本不管家里人的死活，好像他是从石头缝里蹦出来的人儿。你看今天他那个尿包样子，活脱脱要钻乡长的屁眼儿，乡长拉屎撒尿他也要拿上卫生纸站在茅坑边上毕恭毕敬地等待。要是把对乡长的那份孝心匀出一半或是少半给父母，那他也就是个孝顺儿子了，那么天堂里也就有了他的位置了。"

作为人应该是有思想的，是能辨明是非的，除非是白痴，但是白痴也知道疼爱自己的父母，疼爱父母这是人的天性。

去疼爱自己的父母吧。天堂离我们究竟有多远？天堂就在父母的脚下。让我们到父母的脚下去求天堂吧。

向往天堂这是平常人对永恒幸福的追求。

童言无忌

1

四岁的女儿有一日突然想到了一个古怪的词——殁。

那天我和妻子说一件小事，女儿睁大眼睛听着。忽然问我："爸爸，人殁了就没气了吗？"我说："就是。"女儿又问："那人殁了埋进坟里会冷吗？"我说："也许冷，也许不冷。"女儿穷追不舍地问："埋进坟里土会钻进眼睛和嘴里吗？"我说："爸爸没见过，也没有试过，不知道土会不会钻进眼睛和嘴里。"女儿思忖了许久，满脸的迷惑和不解。又过了一会儿，她说："我殁了，爸爸妈妈把我埋进坟里，甭叫土钻进眼睛和嘴里。"

听女儿这么一说，我心里就震惊不已。女儿真是顽童，不谙世事，不谙阴阳两界，轻言一个"殁"字，竟然把"殁"看得比睡觉还简单。犹如说："爸爸，妈妈，我睡着了给我盖好被子，甭叫我着凉。"就这么简单。

在女儿看来，好像生与死都是一件极简单极容易的事。可在成人看来，死是一件令人可怕和恐惧的事。也往往是不敢言及死的。

2

女儿两岁半就上了幼儿园，上了两年，四岁半上了一年级。女儿上幼儿园的两年中学会了全部的汉语拼音，并学会了三百多个简单的汉字。但自从上了一年级后，老师布置的家庭作业非常多，往往两三个小时写不完。我看着女儿重复着已学会的东西，劝女儿少写点。可女儿说老师让她们把一个汉语拼音写十行。女儿苦不堪言。我对女儿说，写不完行呢，你去给老师说，就说你会写，要么就说是爸爸让少写的。第二天中午放学回来后，女儿又哭又闹，说让老师打了一顿，没有完成老师布置的作业，老师发火了。还罚交了十根铅笔。

女儿挨了骂挨了打，对老师有了一种恐惧心理，再也不敢对老师讲任何真话了。老师的一顿打把我女儿天真的天性给泯灭了。

可悲，可叹，可惜。

3

一次妻子洗澡带着女儿，女儿回来说澡堂子里洗澡真好。但没有说好在哪儿。

过了一段时间，我和妻子携女儿回家看望父母。大家坐在炕上有说有笑吃着午饭。女儿犹如哑巴突然记起了娘似的，一个劲地大声喊着奶奶，声嘶力竭地说："妈妈精沟子，妈妈精沟子。"女儿的这声喊，大家防不胜防。父亲和母亲装着未听见，埋头吃着饭，妻子臊得脸红大红大的，三步赶成两步，一把扯过女儿往地下拖。可女儿仍不甘心，大声喊嗓地叫着："妈妈精沟子。"女儿被妻子拖出屋门后屁股上被拍了几巴掌。女儿哭了。母亲忍不住生气地说，自个儿在娃娃面前不注意遮掩，不注意形象。娃娃说了实话，还成了娃娃的错。行了，以后注意点。

妻子自那次害羞之后，再也没有领女儿洗过澡。

4

女儿期中考试语文考了九十六分，在班里五十四名同学中名列第三。妻子拿着女儿的试卷夸遍了所有的亲戚朋友。妻子这一夸就不得了了，女儿学习的兴趣和劲头更足了，每晚学字学到10点多钟还不睡觉，一个字带拼音写一张，写得中指上都起了老茧。我看女儿这样学习实在太辛苦了，有点不忍心，劝女儿少写点。可女儿却哭了，哭得嗨嗨哒哒的哄不肯。后来哭罢了我一问，才知是她班上有一对双胞胎姐妹叫来月来圆，语文考试考了一百分。女儿不服气。女儿哭罢又去写作业了。蒙蒙浪浪的，字都写不利索。我让她休息，她摇头不肯。最后在我的劝说下，女儿不情愿地合上了书本，安心去睡她的觉。可睡了眼睛却睁着。好一会儿，她才忧虑地说，期中考试的时候，默写《画》的时候，她照看了书。不然她只能考八十六分。原来如此，女儿的心中原来有这样一个结。我取来铅笔和纸，让她默写了一遍《画》，竟一字不落地默写了下来。她笑了，含着笑入睡了。

选头羊

头羊患上了腿疾，担负不了头羊的重任了，赋闲在家养病。羊群里没有了头羊，羊群就成了一群散羊，这就给我的放羊工作带来了极大的不便，几只羊要走东，几只羊要跑西，还有几只羊竟然哪儿也不去，懒在家里要我喂养，它们既没有腿疾也没有眼病，懒在家里不出门不上山，它们的吃就成了大问题，一时间，我被分裂成几股的羊群弄得手足无措。我决定要拿出点硬的东西来修理这些羊。可手中的鞭梢未落到那只跑东的羊身上，那只跑西的羊早就溜之大吉跑出了大门。我没有办法拿住这群羊，也就只好忍气吞声。

该重新选定一只头羊，这是我的决定。我开始观察我的羊群，我要选定一只羊来充当头羊。羊也许知道了我的心思，变得乖巧了许多，等待头羊的桂冠落在自己的头上。可我是在选择一只既为我负责又对羊群负责的头羊，我得仔细地挑选。那只白羯羊不行，它太沉稳，也太自信，自从头羊患了腿疾后，它就自觉不自觉地担负着头羊的重任，领着羊群上山，可有时羊群也不太听它的话，它的领导能力还远远达不到做只头羊的标准。那只黑羯羊还不错，在白羯羊领导不力的时候，它往往会站出来咩咩地叫上几声，把一群羊重新引上羊道。它就是头羊，就这样选定了。

我的羊群重新有了头羊，我的心也就放下来了。

可是却出现了一个天大的灾难，这在我放羊的二十多年岁月里还未出现过。有一个午后，我在睡梦中被一声巨雷惊醒，醒来后却发现我的羊群不见了。我迅疾地爬起来就往回跑，这时倾盆大雨如泻如注。当我赶到最艰难的那段路上时，我发现羊群就在山崖下，我跌跌撞撞地绕弯下了山崖，发现我的羊全部死亡，全都是跌下山崖而死的，我找着了头羊，它的脖子被摔断了，它的左眼干涸着，原来它患有眼疾。朦胧的雨雾中我抬头望着山崖，山崖边上似乎有只羊在走动，似乎是那只白羯羊。我清点了死羊，单差那只白羯羊。

做任何事情都不能只看表面，而要看实质，看待一个问题也要深思熟虑，不能草率决定；对一个人也不能要求十全十美，而要看其本质，允许每个人都有一点缺点和不足。因为人无完人，金无赤金。

羊倌与羊

有一个小故事，说有个村子有群羊无羊倌，村里找了个小孩当羊倌，放羊的第一天，村里人对小羊倌说，山里狼多，狼来了就喊我们。小羊倌放了几天羊很感寂寞，有天他想起村里人说过狼来了喊人的话，嗓子一痒大喊了起来。村里人听到小羊倌的喊叫，纷纷拿起农具上山驱狼，可到了山上却不见有狼，原来是小羊倌取乐大家。大家摇摇头下了山。过了几天，狼真的来了，小羊倌又扯开嗓子大喊大叫，可这回却无人相信狼真的来了，无人上山驱狼。结果呢，羊群死的死伤的伤，小羊倌也命丧狼口。

还有一个小故事，说有个羊倌放养的羊群里有只馋羊，天天乘羊倌不备时偷吃庄稼，根本不把羊倌的警告放在心上，日子久了也就不把羊倌放在眼里。有一天，馋羊乘羊倌睡觉的当儿再次跑到麦田里偷吃麦苗。羊倌醒来后清点他的羊群，发现羊群里缺了一只羊，仔细一察看，竟是那只馋羊不见了，他就来了气，顺手操起一块大石头一路找寻而去。馋羊被青青的麦苗所吸引，吃了一片又一片不肯撤出，在它吃得正得意时，羊倌赶到扬手向它抛出了那块大石头，大石头带着愤怒狠狠地砸到了它的要命处，馋羊当场倒地一命呜呼了。

这个世界是羊倌与羊的关系。农村里常拿一个家庭的家长和家庭成员与羊倌和羊作比较，甚为贴切，道理浅显易懂。一个放羊的羊倌如果放任不管，羊就会给羊倌找来许多麻烦，诸如吃庄稼、踏菜园等，一切令人气愤难堪的事就会接踵而来，结果呢，吃亏倒霉的往往是羊倌，挨骂、赔钱。

这个世界既然是羊倌与羊的关系，那么羊倌就得恪尽职守，尽到自己的责任，时时刻刻看好管好教育好自己的羊群，不让自己羊群中的羊有任何的越轨行为，而且还不能做欺骗于人的事，羊有嘴馋的毛病，满眼绿色那是很吸引它的，因此上管教羊不吃庄稼不做嘴馋的羊那是羊倌的责任。

然而，现实生活中，羊倌往往是尽不到自己的职责的，而羊也往往是乘羊倌的放任不管或是管教不严做出许多越轨和出格的事来，令羊倌难堪甚至蒙羞。但作为人，我们都是羊倌，但同时也是一只受管于羊倌的羊，扮演着不同的角色，父亲对儿子来说是羊倌，儿子对父亲来说是一只受教育的羊；在单位上领导就是羊倌，其下属就是羊……因此上，我们必须有爱有恨，敢爱敢恨，甚至是大爱大恨，时刻摆正自己羊倌与羊的关系，做一个好羊倌，当一只好羊。

一棵树的微笑

　　阳台是落地式的，坐在阳台上向南望着，大路直直地向南伸去，然后是一排瓦房挡住了去路，大路便由南向东折去，就在大路拐弯的角上有人栽了一棵白杨树，树不是太高，但也枝繁叶茂。她去上班，从门卫那儿推了自行车，慢慢地推着不回头地向前走，走到那棵白杨树跟前才停下，微笑着向楼上望上一会儿，再跨上自行车，急匆匆地上班去。她骑上车后就猜想他是不是看见了她对他的微笑呢。其实，就在她停下的那会儿，他也坐在阳台上给她挥手呢。只是他们彼此没有说过微笑和挥手的事。不管是刮风还是下雨，他们都没有放弃过对彼此的这一点安慰。只是彼此看不见罢了。她看到的是轮廓模糊的阳台，他看到的是或绿或枯的白杨树。

　　她知道他的心里很苦。要不是那年那个雪天，他还是一个健康的活泼人。那年那个雪天，她买了一袋面粉拖在自行车上在雪中滑滑溜溜地回家，他从阳台上看见了，急急忙忙地奔下楼，飞跑着来接她，突然一个趔趄从楼门的公路桥上滑了下去，那一滑他就再也站不起来了，从此和轮椅相依相伴了。她的一双美丽清澈的眼睛从此也就成了水泡眼，泪水从来就没有干过，可天天泡在泪水中生活也太不像话。以后的日子还长着呢，她的人生就像太阳的影子一样，才从东面的墙头上照过来，又要走过炎炎的院落从西面的墙头上爬过去，那还有一段漫长的道路要走。也有好心人劝她重新选择生活，她拒绝了好心人的劝说，她不能丢下他。毕竟他们还是有感情的。他也曾劝她去过自己的生活，她没有搭理他。她知道如果那样，那对他将是一种肉体和精神上的双重打击，她不允许自己那样想，更不允许自己那样做。

他想站在那棵白杨树跟前看一看，她天天推着自行车到那儿后站着干什么呢？这个想法一出来，他就急得坐卧不安。他得找个合情合理的理由，然后提前去想方设法藏在那儿。这个忙她帮不上也不能帮，但靠自己也不行。他想来想去，只有叫个同学过来。有天，他终于忍不住叫来了一个同学，说了这个事。同学嘿嘿地笑着说，这还不容易，我悄悄地去瞧个究竟告诉你不就得了。但他心里不踏实，人常说，眼见为实。但他现在这个样子，只有靠同学了。那个同学说，我明天早上就给你看个究竟。那个晚上，他竟然让同学的那句话弄得没有睡着。早上，她给他做了早点，他吃得很少，她发现他的情绪和往常不一样，但也问不出个所以然来，只好匆匆地上班去了。咚的一声，她关上门走了。他就急不可待地把轮椅摇到了阳台上，他坐在阳台上目不转睛地看着那个拐角的地方和那棵白杨树，发现她到了那儿后，和往常一样停下来转过身站了一会儿，但有一点不一样的是她站的时候比往常要长。他的心里就有了一种空落落的感觉。她骑上自行车走了。他就想到了哭，喉咙中哽咽着，眼中也涩涩的。此刻，他的心里七上八下的，想尽快得到同学的回话，但也害怕见到同学，他的心里很矛盾。

她走了一会儿，同学才从那拐角处冒了出来，不慌不忙地走来。他的心里就紧张而又害怕地跳着，咚咚地。真不知同学看到了什么，现在他急切想知道。

同学来了，脸上笑嘻嘻的，说同学你猜我看到了什么。你猜不着。我为你感到自豪，她谁也没有看，什么也没有做，而是对你不放心，站在那儿看你呢。就像你不放心她，天天坐在阳台上看她一样，这才叫真正的爱情，叫人羡慕不已。听同学这么一说，他的心里的那块疑团就解开了，心底的那块石头也就放下了。

不该再消沉下去了，该做点什么了，他坐在阳台上思谋着，心里暖暖的，望着那棵嫩翠的白杨树他笑了。他还朦朦胧胧地看到了一张微笑的脸。以前，他怎么就没有发现她回来的时候也会在那儿站一会儿呢。他也知道她在那儿微笑着呢。

　　那棵白杨树此时也正对着他微笑着，他似乎听到了白杨树的笑声，笑得哗啦啦的。

一条红丝巾

　　房子里旧物堆积得多了，需要清理掉一部分，每年都有一部分不用的东西被我清理掉了。但是我从大学毕业带回来的那只箱子一直放在大立柜顶上，几年了也没有清理过。只是近日，所买的书和所订的杂志堆放在写字台上有点碍眼挡手，我决定整理下，清理掉那些不需要留存的书报及杂志。整理时却不经意间看到了放在大立柜顶上的那只喷满灰尘的箱子，那上面虽然蒙上了几张报纸，但灰尘依然渗透了报纸，把箱子的皮面喷得脏兮兮的，用手一摸，油腻立刻沾了一手。我小心地从立柜上取下来，费劲地找到了开它的钥匙。在我打开它的同时，也打开了我尘封已久的记忆。里面整齐地放着我大学读书时的课本、讲义，还有一条鲜红的丝巾。睹物思人，这丝巾是我的一位女友送给我留作纪念的。这条丝巾不但演绎了一场令人心动也令人心酸不已的故事，而且也继续演绎着一个令人心颤的故事。

　　大学毕业的那年，五一放假，我回了趟家，五一回家的初衷是想征求父母的意见，毕业后上外地工作还是回家乡工作，这在当时我自己是做不了主的。那个时候的我对自己的工作的事没有任何主见，父母的意见就是我的主意。过完假日的头天我就动身回校了。那天也许是学生都回校的缘故，班车也紧张，我没有赶上开往省城的班车。与我一样没有赶上班车的还有一个女孩，我好像在哪儿见过她，又好像未见过。黑咕隆咚的，我看着她，她瞅着我。我见她瞅着我，忙避开了她的目光，但她倒也大方，反而笑着迎了过来。大大方方地问，你也是上学去的吧？我简单而又含混不清地应了句"嗯"，就再没有下文。后来我看到开票处的灯亮了，就过去问了问，才知道还有一辆开往省城的班车。卖票的小姑娘告诉我说，头辆班车的票在昨天就卖完了，所以今天她来得迟一点，我赶紧掏钱买票。掏钱的当儿我就想到了她，问她买不买票，她说当然是买了，就和你买在一起吧。就这样我和她登上了同一辆开往省城的班车，坐上了同一辆班车的同一排座位。其实，通过交谈才知道她是位非常健谈的女孩，我并没有问她上哪个学校，她像倒豆子似的一股脑儿地告诉了我。说她正上省城师范专科学校，今年七月份就要毕业了。还问我上哪所大学。我说了我所上大学的校名，她立马就来了精神，说她有一个亲戚也在我所在的那所大学读书，回去她有时间到我校来看望她的那位亲戚。我说，你来的时候也顺便来我这里坐一坐，因为我们已经认识了。她笑了，说，那是当然的事。其实，那时候看上去，她好像一个高中未毕业的学生，扎着一个马尾头，穿一身蓝色的运动衣。眼睛大碌碌地看着一个固定的地方，深不可测，似深泉也似碧海，清澈明亮，但也不失清纯和可爱。我这个人轻易和人交谈不上，拉不起话匣子，而和她只一会儿就轻松地拉起了话匣子。说话的当儿，我注意到了她脖子上围着一条红丝巾。我有点奇怪地问她，说快要到夏天了，你还围条围脖。她听我这么一说，就嘿嘿地笑了。笑得有点抑制不住自己，末了，才说，那不叫围脖，叫丝巾，是女孩子的装饰品。那时，我就觉得女孩围上一条红丝巾的确有点特别，有点光彩照人的感觉。这种感受我没有对她说出来，一直埋在我的心底里，直到今天。现在当我买来红丝巾让妻子围在脖子上时，她就有点难受，她不喜欢在脖子上围条红丝巾，她喜欢白丝巾。两个不同的女人喜欢不同的颜色，这多少让我有点吃惊，可吃惊归吃惊，我心中的红丝巾还是抹不掉的。

对了，她名叫马兰珍。

到了学校里，生活依然是三点一线——上课，吃饭，睡觉。只是临近毕业了，学业也不是太紧，学风也不是太浓，每个人的心里每时每刻思谋的都不一样。只有我的心还算平静。我的工作我征求了父母的意见，是回家乡工作。父母说回家乡工作一来我可以照顾上他们，免得他们挂念，二来也可以照看上两个未成年的弟弟。这是我的责任，也是我的义务。到了周末，同学们都去务忙自己的事，而我则静静地躺在宿舍里读书，然后再写上那么一点稚嫩的聊以自慰的文字。

又一个周末，满宿舍的人都忙碌着上街买东西去了，只剩下我一个人斜靠在被子上似睡非睡地打发着无聊的时光。我在恍惚中听到了轻轻的敲门声，静心听了会儿却没有了声音，眯上眼那敲门声却又敲得重了。我下床拉开了门，门开的瞬间我就吃了一惊，见马兰珍脖子上系着一条红丝巾站在门口，眯了眼笑着，笑得那么可爱撩人。她说她找亲戚来了，却没有找着，就来看我来了，说，欢迎我吗？我请她进来，给她倒开水，不小心开水洒了一桌子，也淋湿了她的裤子。她见我笨手笨脚的就"扑哧"地笑了，笑得那么舒畅开心，无拘无束。

就这样，我们很愉快地谈到了工作的事，也谈了其他很多事。

再后来，我们还忙里偷闲去了公园，渐渐地我跟她有了一种一日不见如隔三秋的感觉，我是默默地喜欢上她了。我也看得出，她也是喜欢我的。只要一到周末，她准会在吃晚饭前赶到我们学校。她来了，我就不再去踢球，也不去闲逛，而是专心致志地陪她。她来了也不急着回去，而是要住两个晚上的，一般情况下她都是在星期一早上才回学校。她来了我高兴，但有一件事很麻烦，她的住宿是问题。要我天天向我班的女同学借宿。然而借宿遭白眼也好，她就是不恼不烦，也不难受。我俩这样交往了一段时间就面临毕业了。面临毕业，人心惶惶的什么事也干不成。可就在人心惶惶的时刻，她突然来问我将来在哪儿工作。其实，在此以前我就一本正经地告诉过她我的去向。当我再次告诉她我的去向时，她很遗憾地说，要是我俩在一个地方工作该有多好，可我不能违背父母的意愿，她也不愿放弃自己的努力，人各有志，我们是走不到一块的。我已经看到了我们的结局。我们大大方方地谈了一次，推心置腹地说了各自的想法。下午我们一起愉快地吃了晚饭，快刀斩乱麻，了结了我们的事。临分手，她解下脖子上的那条红丝巾叠成四方形交到了我手上说，留个纪念吧。我真不明白还有她这样送纪念品的。蓦地，我明白了她还是喜欢着我的，跟我一样没有再次表露罢了。

后来，毕业回家，分配工作，把人心搞得乱糟糟的。那条红丝巾就一直躺在我的书箱里再也没有拿出来过，一直存放到了现在。今天拿出红丝巾，见物思人，屈指一算，差不多已过去了十五个年头，这十五年里，人生沉浮，变幻无常，也常有一些始料不及的事恍惚着碰上赶上了，弄得人手足无措。

我结婚迟，生养孩子也迟。今年女儿也才有五岁半，上小学一年级。女儿上小学一年级，我从没有送过她，更多时候是妻子送女儿上学。有一次，我生了病，请了几天假在家中养病休息。一日中午，妻子有事送不了女儿，我就送女儿上学顺便看看医生。上学的路上，我仔细地问了女儿的学习情况，还有女儿学校和老师的情况。但女儿说不上老师的名字。我决定见一见女儿的老师。女儿领着我朝她的教室走去，突然停住脚步拉住我的手摇晃着说，前面走的就是语文老师，我快走几步赶在了老师的前面，转身向老师问好。她吃惊地问我："您有事吗？"刚问完就凝定在地上不动了。瞪大着眼睛，脸上流露着一种惊讶和怪异。时间似乎凝固了。她吃惊地重复着一句话，"你是？你是？"其实，在我转身的当儿，我就已瞧出了她。只是我怀疑地在心里问了自己好多遍，她怎么就到了这儿呢？停了一会儿，我笑着问好："马老师，你好！"经我这一问，她才从窘迫中回过神来。向我伸出了双手，要跟我握手，虽然我这双手天天在和人握，但很少和一个女性主动而又大胆地握过手。我的疑虑始终在心中缭绕，她怎么就到了这儿呢。我见她依然像当年一样，脖子上系了条红丝巾。时间过去了差不多十五年，她仍然没有大的变化，还是喜欢系那么一条红丝巾，红艳艳的。这就不能不叫我吃惊了。

然而见到了她，我的心里却一下子开朗了许多，也清亮了许多。容易激动容易想入非非的时代毕竟过去了，今天的我们都到了用理智思考问题的年龄，只能把那一丝挂念和思忆封存在记忆深处，闲来再打开记忆的阀门想上那么一会儿抑或是想上一次，那是一件多么惬意的事情啊。

后来我送女儿的时候问过她回到家乡的过程。原来她在外地工作也不尽如人意，就求人调了过来。本来是想来找我的，但我那时已结婚了。她也就打消了和我接触的念头。

那条红丝巾封存了那么多年，妻子就没有问过，也没有动过。显然，她也许知道这条红丝巾珍藏着一个令人心动的故事和一段不曾湮灭的记忆。

永恒的生命

月有阴晴圆缺，人有悲欢离合，树有植伐枯荣。

百年前，一株白杨树在一条小道旁被人植下。百年后，小道变成了大路，而这棵白杨树却在它长成参天大树后枯死了，浑身的树皮已剥落殆尽，白骨般的秃枝桠白晃晃地直刺苍穹。

从此，暴雨肆意地欺辱它；狂风剥蚀它；炎阳烧烤它；寒冷揪扯它；行人嫌弃它……

其实，它是被人折磨死的。瞧，它身上被走山穿林之人毫不留情地掏了一个大洞，用柴火熏烧得焦黑，犹如一头张口咬人的雄狮。它的血脉被烧燎断了。它成了一棵枯树。

然而，断了血脉的它却在孕育着奇迹与希冀。仰起你的头，看那枯萎风干的向苍穹乱刺的秃枝桠的主干上，是谁插上了一枝嫩叶舒展的枝条？不，那是生命真实的存在。

这是奇迹。

这是生物界对生命无限珍异的一种强烈表现。

这是大自然对人类肆意破坏、强取豪夺自然资源的嘲笑和讽刺。

我的一位朋友时常抱怨生活太清苦、无意义，在困难面前畏缩不前，总觉得怅惘无靠。于是，我就给他讲这棵掏空树身的枯树生有一枝嫩叶的奇迹。他竟拍着我的背部不相信地说："我的大作家，我相信你编故事的能力，也相信奇迹，但我不会相信你的胡编乱说。"

后来，我利用下乡的机会，专门为那棵平常而又极不平常的白杨树拍了一组照片。一张是晨曦熹微时树干有湿意的照片，绿叶在照片的左上角；一张是晚霞洗空时树干微黄时的照片，绿叶在照片的右上角。照片洗好后，我马上给那位朋友送了一组。他看到后竟大呼小叫："奇迹，天下仅有；奇迹，生命不息。"

朋友非常喜爱这组照片，把它装框挂在了卧室里，日日读它，夜夜思考它，竟悟出了许多人生哲理。后来，再见到他时，他说："读它，增血气；思考它，添骨气。"

同样，我把这组照片放大装了框，挂在客厅里，命名为"灵魂的参照"。因而，许多人从此便了解了我，知道了我。

我谈了四年的女友离我而去时，我给她送了这组照片——树照。我要让她知道，我会面对失去她的现实而勇敢地生活下去，不会渴求得到她的怜悯，也不会期望她的回心转意，更不会因她的离去而就此消沉，一蹶不振。

我日日读它，便强烈地感受到我的血脉在急剧地膨胀，流淌的血液刹那间化成了一股无形的力量，永远的硬气。从此，我想我比别人多了一样东西——藐视一切困难的勇气。

帮扶手记

自强不息两兄弟

那天，冒着风寒轻轻推开矮小陈旧的大门，一脚踏进去，院内静悄悄的，没有一丝声响。种田歇活的简单传统农具整齐地挂在西房屋檐下的土墙上，一排看过去有两把割田的镰刀、三把刨土的镢头、一把锄草的锄子、两把打土疙瘩的木榔头、一把捞草的捞耙、两把挑草的铁叉。另外墙根底下还有一个碾场用的石碌碡，两头中间镶嵌的红桦木柄磨勔得光溜溜的，纹路很是清晰，像是久经风霜的哪个农人的脸庞，没有丝毫的杂质。院落中没有农村庭院里常见的那种杂乱无章和无绪，也没有一般人家中打扫不净的草棍、鸡粪和杂物，显得干净整洁，透着生活的气息，从这一切可以看出这是一个对生活充满了憧憬和希望而且人穷志不穷的家庭。

也许是听到了我们一行几人的脚步声，杨成俊和他弟弟掀开堂屋门帘微笑着迎了出来，热情得不得了。这种真诚的热情让我们一行感到很不自在。因为我们从乡上对接贫困户的时候，就知道了他们的具体情况。一对双双残疾的兄弟俩，哥哥杨成俊五十五岁，十个手指莫名溃烂；弟弟五十岁，有点智障，智力有限，听力受阻，你说啥他只会笑着。坐在他们家堂屋的破沙发上了解基本情况的当儿，我环视周围，屋内空空如也，家具是古董样的老家具，不知是用了几辈子，漆黑中透着几分光亮。土地上洒了清水，扫得一尘不染，透着一种久违了的腥土味。就是这样的两弟兄，家里的土地硬是没有荒着，去年弹挣着种了两亩油菜，一亩大豆，半亩洋芋，还种了两亩麦子，吃饭不成问题，再加上享受着农村二类低保，生活还能勉强过得下去，但假如两人中的一人有点闪失得一场病，或是杨成俊的十个手指检查不出病症治愈不了，那对这个家庭来说无疑就是雪上加霜，惨不忍睹。今年要种地，早早地用积攒的钱买了化肥，怕是过个年把仅有的一点钱花光了种不了田，他们还是愁着来年，愁着来年的耕种，愁着来年的日子。

　　说实在话，由于工作性质使然和曾经的乡镇工作经历，接触过采访过形形色色的群众，多少知道一点群众心里想的东西，也多少知道一点他们最缺的东西，也多少知道一点我们干部们心里想的东西。这几年农村虽然少了偷鸡摸狗的事，但伦理道德滑坡，兄弟反目为仇，子女不赡养娘老子的事还是层出不穷，但总的趋势是在向好的方向不断发展着。而杨成俊兄弟俩却是互帮互爱，相互依靠，不弃不离，和睦相处。见了干部也不会哭穷喊怨，更不会要这要那，而是心纯如水，无所求靠。只是当杨成俊伸出双手说他很疼很无助无奈的时候，我深深地为自己的无能为力而感到羞耻和自责，感到阳世的不公平，这样的家庭竟会得这样莫名的病。其实，我们知道阳世间是没有绝对的公平，但是会有爱心的。他诉说病情的时候，我就心疼得不行，紧张得不行，我知道回去后一段时间里心情会好不起来。果然，在家或是在单位的几天里，眼前总是闪现杨成俊兄弟俩纯朴而厚道的身影和甜甜的笑容。从他那甜甜的笑容里我读到了他是一个易于满足的人，是一个对生活和未来充满希望的人。

　　杨成俊的十个手指头是一个大问题，是关乎兄弟俩脱贫的大事，也是关乎兄弟俩后半生能够平平安安愉愉快快生活下去的事。假如杨成俊的手指发生了病变，那他兄弟俩的生活将会是一个预见到的事。只有杨成俊还健康地活着，凭着他对生活的信心和他对弟弟的疼肠，他弟弟吃饱穿暖平平安安地度过一生是有一定保障的。

近期联系乡卫生院和县卫计局，对杨成俊的病情进行分析，研究治疗方案，做进一步诊断和进行有效治疗，但均没有诊断出个结果来。有省级医院的专家诊断的结果是农药中毒，但我们一般人就是用肉眼也能看出，这不是一般的病，也不是农药中毒。不过，在多方努力下，他最终还是被纳入了县上的医疗救助名单，将去省城医院彻底地检查诊断，期望杨成俊的手能在医疗救助过程中彻底治愈，让他们兄弟俩有一个美好的未来。

顾扯重孙的老两口

顾了儿子拉孙子，拉了孙子顾重孙。在当下的农村很少见到这样儿孙满堂的情形，即使是四世同堂，在农村也是很少见的事，但绝对不是啥稀奇的事，但今天这样一个有着四代人但不是四世同堂的家庭，着实让人无奈。

自从入户了解李晒来家的情况后，我就给同事们说，这老两口绝对是顾了儿子拉孙子，拉了孙子顾重孙，现在顾重孙的迹象已经很明显了。同事王丽霞主任笑着说没有那么玄乎吧？我神情凝重地对她说，拭目以待吧，为期不远。

你说就这样一个积贫难返，老两口又疾病缠身的家庭里，唯一的儿子出走多年不照家，留下唯一的孙子让老两口宝贝样拉扯长大，供其上学。孙子十几岁上也出了远门，老两口终于松了一口气，可以让操劳的心有轻闲的时候了。虽说儿子丢下孙子在外谋生从不照家，可有孙子在家也了断了想儿子的念想。孙子在临潭一中读书时谈了新城扁都村的一个同学，后来孙子书未读成，到州政府所在地合作打工，女同学则在兰州上学，两人像牛郎织女约会。时日一久女朋友未婚先孕，纸里包不住火。李晒来老两口赶紧央人走年轻人的手续，央媒提亲，结果女方家拿走了六万元彩礼，但却把女娃扣在了家里，并去医院打掉了孩子，而后把女娃又送回学校读书去了。但棒打鸳鸯两不散，两个年轻人仍背着家里人偷偷约会，同居，怀孕，今年上冬悄悄回到李晒来家生下了一个女孩。我们去慰问的那天刚好孩子满月。那天傍晚，女娃的家里人不知从哪儿得到了消息，带着家族里一群人前来要人，两个年轻人丢下孩子上房翻墙跑了。两个人这一跑快五个月了，不知是跑到了天南海北，还是天涯海角不得而知，不知所终。

我给同事们说过的话变成了现实。

一个哇哇号哭的月娃娃，让李晒来两口子拼了命拉扯。

再说李晒来患有糜烂性胃炎和贲门炎，还在前春去地里种庄稼的时候摔了一跤，摔裂了膝盖骨，磕磕绊绊地走着，家里万样的轻重活儿不能动手；老伴也于几年前动了鼻癌手术，生活上自理就算不错了，但孙子丢下了嗷嗷待哺的重孙女，家里家外就老伴一个人操持，其中的艰辛可想而知。

但为了这个家，为了孙子，他们还有一个期盼和奢望，孙子以后能操持这个家的时候，他们就可以彻彻底底地放下心来安度晚年。但现在他们还得挣死拼活像鸡一样，张开十个爪子弹挣着去刨食，把重孙女顾盼着拉扯长大成人，她毕竟是老李家的血脉，断了骨头连着筋呢，再苦再难还得撑下去。

这是个让人难过而又难辛的家庭，是让人产生诸多思考的家庭，在脱贫攻坚的路上，他们一家老的有病，小的在褡褓中，帮扶的措施该从哪里入手呢？他们的艰辛，帮扶的难肠可想而知了，难啊难，真的难肠。

今晚，当我提笔写下李晒来一家的这些情况留存记忆时，我的心脏难受到了极致，完全没有了睡意。我知道，休息不好，我的哮喘和肺心病就会加重。妻子拿来速效救心丸和安神补心丸放在电脑桌上，说快休息吧，这样愁着是解决不了事情的，我知道我今晚必然是没有一个好心情好瞌睡了。

李晒来老两口本该是颐养天年的时候，却付出了比同龄人更多的辛劳和苦楚。干净整洁的村街上三三两两的老人们哼着小曲，谈天论地，不愁里不愁外不愁老不愁小，按农村人的话说是把日子过成了过年。可李晒来老两口起早贪黑拉扯重孙女，实在是无精力照看顾盼了，可有谁能帮得上这个忙呢？张口的难照看，尤其是张口的婴儿更是难上加难，农村有句俗话叫能割一天田不引一天娃，可见照看婴儿的艰难了。

地里的庄稼上得种上一把，还得不时地照看上，要不然，吃啥喝啥呢？油菜、洋芋、青稞缺一样不行，一年洋芋半年粮，老辈人都这样走过来了，那就磕磕绊绊地再走下去，在明年入冬的季节里，给孙子和他女朋友准备一个暖暖和和过年的热窝窝儿。

不过，他们的窝窝儿还热着，只要窝窝儿还热着，那人心就热着；只要人心还热着，那生活和未来就还有奔头和希望。

留守老人的无奈

2017年9月份，我从羊永乡孙家磨村被调整到流顺乡上寨村驻村帮扶。10月份，县上要求所有驻村干部都沉下身子到村里去，帮村上和联系户出谋划策，出点子想办法。

那天，我配合乡上干部去上寨村的红堡子社宣讲党的各项惠民政策。乡上干部说，村里有一个张老头，七十多岁了，带着重孙生活，日子也苦得很，乡上干部要到他家去宣讲惠民政策，我决定跟着他们去一下，一是了解一下情况，二是了解一下干部们对群众政策的宣讲情况。

这天清晨，我跟着驻村干部一同前往上寨村。清晨的太阳刚有一点热气，路边的黄草上白生生地落了一层霜，在阳光的照耀下熠熠闪亮。同车的干部们天南海北东拉西扯地谝闲传，似乎此时他们肩上没有一丝负荷，而是一次愉快的郊游而已，我努力地听着，听不出个所以然来。一路上看着路边白生生的洁霜，饱读视野的盛宴，心中却没有那种心旷神怡的感觉。车窗外，三三两两的老者牵着耕牛，避让在路边收过庄稼的荒地边上，神情有点古怪地看着我们，满眼的迷茫和期盼。从那一晃而过的眼神里我读出了他们的孤独和无助，忧怨和无奈。

这地方，家中的年轻人到外面闯荡世界拼光阴去了，把养家糊口的担子扔给了老人。有那么一些年轻人在外面也确实挣到了钱，却一分也拿不到家里，而是潇洒在了歪门邪道上，回到家里后却撒谎说什么在火车上被小偷割破衣服掏了去，或者工程完工后被包工头骗了，再就是没有找上活路，差点回不了家了。反倒让在田野里辛劳了一年的老人多了一份同情，觉得娃们出门在外不容易。第二年开春，这些年轻人又走了，挣了钱潇洒完了，又编上那么一个谎言，骗取家里人对他们的信任，骗取家中老人对他们的眼泪和同情。

　　车在路上颠簸着，田野上的荒芜一晃而过。快要到达目的地了。车转过了一座小桥，红堡子社到了。我看离村子还有一百多米远。我问那户人家在哪儿？驻村干部指着半坡上一处绿树掩映的破旧房子，说就在那儿。

　　清晨的霞光轻轻地流泻在了山坡上，村子里家家户户烟囱里的草火烟和煤烟交织着缭绕在村子上空，像游曳不动的浮云，没有方向没有目的地缠来绕去。早起的麻雀在树缝里嘹亮地唱着歌，像在欢迎我们的到来，又像不是。我无心留意村子里的鸟语狗叫。那家的院落在山坡上，一院低矮的土房大概是五六十年代盖的，墙上的泥皮剥落得坑坑洼洼凹凸不平，院墙坍落得没有一人高，两扇破损的门扇上拴着一截黑毛绳，显然意味着主人不在。门外的一棵大白杨树上拴着一头花雌牛，比只羊大不了多少，正瞪着两只湿漉漉的大眼睛，一脸无辜地看着我们。这是我所见到的贫困户中的一户。站在门前，望着这低矮而又黑乎乎的房子和破损的大门，我的心里涌动着一股难以自抑的伤痛和难受。那头小花雌牛吃着槽上的青草，望着我们古怪的神情，满脸的茫然和漠不关心。老丁和老马蹲在一截矮墙上抽着烟，望着远处发呆。

　　我从门缝向里瞅了几眼，只见有几只鸡在院子里走来啄去的，再没有其他生灵，要再没有这几只鸡，院门这么一拴，院内可就没有任何一点生活的气息了。大家拍拍身上，其实身上也没有多少土尘，起身往回走的时候，我回头看了一眼那拴着的大门，门外那头花雌牛也抬头望着我们，一动不动的。

其实，包括我在内，我们的干部都出身于农民家庭，是在农村长大的，只要看一眼这户人家的房子和没有门锁的大门，就知道他们穷得只剩下栖身的土房子了，最值钱的也许就只有这头小花雌牛了。我们敲开邻居的大门，向邻居打问这家人去了哪儿。没有人，大家只有回去。

下午，我又跟着乡上干部去了。大门依旧用毛绳拴着，院内几只鸡依旧在悠闲地踱来踱去，寻寻觅觅的。人肯定在家里面。我解开毛绳，推开大门径直朝堂屋里走。堂屋门开着，屋内没有人影，我伸手摸了一把炕上的被窝，被底下暖烘烘的，这说明有人刚才还煨在被子里，我不相信人会钻进地缝里了。里里外外找了几遍就是没有找见一个人影。就在我出门的那一瞬间，我看见门旮旯里有几双小脚在挪来移去的，像几只小老鼠。我轻轻地拉过门扇，看到的是两双惊恐的眼神，两个高矮不等的瘦小身子穿着破破烂烂的衣裳，头发乱参着，脚上的鞋尖也都磨破了，脚指头在鞋套里勾来勾去的，显得有点害羞。我拉过她们，最小的一个因害怕"哇"的一声哭了。这一哭，让我想起了我女儿。

我女儿比这最小的一个稍微大一点，可从来没有受过如此惊吓。小女孩哭着，小身子颤抖着，我估计是家里人在我们还没有到来的时候就曾经恫吓过她。小女孩的表情好像见了吃人恶魔似的，满脸的恐惧。当我问及她们家里人时，她们再次睁大了眼睛，不肯说话，互相瞅着不时地向院子里的洋芋窖那儿瞅上几眼。我知道她们家里人一定是藏那儿了。乡上干部过去往洋芋窖里瞅了一眼，在瞅的同时惊叫了一声。我连忙过去往窖里看了一眼，看到一位满脸布满皱纹的老者头发乱参着，顶着一身土坐在洋芋窖里往一个破旧的塑料篮子里捡洋芋。我让他赶忙上来别阴着，老者的耳朵不好，听起来有困难，他在包村干部的指引下，站起身顺着一截短梯慢慢地爬了上来，然后坐在窖口的土沿儿上。我让他坐到炕上，听干部们宣讲政策。

我问乡上干部这老人是谁，说是屋里那两个女孩的太爷。我又问了老者，他有气无力地说一家人都到外面打工去了，让他一个孤寡老头照看两个孩子。面对这种境况，我还能说什么呢？老人听说干部们的宣讲，竟一脸的茫然和无措。听着听着，他就瘪着嘴有了哭的意思，这是一种无法言状的委屈。此时，空气好像要窒息了似的，让人觉得喉咙里有一种东西堵得慌，好像吸不上气来。

我了解到，他家是村里最穷困的，村里给他家安排了一类最低生活保障，还时不时地让包户干部去接济一下。只是乡上安排的困难群众建房任务，他家是无论如何也完不成的。乡上干部说，明年开春以后乡上筹款帮他家找人修房子。我的心里有了些许安慰，可老惦记着张老头那湿漉漉的眼睛，好像还在望着我，像在向我诉说着他们家的生活困境和留守的无奈。

我知道，今天我这一来一去，到他家的脚步就再也不会停下来了。我要在我驻村帮扶期间，让他家过上正常安稳的生活。

洮州万人扯绳闹元宵

在瑟瑟的寒风吹拂中，我们顶着无际的蓝天，碾着耀眼的积雪，迎着蓝光光的太阳，驱车来到青藏高原与黄土高原的交接之处的临潭，这个古称洮州的地方。

临潭历史悠久，文化灿烂。从仰韶文化时期（约公元前5000年）就有先民在此繁衍生息。西晋置洮阳县，为建县之始。隋开皇十一年（591年），改名为临潭县。临潭是唐蕃古道的要冲，是陇右地区汉藏聚合、农牧过渡、东进西出、南联北往的门户。在数千年的历史进程中，既经历了烽火迭起、兵戎相见、金戈铁马、建置多变的纷繁岁月；又创造了民族融合、商贾云集、商贸繁荣、茶马互市的独特历史；更创造了先进的农耕文化、特色地域文化和独特的民俗文化；保留了绝版的江淮遗风和纯朴的民俗风情。洮州万人扯绳闹元宵就大有看头，也大有来历。

走进洮州，感受江淮遗风

元宵节前夕，我们沿着唐蕃古道，走进洮州，为着一睹壮观的万人扯绳闹元宵而来，也为着触摸这座古城的历史脉搏，倾听洮州江淮人家的故事而来。

在洮州那不为人知的山山湾湾里隐藏坐落着几百个庄子，生活着十万多勤劳的汉族、回族和藏族儿女，汉族和回族的大部分是江淮后裔，在那里点点斑斑地遗留着明朝初期带至洮州的江淮遗风。现在，只要是略略懂事的孩子，当你问其祖上时，他一定会说：我们祖上是南京纻丝巷人。而且也会说是他爷爷的爷爷告诉他爷爷，他爷爷又告诉他的。著名历史学家顾颉刚在西北考察日记中所书洮州女人"其履尖上翘，所谓'凤头鞋'也，头上云鬓峨峨，盖皆沿明代迁来时装束。经行人丛中，如入博物院，亦此生一快事"。因此，让我们踏着顾颉刚的历史足迹一路走来，于是，在天朗气爽、碧翠四野、山泉叮咚、莺歌燕舞的季节里，迎着温润的风尘，抑或是在这严寒的冬季，我们沿着唐蕃古道，走进萧瑟的洮州，走进洮州的江淮人家，走进江淮人家的故事，体验历史风烟的悲壮，目睹江淮后裔女人的风韵，倾听江淮吴语的韵味，遐思秦淮歌声的清悠，探究接续记忆的渊源……

在炊烟缭绕、深邃幽静的巷子那头，偶尔传出几声颇具江淮风韵的吴语，一个稚嫩的声音在喊道："阿婆，您在哪儿？家下们都到齐了，姨娘要您最拿手的吃食呢！"阿婆在不远处应声答道："先把家下们让在堂屋里，像往常一样陪侍着照应看承妥当，我给娃娃们寻几个盘缠就来。"听着这样的话语，你仿佛来到了清波荡漾的江南水乡，遐思清悠的秦淮歌声和江淮吴语的韵味，久久回不过神来。那些颇具江淮风韵、擦肩而过的姑娘们，夹杂着江淮吴语的嬉笑不时地在耳际飘荡，让你仿佛突然信步在江淮的某个小镇，驻足不前，流连忘返。看着姑娘们远去，你才会从江南的那小桥流水、秦淮歌声里醒悟过来，确信是走在村庄的某个角落里。点点斑斑的江淮吴语在洮州大地一说就是六百多年，从她们的身上你真真切切地听到了江淮遗风在洮州大地上的延续和再现。

但是，在村庄深处充满了江淮人背井离乡的愁绪。在村庄的任何一处，拦住一位儒雅的长髯老者，与他谈其祖上时，他会毫不犹豫地告诉你："我的祖上是江淮人氏，是南京纻丝巷的。"但在他的话音里也能听出淡淡的一丝愁绪。然后默不作声，仰头去望庄子里的天空，天空里艳艳的太阳，再深深地叹息上那么一两声。这是六百多年来辈辈思忆故地接续记忆的一种方式而已，听多了，也会让你蒙上一层淡淡的背井离乡的愁绪。在洮州大地的深处思忆起江南，有点惨不忍睹，江南有的是水，而洮州缺的恰恰是水。于是在思忆当中不由自主地想起白居易那首著名的《忆江南》的词来。

当你走进江淮人家的故事，体验历史风烟的悲壮，目睹姑娘们的江淮风韵，倾听江淮吴语的韵味，遐思秦淮歌声的清悠时，你就深深地陷入在了一个个动人的故事里面，思索和假设不已。而今，当年洮州繁华的江淮景象已掩藏在了历史的岁月里，只有那思忆故地和留存记忆的江淮遗风散落在洮州忙忙碌碌的各个村庄的角落里，抹不去岁月的浮尘和截不断记忆的长河，留存记忆的是元宵节那万人空巷的"万人拔河"（扯绳）。江淮吴语在这里一说就是六百多年，从临潭人身上我能真真切切地感受到江淮遗风在洮州大地上的延续和再现。

源于军中游戏的万人扯绳

节庆期间，临潭又是另一番景象了，不再是淡淡的，轻轻的，柔柔的，而是浓浓的，热烈的。

看，临潭县城主街道两旁挂满了喜庆的大红灯笼，路边的灯柱上一面面红旗迎风招展，整个县城洋溢着浓浓郁郁的节日气氛。正月十四、十五、十六的傍晚，临潭县要举行传统的扯绳活动庆祝元宵节，每晚三局，三晚九局。一切车辆在这三天里改道而行，欢腾的人们聚集在大街上，或参赛，或围观，一起迎接那撼天动地的一刻。

临潭县城的元宵节"万人拔河"（扯绳）赛至今已有六百多年的历史，是甘肃省非物质文化遗产项目。据《明太祖实录》记载："洪武十二年（1379年）春正月，洮州十八族番叛，命沐英移兵讨之。"据记载：英部将士之中多为江淮人。唐·封演《封氏闻见录》云："牵钩襄汉风俗，常以正月望日为之。相传楚将伐吴，以此教战。"这里扯绳源于军中"教战"活动。当年，沐英将军驻旧城期间，在当地以"牵钩"（即拔河）为军中游戏，用以增强将士体力。后来明朝实行屯田戍边，据《洮州厅志》记载："从征者，诸将所部兵，即重其地。因此，留戍。"许多人落户于洮州，扯绳之俗遂由军中转为民间，就是古之"牵钩"在临潭县城一直留传下来的历史渊源。以致后来群众把扯绳作为"以占年岁丰歉"（《洮州厅志》）的象征。在扯绳时连绳的桦木楔子制作得像一棵饱满的青稞，象征了此地以青稞为主的五谷丰收，既鼓励人们积极参与扯绳，也反映了各族群众渴望丰衣足食、国泰民安、民族团结、安居乐业的美好愿望。

三石一顶锅

1

生活在洮州大地上的人们，一生下来就像那随处可见的顽石一样，和草原、土地融在了一起，不曾分离。当悠扬的洮州花儿行云流水般穿越旷野的时候，蓝天下顶天立地的顽石瘫成了柔软的棉云，遥思闪眼而逝的一件件往事，激动不已。

"西凤山上毛松多，洮州城里凤凰落。江淮后裔盘腿坐，三石支起一顶锅。"

这是一首地地道道原汁原味地释放忧伤和思恋江淮故地的洮州花儿；是一首唱腔雄浑、沧桑、粗犷而高亢的歌儿；是一首男女老少信手拈来，随口即吟的安心歌儿。这首洮州花儿是久居洮州的那些江淮后裔们，在青藏高原边缘战天斗地顽强不屈而抒发出的由衷赞美，是发自内心对江淮先民六百多年移民守边的一种思恋和倾诉，也是对现今居住环境和生活状况的一种诠释和理解，更是对美好生活的一种向往和追求。

生为江淮后裔的洮州人，人人对洮州花儿都有一种天生的偏爱，田间劳作时唱，放牛牧羊时唱，旷野里走路时唱，谈情说爱更会唱。听多了各种内容的洮州花儿，就是不会唱花儿的人也会哼几句歌词，但是我却从来没有听过像这首那样忧伤和遐思的歌儿，那样地引起我万般的思恋和激动。

　　最早听到这首歌的时候，是儿时的一个夏天，在山野里帮家里人放牧牛羊的时候，一起的一个尕连手唱的，唱得稚气十足，不过那时候的我心思不在花儿上，觉得他唱得还没有飞旋在花草上面的一只蜜蜂或是一只云雀唱得悦耳动听，那个时候花儿的意韵对我还没有形成太强大的感染力，听了也就听了，勾不起我任何的思恋；花儿的意韵也不会给我留下太深的记忆，哪怕是一点模糊的记忆也罢。再一次听到这首花儿是在工作之后。那年秋天，带着妻女和朋友们上到西凤山上去打平伙，听到一位放羊的老者唱这首花儿，唱得高亢辽远，荡气回肠，惊心动魄，又铭心刻骨，思忆不绝，欲罢不能，忽地勾起我儿时的记忆来，也一下子听出了这首花儿深藏的意韵和思恋之情。我内心里即刻莫名其妙地荡漾着一种难以表达的激动，泛起一圈圈难以自抑的银色涟漪来，禁不住倾眶而泻。我微笑着递给老者一瓶矿泉水，老者摆手表示不渴。我向他求教这首花儿的意境。老者抬眼睿智地望着远方的山场或是飘荡的云朵，笑着说，一介草民，乘兴放羊，随口乱唱，排忧解闷而已，谈不上什么意境，不过，我喜欢这首花儿，因为它有丰富的内涵呢。其实，最深刻最经典的还是花儿的最后一句：三石支起一顶锅。它形象而又具体地表述了洮州的汉回藏各民族就像三块独立又不能分离的石头，三块石头离了哪一块都不行，都不会独自支起一口各民族团结友爱和谐相处的"大锅"。洮州有新旧两城，是草原深处江淮人家的团结之城、友爱之城、和谐之城，是三石支撑的稳固之城。那么世代居住在这里的各民族之民众，就是稳固之城的团结之民众，友爱之民众，和谐之民众。我惊讶老者的表达能力竟如此地流畅、丰富和强大，我明白他绝对不是一个俗人，而是一个智者。我无声地望着他，希望他能自己解开这个谜底。他盯着我看了一眼笑着说，一个唱花儿的牧羊人，有啥惊奇的？你只要理解这首花儿的意思就够了。老者说完又看了一眼远处撒开的羊儿，像是自言自语又像是对我而言：正月十五洮州城，街道里面人挤人。绸缎白帽西番客，扯的都是一条绳。然后起身拾起挎包，挂上赶羊鞭，腰杆直挺脚步轻盈地又唱着这首令人荡气回肠的花儿,收拢他那水样缓缓荡动的羊群,慢慢地走远了。望着他执拗而又坚挺的背影,我明白,他的基因里有着江淮文人傲然不屈的谦逊和异于常人的对生活的理解,更有一种异于常人的平静心态。

我知道,洮州在数千年的历史进程中,既经历了烽火迭起、兵戎相见、金戈铁马、建置多变的纷繁岁月;又创造了民族融合、商贾云集、商贸繁荣、茶马互市的独特历史;更创造了先进的农耕文化、特色地域文化和独特的民俗文化;保留了绝版的江淮遗风和纯朴的民俗风情。在这样一个各种文化交汇融合的地方,是不缺读书人和智慧之人的。时常和那些个放牛牧羊或是农闲的长髯老者们交谈时,他们总会说出一些朴素但一语惊人的哲理来。就像那位放羊的老者用三石一顶锅解释洮州的汉回藏三个民族的关系是那样地恰如其分,无可替代。

每年农历正月十四、十五、十六的那三天晚上,我才真正地理解了这首歌,理解了三石一顶锅。那三个晚上是举行洮州的万人扯绳(拔河)活动的时间。每晚三局,三晚九局。那三天的白天,一群群虎腾腾茂生生的洮州各族雄壮后生从四面八方奔涌而来;一簇簇花枝招展婀娜多姿的洮州各族姑娘从四乡八路结伴而来。他们踏着积尘,顶着昏日,任凭寒风吹彻,但欢腾的嬉笑声在洁雪上迅疾地滑过,飞翔在空寂的山野里,朴实得像远山里不甘寂寞的风笛,吹奏着欢愉的乐章。她们踩着冰雪,迎着疾风,轻溜溜的像一群飞翔的哨鸽,狂舞在空旷的山野里。飞扬的流苏,飘扬的丝带,点燃红红绿绿的生命,弹奏起一曲曲情调撩人的轻音乐。

傍晚,华灯初上时,洮州城南北走向的主街道早已人如海声如潮,花灯耀人。两条早已准备好的"绳"横铺在街心,犹如游龙似的头碰头静卧十字街中央,正在等待那千钧一发的时刻。夜幕降临,比赛开始,参赛者按居住地域呼拥而上,迅速分成上下两片,分挽绳的两端,双方联手将刚硬的桦木楔子串在龙头中央,以鸣炮为号,开始角逐,此时月华东升,皓月当空,霎时,爆竹声、哨子声、呐喊声、音乐声、观众的喝彩声融为一体,山岳为之震动!大河为之沸腾!人心为之震撼和颤荡！此时此刻，雄健的后生们齐吼着舞耍着的龙头翻涌着起伏着相吻相拥。一捶下去木楔紧扣龙头相连，一根绳，一条心，向各自的方向奋力拼搏，数万个服饰各异但神情一致，目标一致的后生们就发狠了，忘情了，疯狂了，忘记了往日的辛劳、疲惫、忧愁、烦恼，充分体现着洮州人的粗犷、豪放与执着。那些花花绿绿的站客们，握了手咬着牙鼓着劲观望着，起初保持着江淮人的那种柔情和娇羞，但在那些后生发狠的呐喊声中顾不得秀丽端庄温柔可人的动人形象了。各族后生们吼出了他们的心声，吼出了他们的团结和目标，也吼出了一方水土的韵致。那搏击的众吼，震撼着你我，烧灼着你我，激励着你我，它让你我以撼天动地的姿态如此鲜明地感受生命的存在、活跃、奔腾和强盛。也会让你我在瞬间惊异于他们居然能释放出那么奇伟磅礴、撼天动地的能量。让挥洒的汗水化解了洮州人遥远记忆的苦恋，把思恋江淮故地的念想化成了一种团结的力量。

三块巨石支起了一口坚固的"大锅"。

2

其实，在洮州人家，三石一顶锅在处处体现着。

在洮州谁家都有各族亲戚朋友往来走动着，谁家都有一个远方的藏族"主人家"。"主人家"来了，堂屋炕准会让给"主人家"，炕上的被褥换成了崭新的带着香皂味的没挨身的新被子；喝的茶是绿得诱人的毛尖，糖是净得发亮的冰糖，馍是新烤的加了苦豆的青稞面或是白面的馍。这时候的"主人家"和主人用藏语交流着开心的事，说到开心处，都咧嘴笑了，笑得灿灿的，他们也许是说到了某年某月的某件可笑事，也许是说到了当下听闻到的一件好笑的事；时日不久，又和炕下的孩子们磕磕绊绊地说上几句笑话，拿上个东西考考孩子们的藏语水平。其实，孩子们的藏语都是这时候学成的。我小的时候，村子里邻里之间的感情很铁，要是谁家来了"主人家"，那他们骑乘的马就会被邻居们牵去喂着，青草、饲料样样不缺，"主人家"也不管自己骑乘的马去了哪儿，几天里不管不问，直到临走才通知院子里跑着玩耍的孩子们，把他的马牵来，孩子们就又争先恐后地去牵马，有调皮的孩子竟耀武扬威地骑了马，让一些孩童们咧了嘴傻傻地笑着用羡慕的眼神注视着，在村街上走上几圈，过过骑马的瘾。对于放惯了牛羊的农村孩童们来说，骑上大马就有了一种高高在上的感觉在里面。当然我也不例外。

我家的"主人家"巴桑一家世代深居北山草场一处向阳而遮风的山洼，搭了低矮而像窝棚一样的房子，院墙是低矮的石墙，只是挡住牛羊而已，院墙外面是圈牛羊的栅栏。这种低矮得像窝棚一样的房子在冬天是非常暖和的。父亲在每年农闲了的时候定期要到草原上去几趟的。早些年，父亲去是贩卖牛羊和皮张的，顺便给"主人家"巴桑叔叔一家带些茶叶、清油、馍馍，擦脸用的棒棒油、照明用的煤油之类的东西过去。当然，父亲回来时必带几坨子酥油的，酥油是我们一家的最爱。在冬天，父亲一般不会领我们去的，因为冬天路上太冷，骑在马上会冻脸冻脚。只有夏天放暑假的时候，天蓝云淡，气候温润，草原上绿茵如毯，各色野花斗奇争艳。这时候我们在家里是坐不住的，闹着要到"主人家"去一趟，去了可以约上"主人家"的儿子小格桑和女儿琼达骑着马在草原上奔趟子撒野，耍乏了的时候再煮上一锅奶茶大口灌进肚子里，那是一种无法形容的惬意和愉悦。顺便还可以捡一些蘑菇，晒干了带回来炒菜吃。在草原上玩上几天，我就和小格桑及琼达商量好了，到我家去玩几天。吃夜饭的时候，我们就央求父亲和巴桑叔叔领上小格桑和女儿琼达到我家去玩。当我们央求的时候，父亲会和巴桑叔叔瞪着眼假装生气而一声不吭，等我们拉上哭声时才哈哈大笑起来，原来巴桑叔叔早已和父亲商量好了，说是要领上那两个调皮的马驹子到我家住上几天的。那个时候，地里大豆和豌豆的豆角都胀饱了肚皮，嫩嫩的，绿绿的，正是豆角吃起来香甜可口的时候；煮的新洋芋也是散得诱人。我们和小格桑、琼达尽情玩耍的时候，父亲和巴桑叔叔则去了县城的集市，卖掉赶来的几头牛和几十只羊，再置办些草原上生活必需的东西。几天后，在某日里的晨曦，巴桑叔叔和小格桑、琼达吃了母亲做的早饭，带上母亲专门油炸的吃食恋恋不舍地走了。我们失去了用汉语夹杂藏语交流的对象，心里就一直空落落的。那个时候，忽儿汉语，忽儿藏语，说得也挺流畅的。但是若干年后的今天，当用藏语来表达一件事时，却想不起那时学会的一个词儿来。当年那个时候没有谁刻意教我们学藏语，也没有谁刻意教小格桑和琼达学汉语，但我们学着说着就会了。可今天狠着劲教我们的孩子藏语时，却就是学不会那些简单的词儿，叫人不明白是怎么回事儿。父亲七十多岁了，已经有几年没有去北山草原了，原因是巴桑叔叔去世之后，那个家就不在了，格桑后来读书有了工作，在另外一个县上工作，琼达也嫁到了另外一个场子上。巴桑叔叔走了，北山草场那儿就没有了父亲的牵挂，虽然格桑有时候路过或是专门来看父亲，和父亲一起回忆一些过往的事儿，但隔代的话题总是提不起父亲的劲，只有说起那片草原和巴桑叔叔时，父亲才会精神抖擞，两眼放光，滔滔不绝，当把话题扯远时，父亲即刻耷拉下眼皮一声不吭了。格桑只好嘿嘿地笑上几声，默默地坐上一会儿，然后告别。

格桑前脚刚走，父亲就摇着头说，怕是和你巴桑叔叔家的路要断了，地不犁不酥，人不走不亲。你们来了尽说的是书上的，从来不说心上的。那个时候，我们从来不说书上的，说上三天三夜也是说的心上的，现在的人不掏心窝子说话了，唉。父亲的担心是有道理的，但有时候也是没道理的。格桑和他那是隔了辈的，说话总不能没大没小没高没低的吧。其实，我和格桑说话就不一样了，天天一个电话打过来，一个电话打过去，哪次说的不是心上的。不过，当年格桑小的时候说话是很小心的，但现在就不一样了。他是成年的藏族男人，说话的语气里带着藏民族的豪爽和豁达，想说啥就说啥，从不藏着掖着，就连他最近看上了一个女人，女人也看上他的事也悄悄地告诉我，让我给他出主意。遇上这类事还能出什么主意呢，他是有妻室的人，但又看上了一个麻利的能跳会唱的女人。这类事上不了台面往往不好出主意。我只好规劝他以家庭为重，搁置这段不太现实的所谓的爱情。他虽然表面听取了我的规劝，是碍于情面，但我知道，他的内心深处绝对没有听进去的意思。我从他的神色上能看出来，他自己也是很痛苦的。但还好，他还算是一个自控能力强的人，日后逐渐淡漠了这段感情，没有给女方，也没有给自己的家庭造成大的伤害。

格桑有正式工作，是国家公务员，生活上不用愁。但琼达没有工作，也没有读过书，长大后嫁到了另一个牧场放牧。我约格桑看过几回琼达，琼达的生活比较枯燥，也很辛苦。家里养了三十多头雌牦牛和二百多只羊，每天要放牧挤奶，忙得团团转，男人却游手好闲，游山玩水，总是不着家。我还真看不惯这样的生活，埋怨了几句琼达的男人扎西。格桑说草原上男人的生活就这样，当年我阿妈还不是这样过来的，我阿爸还不是照样不着家。面对格桑的辩解我无话可说。只是觉得草原上的妇女们太辛苦了，而且琼达更辛苦。还好琼达把唯一的儿子旦珠寄养在了格桑家，和格桑的女儿一起上学，小家伙书读得还算可以，不需要太操心。只是琼达的脸上过早地露出了与她那个年龄不相符的老相，皱纹爬满了额头，那是常年劳累的结果，是草原岁月的留痕。

只要从草原上琼达那里回来，我有一段时间总是高兴不起来，总是把她和农区悠闲的妇女们作比较，脑海里总会浮现出琼达劳累的身影和疲劳的眼神。

3

从小耳濡目染，在临潭汉回藏三个民族"三石一顶锅"的氛围中长大，又在这种氛围中工作生活，始终一直把自己当作"三石一顶锅"当中支撑一顶锅的一颗石子。而且也从小在女儿她们的心中培植一颗民族团结和友爱的种子，在她们的生活和学习中使其成长为一颗支撑民族团结这口大锅的石头。

今年腊月二十五的傍晚，窗外阴沉沉的，气候有点反常，快要下雪了。

窗外的路上行人很少，家家户户的窗户上已经亮起了星星点点昏黄的灯光。

我站在窗前，手里握着一本《读者》杂志，焦急地等待妻子和女儿打扮好出门。说实话，这女人出门就是事情多，描描画画的，等得让人心焦。随后我有点焦急地问我女儿：曼茹叶，你妈妈打扮准备得怎么样了，又不是新媳妇走亲戚，人家老胡家该等急了。妻子在梳妆台前嘿嘿地笑了笑，说道，就是走亲戚啊，你说女人走亲戚哪有不打扮的，到咱们的藏族亲戚家里去，更得拾掇得庄重大方一点。我无可奈何地笑了笑，又打开《读者》杂志翻看起来。

本来说好这顿饭是在我家里吃的，但我的藏族同学老胡却在电话上对我说，你们回族又不过年，没有置办东西，还是到我家来吃吧！再过几天就是春节了，春节第二天就是我们藏族的藏历新年，置办的东西我都置办齐备了。我笑着答应了，说，好吧。

这顿饭我们每年在年前都要吃的，要么在我家，要么是在老胡家。

我们两家一直当亲戚走动着，走动了若干年。除了老胡之外，我还有像亲戚走着的一大群汉族和藏族朋友们。到每年的腊月二十左右的时候，我就和老胡开始联系着要坐一坐了。商量好坐的日子，妻子就忙着做咱们回族的拿手好吃食了，馓子、蜜馓、蜜果等；老胡一家就忙着做藏族的藏包、藏餐等。做好了各自的好吃食，然后妻子和老胡媳妇秀娟就商量着该买些什么菜，炒几样大菜，一样样地列在纸上，然后两人说说笑笑地去买。

老胡家里是有一套清真餐具的，在不用的时候装在一个大纸箱里放在阳台上的碗架柜上面，只有我们一家人去了或是有回族朋友去了的时候才会取下来用它做饭或炒菜。节前是这样，节后也是这样。在平时我有事去老胡家的时候，老胡媳妇秀娟就会取出清真餐具给我做饭炒菜。

我和老胡是高中同学。上学那会儿，老胡常来我家里玩，也常在我家吃饭，对咱回族的风俗了解得很透彻。后来两人都工作了，两家也就走得更勤走得更亲。很多时候，在一般人看来两家人像亲兄弟一样那样走着亲着。我常笑对我们小辈子们说，民族团结一家亲，五十六个民族，五十六朵花，五十六个民族是一家。当然我们和你老胡家更是亲上加亲，更是一家了。

妻子的打扮准备也确实时间长了些，连我这个慢性子的人都等得有点心急。做好的各样吃食和干果都装在两个纸箱子里，齐整地放在门口，专等妻子的出发。这时候老胡的电话来了，故意问我是不是路上堵车了。我笑呵呵地说，老婆打扮呢。电话那头传来了一阵爽朗的笑声。

华灯初上，老胡临窗而立，看到我们老远就摇着他那干瘦的手臂打招呼。

我笑着对妻子说，那人的性子缓，否则早把电话打爆了。

进了老胡家，发现他家里还来了新疆的老安和儿子。老安也是我和老胡的同学，当年未考上大学，就到新疆打工去了，然后在新疆塔城落地生根安家落户了。前年暑假的时候，我带着妻子和女儿去了趟新疆塔城，在老安家小住着玩了七八天。老安家也和老胡家一样，置办着一套清真餐具放着，来了回族或是其他吃清真餐的朋友的时候，就取出清真餐具。我上去捶了老安一拳，故意说他不够意思，来了竟然也不跟我说一声。老安说，今天下午刚到，在车站等车准备到乡下老家去，碰到了老胡，说是你们两家约好今晚要一起吃饭的，死活不让我走，把我拉来了。本来我想是见了父母亲，明天再过来见你们的，无奈老胡不让我走。所以我就和孩子一起先到老胡家来了。我说先给你打个招呼，老胡不让打，说等一会儿你就来了，这不是等着你就来了吗。

老安吃着餐桌上摆放的吃食，笑着说，这十几年还真没有吃过咱们家乡回族和藏族有特色的吃食了。上学的时候，时常到老敏家去吃，那时候老婶子的食水确实好，吃了一顿想两顿，有时候馋了，就和老胡想着法子按饭点到你家里借书或是给你还书啥的，等着吃上一顿。那时候老婶子很热情，你不吃一口是不让你出门的。所以借了老婶子的热情，我们那时候嘴上没有受穷。

听老安这样说着，我和老胡都哈哈地大笑着。老安的儿子和我们也都眉开眼笑的，觉得气氛是那样的祥和。灶房里妻子和老胡媳妇秀娟兴高采烈地说着笑着，一道道变着花样的菜端上来了。老胡端起茶杯说，这老敏不喝酒，我们的桌上就不能有酒，咱们就以茶代酒敬一下远方的客人。老安说，这老敏不喝酒坚持了二十几年了，不喝酒也好，喝酒有时会误事。老胡说，咱们临潭县汉回藏杂居，人们天天在一起打交道，谁都懂得彼此的风俗习惯。朋友、同学在一起聚餐的时候首先会考虑到回族朋友和同学，也一定会去清真餐厅，在这里这已经是约定俗成的一件事。你看，你走得远，对家乡的一切也许已经陌生了，但我和老敏一家就像是亲戚一样走动着。每年的年前，老敏都张罗着两家聚在一起吃个饭，谈谈心，也让孩子们彼此了解一下，从小在她们的心上种下民族团结和友爱的种子。不信你现在去问这两个姑娘，她俩啥都知道。大人不在的时候，曼茹叶到我家来的时候，我家小芳就知道什么该给，什么不该给。在平时来我家里吃喝也是放心的，我家里从来不吃非清真的东西。

我们几人回忆着我们的过去，也说着我们的现在和将来。我妻子和老胡媳妇秀娟跑前跑后地忙碌着，满脸的喜悦，像是过节似的。几个孩子放开了肚皮拣着吃好吃食。我看着他们的馋相对老胡和老安说，看把这几个馋猫猫的，老胡转过头笑着说，几个馋猫，放开肚皮了吃，但不要撑破肚皮啊。

三家人像亲戚一样亲着，更像是一家人一样无拘无束地说着笑着，不知不觉当中就到了子夜时分，谈兴正浓，还没有罢的意思。这时候几个小人儿有了睡意。老胡媳妇秀娟说，小朋友们都瞌睡了先睡，她安顿几个小家伙先睡。我们三个男人指手画脚地高谈阔论着，没有睡的意思。妻子和老胡媳妇秀娟坐在餐桌边上悄悄地谈着私密话题，不时地起身给我们添添茶水，也没有睡意。

傍亮时分，客厅里依然灯光辉煌。妻子和老胡媳妇秀娟不知啥时候去睡了，我们三个男人谈兴仍浓，高一声低一声谈论着，好像是几十年没见过面的亲兄弟似的，没有睡的意思。

窗外，一盏盏的路灯清冷地散发着清辉，亮晶晶的，照着早行的人们。

4

正月初六，年味正浓。

大清早地刚洗了脸，喝了一杯茶，父亲的电话就打来了，口气有点急，说是他的汉家老朋友鲁老师病了，住进了县医院。他要我马上过去，看诊断得怎样了，他正在搭车，一会儿就到。我还没听明白，电话却"咔"地断了。

我急忙穿衣跑下楼，坐公交车去了县医院，跑到三楼内儿科一问，没有；又跑到四楼外科一问，才知初步诊断是阑尾炎，到二楼拍片子化验去了。我追到了二楼，看到鲁老师疼得腰都直不起来，小声地呻吟着。他看到我弹挣着说，你怎么知道了，不碍事，是阑尾炎，就是疼得厉害。我说是父亲告诉我的，父亲马上就到。鲁老师说，本来想是得了啥大病，给你父亲打个电话问了下，看你在县医院有没有熟人。不过，来医院一看，初步诊断是阑尾炎，这片子一拍一化验就出来了。医生说要是急性的话马上动手术呢。我思谋着可能是急性，疼得要命呢。

正说着，父亲满头大汗地赶来了。焦急地问我鲁老师怎么样了。

我指了指鲁老师，告诉他可能是急性阑尾炎。

父亲一听急得直搓手，因为父亲一生从来没有进过医院的大门，就是有点小毛病啥的，也是去看中医，吃点草药。所以他以为进了县医院那肯定是大得不得了的大病。

等的时日不长，片子和化验结果就出来了，是急性阑尾炎，得马上手术。医生唰唰地开着处方，父亲看着比鲁老师还都要紧张。

鲁老师进了手术室，父亲难过得掉下了眼泪。手术中，我们在手术室门外足足等了一个多小时，父亲在瓷砖地上转了一个多小时。鲁老师从手术室推出来之后，父亲大呼小叫的，遭了医生的白眼。

当天，父亲就守护在了鲁老师的床前，不肯出去，还说他夜晚要守护鲁老师呢。这让鲁老师的家人很是为难，支使父亲回家吧，父亲不回去；让父亲守着吧，又不太方便。再说了父亲那样在病床前干坐，鲁老师的家人也消停不了。

我硬拉死扯地让父亲回家。给父亲说让小辈守在床前病人会安稳些，小辈的心里也会轻松些。你一个年老的外人守在病床前，让其他人笑话人家子女呢。父亲才起身回家，并千叮咛万嘱咐的，让人受不了。

鲁老师蒙蒙眬眬地摆着手也让父亲回去。

我知道，父亲和鲁老师有着兄弟般的情谊。回家的路上我跟父亲开玩笑说你在我手臂摔断动手术的时候，也没有这么动心过。

父亲说，你不懂啥叫兄弟情谊，我跟鲁老师一辈子的交情了，是我"三石一顶锅"的亲兄弟。等你老了的时候，你才会懂啥叫兄弟情谊。你那会儿是小手术，没啥危险，用不着动心。

我想，有时候，我们还真读不懂父辈的想法。

以往，父亲来了是坐不稳屁股的。来了就走，从不在我家里住上一晚上的。可自从鲁老师住院起，他就一直住在我家里，母亲每天一连几个电话让他回去，他接了电话就骂骂咧咧的，让母亲气得摔了电话。

他每天的功课就是守护鲁老师，其实守护轮不着他。他每天只是和鲁老师谝闲传，说古道今。一直到鲁老师出院。

鲁老师出院了，他却一刻也坐不住了，屁股一拍就回乡下家里了。

洮州，洮州

1

初冬。中午。

顶着蓝汪汪白亮亮的天穹，迎着温烈刺润的风尘，沿着唐蕃古道，思谋着一路访古寻今、探幽索隐而来。

站在枯荒芜旷的洮州大地上，抚摸洮州卫城的石条门砖，体验历史风烟的悲壮，走进洮州的江淮人家，目睹绝版的江淮遗风，倾听江淮人家的故事，品读江淮吴语的韵味，遐思秦淮歌声的清悠，心跳江淮后裔女人的风韵，探究接续记忆的渊源……

在红桦山拐弯处，带着灵魂深处的江淮乡愁远眺山脚下的边塞古城——洮州卫城，被它的雄浑、巍峨、奇绝、腾跃、威武所震撼。

纯纯的，暖暖的，未含一丝杂质的冬阳带着饱满的微笑笼罩着雄伟横亘的洮州卫城。在一抹银白雪色的反衬和露出地表的枯黄色的烘托下，荒老而有气势的洮州卫城横卧在洮河之阳东陇山下的一马平川里，独坐天下，雄视四野。北城墙蜿蜒曲伸，随地势贴紧山势而建，南城墙壁立刀削，雄齐方整，高不可攀，整座城像苍老的古董架精心摆布，错落有致。宽展雄厚的城墙无一秦砖汉瓦，是就地取材，用当地满目苍浑的红黄泥土夯筑成墙，而城门为当地产的红条石垒砌而成，历经六百多年春夏秋冬的风雨沧桑，屹立在洮州大地上稳基固地，不倒不朽。

洮州卫城始建于汉代，初叫侯和城，后更名洪和。从那时到朱元璋建立大明帝国，洪和城在一千多年的漫长岁月里总是朝夕易主，狼烟四起，你争我夺，几破几筑，吐谷浑、吐蕃的彪悍战马不时驰骋于洮州地面，扬起战乱的浓烈烟尘笼罩着洪和城。洪武十二年（1379年），大明王朝派西平侯沐英、曹国公李文忠带精锐部队远征西北，安抚边地，征服了盘踞洮州的元朝残余割据势力。朱元璋下诏：部队固守洮州，就地驻扎，屯田戍兵。建立了洮州卫，并将破败不堪的侯和城予以重修扩建，之后，老百姓便称其为"新城"，新城即洮州卫城。新城是相对旧城而言。群山环抱的旧城，与新城一西一东，遥相呼应，互为犄角，守护着边地疆域。旧城始建于隋唐，但自隋唐以来，同样没有片刻的安宁，在这片历史久远风清气爽的土地上，也曾飘荡过古羌人悠扬的短笛，吐蕃彪悍战马的奔嘶啼鸣和吐谷浑雄浑的牛角号。古老的短笛声、马蹄声和号角声早已被岁月涡卷着淹没在历史的尘烟里，寻不见一丝踪迹和音讯，只留下那凄美无比的传说回荡在洮州大地，用残破的一砖半瓦记载着曾经的辉煌和繁荣。我看到过一张民国初年旧城的老照片。主街道上铺着条石，两旁植满高大的柳树，树后是一排排的砖瓦结构的四合院和店铺。柳树的缝隙间飘荡着各种店铺猎猎的招牌幡号。大街上人来人往，车水马龙，见证了六百多年来中国西部汉藏茶马互市的贸易昌盛，诉说着这里曾经作为旱码头的繁荣和富裕。

至今，洮州卫城经历了六百多年的风风雨雨，依然挺立，向世人诉说洮州久远的历史和尘烟。城墙上昨晚飘落的洁雪，斑驳、枯瘦，但也遮不住历史的风尘和沧桑。而那苍老旷野里的厚雪则雄浑、肥硕，覆盖着历史的尘烟和以往的岁月，让人思谋不清，挖抓不透。踩着松软的厚雪溜下红桦山，从南门进得洮州卫城。洮州卫城曾建有四大城门，东为定武门，南为迎薰门，西是怀远门，北是仁和门，但历经六百余年漫长岁月的侵蚀和兵燹之灾的洗劫，最终只有迎薰门较为完整地保存了下来，雄视着东陇山下的南门河，不肯退出历史的舞台。沿着红石铺就的通道一路走来，迎着历史的风烟，踏着历史的沉淀，遥想曾经的金戈铁马和拼死冲杀，一步步地走近迎薰门，城头上"迎薰"二字苍雄沉重地镶嵌在城砖上，裹了一层久远的风尘，有点读不清本来的沧桑面目。让大炮惊扰了几百年的一只灰尘尘的小麻雀，从迎薰门的门洞里扑腾腾地飞走了，惊着了我们这些走在历史烟尘里的人们。

血红的是古旧的迎薰门洞，洁白的是落下不久的白雪，心情沉重的是一群踏雪而至的来访者或是来来往往的那些江淮后裔们。、

历史已淹没在岁月的尘烟里，而遗留下来的江淮风情在诉说着一个个遥远的故事。

2

站在城墙上，在瑟瑟的微风中，踩着斑驳润滑的泥雪，望着一马平川的城外，旷野里的雪在阳光的照射下格外地耀眼眩目。几只野鸡在雪地里甩着长尾巴旋来飞去，寻找着覆盖在雪被下的吃食。冬日的远村少了历史的风烟，只是潦草、斑驳、孤寂、无序地存在着，有气无力地飘荡着缕缕炊烟，有了几分生机，更像守卫卫城的士兵，有着几分坚硬和刚气。城内零零落落的高大白杨树，在高楼大厦的掩映中显得干瘦、老荒、寥落，直直地展示它们的年轮和经历过的那些风与火的岁月。大街上拉土的牛车缓慢走过，叮叮当当的古老牛铃声响彻穿梭在无人的空巷，空灵清幽、悦耳动听，多了一份历史的沧桑。只是有点担忧，这古老空灵的牛铃声在洮州大地上还能存在着响彻多久呢。

一声粗壮而悠扬的洮州花儿扯着长调徐徐飘进了耳朵，这是久违了的山野的声音，花草的声音。在十几年前的洮州大地上，男男女女出来都会哼唱几句花儿的，就是不会唱花儿的也都会说几句，用花儿来表达难以诉说的难肠。可现在许许多多的人已经不会唱花儿了，流行歌替代了花儿的对唱。在这温烈的冬季里，能听到花儿，实属不

易。大冬天的在山野里扯开嗓子唱花儿的人那一定是一个孤寂、无助、落单的人。只有这样的人才会在那无人的旷野里扯开嗓子吼几声，排解心中的郁闷和不快，也多多少少带点古老的味道。

让我们还是走进洮州的江淮人家吧。一路走来，一个个的村子，不一样的布局，一进一出一套的平房，掩映在房前屋后的白杨树、柳树、李子树和杏树中间，便有了江南水乡的味道，要是门前再有一条小河在春季里缓缓流淌起来，那定是另外一番景象。屋前一般是空旷的打碾场，在白天空闲时，便有一群年轻的回族或是汉族媳妇们围坐在碾石上，或是自带的小木凳上，带着江淮吴语的浓浓韵味，互相诉说一些家常和往事，或是争先恐后地讲述一个遥远的故事。时至晌午，有一小儿从大门的偏门洞里蹦出来，喊道："娘！阿婆让你喊上婶子们，叫吃晌午来呢。晌午阿婆做好了，是拿手的铁锅粑，端放到堂屋炕桌上呢。"孩子的娘招呼众人去吃，竟无一人去吃，便推辞着哗地散了，扭着婀娜的腰肢，迈开急促的步子轻快地走了。她们走开时，汉族媳妇们头上的银泡和鬓花在阳光下熠熠闪亮，把原本就水灵漂亮、婀娜多姿的人衬托得像仙女下凡似的；回族媳妇们头上的纱巾倒也是一道亮丽的风景，只是缺了一些江淮的水色而已。她们的衣摆刚好齐膝，端庄大方，不拖泥带水，这和江淮无异。只是在这青藏屋檐之下，缺了一分水色，一分温润，不然和江淮真有一比。六百多年的洮州生活，江淮移民后裔们娇嫩的面容变了，变成了青藏高原的红褐色。带着江淮吴语的浓浓韵味的语言也在留传中和当地人的语言互相交融，互相借用，形成了独特的洮州方言。你带着洮州方言，到了江淮一带的乡村，不用饶舌，更不用鹦鹉学舌，也能和那里的江淮人心情愉快地交流一番。心与心交流着，此刻便拉近了彼此的距离，拉近了洮州和江淮的距离。然而六百多年来对想象中江淮水乡老家那种蚀骨的思念，使得他们竭力地保持着先人的一些服饰习惯，没有和当地人形成融合，顽强保留了江淮人的痕迹，留住了一些念想和记忆。回到十几年前，走在洮州任何一地的大街上，洮州的汉族妇女，服饰打扮极具特色，和江南女子的打扮毫无二致。未出阁的女孩子纤秀温婉，身着浅蓝色齐膝长衫，散腿裤子，足穿绣花鞋，梳独辫或者双瓣。而称之为尕娘娘的那些出嫁了的媳妇们则面容娇艳，含羞顾盼，明眸善睐，头梳大髻，戴银饰镂花压鬓，发髻插满银泡，耳戴叮当作响的银饰坠子，发插流苏步摇。头顶双折对角花头巾，穿浅蓝色齐膝长衫，下穿撒花裤子并绑裤脚缠腿带，脚蹬鸳鸯戏水或是花色艳丽的绣花鞋。若逢赶集或庙会进城，身背精致小背笼，臂挽一精致竹笼。走起路来一步三摇，婀娜多姿，款款而至，像走在江淮的某一小镇或大街上，再要是有那温润的小桥流水陪衬着，一抹蓝天下的洮州确也不亚于江淮。地面红石铺就的古巷里，几位少女穿着鲜艳的衣裙飘然而至，说说笑笑，那浓浓的江淮吴语让来人仿佛置身于江南某地，又恍若古典诗词中的江南意象，让人留恋激动不已，遐思向往不已。

金陵的血脉生生地印了这些后裔们的血液和语言里，也印在了这些后裔们的故事里。走在偏远的山村里，随便拉住一个人一问，你的祖上是哪里人，他会自豪地告诉你，我的祖上是金陵人。只要打开了话头，他会滔滔不绝地给你讲下去，讲出一个个洮州人的故事来，不仅是明仁宗贵妃麻娘娘的故事，而是要讲上三天三夜让你听不完也听不烦的故事来。要是哪个作家到了洮州，听完了洮州人的故事，他一定会在洮州的哪个乡庄里住上几月甚至几年，把那美丽动人的故事一个个地写出来。其实，洮州人是活在久远而新鲜的历史故事里。但说白了，洮州人的历史是一部活着的移民守边史和奋斗史。

3

此时的江淮应是杨柳依依，细雨绵绵，流水潺潺。而此时的洮州却是枯柳寒鸦，白雪皑皑，银冰覆河。

江淮啊，可曾有谁想到在这青藏高原的屋檐下，生活着一群江淮后裔，六百多年的风火岁月，让他们变成了一群顶天立地时刻想念故土的青藏硬汉。正是这风火岁月的洗礼，造就了洮州人不同寻常的血脉。有人说温州人的足迹遍及中国的每个角落，但洮州人更具挑战精神，胸中沸腾着高涨的血脉，恰恰是在温州人足迹罕至的地方，却留下了洮州人的足迹和奋斗的精神。有人曾戏谑地说，洮州人是荒野地里的野燕麦，只要给予土壤和空气，就能生根、发芽和生长。确也如此，在生存环境十分恶劣的青藏高原的广袤大地上，洮州人像野燕麦一样到处生根发芽，也常青松一样开拓扎根。更是以商贸繁荣为先导，硬是背着氧气袋，托靠着走上了青藏高原的各个角落。每年都听到有洮州人在青藏线上遭遇各种灾难去世的消息，但在灾难面前，没有人气馁，没有人退缩，仍义无反顾、勇往直前地走上前去，战胜各种灾难和那稀薄的空气与寒冻，在那里打拼着属于自己的一片天下。回来时，一个个的面红耳赤，健壮得像高原上的藏羚羊似的，蹦蹦跳跳的无不快活。有个人很轻松地讲过一个故事，用他的故事诠释了洮州人的诚信和吃苦精神。他说，改革开放的初期，他带上家中仅有的十几元钱，北上一背包铁锅粑，搭上一辆东风车就憨敦敦地爬上了雀山，上了青藏高原。他在整个藏区打拼的初期，基本跟个要饭的差不多。但那时候人们都很纯朴，人与人的信任只是建立在互相的仅有的几次交往上。他先是少量地欠上一些名贵的药材，再搭上一辆返回内地的东风车，到内地卖掉。然后再等着搭上一辆进藏的东风车，往返数次，手里有了一些积累，开始做正规的买卖。买卖当中主要是靠诚信做支撑。正是有了诚信，他做买卖时，钱到不到手无所谓，只要他人在，就等于是把钱放在了他那儿，卖主们一万个放心。再后来他有了钱，就成立了一个红旗车队，在青藏线上搞起了运输。当初那个阵势，在青藏线上是响当当的。可以说是凭着诚信和吃苦精神在青藏线竖起了自己的名号。今天只要有人提起当年的红旗车队，知道的人都会竖起大拇指，赞叹声不绝于耳。

那年有个学者做过调查，在全国东西南北的各个大城市里和青藏高原的每个角落里，都有洮州人在那里默默地打拼，经营着自己的一片小天地，而后用这打拼来的钱去经营自己在洮州的家园。在全国有些农村，由于人们的外出流走，村子荒芜了，村道长满了荒草。而洮州的广大农村，人是走了，人心却留了下来，人的灵魂也留了下来，一座座江淮风格的建筑在绿树掩映中拔地而起。也许洮州人是江淮离乡人的缘故，再也没有心境也没有心思更没有决心远离这片故土了。

留在这片土地上还能留住最后一点江淮的念想和那点记忆。洮州人活着都活在江淮的念想和记忆里，活在江淮后裔的那点清高和自豪里。人有了念想和记忆才会有打拼的动力和精神。这就是洮州人不舍故土的原因吧。

冬闲了，人闲了，洮州大地也闲了。

白天，山道上走过一个放羊的老汉，手拄柳棍，面色黧黑，精神矍铄，赶着一帮像水样荡动的羊儿。风儿遒劲地吹着，枯草叽叽地叫着。老汉跳上高高的崖畔，远望着山湾里的羊儿，满脸像山丹花盛开似的堆着微笑，这是一种满足，一种自信，一种硬气。此时的他也许把水样荡动的羊儿想成了江淮那缓缓荡动的河水，或是轻描淡写的云儿。一首激荡的洮州花儿飘扬在山野里，羊儿忍不住回首望着老汉，咩咩地叫起来。花儿是这样唱的："赶羊鞭嘛羊鞭杆，天上飘的绵羊云。茉莉花开在金陵城，想折一朵是折不成。"茉莉花是洮州人永远的乡愁。有谁见过真正的茉莉花呢，没有，洮州不出茉莉花，但洮州人说茉莉花，唱茉莉花，茉莉花是洮州人爱恋的念想和记忆。

洮州大地处处荡漾着洮州人的硬气和念想。

4

消融的雪泥在午后的寒风吹彻中，凝成了一层亮晶晶的薄冰。秃荒的山岭一片晶莹剔透，一切遥远的故事和岁月的烟尘覆在了亮晶晶的薄冰之下，洮州的世界一片空净和素洁。少了喧嚣和热闹，多了一份恬静和幽邃。务忙的人们终于有闲暇的时间来休息了，老婆孩子热炕头才是最惬意的时光。

而春天的洮州吧，却是另外一番景象。

微风习习，杨柳依依，草梢鹅黄，小河叮咚。

窝了一冬的年轻人再次背起行囊毅然决然地务忙去了，身后是留住念想和记忆的村子、老人和儿童们，还有那一抹江淮遗风。

洮州大地也开始繁忙起来了。古老的二牛抬杠翻起黑黢黢的泥土，一股久违的土腥味弥漫在田间地头，充溢着春的气息，吸引着那些在树梢上清脆啼鸣的鸟儿飞向田野，引吭高歌。鸟儿的歌唱是山野花儿的序曲，在田间地头歇息的人们，听着鸟儿的啼鸣，再也忍不住扯开嗓子吼开了花儿，江淮的茉莉花在洮州大地上重新生根、发芽、开放，年年不息，代代传唱，好像生长在江淮的茉莉花只有在洮州才能唱出它的神韵来。其实，这是一种留存记忆的念想而已。

洮州的山水，景致，活物，哪一样在这些江淮后裔们的心里生不出故事来呢？就说那山湾里一闪而逝的狐狸吧，日常叫作野狐，而在故事中却成了江淮的媚狐子，偏不说是野狐，说得有多窈窕、妖媚、可爱和多疑。小时候，在春天夜晚的月光下，奶奶常讲些媚狐子的故事，不是媚狐子成仙助人就是成仙惩恶的故事，半人半仙的媚狐子是那么地可爱和妖媚。奶奶讲得神神秘秘，我们听得如痴如醉。晚上睡觉的时候，常在黑暗中想象媚狐子的样子和成仙助人的事情，常常是想着进入了梦乡。也有时缠着奶奶，问奶奶是不是见过媚狐子。奶奶笑呵呵地说，她小时候见过媚狐子和人成亲呢，当你问得深沉的时候，奶奶就笑而不语，鼾声四起，沉浸在说媚狐子的梦乡里，把好多的想象空间留给了你，让你在想象中快乐地成长，在成长中丰硕诗意的想象。

5

乡愁，是洮州人永恒的思恋。正是有着这世传的乡愁，洮州人才会在行事做人中拿得起放得下。念念不忘故土，不忘在闲暇时从那流传的故事中寻找乡愁，在乡愁中注入新的思恋和念想。

乡愁更是洮州人永久的思恋和精神追求。万人拔河是洮州人对乡愁的另外一种诠释。

洮州每年正月十四到十六晚上的万人拔河活动上，在绳头指挥连绳的老先生们，一个个头戴礼帽或白帽，身穿长袍，一派儒雅风范，沉着指挥，多像一个个江淮学堂里的老先生，儒雅得让人忘了寒风吹彻和洁雪覆野；而拽直的绳上每隔一段就站着一个身强力壮的指挥，摇晃着铆足了劲憋红了脸吆喝着，像指挥千军万马的将军，声噪齐壮，旗语一致，指挥若定。人们簇拥着在大街上抬着绳头走向连接的西门口，像走在江淮繁花似锦的田野里，顿觉碧空无云，脚底生风，在男男女女的呐喊声中想象游人如织的江淮，那一定是小桥流水，杨柳依依，然后浩气冲天地来一场拼死搏杀，给乡愁注入新的思恋和念想。

洮州万人拔河更是把洮州人的乡愁表现得万马奔腾，淋漓尽致。

一群群虎腾腾茂生生的江淮后裔健儿们，冒着寒风踢着雪球从四面八方的村落潮水般奔涌而来；一簇簇花枝招展婀娜多姿的江淮后裔的媚娘们，扭着绰约的身姿踩着雪泥从四乡八路结伴而来，把欢喜的笑声扬在了冰天雪地里，惹笑了沉寂的皑皑白雪和躲藏不及的太阳。

他们踏着积尘，顶着昏日，任凭寒风吹彻，但欢腾的嬉笑声在洁雪上迅疾地滑过，飞翔在空寂的山野里，朴实得像远山里不甘寂寞的风笛，吹奏着欢愉的乐章。她们踩着冰雪，迎着疾风，轻溜溜地像一群飞翔的哨鸽，狂舞在空旷里，飞扬的流苏，飘扬的丝带，点燃红红绿绿的生命，弹奏起一曲曲情调撩人的摇滚乐。

洮州万人拔河！把上演了六百多年生死离别的移民大剧演绎得出神入化，炉火纯青，万民齐仰。让挥洒的汗水化解了洮州人遥远记忆的苦恋，把思恋江淮故地的念想化解成了一股股团结的力量和蒸腾而起的汗光。

但是，在他们沸腾的血液里多了一丝青藏高原的粗犷和豪放；在她们淡定的心气里多了一点江淮温润的人生感悟和思恋。当然，也有一份秦淮河畔的遐思、无助和伤感，像胭脂河里的艳红久缠不退。

孤　狼

1．荒野狼崽

父亲说赛里木阿爷把那条叫赛狼的小狗从放羊的荒野里抱来的时候，不知是狼崽，而想是一条被老狗丢弃的狗崽。见它时因它的目光时不时地透着两道可怕咬人的光，所以赛里木阿爷就把它抱回了家，想着把它驯服成一条出色的猎狗，帮他放羊打猎。抱来的时候，它站在陌生的院子里东张西望着，像一个失群的孤儿，怪可怜的，看着让人心疼不已。

父亲说赛里木阿爷遇见它的时候，它饿得摇摇晃晃地打着摆子，站都站不稳，好像是几天没有吃食的样子。但它一双贼凶的眼睛却狠狠地盯着赛里木阿爷，有种扑咬的狠劲在目光里沉着。赛里木阿爷看着那咬人的目光心想是一条好狗，是当猎狗的料，驯服好了就是一条不得了的猎狗，心里就有了些许的喜爱。眼里没有凶光的狗唬不住猎物，赛里木阿爷从它那两道凶光中发现了它的与众不同和当只好猎狗的潜在素质，照他的说法把它驯好了就是一条咬狼的狗。当赛里木阿爷疼爱地去抚摸它的时候，摇晃着站立不稳的它竟对赛里木阿爷昂着头瞪着眼，龇牙咧嘴地发出了一声声狼嚎般的吼叫，抵抗着赛里木阿爷靠近它。赛里木阿爷从背后的挎包里取出一块不太硬的肉干，慢慢地伸向它的嘴边，它警惕地望着赛里木阿爷，不为所动，虽然它快饿得不行了。赛里木阿爷被深深地感动了，它的狗爸也许给它从小就教会了不受嗟来之食的道理。赛里木阿爷微笑着目光柔柔地看着它，把伸出的肉干轻轻地抖了抖，饥饿的它望着赛里木阿爷依然不为所动。赛里木阿爷收回肉干，伸向自己的嘴里狠狠地咬了一口，津津有味地嚼起来，然后又把肉干伸向它。它的目光有了些许的松动，伸出舌头舔了舔枯裂的嘴巴，肉干飘散的香味刺激着它的味觉，它向前伸了伸脖子，又使劲地嗅了嗅，突然向前一激跃，叼住了肉干，又退后几步，大口大口地咀嚼起来。只几下就把肉干吞进了干瘪的肚子。这时候，它的目光中才放弃了原有的警惕和凶相，目光中透出了一丝渴求与望想。

赛里木阿爷又从背后的挎包中掏出一大把肉干，放在它的嘴跟前。这回它再也没有了原先的那种警惕和不安，大口大口地叼起肉干吞咽起来。赛里木阿爷看着它的吃相，那是带着一种天生的凶相和狠劲，撕、咬、扯、吞，无不让人联想到狗爸的凶相和狠劲来。吃完了肉干，它扬起夹在屁股当中的尾巴，拉了块干硬的粪便，然后又警惕地望了望赛里木阿爷，转身走向荒野。赛里木阿爷是绝不放过这样一条好狗崽的。当他过去想抱它的时候，它又开始龇牙咧嘴，向赛里木阿爷发出了低低的嚎叫，阻挡赛里木阿爷抱它。赛里木阿爷是一个和狗打了一辈子交道的猎手，知道狗的致命弱点在哪儿。它用左手握着风干的牛肉干惹它，吸引着它的注意力，然后出其不意用右手扼住了它脑后的皮毛。然后换手以迅雷不及掩耳之势抓住了它的双耳，任其跳蹿，直至精疲力竭。

赛里木阿爷把它抱回了家。

2. 驯服赛狼

赛里木阿爷把这只从荒野里抱来的狗放养在院里原先用铁丝围起来养鸡的一个大木笼里，任其嚎叫，任其奔跑着撞笼好几天。几天之后，赛里木阿爷就给它的脖子上扣上一个结实的皮套，拴上绳子拉出来，然后在院子里遛它，训导它，让它习惯周围的环境以及自己的气味和训导语。在训导中逐渐消磨它的野性，让它的精力在瞬间转化为赛里木阿爷的意志。

虽然赛里木阿爷以一个猎狗的要求来训导它，但它的目光中仍然透着骇人的凶相和狠劲，让人不敢靠近。后来赛里木阿爷拿家里养着下蛋的母鸡来训导它，往往惹得鸡飞狗跳，全家不宁。有一次，赛里木阿爷在训导中见识了它撕咬鸡脖子的那种毫不含糊的狠劲。赛里木阿爷训导它的时候，家门口那只看家护院的狗就狂吠不止，像是见着了一条异类似的，让人得不到片刻的安静。更让人吃惊的是它还扑咬家中那只羸弱的羊羔子，把那只羊羔子惊吓得不行，一直贴在母羊的身旁不敢走离半步。让赛里木阿爷拿来训导过它的那些鸡，只要听到它的嚎叫就连飞带爬地跑回窝里，窝着不动。曼茹叶奶奶看着这一切对赛里木阿爷说，这是一条驯服不了的野狗，它的野性不改，家里迟早要吃它的大亏呢。赛里木阿爷不以为然地说，要的就是野性，只有野性十足，才能在打猎中不会失手。好猎狗是驯出来的，但还不能驯得太过，驯得太过，它的野性和斗志就不存在了，那就成了一条趴窝的懒狗了。我就喜欢这样的狗。你看着，几个月之后它就是一条不得了的猎狗。曼茹叶奶奶摇着头气哄哄地转身进了灶房，不再搭理赛里木阿爷了。

院子里传来了赛里木阿爷兴奋爽朗的笑声，随后也传来了曼茹叶奶奶生气摔碟子的破碎声。

狗崽在赛里木阿爷精心的照看和训导下朝一条好猎狗成长着。赛里木阿爷给它取名叫赛狼。

赛狼偷闲和家里那条看家护院的老狗互咬着，总是不相融。曼茹叶奶奶追着赛里木阿爷唠叨，说那不是一个善茬，连大狗也敢咬，是咬狼的狗，怕是长大后不服训导。

赛里木阿爷笑着对父亲说，你听，你听，这是啥话！我要的就是咬狼的狗，咬狼的狗才是好狗，她偏不要。我要出门打猎，又不是她打猎，瞎操心。见赛里木阿爷讽刺挖苦她，曼茹叶奶奶又生气了，跺着脚气哄哄地扭身走了。

父亲后来说，他看着那赛狼就不像是一条狗，而像是狼，可他不敢对赛里木阿爷说。不过还好，赛狼见了赛里木阿爷、曼茹叶奶奶以及村里的人都低眉顺眼的，没有露出它的凶相来。父亲说，要不它就是一条有心计的狗。要是一条狗对人有了恶意，那它的狗命也就不会长久，这是狗都明白的大道理。白天它被赛里木阿爷训导着不吭一声，显得很是乖巧，只是到了半晚夕里，它就对着远处的山梁发出长长的嚎叫声，那叫声像狼嚎一样怪吓人的。那条在山梁上偶尔嚎叫的公狼就是那样的嚎叫声。只要它一嚎叫，整个村子的狗就狂吠不止。这更让曼茹叶奶奶发愁和不安。

暂时看来，它与人的相处还是融洽与和平的。

赛里木阿爷对赛狼的训导一天也没有停止。开始赛里木阿爷打上只野兔拴在马尾巴上让赛狼追着学捕猎，看驯得差不多了再买来活家兔放在旷野里让赛狼追捕。几个月下来赛狼长大了，但同时也经赛里木阿爷之手把它驯成了一条出色的猎狗。赛里木阿爷带着它试着捕了几次猎，赛狼还真没有让赛里木阿爷失望。走在村街上，赛里木阿爷向人们夸自己的眼睛还是很毒的，能一眼就认出赛狼有猎狗潜在的素质。

赛狼在村里的名声越来越大，赛过了任何一条猎狗。

3. 孤独的狼

赛里木阿爷打猎放羊的山场变成了赛狼大显身手的猎场。赛里木阿爷击伤的野兔、野鸡、嘎拉鸡都逃不脱赛狼的追捕。原来没有赛狼的时候，赛里木阿爷就把自己当猎狗使着，时常跑得上气不接下气。但自从有了赛狼，赛里木阿爷一声招呼："赛狼上！"那逃脱的猎物就如囊中取物一样轻轻松松地回到了他的身边。自此，赛里木阿爷放羊打猎的日子过得有滋有味，赛狼的名声也是越来越大。

父亲说，后来赛里木阿爷带着赛狼打猎时，在他的猎场上出现了狼群，这是他料想不到的。狼群的出现对赛狼是一个大威胁。父亲说一次赛里木阿爷带着赛狼放羊，遭到了狼群的围攻。在这次与狼的大战中，赛狼的表现却极其不佳，只是远远地驱赶着狼群，不敢走近狼群。要不是赛里木阿爷连着放了几枪，那天他也许会有很大的损失。就这一点，赛里木阿爷从内心里开始对赛狼有点不满意了。连自己的羊群都保护不了，还叫赛狼呢，赛猫差不多。后来，赛里木阿爷发现赛狼望着狼群嚎叫，这一叫，狼群就会有所回应。后来又有狼群来攻击羊群，赛狼就护着羊和狼群互咬着打在了一起，但不是很尽力。再后来，村里其他的羊群也遭到了狼群的攻击，有些羸弱的羊被狼叼走了。然而只有赛里木阿爷家的羊安然无恙。的确有时候，当赛狼和狼群混在一起大战的时候，赛里木阿爷就分不清谁是狼谁是狗了。这就让人很惊奇。当赛里木阿爷把这些发现说给父亲听的时候，父亲说狼是狗的舅，有时候还真辨不出来。赛里木阿爷对父亲说，这些山场原来就是狼的领地，一直有狼存在着。人进狼退，现在是狼来了，人就得退一步，要不然会遭到野狼疯狂的报复的。父亲笑着对赛里木阿爷说，你不是有赛狼吗？狼来了让赛狼上。赛里木阿爷笑着回答，赛狼是用来打猎的不是驱狼的。父亲说，其实这个时候，赛里木阿爷已看出赛狼是狼种了，只是赛狼碍着赛里木阿爷的面子还没有和人类撕破脸皮而已。要是有一日它撕破了脸皮，那村庄里定会遭到一场血光之灾。

狼群的进攻让村里人很是气愤，村主任召集村里人开了一个灭狼大会，决定对袭扰村庄的这些狼进行围捕。几个回合下来，狼群在智慧的人类面前彻底地失败了，狼群消失了。但在狼群消失的同时，赛里木阿爷家的赛狼也一同消失了。狼群是被人们消灭了，而赛狼是自个儿消失了。

赛狼的消失让村里人很是不安，也让赛里木阿爷不安。围捕狼群的时候他就看到赛狼很痛苦地长嚎，有点痛不欲生的样子。从这点看，赛里木阿爷更确信赛狼就是一条披着狗皮的真正的狼。

几个月之后的一天晚夕里，赛狼首先和他的拴着看家护院的"外甥们"进行了一场大战。赛狼跳进四户人家咬死了三条哈巴狗和咬伤了一条用铁链拴着的藏獒。和藏獒大战的时候，老炮爸从窗口探头看了一会儿。老炮爸后来说，我的爷，藏獒要是不拴着还能制服赛狼，但藏獒拴着使不上劲，让赛狼乘机咬住了耳朵，疼得直嚎。他端上土炮想放一枪，但藏獒和赛狼互咬着扭在一起，不敢放枪，他只好朝天放了一枪，赛狼瞅准藏獒愣神的空乘机脱身像只幽灵一样钻出门洞跑了。天亮后，老炮爸看藏獒的时候，藏獒的左耳朵让赛狼咬掉了，血洒得满地都是。后来老炮爸家的藏獒就成了一条独耳藏獒了。

这晚夕老炮爸看到了赛狼的孤独，也目睹了它的凶残，更尝到了它的厉害。

赛狼的进攻让赛里木阿爷脸上很是无光，赛狼是他拉进家门喂养大的，更是他驯服出来的，要不是赛狼，说不定村里不会遭到狼群的攻击。有人分析那些遭到围捕的狼就是赛狼的兄弟姐妹。现在它的兄弟姐妹都不在了，让人类消灭了。它要为它的那些兄弟姐妹们复仇。一场人类与赛狼的大战已经悄然开始了。

4. 狼烟四起

这时候的赛狼成了一个孤独的斗士。它疯狂地报复人类，但却不伤害救它一命的赛里木阿爷一家。这时候村里人都把对赛狼的怒气撒在了赛里木阿爷一家人身上。有人开始指桑骂槐地骂起来。

父亲说，赛狼还是通人性的。就是赛狼离家那年的春天，赛里木阿爷家的羊群走失了，不知走到了哪儿。据父亲估计是别人受了赛狼的气，没地方撒就把赛里木阿爷的羊给赶远了。那天，别人家的羊都进圈了，赛里木阿爷的羊却没有了踪影。羊没回家这是让人焦急的事。一家人还有村里人帮着找寻走失的羊群，寻翻了四周的山场也没有寻到羊的踪迹。但在第二天傍亮的时候，那群羊却一只不差地卧在赛里木阿爷家的大门口。几天后外庄的一个人说，他起早赶集时看到了一条狗赶着一群羊走，走得很是齐整。这很是让人惊奇。起先他以为有人指挥着狗，后来才看清是一条狗自个儿赶着羊群走。在走的过程中，有只山羊走岔了路，那条狗就跑过去狠劲地朝山上腿上咬了一口，山羊蹦跳了几下，重新回归了羊的队伍里面。那个人还说，要是谁家养这么一条狗，那就不用人放牛放羊了，该省多大的劲。人老八辈也没有听说过狗会赶羊。人们知道那人说的是赛狼。可谁也不愿意提起赛狼。

赛狼失去了家园，失去了同伴，失去了兄弟姐妹，彻底成了一条痛失家园的孤狼。

在明亮的月光下，赛狼时常悄悄地出现在村庄前面的山梁上，望着赛里木阿爷家的院子长嚎一两声，像是在呼喊着诉说什么，又像是在发泄内心的愤怒。

赛狼虽然不再伤害村里的牲畜，但有人却在谋它的皮毛了。这是一个可怕的想法，只要人有这种想法的时候，那内心里是阻止不了的。有人开始想方设法地给它下套，挖陷阱。在人们疯狂的时候，赛狼比人类更是疯狂。父亲说，人类的伤害让赛狼失去了最后的一点忧郁。它对人类彻底地绝望了，它要报复人类。在一个晴朗的夜晚，它第一次向人类发动了进攻。这时候的它真的变成了一个孤独的斗士。当狼性发作的时候，它是不计后果的。那晚，当人们津津乐道地等待狼道上的狼夹发威的时候，赛狼已经跳进了羊圈，把十几只羊的血早放完了。第二天人们早早起来放羊的时候，每家都有一两只羊被赛狼放了血，直挺挺地躺在地上一动不动。赛狼的行为狠狠地激怒了人们，养羊的人家开始轮流守夜，看护村里的羊群。但人总得有打瞌睡的时候，只要有这么个时候，你就防不胜防。村里的空气异常紧张，如临大敌。这时候人们把所有的问题都归结在了赛里木阿爷身上。要他出手消灭赛狼。人们说，赛狼是他一手驯服和训导出来的，只有他才能消灭赛狼。人们越是激怒，赛狼的进攻就越凶狠。当人们守夜守得精疲力竭的时候，赛狼就开始了新一轮进攻，又跳进羊圈悄无声息地咬死十几只羊，然后又消失得无影无踪。这时候，赛里木阿爷劝村里人不要和赛狼为敌。他说人们不是赛狼的对手。要是再一次惹怒了赛狼，它会更厉害地报复人类。人们打着失笑说，人还怕狼，前几年狼还不是让人给消灭了。赛里木阿爷忧愁地说，这是一条通人性的狼，它懂得如何与人斗。人们打着失笑走了。

人们防备了赛狼几个月，让赛狼没有逮到机会。一晃就到了冬天。

但最终还是赛里木阿爷的话上来了。赛狼对村里人来了一次更大规模的进攻。这次它没有在晚夕里进羊圈咬羊，而是把羊群赶进了几十里外的冰河里。那天它和羊倌玩了个心眼，惹得羊倌丢下羊提着发不了火的土枪去追它。它来了个诱敌深入，赶羊入河的绝招。羊倌追来时，它拐了个弯绕过羊倌，然后把羊群直直地赶到了几十里外的冰河里，在冰生生的冰河里白花花地冻死了几十只。

然后又在人们都出去寻羊的时候神不知鬼不觉地跑回村里咬死了觅食的十几只鸡，鸡毛撒满了村街，惨不忍睹。

这就让村里人气得咬牙切齿，捶胸顿足。

人与狼的大战正式开始。

5. 孤狼之死

父亲说，赛狼与人斗争的过程也是寻死的过程。它斗争着注定是要死的。也许在与人开始斗争时就已打定主意要死了。因为它失去了同类和兄弟姐妹，它没有活下去的勇气了。

但它死也要死在赛里木阿爷的手上，这是他一开始就预想到的。

这时候赛里木阿爷怀念和赛狼这条狼共舞的日子。要不是人们对赛狼的兄弟姐妹赶尽杀绝，赛狼也绝不会反叛人类，向人类发起凶猛的进攻。

赛狼的日子不多了。这个日子是赛狼自己选定的。

只是赛狼还有点贪恋青春的阳光。虽然赛狼有点我是孤狼我怕谁的气概，但毕竟是要去牺牲，这是一个无比艰难的过程。

人们疯狂地搜捕赛狼。

报恩报仇，恩仇分明，这是赛狼的智慧。

终于赛狼慷慨地去赴死了。

那天的傍亮，赛里木阿爷家的大门外传来了几声低低的嗥叫声。曼茹叶奶奶正在洗晨礼的小净，悄悄地叫醒赛里木阿爷，说你的赛狼回来了，在大门外嗥叫呢。赛里木阿爷披衣打开门扇，赛狼嘴里叼着一只野兔跑进了大门。野兔还活着。赛狼知道，赛里木阿爷是不要死兔子的。赛里木阿爷也知道，这是赛狼向他辞行来了，这是好事情，但愿赛狼走得越远越好。

赛里木阿爷摸了摸赛狼的头，赛狼摇了摇尾巴，欢快地蹦跳了几下，突然跑进屋门叼来了立在屋角的猎枪，放在了赛里木阿爷的脚边，然后三步一回头，朝大门外走去。

赛狼走到大门外，朝门里嗥叫着让赛里木阿爷开枪。

赛里木阿爷扣不动猎枪的扳机，挥手让赛狼走。但赛狼已作了死的准备，前腿跪着，眼望着赛里木阿爷一动不动，这时候它真像一条狗似的。

赛里木阿爷知道赛狼是不走了，它是赴死来了。

门里看家护院的狗一个劲地咬着，惹得全村的狗都叫起来了。

赛里木阿爷纠结着慢慢地抬起了枪口……

父亲说，他听赛里木阿爷说了赛狼的事，心里一直感动着，在人们的围追堵截中，赛狼没有了去路，只有向人类投降，但它不向他的敌人投降，而是通过恩人之手来结束自己的生命。

村庄里最后一条孤狼死了，死得慷慨、干净、庄严。

父亲说，村里至此没有了狼。有人从生下来就没有见过狼，很多的年轻人只是拿狗和狼比较着，因为狼是狗的阿舅。

父亲一直被赛狼的死感动着，一直反反复复地诉说给我们听。

老态龙钟的赛里木阿爷晒着太阳，时常对周围的人感叹着说，我们人哪，有时候还不如一条狼呢。真不知赛里木阿爷思谋起了什么，更不知他又说的是人的哪方面。

狼　王

1．狼娃子

回到村里，找侃侃而谈的赛里木阿爷坐上一会儿，总能从他那儿掏腾出一些从未听说过的故事来。那天下午，赛里木阿爷拄着一根光溜溜的藤条棍子，坐在门前的大青石条上，头上遮着草帽，眯着眼晒阳婆，一把长长的白须垂在胸前的衣襟上，有几分道风仙骨的样子。我轻轻地走过去，捅了捅他的腋下。他笑呵呵地给我挪了挪地方，示意我坐下。说我早知道你来了，我眼睡心不睡，心里亮晶着呢。

这次在我的倒腾下，他说了上个世纪家喻户晓的一个故事，一个关于他和一只叫赛虎的狼王的故事。

赛里木阿爷说，20世纪70年代，他当时还很年轻，他是羊倌兼猎手。他说他不是最好的猎手，也不是最后的猎手，但他是一个好羊倌，这是谁都知道的，他给生产队放了三十多年羊，从来没有丢失过一只羊。羊是没丢过，但偶尔却把自己弄丢过几次。最后弄丢的那次，在村里人寻他无果的时候，他像是从地下突然冒出来似的赶着羊群抱着一只狼娃子回到了村里。人们让他扔掉那只狼娃子的时候，他给人们硬说是狗娃子，其实人们心里最清楚，他放了三十多年的羊，跟狼打了无数次交道，难道他还认不出是狼娃子或狗娃子来。

在这之前，他也把一只狼娃子当狗娃子抱回来过。不过，那次他确实是眼花了，那是一只失群孤独的像瘦狗样的狼娃子，在放羊的山场上踽踽独行，他就抱来养了不少时日。抱来后他还真把那只狼娃子驯养得像猎狗一样机灵忠勇，羊走散了，它替赛里木阿爷去收羊；偶尔打只兔子野鸡啥的，它替赛里木阿爷叼回来。只是后来因村里人的反对，他把那只狼娃子放归了山林，但野生终归是野生，是有野性的，放归山林的狼娃子逐渐恢复了狼的本性，有了野性，在一个晚夕里跑回村里咬伤了牲畜，村里人于是就围捕它。在村里人的围捕下它没有逃命，而是最后自愿跪在赛里木阿爷的面前，壮烈地死在了他的枪下，结束了可谓是辉煌短暂的一生。

　　那只狼娃子死了之后，赛里木阿爷还真想念它，想念它的机灵和忠勇。后来赛里木阿爷养了条狗，虽然也忠诚，但没有那只狼娃子机灵。赛里木阿爷就想着有可能的话再养一只忠勇的狼娃子。

　　那年春季的一个清早，赛里木阿爷赶着羊穿过了村边的毛梢林，沿着红浆河边的水草滩，赛里木阿爷把羊赶到了他曾抱过那只狼娃子的渗泉滩。渗泉滩很大，水草也很茂盛，是村里的草场，因路较远，村里人懒得去那里放牧，放牧的人去得少，那里的草就长得很茂盛，人和羊一旦走进去就不见了踪影。那里是鸟的天堂，铃铛鸟、花花鸟、云雀、喜鹊、野鸡、嘎拉鸡、乌鸦、红嘴鸦儿……都在那里繁衍生息。鸟儿们清脆的叫声像优美音乐的旋律在渗泉滩飘荡，叫人浮想联翩，遐思不已。还有很多鸟儿赛里木阿爷自己叫不上名字。野鸭和一些水鸟在涓涓的溪流里捕捉狗鱼，不惊也不咤。羊儿欢快地撒在草滩上啃着嫩草，不跑也不叫。赛里木阿爷的心里一直对这个地方存有那么一点神秘的向往。整个冬天，他在村子周围的荒山上放羊，满目凄凉和秃光，很是寂寥，也很孤独。现在开春了，草一下子钻出了地皮，但草还来不及长高就被羊儿啃光了。赛里木阿爷的羊一直吃不饱肚子，羊儿有了饥饿感就咩叫着向有草的地方跑，赛里木阿爷跟着羊儿天天跑觉得很累。渗泉滩冬天落过几场厚雪，开春又落了几场透雨，山野里的地皮松软得陷脚，草吸足了养分长得很旺，比往年高出了半截子；毛梢林里的各种矮树如同清水洗过般青嫩滴翠，纤尘无染；红浆河也比往年清澈了许多，河底的红浆泥的颜色也寡淡了些许。渗泉滩的河汊里畅游的狗鱼扑腾着惊破了河面的平静，吸引着窥视捕食的野鸭和水鸟猛地扎入水中。赛里木阿爷把羊儿撒在草滩上，任凭羊儿吃草，自个儿寻野鸭和野鸡蛋去了。

赛里木阿爷在草丛里转来转去，这一转他就转远了。他捡到了一帽子野鸭蛋，时间不早了，他往回走着寻找他的羊群，在往回走的当儿，发现一只狼夹着长尾巴嘴里叼着一只嘎拉鸡跑进了一面塄坎下光滑的洞子里去了。他害怕地蹲在梢棵子里面瞅着那个光滑的洞口，吃半碗饭的工夫，那只狼蹿出洞口向四周望了一眼便钻进草丛里不见了。赛里木阿爷这回看清楚了，蹿出洞口的是只老狼。他很是好奇，有一股力量促使他去看一看。他小心谨慎地边走边往洞里瞅，他怕突然又蹿出一只或是几只狼来。洞不是太深，他趴在洞口瞅了一会儿，瞅清了，洞里有五只毛茸茸的狼娃子，挤在一起撕扯老狼叼来的嘎拉鸡，鸡毛撒了一地，它们吃得正欢。他从心里喜怜这几只狼娃子，大着胆子伸手摸了摸野狼娃子的头，狼娃子很乖，不烦不恼，他瞅着狼娃子可爱的样子笑了。他心里还有一个小小的打算，等这些狼娃子稍微长大以后，他就养一只作为猎狗使唤，为他放羊时做伴。

赛里木阿爷听到了一声老狼的长嗥，他的心里突然有了几分恐惧，急忙走离洞口收拢他的羊群。他怕遇上狼群，迅疾地赶着羊往回跑。

2. 赛虎

赛里木阿爷有几日没有去渗泉滩了，心里怪想那几只狼娃子的。几日来他都心神不安，那天他听到的那声令人恐惧的长嗥，时刻回荡在耳畔。他心里虽然恐惧那声长嗥，但他却又不能不去想那窝狼娃子。一日早夕天气晴朗，碧空万里无云，他又决定去渗泉滩再放一次羊，看看那窝狼娃子长大了没有。那天他准备好了吃喝，背上火枪，赶上羊雄心勃勃地走了。他背上火枪是为了给自己壮胆。他心里想着那窝狼娃子挤在一起的样子，赶羊的脚步就很快，他似乎是追着羊儿跑到渗泉滩去的。到渗泉滩后他直奔那个洞口，到洞口他瞅了一眼，那些家伙正挤在一起酣睡，个头是稍微长高了一点，变得更加可爱了。他趴在洞口往里瞅着，听到了一阵什么东西穿过草丛的声音，他扭头一看，不远处前几日叼了嘎拉鸡的长尾巴狼正徘徊着，满眼的焦虑和不安。赛里木阿爷看着狼焦虑和不安的神色便可怜起它来了，他心里害怕地龇嘴朝狼笑了笑。狼便摇晃着长尾巴在一面土崖上长嗥了一声遁去了。赛里木阿爷奇怪这狼的叫声怎么就跟他以前养过的那只狼娃子不一样呢。这个问题他后来独自一个人想了好几天，也没有想明白。

人常说，狼是狗的阿舅，虽然狼和狗在血源上相近呢，但狼终归是有野性的，养只狼终归也是有危险的。但赛里木阿爷不想那么多了。

赛里木阿爷心想，今天无论如何要抱只狼娃子回去。但他也有点担心，怕抱走狼娃子之后，老狼闻着味寻来报复他的羊群。早年间，村里的一个猎手掏了一窝狼娃子，抱回了家里，准备引老狼来救狼娃子时捕捉老狼。但狡猾的老狼没有上当，在猎手放松警惕的一天晚夕里闻着味寻了来，跳进猎手家的羊圈里，咬死了一圈大大小小的羊，让那个猎手一家遭到了灭顶之灾。赛里木阿爷想的也有一定道理，但掏一只狼娃子养着，老狼不会来报复吧，赛里木阿爷豁出去了。他手握火枪在洞口看着洞里的那几只狼娃子，挑选一只最健壮的狼娃子。老狼在远处长嗥着，让人听着有点胆战心惊。散在草地上吃草的羊群逐渐回拢了来，聚在一起有点惊慌失措的样子。

赛里木阿爷把羊赶往离狼窝较远的地方，静观老狼的动静，这期间老狼还叼来了一只野兔，扔给狼娃子们之后又跑得远远地观望着赛里木阿爷和他的羊群。

这个时候，人防着狼，狼防着人，人想的是如何掏走一只狼娃子，狼也许想的是如何叼一只羊来喂养自己的狼娃子。

人和狼就这样远远地对峙着，等待着时间的推移。

赛里木阿爷铁了心要掏只狼娃子回去的，以前他养的那条狼叫赛狼，现在他要养只狼，就叫赛虎。赛里木阿爷想着自己的心事，脸上露出了欣慰的笑容。

赛里木阿爷说，那天老狼虽然那样盯着自己的羊群，但没有走近羊群，也没有叼他的羊。倒是他掏走了人家的一只狼娃子。

挨到了傍晚，也许是老狼想着赛里木阿爷的羊群动不得，也许是该给狼娃子们寻食的时候了，反正老狼长嗥了一声，像是给狼娃子们打了声招呼，就不见了踪影。

老狼走了，赛里木阿爷迅疾地跑到那个洞口，伸手捉住了一只最健壮的狼娃子的耳朵，提起来装进了提前准备好的布袋，任凭狼娃子在布袋里嚎叫和撕咬。赛里木阿爷赶着羊群疯了似的往家里跑去。

赛里木阿爷怕老狼在路上追了来，但老狼却没有出现，也许是赛里木阿爷没发现老狼的追踪。

当晚，曼茹叶阿婆就被赛里木阿爷气得背过了气。把狼娃子当狗养，还真不是人干的事。曼茹叶阿婆气愤地骂赛里木阿爷是把家当狼窝了。赛里木阿爷笑着说，你不懂狼性和狗性。曼茹叶阿婆咬牙切齿地说，你不懂人性，说完就背过了气。曼茹叶阿婆背过了气，差点把赛里木阿爷惊成心脏病。但他养狼的决心还是没变。

曼茹叶阿婆无话可说。说真的，上次，赛里木阿爷养狼的时候，她日夜没有个好瞌睡。那条叫赛狼的狼时常瞪大眼睛看着人，凶狠狠的让人胆战心惊。这回，赛里木阿爷又弄回来只狼，着实是不想让她活了。

赛里木阿爷笑着说，狼养熟了通人性呢。

曼茹叶奶奶忧虑地说，你还都没通人性呢，人常说养不熟的白眼狼，前人总结好了。

赛里木阿爷不信前人的话，给曼茹叶奶奶说人们养的牲畜哪个不是人们驯化养熟了的。

赛里木阿爷用木条给狼娃子做了一个窝，家里捉老鼠的大花猫围着赛里木阿爷转来转去的，但狼娃子凄厉的叫声，把大花猫叫得蹿出屋门不见了踪影，在此后的日子里，狼娃子的跟前从来不见大花猫的踪影。

赛里木阿爷给家里人说，他掏回的是一只赛虎。从此，家里人虽然反对赛里木阿爷抱回一只狼娃子，但也没有显出太大的憎恶来。因为以前赛里木阿爷抱回过一只狼娃子，在赛里木阿爷的调教下竟然长大了，没有伤过人，也没有伤过家里或是邻里的一只鸡啊猫啊啥的。赛里木阿爷常给家里人说，野生是能通人性的。只是后来放归山林后，赛狼恢复了野性才伤了村里的牲畜。

放羊的任务暂时给了家里人，赛里木阿爷专事调教这只狼娃子。

调教一只狼跟一条狗是一样的，但方式不一样。狗有温情的一面，而狼却有野性的一面。狗娃子在调教当中要调教出狼的野性来，而狼娃子在调教中要调教出狗的温情来。这是相当困难的一件事。人说熬鹰难，但把一只狼调教成狗样的温情来那是难上加难、头顶冒烟的事。

老敏拿自家的羊羔、家兔和小鸡调教赛虎。让赛虎先认识它不能捕食的家禽家畜，再逐渐在田野里学着捕食一些田鼠、青蛙、野兔之类的小动物。再驯着听一些追击叼取猎物和追赶羊群及见了人畜低眉顺眼避让的口令。

赛虎一天天地长大，一天天地健壮起来。

赛里木阿爷说，赛虎驯养了半年后，长成了一只雄健忠勇的猎狼。

只要赛里木阿爷领着赛虎出去的时候，人们都紧张地避着赛虎，怕被它伤着。赛里木阿爷呵呵地笑着说，狼是狗的阿舅，养熟了的狼跟狗一样是通人性的，是不会伤人的。但人们依然害怕赛虎。

其实，曼茹叶阿婆也害怕赛虎。

赛里木时常注意到那只老狼在月明星稀的晚夕里会循着狼娃子的味道来，始终在村子周围徘徊，关注着小狼的成长。它既没有报复赛里木阿爷家的羊群，也没有报复任何人咬捕任何人家的牲畜和家禽。

有时候老狼长嗥着召唤狼娃子的时候，狼娃子就会积极地回应着学着嗥叫，家里就会鸡叫狗跳地骚动不安，让人产生些许的担忧。这也让村里大大小小老老少少有些不安。嗥叫声惊吓着人了，赛里木阿爷就会拿火枪开上一枪，吓唬一下老狼。

半年后，赛虎在赛里木阿爷的驯养调教下长大并出猎了，野兔、野鸡时常被活活地叼了来。

3. 猎杀豺狗

赛里木阿爷说，那年在渗泉滩突然来了一群掏牛屁股的豺狗，生产队里的一头耕牛被豺狗掏了屁股，从肛门里扯出肠子把牛吃死了。更危险的是差点把放牧的麻六也吃掉，一只豺狗叼住麻六手指的时候，恰好被猎手老炮赶上开了一枪，打死了那只豺狗，惊散了其他的豺狗，才救了麻六的命，可是麻六此后就没有了右手指，人们就叫他狗咬麻六。麻六为什么叫狗咬，我还真没有细究过，这次赛里木阿爷一说我才知道了是这么回事。后来生产队开会由几个猎手去打豺狗。可猎手们转悠了几天，就是见不着豺狗的踪迹。但人们还是防不住豺狗的偷袭，生产队的一头牛仍被掏了肛门，还有羊也被咬死吃得只剩了骨架。

村里人想到了赛里木阿爷和他的赛虎。但因那年村里人打死了赛里木阿爷放归山林的那只叫赛狼的猎狼，赛里木阿爷不肯带赛虎去猎豺狗。赛里木阿爷不是不愿意带着赛虎去猎捕豺狗，他知道，豺狗体形比狼和狗小，但比狼和狗灵活，要是遇上豺狗群，单只的狼和狗都不是对手。听说那里的是豺狗群，赛里木阿爷不愿冒那个险。后来还是生产队答应给他两倍的工分，他才带着赛虎出猎了。

赛里木阿爷带着一只叫赛虎的狼出猎，这是一件稀奇事，闻所未闻的事。

村里人都很好奇，拿了防身的棍棒跟在赛里木阿爷的屁股后面去看赛虎是如何猎杀豺狗的。

赛里木阿爷生气地说，这是狩猎又不是看热闹，这么多的人去了能见着豺狗吗。人们只好远远地跟着。

这时候的赛虎通体灰褐，两耳尖挺，俨然是一只经验丰富的猎狼，跟在赛里木阿爷的身后，只要他发出一声"上"的口令，赛虎必定是一支射向猎物的利箭。

赛里木阿爷说，他是见过豺狗的。那是早年间的一个早晨，他还很小的时候，和一群半大子小孩在河滩地上放牛。一群圆耳朵的黄褐色豺狗腰背灵活地围住了生产队的一头雌牛。其中一只豺狗在雌牛的前面连吓带哄尽量拖着惹着，不让雌牛逃亡。其他的豺狗从两侧迅速包抄，堵住了雌牛的退路。靠近雌牛尾部的豺狗以迅雷不及掩耳之势乘机跳上其背部叼住了肛门，然后挠痒，乘雌牛竖起尾巴的空儿用利爪掏出了肠子。雌牛负痛在河滩里亡命来回狂奔，而被掏出来的肠子甩打着淌了一地，豺狗们追着撕扯，几个回合下来，雌牛肚空血尽而栽倒在了地上。这时候，豺狗便一拥而上，抢拖撕咬，将雌牛吃了个干干净净。赛里木阿爷说他们一群小屁孩躲在草丛里看着那一幕，吓得大气都不敢出，直至豺狗群吃完雌牛离去时，才拖着早已尿湿的裤子回村里向大人们报告。

那天在渗泉滩，赛里木阿爷听到了豺狗的嚎叫。那是一种从未听过的奇怪的声音，像一个迷路的娃娃在绝境中嚎啕大哭，让人听着有一丝怜悯之意油然而生。倒是赛虎竖起了双耳，弓着腰身，夹起了尾巴，灵敏地听着豺狗的嚎叫，等待赛里木阿爷发号施令。

豺狗不怕狼也不怕狗，但是怕人。

赛里木阿爷若有所思地说，那次猎杀豺狗赛虎靠的是勇气。要是单只豺狗，那赛虎是活拿了，要是碰上豺狗群，那吃亏的就是赛虎了。赛里木阿爷很是担心赛虎的处境。

幸好那天的渗泉滩只有一只落单的豺狗。赛里木阿爷领着赛虎漫无目的地走着，突然，赛虎根本就没等赛里木阿爷发出那声号令，像离弦的利箭已经射了出去，只见赛虎在草丛里划出了一个长长的弧线，一只逃窜的黄褐色豺狗还没有跑出几步，就被赛虎咬住了喉咙，在草地上和赛虎扭着翻了几个滚，婴儿般地嚎叫了几声便没有了声息，直挺挺地躺在草丛里一动不动了，只有喉咙那儿嗞嗞地射出温热的鲜血。

一切还没有开始就已经完美地结束了。

从此，赛虎的威名在村里传开了。

4．狼王

赛里木阿爷说，野生终归是野生，它有野的一面。

赛里木阿爷还说，赛虎的母亲看着赛虎一天天长大，但从来没有接近过它，这点他是知道的。只是到了晚夕里的时候，赛虎会在那一声声长嗥里显得焦躁不安。也许那一声声的长嗥是一个母亲对儿子的呼唤，也许是一个母亲对儿子的疼肠，不得而知。

后来有天晚夕里，赛虎撞开窗户跃过院墙跑出去私会它的母亲和兄弟姐妹去了，到半晚夕又跑了回来。此后，赛虎在晚夕里只要不出去就会抗议着低低地哀嚎，没有一刻的安静。赛里木阿爷只好放它出去，赛虎这进进出出地跑着，难免会引起人们的恐惧，也让赛里木阿爷发愁。发愁的是赛虎出去的次数多了，会在它母亲和兄弟姐妹的召唤下，唤醒它沉眠已久的野性，赛虎一旦恢复了野性，说不定有时候会去攻击人，偷袭家畜家禽引来不必要的麻烦。

后来一段时间，赛虎跑出去后竟然失踪了，赛里木阿爷以为赛虎恢复野性之后跟着狼群走了，或是跟着它母亲走了，要不然就被其他猎手打死了。

其实赛虎是在跟狼群的接触中跟一只母狼产生了爱情，跟着母狼走了。直到等母狼生下了狼娃子，赛虎才又重新回到了赛里木阿爷的家里。赛虎的归来，让赛里木阿爷的心里蒙上了一层阴影，恢复野性的赛虎再也不适合待在村子里了。赛里木阿爷决定把赛虎放归山林，让它重归狼群，可放了几次，赛虎都在夜深人静的晚夕里跑了回来，回来的时候不是叼着一只野鸡就是一只野兔。这让赛里木阿爷很是为难。

把赛虎如何放归山林成了赛里木阿爷悬在心底的一件大事情。

赛里木阿爷想，也许只有那只母狼和它生下的狼娃子才会让赛虎重归山林。

赛里木阿爷决定捉一只狼娃子来逼赛虎重归山林。

赛里木阿爷为了捉住一只狼娃子，挽了很多网套，放在了那些狼娃子的必经之路上。功夫不负有心人，终于在一个月明星稀的晚夕里套住了一只狼娃子。赛里木阿爷把狼娃子用细麻绳拴住，系在离家不远的一处塄坎的马莲草上，让它嚎叫，让赛虎听到后去救它。果然赛虎跃过院墙去救那只狼娃子。赛里木阿爷看到赛虎细心地咬碎拴狼娃的绳子，又小心地护引着狼娃子向远处走去，渐渐地不见了踪影。这次它是毅然决然地走了。

　　这样就等于是伤了赛虎的心，它果然回归山林之后再也没有回来过。

5. 传说

　　后来赛里木阿爷在放羊的时候也见到过几次赛虎，远远地领着一群狼，朝着赛里木阿爷走来，没有伤他的羊群。赛里木阿爷看着心里很害怕，但赛虎在一箭之地的地方站住看着他长嗥不已，身后的狼群便也停住不动，对他的羊群也是视而不见。停留了一会儿，赛虎便领着狼群三步一回头地走了，走得恋恋不舍。

　　村里人也是见过赛虎的，而且赛虎还护过村里的羊群和救过一只藏獒呢。

　　有一年，有几只饿狼突然偷袭了村里的羊圈，咬倒了几只羊咂了血。老炮家那只大藏獒发现了咂羊血的饿狼后，狂吠着追咬驱赶狼群，在一处大场上混战着咬在了一起，但因寡不敌众，饿狼把藏獒扑压在地上咬得遍体鳞伤，体无完肤。村里的猎手端着枪无法开枪，怕伤着藏獒。最后还是赛虎赶到从场墙的豁口处跃出，把那几只饿狼像咬草把似的咬着一只只甩到了场墙外，救下了伤痕累累的藏獒。赛虎救下藏獒后在场墙的豁口处长嗥了几声就闪身不见了。

　　此后，人们发现赛虎成了一只入不了狼群的独狼，孤独地守护在村子的周围。

　　后来村里约定俗成不打独狼。

从那之后，村里绝了狼患。

再后来村里就有了关于赛虎的两个不同版本的传说，一个是赛里木阿爷驯养一只叫赛虎的狼王的传说，一个是关于那只叫赛虎的狼王护村的传说。

跋：村庄或记忆

　　这些年来，我力求以真实而感性的笔调，以散文的形式去描述甘南临潭特有的景与物、人与事，并留存住他们或是她们的动人故事和高尚人性的记忆。曾细心观察养育我的村庄，充分了解我的父老乡亲的生活、亲情和乡情，以表现自我心灵和回归自然见长的手法描写农村的生活。怀着对父辈和乡亲们无限真诚和朴素的感情去描写他们的生活，注重描写他们生活的困苦和难辛，以及与命运相抗争的顽强精神；描写乡村所忆和我眼中的农村生活和乡野韵味。

　　村里的一些人情风俗、山水景致和牲灵野物、花草树木，抑或是村里一头牛、一只羊、一匹马、一只鸡、一只掠飞的麻雀，抑或是一棵五枝分权的白杨树、一棵虬枝搭在院墙上的杏树，抑或是一只微小的虫子，甚至是乡村早晚最常见的扶摇直上的炊烟，悬空飘荡的一页书纸……在几年里我写了很多，也曾一度写得手酸，甚至我还给一些该写的人树了碑立了传，然而父亲看了我写的东西后很严肃地说，这几年你写了这么多的东西，其实你没有写过最重要的东西和在苦难中挣扎了一生的父辈们，甚至在其他写过的所有文章中也没有代掠过。我惊奇地问父亲是什么东西还没有写过呢？甚至是没有代掠过呢？父亲慢腾腾地说，村庄的血源和脉气你从来就没有着过笔。村庄的血源和脉气？这让我很难过。我确实写了这么几年，怎么就没有想到要写一写村庄的血源和脉气呢？以前常听父辈们讲，我们的先人是明朝初期屯垦守边而来的南京纪丝巷人。也曾一度为自己的血源和脉气而骄傲。但我却从来就没有写过我的村庄，这不是故意不写也不是有意不写，而是怕写不出有分量的东西来，遭人笑话。在父亲的威逼下，我提起笔点点斑斑地写了村庄里的江淮遗风的点滴，总算是对村庄和父老乡亲们有个交代吧。

于是，我在写作中深刻感悟乡村生命，深刻去思考与责问。把自己的感受和领悟写成乡村牧歌、田园散曲，把自己放在那种如诗如画的情境中，让人沉醉和向往。

在思考和书写中，与乡亲们的灵魂说话，与田野说话，与树木说话，与河流说话，与心爱的庄稼说话，聊天，吐露心曲。写栽种、写农事，写得细腻、深情、美丽，享受农村的美，享受农活的快乐，体验丰收的喜悦，从而深深眷念、关心农村、关心生养我的父老乡亲的生活场景。

图书在版编目（CIP）数据

高原时间 / 敏奇才著. -- 北京：作家出版社，2019. 12

ISBN 978-7-5212-0779-8

Ⅰ. ①高… Ⅱ. ①敏… Ⅲ. ①散文集 – 中国 – 当代 Ⅳ.
①I267

中国版本图书馆CIP数据核字（2019）第261844号

高原时间

作　　者：敏奇才

责任编辑：李宏伟　秦　悦

装帧设计：薛　怡

出版发行：作家出版社有限公司

社　　址：北京农展馆南里10号　　　邮　　编：100125

电话传真：86-10-65067186（发行中心及邮购部）

　　　　　86-10-65004079（总编室）

E-mail:zuojia@zuojia.net.cn

http://www.zuojiachubanshe.com

印　　刷：三河市兴博印务有限公司

成品尺寸：152×230

字　　数：330千

印　　张：22.5

版　　次：2020年1月第1版

印　　次：2020年1月第1次印刷

ISBN　978-7-5212-0779-8

定　　价：59.00元

作家版图书，版权所有，侵权必究。

作家版图书，印装错误可随时退换。